London
Moskau
EUROPA
Paris
Madrid
Rom
Istanbul
Casablanca
Kairo
AFRIKA
Lagos
Indischer Ozean
N
W
O
S
Kapstadt

Wortwächter

2. Auflage 2018

ISBN 978-3-7641-5118-8

Dieses Werk wurde vermittelt durch die Literaturagentur
Scriptzz, www.scriptzz.de

Lektorat: Emily Huggins
Umschlaggestaltung: Maximilian Meinzold
Karte: © Markus Weber, Guter Punkt unter Verwendung
von Motiven von Maximilian Meinzold
Druck und Bindung: GGP Media, Pößneck
Gedruckt auf Papier aus geprüfter nachhaltiger Forstwirtschaft.

www.ueberreuter.de

Akram El-Bahay

WORTWÄCHTER

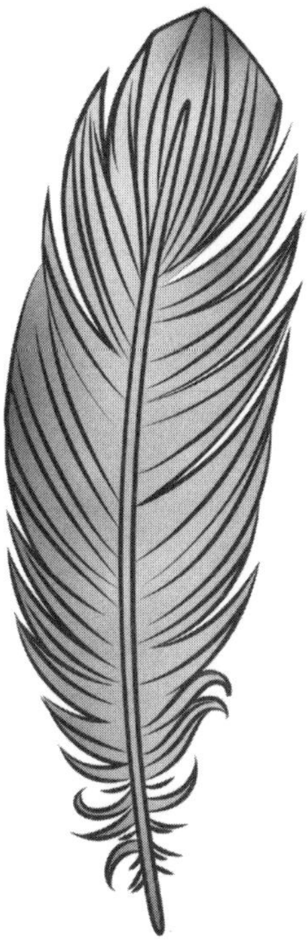

ueberreuter

INHALT

PROLOG

Wie von selbst erschienen die Worte auf der Buchseite. Nachtblaue Tinte floss aus dem Nichts auf das Papier und verschwand nach wenigen Sekunden wieder. Keiner las die Sätze. Noch nicht.

Tom sah missmutig auf das Haus, das sich vor ihm im Regen erhob.
Unablässig liefen ihm die Tropfen in den Kragen seiner Jacke und
rannen ihm unter die Kleidung.
So hatte er sich seinen ersten Ferientag nicht vorgestellt.
Tom konnte nicht sehen, wie Will ihn nachdenklich musterte.
Vielleicht machte sich Will Sorgen, ob Tom eines der Geheimnisse lüften
würde, die in dem alten Haus verborgen waren.
Ob er über eines von ihnen stolpern und herausfinden könnte,
dass hier etwas auf ihn wartete.
Seit dem Tag seiner Geburt.
Tom wischte sich den Regen von der Stirn.
Er war sich dessen nicht bewusst, dennoch hörte er die Buchstaben,
die sich nur für ihn zu Worten zusammenfügten, um dann gleich wieder
zu verblassen.
Für ihn war es nicht mehr als ein Summen.
Noch nicht.

DIE SCHLIMMSTEN FERIEN

Der Regen schien kein Ende nehmen zu wollen. Er lief ihm in den Kragen und in die Schuhe, während Tom missmutig auf das Haus starrte, in dem er seine Sommerferien verbringen sollte. Das Wasser rann ihm sogar in die Ohren, in denen es mittlerweile summte, als hätte sich ein Schwarm Bienen in seinen Kopf verirrt. Tom steckte sich einen Finger ins Ohr und hoffte, dass das Geräusch aufhören würde. Doch das Summen verstummte nicht und Tom seufzte. Eigentlich hatte das alles gar nicht so schlecht geklungen. Er würde die kommenden sechs Wochen in England verbringen, bei seinem Onkel David. Toms Eltern wollten, zwölf Jahre nach ihrer Hochzeit, endlich ihre Hochzeitsreise nach Paris nachholen. Denn damals, bei ihrer Trauung, war Toms Mutter bereits mit ihm schwanger gewesen und so hatten ihre Flitterwochen ausfallen müssen.

Wie David wohl sein würde? Im Gegensatz zu Toms Mutter, die seit vielen Jahren in Hamburg lebte, hatte ihr Bruder David England nie verlassen. Er wohnte in dem riesigen Landhaus ihrer Familie, inmitten hoher grasbewachsener Hügel. Hier hatte man weder einen Internetempfang, noch schien es ein Funknetz zu geben, wie Tom nach vielen vergeblichen Blicken auf sein Smartphone verärgert festgestellt hatte.

Tom war erst seit wenigen Stunden in England, doch schon jetzt bereute er es, hergekommen zu sein. So abgelegen hatte er sich den Geburtsort seiner Mutter nicht vorgestellt. Selbstverständlich war er schon in England gewesen. Sogar viele Male. Nur hatten seine Eltern und er immer London besucht, wo ein weiterer Onkel von Tom wohnte. George. Allzu gerne hätte Tom seine Ferien bei ihm verbracht. George war cool, er arbeitete als Musikjournalist und hätte mit Tom sicher einige Konzerte besucht. Er fuhr Motorrad und brachte Tom so dreckige Witze bei, dass seine Mutter mehr als einmal entsetzt gewesen war. Außerdem bestand George darauf, dass Tom ihn niemals Onkel nannte. Leider war George derzeit beruflich unterwegs und so hatte es Tom an diesen Ort hier verschlagen, der offensichtlich am Ende der Welt lag. David hatte Tom bisher nicht kennengelernt. Seine Mutter hatte nie unfreundlich von ihm gesprochen, doch irgendwie hatten sie sich ein wenig aus den Augen verloren. Erst in den vergangenen zwei Jahren war der Kontakt wieder enger geworden.

»Es wird dir in Stratford-upon-Avon gefallen«, hatte Toms Mutter gesagt. »Außerdem lernst du so auch das Haus kennen, in dem so viele berühmte Mitglieder unserer Familie aufgewachsen sind.«

Die Familie. Seine Mutter sprach immer mit so viel Stolz in der Stimme davon, dass sie angeblich direkt von dem berühmten Schriftsteller William Shakespeare abstammten. Für Tom war das nur ein Name, doch seine Mutter behauptete, dass er der berühmteste Schriftsteller Englands gewesen sei – wenn nicht sogar der ganzen Welt.

Wie auch immer. Das Einzige, was für Tom zählte, war die Hoffnung, dass David es mit George aufnehmen konnte. Dann würden das schließlich doch noch wundervolle Ferien werden. Auch wenn der Name dieses Ortes mehr als seltsam klang. Stratford-upon-Avon. Wer dachte sich denn solche Namen aus?

Hinter ihm schlug die Tür des altmodischen Wagens zu, in dem er hergekommen war. Tom wandte sich zu dem Mann an der Fahrerseite um. Toms Onkel hatte einen Diener, so wie in den langweiligen Schwarz-Weiß-Filmen, die Toms Eltern gerne sahen. Will, so hieß der Mann, hatte Tom am Flughafen in London in Empfang genommen und hergefahren. Er war etwas klein und schmächtig. Der dunkle Anzug schien ihm nicht recht passen zu wollen und sein Hut rutschte ihm immer wieder in die Stirn, als fände er auf seinem Kopf keinen Halt. Von seinem Gesicht war nicht viel zu erkennen. Will trug einen Schal, den er bis unter die Nase gezogen hatte, und seine Augen bedeckte eine riesige Sonnenbrille, die ihn beinahe wie eine Fliege aussehen ließ. Vielleicht war er gegen Sonnenlicht allergisch, mutmaßte Tom.

»Können wir hineingehen?«, fragte er ein wenig schroff, nachdem Will keine Anstalten machte, sich zu rühren. »Es regnet«, fügte er hinzu, als sei dies nicht völlig offensichtlich.

»Aber natürlich, gnädiger Herr.« Ungelenk griff der Diener nach Toms riesigem Koffer, den der Junge im Flughafen nur mit großer Mühe auf einen Gepäckwagen gewuchtet hatte. Überrascht sah Tom, dass Will den Koffer wie beiläufig trug, während er steifbeinig auf das Haus zuschritt. Er schien sein Gewicht kaum zu bemerken. Dabei hatte Toms Mutter ihn so vollgestopft, dass man glauben konnte, Tom plane, von zu Hause auszuziehen.

Der Diener stieg geräuschvoll die steinernen Stufen hinauf, die zu einem großen, dunklen Portal führten, und zog einen Schlüssel aus der Anzugtasche. Er steckte ihn ins Schloss und drehte ihn. Die Tür öffnete sich quietschend, als wollte sie laut gegen die Störung protestieren.

Gnädiger Herr? Tom runzelte die Stirn, während er dem Diener die Treppe hinauffolgte und das Haus betrat. So war er noch nie genannt worden.

Das trübe Licht des verregneten Tages schien kaum mehr als ein paar Meter in den Hausflur hinein. Es floss über gemusterte Fliesen, strich hohe Wände mit Portraits und Landschaftsbildern hinauf und verlor sich schnell zwischen zahllosen Bücherregalen an den Wänden.

Will stellte den Koffer neben der Eingangstür ab. Dann schloss der Diener die Tür und betätigte einen Lichtschalter. Ein großer Kristallleuchter erstrahlte an der Decke, der mindestens ebenso viel Licht wie Schatten in die Eingangshalle zauberte. Will trat auf Tom zu und half ihm aus der nassen Jacke. Seine Schritte klangen ungewöhnlich laut auf dem Fliesenboden wider und vermischten sich in Toms Ohren mit dem Summen, das ihm immer noch im Kopf hing. Tom warf einen Blick auf sein Handy, um zu prüfen, ob er wenigstens im Haus Empfang hatte.

»Wir befinden uns hier in der glücklichen Lage, weder von einem Funknetz noch von diesem Internet belästigt zu werden, gnädiger Herr«, sagte Will.

Tom stöhnte innerlich. »Wo ist Onkel David?«, fragte er und sah sich um.

Er konnte nun einen genaueren Blick in die Halle werfen. An ihrem Ende erkannte er eine große Treppe, die in einem geschwungenen Bogen hinaufführte. Ehe Will antworten konnte, schritt jemand in einem grünen Anzug die Stufen herab. Das musste sein Onkel sein. Tom konnte die Ähnlichkeit zu seiner Mutter deutlich erkennen.

»Führt ein die Herren von Frankreich und Burgund, Gloster!«, rief der Mann in dem grünen Anzug. In diesem Moment verflog Toms letzte Hoffnung darauf, dass David ebenso cool wie George sein könnte. Sein Onkel, der freudestrahlend auf ihn zukam, mochte nicht besonders alt sein. Allerhöchstens vierzig. Doch mit George hatte er sicher nichts gemeinsam außer dem Nachnamen.

»Sehr wohl, mein König!«, hörte Tom Will in gesetztem Tonfall antworten.

Oh verdammt, dachte Tom bei sich. Sie sind wahnsinnig. Alle beide.

»Das war natürlich aus *König Lear*«, sagte David Pearce lachend, während er auf Tom zuschritt und dabei die dicke, runde Hornbrille von der Nase nahm. »Eine Tragödie von

Shakespeare«, ergänzte er, als Tom ihn verständnislos ansah. Im Gesicht des Mannes zeichnete sich eine leise Unsicherheit ab. »Du kennst doch seine Tragödien, oder?« Er wechselte einen Blick mit Will.

»Oh, ja natürlich«, log Tom, ohne nachzudenken. Die wahre Tragödie, fürchtete er, würde wohl eher von ihm selbst und seinen Sommerferien handeln.

»Sehr schön.« Onkel David schien zufrieden mit der Antwort. »So, du bist also der kleine Tom«, sagte er dann, als könnte es da irgendeinen Zweifel geben. »Ich wusste gar nicht, dass Olivias Sohn schon so groß ist! Du wurdest doch erst vor ein paar Jahren geboren.«

»Der Junge ist zwölf, wenn ich richtig zurückrechne, gnädiger Herr«, ließ sich Will vernehmen.

Onkel David warf Tom einen irritierten Blick zu, als hätte der sich gerade vor seinen Augen verwandelt. »Zwölf!« Er strich sich das braune Haar aus der hohen Stirn und lachte nervös. »Sieh mal einer an. Wie die Zeit vergeht.«

Die Falten um Onkel Davids Augen zeigten, dass er oft lachte. Er wirkte sehr freundlich, doch er konnte nicht verbergen, dass er nicht recht wusste, wie er mit Tom umgehen sollte.

»Es ... es wird dir hier gefallen«, fuhr er fort. Es schien beinahe, dass er nicht nur Tom, sondern auch sich selbst davon überzeugen musste.

Tom nickte langsam. Bestimmt gab es irgendwo einen Fernseher. Und einen Computer. Er würde schon eine Möglichkeit finden, sich die Zeit zu vertreiben. »Das ist ein schönes Haus«, meinte er höflich.

Ein Strahlen lief über Onkel Davids Gesicht. »Ja. Kein Wunder, dass du das sofort erkannt hast. Unsere Familie stammt schließlich von hier. Weißt du was? Ich werde dir alles zeigen. Die vier Wochen, die du hier sein wirst, werden dir am Ende kaum ausreichen.«

»Sechs Wochen«, warf Will ungerührt ein.

Onkel Davids Blick zeigte wieder Verwirrung. »Ach, wirklich? Sechs Wochen? Herrje, das ist lang. Ich meine natürlich, das ist überhaupt nicht lang. Also ... genau die richtige Zeit.« Er zwang hastig ein Lächeln auf sein Gesicht. »Du wirst das Haus lieben. Hier gibt es noch immer alles, wofür schon ich als Kind geschwärmt habe.«

»Du?« Tom runzelte die Stirn. Hatte es vor dreißig Jahren schon das Internet gegeben? Oder eine Spielkonsole?

»Die wichtigen Bücher«, sagte Onkel David und zwinkerte Tom verschwörerisch zu, als hätte er ihm gerade eine VIP-Dauerkarte für die Spiele des FC Chelsea in die Hand gedrückt. »Die alten Meister sind alle hier. Sie warten nur darauf, von dir entdeckt zu werden. Tja, ich weiß noch, wie ich einmal meinen Onkel oben in Schottland besucht habe. Ein strenger Kerl. Musste ihn immer *Sir* nennen. Ich bin da ziemlich locker. Für dich bin ich einfach Onkel David.«

Tom folgte seinem Onkel und Will die breite Treppe hinauf in den ersten Stock. Das Haus bestand vor allem aus dunklem Holz und alten Gemälden. Die Stille, die in dem Flur am Ende der Treppe nistete, war so dicht, dass jeder ihrer Schritte unnatürlich laut zwischen den Wänden klang. Tom versuchte sich vergeblich vorzustellen, wie seine Mutter und George als Kinder die Treppe hinaufgelaufen waren. Kinder passten irgendwie nicht hierher. Es schien, als könnten nur Erwachsene in ein so altes Haus gehören. Wie Onkel David. In seinem Anzug verschmolz er beinahe mit den grünen Wänden wie ein Chamäleon mit einer Pflanze. Vermutlich war er schon als Kind vierzig Jahre alt gewesen.

Während Onkel David vorausging, deutete er mal nach links und mal nach rechts auf eines der vielen Portraits, die an den Wänden hingen, und erzählte dabei von Toms Vorfahren. Strenge Gesichter musterten Tom. Das von William Shakespeare, der mit seinem dichten Bart um den Mund aussah, als hätte er nie in seinem Leben gelacht, starrte besonders übellaunig auf ihn herab.

»Mein altes Zimmer«, sagte Onkel David stolz und holte Tom damit aus seinen Gedanken. Sie hatten das Ende eines langen Flures erreicht. Onkel David öffnete die Tür so schwungvoll, dass er mitgerissen wurde und in den Raum hineinstolperte.

Tom spähte an ihm vorbei. Im ersten Moment sah er nur die furchtbare Tapete. Sie zeigte immer und immer wieder eine Gruppe bewaffneter Männer, die Hirsche durch einen

Wald jagte. Neben einem großen Bett und einer Kommode gab es noch einen Schreibtisch, einen Kleiderschrank und einen Kamin.

»Gemütlich, oder?« Onkel David hatte das Gleichgewicht wiedergefunden und trat an das Fenster, das hinaus in den Garten ging. Mit einiger Mühe gelang es ihm, die beiden Flügel zu öffnen. »Hier habe ich viele Stunden verbracht, bin Jim Hawkins auf die Schatzinsel gefolgt oder habe mit Robinson Crusoe einsame Tage ausgeharrt. Natürlich habe ich auch die Bücher von unserem berühmten Vorfahren studiert. Eine wunderschöne Zeit. Was liest du so?«

Tom zuckte mit den Schultern. Eigentlich las er gar nicht. Zumindest keine Bücher. »Meistens Sportzeitungen«, sagte er, um irgendetwas zu antworten. Doch eigentlich las er nur die Posts seiner Freunde im Internet.

»Oh«, entfuhr es Onkel David offensichtlich enttäuscht und er sah verwirrt zu Will, der stumm eingetreten war. »Haben wir Sportzeitungen im Haus?«

»Ich befürchte nicht, gnädiger Herr«, erwiderte der Diener, während er Toms Koffer neben das Bett stellte. »Ihr Interesse an dieser Art … gedruckter Informationen ist nicht sehr ausgeprägt. Aber ich bin sicher, in der *Times* einmal einen Sportteil gesehen zu haben.«

»Wunderbar!«, rief Onkel David und strahlte Tom an. »Dann ist ja alles in bester Ordnung. Pack erst mal aus und sieh dich um. Ich muss noch etwas arbeiten, aber Will wird dir nachher das Telefon zeigen, damit du zu Hause anrufen kannst. Gegessen wird bei uns übrigens immer um drei viertel sieben. Du wirst sehen, die vier Wochen vergehen wie im Flug.« Lächelnd verließ er das Zimmer.

»Es sind sechs Wochen«, berichtigte Will, während er seinem Herrn hinaus in den Flur folgte.

»Wirklich?«, hörte Tom den Onkel noch fragen. »Herrje, das ist aber gar nicht gut. Gerade in dieser Zeit …«

Tom setzte sich auf das Bett und kratzte sich mit dem Finger im Ohr, um endlich das Summen daraus zu vertreiben. Sechs Wochen. Kein Internetempfang. Kein Handynetz. Er konnte mit niemandem Kontakt halten. Wenigstens den Fernseher musste er finden. Er musste. Sonst war er verloren.

»Es wird dir gefallen«, sagte Toms Mutter durch den Hörer, als er später mit ihr telefonierte. Tom hatte noch nie ein Telefon wie dieses in den Fingern gehalten. Der Apparat in der Bibliothek, zu dem Will ihn geführt hatte, besaß tatsächlich noch eine Wählscheibe und einen richtigen Hörer, der über ein Kabel mit dem Rest des klobigen, schwarzen Kastens verbunden war. Tom kannte diese Dinger nur als Kinderspielzeug. Oder aus Filmen. Ziemlich alten Filmen.

»Hier gibt es gar nichts«, flüsterte Tom, so laut er es sich traute. »Ich glaube, Onkel David ist ein bisschen verrückt. Ist der echt mit dir verwandt?«

»Was?«, rief seine Mutter. »Du bist so leise.«

Tom verdrehte die Augen. Die Türen an der anderen Seite der Bibliothek standen weit geöffnet und draußen hörte er Will geschäftig hin und her laufen.

»Ach, nichts«, seufzte Tom und sprach wieder lauter. »Wann fahrt ihr los?«

»Gleich morgen früh«, flötete seine Mutter aufgedreht. »Wir wollen keine Sekunde von Paris verpassen. Wir lieben dich.«

»Ja, ich wünsche euch schöne Flitterwochen«, seufzte Tom und legte auf.

Als er hinaus auf den Flur trat, war Will fort. Also begann Tom sich umzusehen. Mit etwas Glück würde er den Fernseher schon selbst finden.

Er durchstöberte das ganze Haus, doch in keinem der Zimmer fand er etwas anderes als Bücher. Es waren so viele. Die konnte doch keiner alle lesen!, dachte Tom verärgert. Zuletzt stieg er die Treppe in den Keller hinab. Er glaubte nicht, dass er da unten einen Fernseher finden würde. Doch da er schon mal dabei war, das Haus auf den Kopf zu stellen, konnte es nicht schaden, sich auch unten einmal umzusehen.

Ein düsterer Flur führte vom Ende der Treppe geradewegs auf ein Kellergewölbe zu. Neben dem Durchgang hing eine große Taschenlampe an der Ziegelsteinwand. Ein dickes Rohr lief über weitere Bücherregale hinweg. Die Kellerdecke wurde von steinernen Säulen getragen und zahllose elektrische Lampen an den Wänden tauchten das Gewölbe in ein schummriges Licht.

Tom ging ein paar Schritte in den Keller hinein und entdeckte in einiger Entfernung zwischen zwei Regalen eine Stahltür, die einen Spalt offen stand. Im Gegensatz zum Rest des Kellers glänzte die Tür wie neu.

Tom stockte, als er Stimmen hinter der Tür hörte. Da also waren sein Onkel und dieser Will, dachte er. Unwillkürlich verfiel er in ein lautloses Schleichen. Tom hatte diesen Gang perfektioniert, um ungehört an seinen Eltern vorbeizukommen.

»... aufpassen, dass man sie nicht findet?« Das war Onkel David gewesen.

»Wir sollten sie ...« Wills Worte waren undeutlicher und schwerer zu verstehen als die von Onkel David.

Tom schlich näher. »Nein, das wird nicht nötig sein«, hörte er seinen Onkel erwidern. »Sie wurden seit fast siebzig Jahren nicht mehr gesehen.«

»Und wenn sie kommen?«, hörte Tom Will fragen. Sein Tonfall klang gepresst vor Anspannung.

»Das ... nein, das kann ich mir nicht vorstellen«, erwiderte Onkel David, aber er klang nun ein wenig verunsichert.

»Sie haben es doch selbst gesagt. Die Seiten deuten eindeutig auf eine Umformulierung hin.« Wills Stimme. Jemand raschelte mit Papier.

»Vielleicht ... vielleicht habe ich mich getäuscht. Ich habe zu Lebzeiten keine Umformulierung erlebt, Will.«

»Möglicherweise fehlen bereits einige Lebensseiten«, sagte der Diener. »Wir müssen das überprüfen. Am besten, wir bringen sie alle hierher.«

»Alle?« Onkel David klang wenig erfreut über den Vorschlag. »Das sind ziemlich viele.«

»Es ist sicherer«, drängte Will. »Und ich habe bereits damit begonnen, sie herzuschaffen.«

»Na gut«, meinte Onkel David widerwillig. »Wenn es dich beruhigt, alter Knabe. Dann …« Onkel David verstummte so plötzlich, als hätte ihm jemand die Worte von der Zunge geschnitten.

»Was ist?«, fragte Will misstrauisch.

Tom war mittlerweile fast an der Tür angelangt und griff nach dem Türknauf.

»Mein Neffe«, wisperte Onkel David so leise, dass Tom ihn kaum verstand.

»Hier?«, hörte Tom den Diener verblüfft fragen.

»Da steht es«, erwiderte Onkel David.

Jemand erhob sich aus einem Sessel und näherte sich der Tür. Hatten sie ihn bemerkt? Tom war sich sicher, dass er völlig lautlos gewesen war. Seine Hand lag noch auf dem Türknauf, als die Tür von innen so heftig aufgerissen wurde, dass Tom fast in den Raum hineinfiel.

»Hallo, Tom«, sagte Onkel David und setzte ein gestelltes Lächeln auf. »Alles in Ordnung?«

»Ja«, erwiderte Tom unschuldig und versuchte einen Blick an Onkel David vorbei in den Raum hinter der Stahltür zu werfen. Er erkannte nicht viel. Nur einen Tisch, auf dem einige Papiere lagen. Und eine alte Lampe mit einem hässlichen Blümchenmuster.

»Wer ist denn bei dir?«, fragte Tom, während sich sein Onkel vor ihn schob und die Sicht versperrte.

»Niemand«, antwortete Onkel David, sah sich nervös um und zog Tom von der Tür fort.

»Habe ich da nicht Will gehört?«, fragte Tom.

»Will?« Onkel David sah ihn an, als wüsste er nicht, von wem Tom sprach. »Ach so. Ja, er hat noch hier zu tun. Da sind …«, er strich sich nervös die Haare aus der Stirn, »… Bücher, die sortiert werden müssen.« Er legte die Hand auf den Lichtschalter und die Beleuchtung in dem Gewölbe erlosch. »Komm, wir gehen nach oben. Bald gibt es Essen.«

Tom nickte gedankenverloren. Erst jetzt bemerkte er, wie laut das Summen in seinen Ohren geworden war.

»Hörst du das auch, Onkel David?«, fragte Tom.

»Nein, was denn?« Die Stimme seines Onkels schien wie aus weiter Ferne zu kommen.

»Das Geräusch. Es klingt fast wie eine Stimme, glaube ich.«

»Als ob tausend leise Worte die Luft erfüllen?« Onkel David klang plötzlich heiser.

»Ja«, sagte Tom überrascht.

»Nein, ich höre nichts dergleichen«, gab Onkel David leichthin zurück, doch er musterte seinen Neffen mit einem seltsam nachdenklichen Blick. Tom zuckte zusammen, als er ihm nun in einer festen Geste die Hand auf die Schulter legte. »Und du hörst auch nichts. Das ist nur die Stille des Kellers.«

Mit sanftem Druck zog er Tom zur Treppe, von deren oberem Ende das Licht des grauen Tages herabschien, und stieg hinauf. Tom lauschte noch ein wenig dem sonderbaren Summen, ehe er seinem Onkel folgte.

Tausend Worte. Ja, so klang es.

Seltsam, dachte Tom. Sehr seltsam.

ENTFÜHRT

Der Regen, der den Tag grau gefärbt hatte, war in der Nacht zu einem Gewitter geworden. Es blitzte und donnerte so heftig, dass Tom nicht schlafen konnte. Er lag in dem Jugendbett seines Onkels und drehte sich von einer Seite zur anderen. Wahrscheinlich kann ich vor lauter Langeweile nicht schlafen, dachte Tom bei sich und richtete sich auf. Er wusste nicht, wann er das letzte Mal ins Bett gegangen war, ohne vorher in seinem Smartphone nachzusehen, ob er noch Nachrichten von seinen Freunden bekommen hatte. Er vermisste sie schon jetzt. Wie sollte er da sechs Wochen hier aushalten?

In diesem Haus schien es nur um Bücher zu gehen. Um nichts anderes. Beim Essen hatte sein Onkel die meiste Zeit von dem berühmten Vorfahren William Shakespeare gesprochen: »Ein einfacher Mann aus dem Volk, der einige der bedeutendsten Werke der Menschheit geschrieben hat«, hatte Onkel David nach einem beinahe zwanzigminütigen Monolog über den Schriftsteller geschlossen. »Vierhundertfünfzig Jahre ist er neulich alt geworden. Das war eine Party, was, Will?«

Der Diener hatte gerade die Teller abgeräumt und nichts erwidert. Doch der warnende Blick, den er Toms Onkel zugeworfen hatte, war kaum zu übersehen gewesen. Tom hatte ihn genau beobachtet. Der Kopf, der am Tag unter Hut, Brille und Schal verborgen gewesen war, kam Tom bei genauem Hinsehen wie ein Ei vor. Während Will die Haare auf seinem Haupt weitestgehend ausgegangen waren, ließ er sie an den Seiten dafür umso länger wachsen. Sie waren braun und glänzten ebenso wie der Bart, den er über seiner Oberlippe und um sein Kinn herum trug. Irgendwie sah beides so unecht aus wie eine Karnevalsperücke.

Beim nächsten Donnerschlag gab Tom den Versuch einzuschlafen auf und stieg stattdessen aus dem Bett. Er trat ans Fenster, schob die Vorhänge zur Seite und sah hinaus. Genau in diesem Moment blitzte es auf und die Nacht wurde für einen Augenblick taghell. Der Rasen vor dem Haus erschien wie mit Silber überzogen und die Bäume, die den Garten zur Straße hin abtrennten, warfen wilde Schatten auf das Gras.

Tom blinzelte. Hatte er nicht gerade jemanden gesehen? Eine Gestalt, die dort auf dem Rasen gestanden hatte? Er kniff die Augen zusammen und stierte in die Dunkelheit. Nur wenig später blitzte es wieder auf. Abermals erschien der Rasen wie in Silber getaucht, doch von der Gestalt war nichts mehr zu sehen. Tom hatte sie sich wohl nur eingebildet.

Er fuhr sich über das Gesicht und beschloss, in die Bibliothek hinunterzugehen. Vielleicht fand er in den Zeitungen, die dort lagen, wirklich einen Sportteil und womöglich machte ihn das Lesen müde genug, um trotz des Gewitters einzuschlafen.

Auf dem Flur tastete er nach einem Lichtschalter, doch als er ihn schließlich fand und betätigte, geschah nichts. Tom versuchte es noch einmal, ohne dass es hell wurde. Stromausfall. Na wunderbar. Tom verzog verärgert das Gesicht. Ohne Licht würde er nicht lesen können. Er wusste nicht, wo es hier Streichhölzer und Kerzen gab. Und er konnte seinen Onkel oder den Diener kaum wecken und danach fragen. Gerade wollte er sich wieder umdrehen, um zurückzugehen, als er etwas hörte.

Es war weder das Krachen eines Blitzes noch der nachfolgende Donner gewesen, sondern ein Klirren. Und es schien von unten zu kommen. Tom stockte und lauschte. Jemand war dort. Vielleicht Will? Tom tastete sich durch den finsteren Flur. Es war so dunkel, dass er kaum die Hand vor Augen sehen konnte.

Mit einiger Mühe fand er den Beginn der Treppe und stieg dann vorsichtig Stufe um Stufe hinab. Als er in der Eingangshalle angekommen war, blitzte es erneut. In dem kurzen Lichtschein erkannte Tom, dass die Scheibe eines der Fenster zersplittert war. Der Blitz riss eine dunkle Gestalt daneben aus der Dunkelheit. Einbrecher!, schoss es ihm durch den Kopf. Also hatte er sich doch nicht getäuscht. Es wurde wieder dunkel in der Halle und Toms Herz schlug mit einem Mal so fest in seiner Brust, dass er fürchtete, die Gestalt könnte es hören. Er spürte ein Prickeln auf der Haut. Beim nächsten Blitz glaubte Tom seinen Augen nicht zu trauen: Das Fenster war wieder ganz. Und von der Gestalt fehlte jede Spur.

Verblüfft starrte er auf das Fenster, sogar als es schon längst wieder dunkel war. Er wartete ein wenig, ehe er sich traute, zu dem Fenster hinüberzugehen. Mit den Fingern strich er vorsichtig über das Glas. Es war unversehrt.

Erleichtert atmete Tom die Luft aus, die er vor Aufregung angehalten hatte. Er hatte sich das alles nur eingebildet. Für einen Moment überlegte er, wieder hinaufzugehen, doch dann fiel ihm ein, dass er vorhin neben dem Durchgang zum Kellergewölbe eine Taschenlampe gesehen hatte. Er beschloss, sie sich zu holen.

Tom tastete sich zur Treppe vor und trat ins Leere, ehe seine Finger das Geländer fanden. Er unterdrückte einen Fluch und folgte der Stiege vorsichtig hinab.

Kaum hatte er den Fuß auf die oberste Stufe gesetzt, war das Summen in seinen Ohren zurück. Tausend leise Worte. Tom verscheuchte den Gedanken an das Gespräch mit Onkel David.

Er stieg die Treppe vorsichtig ganz hinunter und wollte sich gerade auf die Suche nach der Taschenlampe machen, als er stutzte. Ein Lichtschein durchschnitt die Dunkelheit vor ihm. Er kam aus dem Kellergewölbe und schien seinen Ursprung in dem Raum hinter der Stahltür zu haben. Gab es dort etwa Strom? Tom runzelte die Stirn. Nein, vermutlich hatte wohl eher jemand eine Kerze entzündet. Oder mehrere, so hell, wie das Licht war. Sicher war Will dort.

Tom würde wohl keine Taschenlampe mehr brauchen. Er tastete sich durch den Keller auf den Lichtschein zu und presste seine Finger gegen den Stahl der Tür. Vorsichtig drückte er sie etwas weiter auf und sah in den Raum hinein.

Tom erkannte den kleinen Tisch mit einem thronartigen Sessel davor und einem hohen Regal an der Seite. Darin standen – wie hätte es auch anders sein sollen? – Bücher. Es waren ziemlich wenige und die meisten Bretter des Regals waren leer. Das Licht aber, das den Raum erhellte, stammte keineswegs von Kerzen. Auf dem Tisch stand die elektrische Lampe mit dem hässlichen Muster, die trotz des Stromausfalls ihren Lichtkegel auf die Tischplatte warf und einige lose Seiten beschien. Tom wunderte sich darüber. Wieso gab es hier unten Strom? Er betätigte einen Schalter an der Wand, doch das Deckenlicht blieb dunkel. Seltsam.

Als Tom einen Schritt in den Raum hinein machte, trat er versehentlich den Stecker der Lampe aus der Dose. Das Licht brannte dennoch weiter. Tom rieb sich die Augen. Das war unmöglich. Er schaltete die Lampe aus, doch sie leuchtete unverdrossen weiter. Das war unmöglich! Vielleicht träumte er? Tom stolperte zurück, als hätte er sich an der Lampe einen elektrischen Schlag geholt, und sein Blick fiel auf die losen Seiten, die auf dem Tisch lagen. Das Summen wurde lauter.

Tom sah sich verwundert um. Es gab nichts in dem Raum, das dieses Geräusch hätte verursachen können. Nicht einmal die seltsame Lampe konnte so laut summen. Vielleicht lag etwas unter den Papieren? Tom schob die Seiten fort, doch unter ihnen war nichts. Er nahm eine der Seiten zur Hand. Und ließ sie erschrocken wieder fallen.

Auf der Seite waren wie von selbst Worte entstanden und wieder verschwunden. Ganz von alleine. Als hätte ein Unsichtbarer sie mit blauer Tinte darauf geschrieben.

Tom fuhr sich über die Augen. Vorsichtig hob er die Seite wieder hoch. Diesmal ließ er sie nicht fallen. Doch was er sah, konnte er dennoch nicht glauben. Worte flossen wie von Zauberhand auf das Papier. Toms Mund klappte auf, doch kein Wort kam über seine Lippen, während er las.

Boris träumte wieder von der Straße, deren Boden anfing, weich zu werden.
Es war derselbe Traum, den er schon viele Male gehabt hatte.
Jedes Mal, wenn er glaubte, mit einem Problem nicht fertigzuwerden.
Er begann über das Pflaster zu laufen, das nachgiebig wie nasser Sand wurde.
Vorwärts kam er kaum.
Seit Boris Premierminister geworden war, durchlebte er diesen Traum immer wieder.

Tom ließ die Seite stirnrunzelnd sinken. Premierminister? Es gab tatsächlich einen Premierminister, der Boris mit Vornamen hieß. Hier in England. Toms Eltern hatten sich geärgert, als er vor wenigen Monaten die Wahl gewonnen hatte. Wieso stand jetzt etwas von seinen Träumen auf der Seite? War das irgendein ultramoderner E-Book-Reader?

Tom nahm zur Probe eine der anderen Seiten zur Hand. Er bog sie und strich mit den Fingern über sie. Sie war aus Papier. Ganz sicher. Und auch auf ihr erschienen Worte wie aus dem Nichts. Verblüfft starrte Tom die Seite an.

David hatte ein Geräusch gehört.
Er war noch nicht ganz wach, doch in seinem verschlafenen Kopf reihten sich bereits Gedanken aneinander.
Sie waren da.
Nach all der Zeit.
David wusste es, ohne auch nur einen von ihnen gesehen zu haben.
Will hatte recht gehabt.
Und er hatte die Seiten unten liegen lassen.
Verflixt, dachte er.
Er musste sie holen.
Sofort.
Hoffentlich bekam Tom nichts mit.

Tom kniff sich, so fest er konnte, in den Arm. »Au«, zischte er in den verlassenen Raum. Er konnte den Abdruck sehen, den seine Finger auf seiner Haut hinterlassen hatten. Doch er war nicht aufgewacht.

Das hier war kein Traum, dachte er bei sich. Das war echt. Wirklich echt. Obwohl Tom nicht wusste, wie das möglich sein sollte.

Das dort waren Worte über seinen Onkel David gewesen. Aber wie kamen die da hin? Und wohin verschwanden sie? Längst hatten neue ihren Platz eingenommen. Tom las, wie David eine Hose suchte und hinfiel, während er schlaftrunken versuchte, sie sich anzuziehen. Von irgendwoher hörte Tom in diesem Moment ein dumpfes Poltern.

Hastig warf er die Seite auf den Tisch, als hätte sie ihm die Hand verbrannt. Das war nicht normal. Nein, das war total verrückt.

Tom wäre am liebsten aus dem Raum hinausgestürmt und zu seinem Onkel gelaufen, um ihn zu fragen, was das alles zu bedeuten hatte. Doch irgendetwas hielt ihn zurück. Eine der Seiten lag direkt im Licht der Lampe. Das Summen schien von ihr auszugehen. Plötzlich nahm Tom nichts anderes mehr wahr. Tausend leise Worte. Und dann hörte er nur noch seinen Namen. Als würde ihn die Seite zu sich rufen. Tom vermochte seinen Blick nicht mehr von dem Papier zu lösen. Es schien wichtig zu sein. Wichtig für ihn.

Toms Finger zitterten, als er nach der Seite griff. Weshalb war er so aufgeregt? Es war nur Papier. Aber das waren die anderen Seiten auch gewesen. Tom erkannte erneut Buchstaben, die ein Unsichtbarer zu schreiben schien. Seine Augen weiteten sich, während er sie las.

Tom blickte auf die Seite.

Er konnte nicht glauben, was er sah.

Was er las.

Wie auch?

Es war kaum zu glauben.

Er stand vor dem Tisch, das Licht der Lampe, die nicht leuchten konnte, fiel auf die Seite und beschien die Buchstaben, die ganz ohne Tinte auf ihr erschienen.

»Unglaublich!«

»Unglaublich!«, entfuhr es Tom und sein Mund klappte erneut auf, wodurch er ziemlich dümmlich aussah.

Tom zwang sich, den Blick von der Seite zu lösen, und sah sich um. Er war allein. Das konnte es doch nicht wirklich geben, dachte er, während er versuchte, seine Gedanken zu ordnen. Er hatte kaum verstanden, wie die Worte auf den anderen Seiten erschienen waren. Aber das hier war noch verrückter als alles andere zuvor, sofern das überhaupt möglich war.

Wer oder was auch immer dafür sorgte, dass sich die Buchstaben auf dem Papier aneinanderreihten, wusste genau, was Tom tat. Und was er dachte. Doch hier war niemand. Oder gab es eine Kamera, durch die Tom beobachtet wurde? Aber wie hätten seine Gedanken auf der Seite erscheinen können?

In Toms Kopf begann sich alles zu drehen. Wenigstens war das Summen fort. Es war verschwunden, seitdem er das Papier berührt hatte. Stattdessen schien es ihm, als könne er die Worte, die auf der Seite auftauchten, beinahe hören. So als müsste er sie nicht lesen, um sie zu begreifen.

Tom wollte fortlaufen. Weg von diesem Ding, das er nicht verstand. Doch sein Körper gehorchte ihm vor lauter Aufregung nicht und die Worte auf der Seite veränderten sich erneut.

Tom war noch immer wie erstarrt und so aufgeregt,
dass er die Schritte nicht hörte.
Jemand war die Treppe hinabgestiegen.
Jemand kam.

Jemand kam? Hatte die Seite recht? Vielleicht war es Onkel David!

Vielleicht war es Onkel David!, dachte Tom und
der Gedanke erleichterte ihn.
Doch die Schritte schienen nicht zu dem ziemlich
tollpatschigen Mann zu gehören.
Sie waren schwer und bestimmt.
Wer immer da auch kam, ging mit einer bemerkenswerten
Selbstsicherheit durchs Leben.
Tom überlegte fieberhaft.
Was sollte er tun?
Bleiben?
Oder gehen?
Zu spät.
Die Gestalt war an der Tür zum Kellergewölbe angelangt.

Nun hörte Tom die Schritte über sein laut klopfendes Herz hinweg. Sie näherten sich langsam und unaufhörlich. Tom sah wieder auf die Seite.

Er musste sich beeilen, wenn er der Entdeckung durch den Mann entgehen wollte.
Die weisen Worte auf der Seite rieten Tom, sich hinter der Tür zu verstecken, ehe der Mann in den Raum treten würde.

Die Schritte kamen näher, und Toms Herz schlug nun so fest, als wollte es sie mit Gewalt übertönen. Er sah wieder auf die Seite.

Tom sollte sich wirklich beeilen.

Das war Irrsinn, dachte Tom. Er konnte doch nicht tun, was auf einem Stück Papier stand, ganz egal, wie unglaublich es sich anhörte.

Wenn er sich jetzt nicht bewegte, würde er es bereuen.
Verdammt, konnte er nicht mehr lesen?
Es war doch wohl nicht so schwer zu verstehen.
BEWEG DICH, TOM.
JETZT!

Im selben Moment, in dem die Tür ein Stück weiter nach innen gedrückt wurde, schlüpfte Tom hinter sie, sodass sie ihn verdeckte. Er presste sich so eng an die Wand, wie er konnte, und lugte auf die Seite in seiner Hand. Er wagte nicht, sie höher zu halten, aus Angst, das Rascheln könnte ihn verraten. Tom konnte nicht alle Worte genau erkennen. Er drehte den Kopf, um besser lesen zu können, doch viele der Worte verschwanden, ehe Tom sie entziffern konnte.

Der Unbekannte stand ... dem Tisch.

Toms Lippen bewegten sich lautlos, als könnte er die Worte so zum Bleiben überreden.

Endlich ... Ziel, dachte er.
... Lebensseiten.
... wirklich eine besondere Nacht.

Plötzlich erklangen Geräusche aus dem Gewölbe. Jemand ging mit schnellen Schritten auf die Tür zu.

Tom ließ die Seite sinken und lauschte aufgeregt. Jemand betrat den Raum.

»Ich habe die Lampe umformuliert, damit Ihr die Seiten begutachten könnt«, hörte Tom eine tiefe Stimme sagen. Der Mann, zu dem sie gehörte, atmete schwer vor Aufregung. »Sind sie das?«

»Ja«, erwiderte eine zweite. Sie klang ruhig und erstaunlich freundlich. »Es ist doch erstaunlich, wie sehr sie sich unterscheiden, wenn man weiß, worauf man achten muss. Jede so einzigartig wie der Mensch, zu dem sie gehört. Lass sie uns fortbringen. Oben sollten die letzten sein.«

»Ja, Autorius.«

Tom hörte ein Kratzen. Es schien, als ob jemand etwas mit einem Füller schrieb. Einen Moment später prickelte seine Haut, als würde warme Luft darüberstreichen. Wenige Augenblicke darauf erklang nur noch das schwere Atmen, dann Schritte, die sich näherten. Ein dritter Mann kam. Tom wagte nicht, sich zu rühren. Der, der da kam, war in Eile. Die Person, die mit Tom im Raum war, schien ihn ebenfalls gehört zu haben. Tom konnte nicht sehen, was sie tat, doch auf der Seite las er es.

Würde ... Überraschung bereiten.

Was für eine Überraschung? Ehe Tom darüber nachdenken konnte, erschienen wieder Worte auf dem Papier. Diesmal waren es nur zwei und Tom konnte sie beide deutlich erkennen:

David kam.

Onkel David? Tom wollte ihn warnen, doch die Angst vor dem Unbekannten schnürte ihm die Kehle zu und schnitt ihm alle Worte von den Lippen.

»Was ...?«, hörte Tom seinen Onkel fragen. Ein dumpfer Schlag und die Stimme seines Onkels erstarb mitten im Satz.

Jemand fiel zu Boden. Tom war wie erstarrt. Die Angst stieg in ihm empor wie Wasser in einem Brunnen. Er ertrank beinahe in ihr. War Onkel David gerade gestorben? Nein, dachte er bei sich, während er panisch lauschte. Er hörte zwei Menschen in seiner Nähe atmen. Die Angst blieb dennoch. Seine Hände zitterten, als er auf der Seite weiterlas.

Geschafft, dachte der Unbekannte.

Der Lectorius war ...

und alle Lebensseiten ...

Ein leises Kratzen unterbrach die angespannte Stille. Tom lauschte angestrengt in das Zwielicht. Das Kratzen endete abrupt. Toms Nackenhaare stellten sich auf und es wurde ebenso dunkel wie still. Kein fremdes Atmen mehr. Nur das Schlagen seines eigenen Herzens. Tom blieb noch einige Minuten hinter der Tür stehen. Oder waren es Stunden?

Als er sich sicher war, wirklich alleine zu sein, traute sich Tom aus seinem Versteck. Er tastete umher, fand die Tür und irrte durch die Finsternis, bis er den Durchgang zur Treppe fand. Dort suchte er die Taschenlampe. Als ihr Strahl endlich die Dunkelheit zerschnitt, fühlte sich Tom ein klein bisschen weniger elend. Vorsichtig ging er zurück in den Raum hinter der Stahltür. Er hatte insgeheim gehofft, seinen Onkel auf dem Boden liegen zu sehen. Doch da war niemand. Sein Onkel war ebenso verschwunden wie die Bücher in dem Regal. Und auch die Seiten auf der Tischplatte waren fort.

Ganz ruhig, sagte sich Tom. Der Unbekannte musste Onkel David niedergeschlagen und fortgetragen haben. Sicher war er bewusstlos. Also musste ihn der Mann, vor dem Tom sich verborgen hatte, getragen haben. Und der andere, dieser Autorius, hatte vermutlich die Bücher und die Seiten. Ganz egal, was hier los war, Tom musste Hilfe holen.

Mit der Lampe leuchtete er sich den Weg zur Treppe, dann wartete er mit klopfendem Herzen und lauschte. Wer konnte sagen, wer noch hier herumlief? Doch alles blieb still. Tom zögerte, die Treppe hinaufzugehen. Obwohl er sich wie ein Verrückter dabei fühlte, sah er auf die Seite in seiner Hand und folgte den Buchstaben, die auf ihr erschienen. Im Licht der Lampe waren sie deutlich zu erkennen.

Tom war aufgeregt.
Es war knapp gewesen.
Gut, dass er dem Rat der Seite gefolgt war.
Womöglich war er ja doch nicht so dumm, wie er aussah.
Besonders, wenn ihm der Mund offen stand.

»Hey!«, zischte Tom ungeachtet aller Gefahren.

Er war nun allein.
Nur die Auswirkungen der Umformulierung waren noch vage zu spüren.
Ein Prickeln in der Luft.
So, als ob sich ein Sommergewitter anbahnte.

Ja, da war tatsächlich etwas. Tom konnte es fühlen. Seine Nackenhaare hatten sich aufgerichtet. Er starrte auf die Seite und hoffte darauf, dass sie ihm erklärte, was geschehen war.

Tom war, wie bereits erwähnt, allein.
Er sah auf die Seite, doch nichts geschah.

Tom wartete vorsichtshalber ab, aber die Worte wiederholten sich nur noch. Vielleicht stimmte es. War er wirklich allein? Doch wo waren die Männer hin, die mit ihm in dem Raum gewesen waren? Was war die Umformulierung, von der Tom auf der Seite gelesen hatte? Und weshalb, um Himmels willen, sollte er an das glauben, was hier stand?

Tom schüttelte den Kopf, als könnte er die Welt so wieder zurechtrücken. Egal, was geschehen war: Sicher war, dass Onkel David verletzt worden war. Vielleicht sogar entführt. Tom musste Hilfe holen.

Er schaltete die Taschenlampe aus. Sofort ertrank die Welt um ihn herum wieder in Dunkelheit. Dann rollte Tom die Seite zusammen und schlich leise ins Erdgeschoss. Am Fuß der Treppe horchte er abermals. Der Regen war nicht mehr zu hören. Das Gewitter musste vorbei sein. Kein Blitz erhellte die Dunkelheit. Stattdessen warf nun der Mond sein kaltes Licht herab und mischte fahles Silber in die Nacht. Ein Fenster musste geöffnet worden sein, denn das Zirpen von Grillen verdrängte die Stille und irgendwo bellte ein Hund. Tom warf einen Blick auf die Seite. Zu seiner Überraschung schimmerten die Buchstaben, als finge sich das Licht des Mondes in ihnen. Sie wuchsen auf dem Papier wie die Ranken einer verzauberten Pflanze. Doch sie erzählten ihm in diesem Moment nichts über Eindringlinge oder seinen entführten Onkel. Er überlegte, die Lampe einzuschalten, doch dann verwarf er den Gedanken. Genauso gut hätte er laut rufen können.

Tom versuchte, sich zu orientieren. Die Bibliothek musste nur ein paar Meter entfernt sein. Mit dem Telefon würde er Hilfe rufen können. Auf den Gedanken, dass auch dieses Gerät ohne Strom nicht funktionierte, kam er erst, als er den tonlosen Hörer an sein Ohr hob. Doch schon einen Moment später hörte er das Freizeichen. Versuchsweise betätigte Tom den Lichtschalter neben dem Telefon an der Wand und das Licht in der Bibliothek flammte auf. In diesem Moment prickelte Toms Haut erneut.

Er fühlte Angstschweiß auf seiner Haut und wirbelte mit klopfendem Herzen herum.

Tom vergaß zu atmen. Vor ihm stand plötzlich ein Mann und wandte ihm den Rücken zu. Tom starrte ihn an, unfähig, sich zu rühren. Der Mann war groß, breitschultrig und trug kein Haar auf dem runden Kopf. Er steckte sich einige Bücher in den dunklen Mantel, dann keuchte er überrascht auf, drehte sich zu Tom um und blickte ihn verblüfft an. Nichts regte sich in dem vernarbten Gesicht. Ohne ein Wort zu sagen, zog der Mann eine Seite und eine Feder aus seinem Mantel. Sie kratzte über das Papier, und einen Moment später hatte Tom das Gefühl, dass unsichtbare Finger nach ihm griffen.

Er spürte sie auf der Haut, doch sie rutschten ab, als könnten sie ihn nicht packen. Stattdessen sah er, wie der Unbekannte vor ihm von den Füßen gerissen wurde und hart auf dem Boden aufschlug.

»Was bist du?«, zischte der Mann entgeistert, während er mühsam wieder auf die Beine kam. Tom erkannte die tiefe Stimme. Er hatte sie unten im Keller gehört. Bevor Tom ein Wort herausbrachte, setzte der Mann die Feder erneut an. Wieder hörte Tom das Kratzen. Der Mann wurde unscharf und verschwommen. Er schien sich aufzulösen, als sei er aus Nebel gemacht, und war mit einem Mal verschwunden.

Toms Mund klappte auf und seine Nackenhaare richteten sich abermals auf. Ruckartig riss er sich die Seite vor die Augen und las.

Tom sah, das wurde bereits erwähnt, ziemlich dümmlich aus, als er mit aufgeklapptem Mund auf die geheimnisvolle Seite starrte.
Die Umformulierung war deutlich zu spüren.
Doch es war nicht möglich, auf diese Weise aus dem Haus zu entkommen.
Der Schreiber hatte nur den Garten erreicht.
Und der Bibliothekar war ihm auf den Fersen.

Der Bibliothekar? Wer war das denn nun wieder? Egal. Ohne nachzudenken, stürzte Tom an ein Fenster, das zum Garten wies. Tatsächlich! Dort erkannte er die Gestalt mit dem dunklen Mantel. Sie rannte auf die Reihe schwerer Pappeln zu, die den Garten eingrenzten. Hinter ihr erschien plötzlich eine weitere Gestalt. Es war zu dunkel, als dass Tom sich hätte sicher sein können, doch er glaubte, Will zu erkennen.

Der Flüchtende bewegte die Arme. Einen Moment darauf stellten sich Toms Nackenhaare abermals auf und eine der hohen Pappeln stürzte um. Toms Schrei vermischte sich mit dem Krachen, als der Baum genau auf den Mann fiel, den er für Will hielt. Doch zu seinem Erstaunen gelang es dem Verfolger, den fallenden Baum zur Seite abzuwehren. Tom rieb sich die Augen. Wer immer das da unten auch war, musste Superkräfte haben. Der Baum war viele Meter hoch gewesen. Und der vermeintliche Will hatte ihn so mühelos fortgeworfen, als sei er nur ein dürrer Ast! Er holte auf. Ehe er jedoch zu dem Flüchtenden aufschließen konnte, hatte der das Ende des Grundstücks erreicht. Abermals flimmerte die Gestalt und der Mann verschwand. Nichts blieb von ihm übrig. Der Verfolger hielt bei den Pappeln an. Ein zorniger Schrei erfüllte die Luft. Die Gestalt schlug gegen einen Baum, der mit einem lauten Ächzen zu Boden fiel. Dann senkte sich erneut Stille über die Welt.

Nie war sie Tom bedrohlicher vorgekommen.

JOSÉPHINE

Tom saß den Rest der Nacht mit angezogenen Beinen in der hintersten Ecke seines Bettes, die seltsame Seite auf dem Schoß und die Taschenlampe wie einen Schlagstock in der Hand. Die Kommode hatte er vor die Zimmertür gezogen und es war ihm gelungen, den Schrank vor das Fenster zu schieben. Tom war viel zu aufgewühlt, um auch nur an Schlaf zu denken. Sein Blick wanderte zwischen der Tür und der seltsamen Buchseite hin und her. Sollte einer der Männer zurückkehren, würden ihm die Worte auf der Seite dies hoffentlich rechtzeitig ankündigen. In der drückenden Stille glaubte er, das Papier wispern zu hören.

Tom war müde und verwirrt.
Er begriff nicht, in was für eine Sache er da gestolpert war.
Klugerweise vertraute er dem schlauesten Geschöpf in seiner Nähe:
der Seite.
Ihre weisen Worte gaben ihm Halt in dieser furchtbaren Nacht.
Sie waren ein Leuchtfeuer in der Dunkelheit.
Unfehlbar und ...

»Hey«, zischte Tom, dem die Selbstverliebtheit der Seite auf die Nerven ging. »Ich will wissen, ob da jemand kommt.«

Tom war, wie gesagt, verwirrt, sonst hätte er sich der
weisen Seite gegenüber nicht so unhöflich verhalten.
Und nein, niemand kam.
Keiner der Angreifer war mehr da. Sie alle hatten das
Haus und den Garten verlassen.
Tom aber war gerettet, alleine, weil er der Seite vertraut hatte.

Tom seufzte erleichtert. Dennoch ließ er das Papier nicht los und kauerte wachsam auf dem Bett, bis irgendwann die ersten Sonnenstrahlen ihren Weg am Schrank vorbei ins Zimmer fanden. Jetzt erst wagte er es, das Bett zu verlassen. Als ob sich die Männer der vergangenen Nacht nicht am Tag hertrauen würden. Er schlüpfte in frische Sachen, schob die Kommode fort und öffnete vorsichtig die Tür. Der Flur lag schläfrig vor ihm. Niemand war zu sehen. Aus dem Erdgeschoss aber hörte er emsiges Klappern.

Die Taschenlampe erhoben, schlich Tom die Treppe hinab. Bei fast jedem Schritt hielt er inne und sah auf die Seite.

In dem großen Haus befanden sich nur noch Tom und der Diener.
Will bereitete in der Küche das Frühstück zu und tat, als sei nichts
gewesen.
Das Misstrauen, das Tom in sich aufsteigen fühlte wie Wasser
in einem Brunnen, war mehr als gerechtfertigt.

Tom hatte das Ende der Treppe erreicht und folgte dem Klappern bis zur Küche. Vorsichtig lugte er durch die geöffnete

Tür. Das Licht der Morgensonne fiel durch das Blätterdach der Bäume in den Raum und malte ein geschecktes Muster auf die schwarz-weißen Fliesen. Will stand mit einer geblümten Schürze bekleidet am Herd und ließ gerade Rührei aus der Pfanne auf einen Teller gleiten. Es duftete herrlich. Als er Tom in der Tür bemerkte, wandte er sich überrascht um. Sein Gesicht glänzte wie mit Schminke gefärbt. Und zwar mit dem falschen Farbton. Es schien, als säße ihm eine Orange auf dem Kopf. Rasch ließ Tom die Seite hinter seinem Rücken verschwinden.

»Ich denke, gnädiger Herr, du brauchst die Lampe zu dieser Stunde nicht mehr.«

Tom runzelte verwirrt die Stirn, dann erinnerte er sich an die Taschenlampe in seiner Hand und legte sie auf einen Küchenschrank neben der Tür.

»Ich hoffe, du hast gut geschlafen?«

Tom konnte den Blick, den Will ihm zuwarf, nicht deuten. Allzu gerne hätte er in diesem Moment auf die Seite gesehen. Was sollte er tun? Offen nach den Ereignissen der vergangenen Nacht fragen? *Das Misstrauen, das Tom in sich aufsteigen fühlte wie Wasser in einem Brunnen, war mehr als gerechtfertigt.* Die Worte der Seite kamen ihm in den Sinn. Auch wenn Will keine direkte Gefahr zu sein schien, musste Tom vorsichtig sein.

»Ist mein Onkel bereits wach?«, fragte er so teilnahmslos, wie er nur konnte, und musterte Wills Gesicht genau, während der Diener den Teller mit dem Rührei auf ein Tablett stellte. Der Toaster spuckte zwei Scheiben aus und der Duft frisch gerösteten Brots mischte sich in den des Rühreis.

»Er musste unerwartet aufbrechen«, erwiderte Will, ohne mit der Wimper zu zucken.

Tom war sich sicher, dass die Worte ebenso falsch waren wie die Haare, die der seltsame Diener auf dem Kopf trug. Und nicht nur dort. Der Bart sah auch nicht besonders echt aus und Tom glaubte zu erkennen, wie eine der Augenbrauen zur Seite rutschte. Sie schien nicht richtig festgeklebt zu sein.

»Eine Bücherauktion«, fuhr Will fort und legte die Toastscheiben in den Brotkorb. »Sehr, äh, seltene Bücher. Er konnte sich diese Gelegenheit nicht entgehen lassen.«

»Und wann wird er wieder zurück sein?«, fragte Tom. War da ein kurzes Zucken in Wills Miene? Die Augenbraue senkte sich noch mehr, als bewegte sich eine Raupe über sein Gesicht.

»Das … das lässt sich nicht genau sagen. Sicher bald. Bis dahin werde ich mich um den jungen Herrn kümmern. Wenn du mir bitte folgen willst?«

Will drückte sich mit dem Tablett in den Händen an Tom vorbei und führte ihn ins Esszimmer. Der Tisch war bereits gedeckt. Will nahm die Sachen vom Tablett und wollte gerade gehen, doch Tom sprach ihn noch einmal an. »Es war vergangene Nacht sehr laut«, meinte er.

Will blieb für einen Moment in der Tür stehen, dann wandte er sich um und strich sich beiläufig über die Stirn, als juckte es ihn dort. Die Augenbraue verließ damit endgültig ihren Platz über dem Auge und hing Will nun am Finger, ohne dass er es bemerkte. »Das Gewitter, gnädiger Herr. Ein Blitz ist im Garten eingeschlagen.«

Ein Blitz. Keine schlechte Lüge.

»Ist am Ende noch eine der Pappeln umgestürzt?«, fragte Tom mit klopfendem Herzen. Er wollte sehen, wie weit Will die Lüge treiben würde.

Einen Moment lang musterten sie sich stumm.

»Ja«, erwiderte der Diener schließlich gedehnt. »Genau. Ein Blitz ist in eine Pappel eingeschlagen. Du hast sie vermutlich vom Fenster aus gesehen? Sie liegt noch im Garten. Am besten, der gnädige Herr bleibt im Haus. Vielleicht hat der Blitz noch weitere Bäume beschädigt. Hier ist es sicherer.«

Von wegen, dachte Tom und sah Will nach, während der Diener das Esszimmer verließ. Sobald er alleine war, holte Tom die Seite wieder hervor. Wie erwartet, erschienen Worte auf ihr. Doch sie waren plötzlich violett und erzählten diesmal nicht von ihm.

Die wunderbare Joséphine hoffte so sehr, dass der Freund ihres Vaters ihr helfen konnte.
Wer, wenn nicht einer der Obersten des Ordens wäre dazu imstande?
Es gab keine Tränen mehr, die sie noch vergießen konnte.
Joséphine war betäubt vor Angst, und als das Haus in Sichtweite kam, füllte sich ihr Herz mit so viel verzweifelter Hoffnung, dass es beinahe überlief.
Vielleicht würde bald alles gut werden.
Hoffentlich!

Tom griff, ohne von der Seite aufzusehen, nach einem Toast und schob ihn sich in den Mund. Wieso erzählte die Seite nicht mehr von ihm? Dazu auch noch in Violett und in einer Schrift, die so viel schöner war als die, die von ihm berichtete? Und wer war diese Joséphine?

Die Haltestelle war nicht weit vom Haus entfernt, und als Joséphine
aus dem klapprigen Bus stieg, umfing sie die kühle Landluft.
Der Wind zerrte an ihren rotbraunen Haaren,
als wollte er sie ärgern.
Mit klopfendem Herzen ging sie den Weg entlang auf das Tor zu,
das in den Garten führte, und lockerte den Schal, der die gleiche Farbe
wie ihre Locken hatte.
Der Schal, ein Geschenk ihres Vaters, verfing sich nur einen Moment
später in der Ranke eines Himbeerstrauchs. Doch sie bemerkte nicht,
wie er ihr von der Schulter glitt.
Joséphine war einige Male hier gewesen, aber noch nie war
sie alleine gekommen.
Der Kiesweg wand sich wie eine Schlange auf das Haus zu.
Alles war so ordentlich wie immer.
Einzig die umgestürzte Pappel passte nicht in das Bild des
makellosen Gartens.

Tom ließ verblüfft die Seite sinken. Das konnten doch nicht dieses Haus, dieser Garten und diese Pappel sein? Oder etwa doch? Ein Stück Toast fiel ihm aus dem offen stehenden Mund und er las rasch weiter.

Joséphine erreichte das Portal und stieg die Stufen hinauf.
Ihr Vater hatte seit ihrer Geburt nach ihrer Lebensseite gesucht.
Er hatte nicht geahnt, dass sie ausgerechnet hier war.
Noch nie war Joséphine ihr so nahe gewesen wie in diesem Moment.
Doch sie hörte die Worte nicht.
Noch nicht.
Ihr Finger zitterte, als sie die Klingel drückte.

Es schellte. Und Tom fiel vor Schreck beinahe von seinem Stuhl.

Nichts regte sich im Haus. Offenbar hatte Will die Klingel nicht gehört. Tom warf noch einen Blick auf die Seite, auf der neue Worte erschienen.

Hoffentlich konnte dieser Mister Pearce ihr helfen!

Toms Hand zitterte vor Aufregung, als er aufsprang. Seine Beine schienen von alleine zur Tür zu laufen. Von Will war keine Spur zu entdecken. Verwirrt blickte Tom auf das Stück Papier und stolperte dabei. Erstaunt stellte er fest, dass auf beiden Seiten Worte standen. Die einen in Nachtblau, die anderen in Violett. Die blauen Worte gehörten unzweifelhaft ihm. Er konnte von sich lesen. Wie er beinahe hingefallen wäre. Und außerdem wies die Seite auf seinen Gesichtsausdruck und den offen stehenden Mund hin, wie er ärgerlich bemerkte. Warum aber las er auf der Rückseite von einer Joséphine?

Das erneute Schellen riss ihn aus seinen Gedanken. In der Tür steckte ein mit Blumen verzierter Glaseinsatz, und im Morgenlicht zeichnete sich dahinter der Umriss eines Menschen ab, der etwa so groß wie Tom war. Joséphine?

So, rief sich Tom zur Ordnung. Vielleicht kann sie Licht in all das hier bringen. Bleib einfach ganz cool. Sie ist verzweifelt und braucht Hilfe.

Tom rollte die Seite zusammen und steckte sie sich unter seinen Pullover. Dann atmete er tief durch, öffnete die Tür … und sein Mund klappte auf.

Das hochgewachsene Mädchen vor ihm blickte ihn aus wachen, aber rot geweinten Augen an. Ihre rotbraunen Locken waren vom Wind zerzaust und auf ihrer Nase gab es so viele Sommersprossen, als hätte ein übereifriges Kind sie ihr aufgemalt.

»Hallo. Ist das hier das Haus von Mister David Pearce?«

Tom nickte, sprachlos vor Verblüffung. »Äh … ja. Mister Onkel. Nein, mein Onkel. Also Onkel David, er … er ist nicht da.« Oh, du bist wirklich sehr cool geblieben, Tom, sagte er sich und atmete noch einmal tief durch. Er zwang sich ein Lächeln auf die Lippen. Himmel, auf der Seite hatte nicht gestanden, dass sie hübsch war.

Das Mädchen runzelte die Stirn und fuhr sich mit einer Hand über ihr linkes Ohr, als müsste sie ein Insekt vertreiben. »Ich heiße …«, begann sie.

»Joséphine«, beendete Tom den Satz, ohne nachzudenken. Einen Moment später verfluchte er sich für seine Unbesonnenheit. Er durfte ihren Namen nicht sagen. Woher sollte er ihn kennen? Gelesen auf einer Seite, die von selbst die Worte wechselte. So etwas würde er ihr wohl kaum erzählen können.

Die Augen des Mädchens wurden dunkel vor Misstrauen und sie machte einen Schritt zurück. Automatisch fasste sie sich an den Hals und blickte verwundert an sich herab, als ihre Finger offensichtlich nicht fühlten, was sie dort erwartet hatte.

»Dein Schal hängt dahinten in dem Himbeerstrauch«, meinte Tom und deutete zum Rand des Grundstücks. Die Stelle, an der laut der Seite der Schal verloren gegangen war, wurde von den hohen Pappeln verdeckt. Oh wunderbar, sagte er sich, du machst es nur noch schlimmer. Auch das konntest du eigentlich nicht wissen.

»Wer bist du?«, fragte Joséphine. In ihren Blick mischte sich Angst.

»Tom«, sagte er, so beruhigend er konnte. »David Pearce ist mein Onkel. Aber er ...« Doch er schluckte die Worte hinunter, die ihm so leichtfertig auf die Zunge gesprungen waren. ... *wurde entführt*, hätte Tom beinahe gesagt. Er kannte das Mädchen nicht. Und er wusste noch immer nicht, was hier los war. »... ist kurzfristig verreist.« Das stimmte zwar nicht ganz, aber Onkel David war ja tatsächlich fort und damit war es nur eine halbe Lüge.

»Verreist?« Joséphine biss sich auf die Lippen. Einen Moment lang starrte sie schweigend an Tom vorbei, als müsste sie ihre Gedanken ordnen. Dann sah sie ihn wieder an. »Woher weißt du, wie ich heiße? Gehörst du etwa zu ihnen?«

»Ihnen?« Tom machte einen Schritt auf Joséphine zu. »Kennst du sie?«

»Wen meinst du?«, fragte das Mädchen misstrauisch.

Na wunderbar, dachte Tom. Jetzt bin ich völlig verwirrt.

Schwere Schritte auf dem gefliesten Boden ließen ihn herumfahren. Will kam schnell und ungelenk auf sie zu. Offenbar hatte er das Desaster mit der Augenbraue bemerkt. Sie klebte nun wieder über seinem Auge. Dafür hing sein Bart etwas durch. »Verzeihung«, sagte er hastig, »ich war im Keller zugange und habe etwas gebraucht, um heraufzukommen. Danke, dass du die Tür geöffnet hast, gnädiger Herr.«

Tom sah ihn an. Will war überhaupt nicht außer Atem, obwohl er die letzten Schritte beinahe gerannt war. Plötzlich fiel ihm auf, dass der Diener gar nicht atmete. Was ist er?, fragte sich Tom erschrocken. Ein Vampir? Nein, die gab es nicht und überhaupt vertrugen sie kein Tageslicht. Aber was gestern geschehen war, konnte es auch nicht geben. Vielleicht handelte es sich um einen Zombie? Grau genug war er manchmal im Gesicht.

»Darf ich fragen, wer du bist, junge …?« Erst in diesem Moment schien er das Mädchen zu erkennen. »Joséphine Verne«, stammelte er verblüfft.

Sie sah plötzlich hoffnungsvoll aus. Der Anblick von Will hatte ihr alle Furcht vom Gesicht gewaschen. Tom hingegen erinnerte sich wieder an die Worte, die er auf der Seite gelesen hatte. *Das Misstrauen, das Tom in sich aufsteigen fühlte wie Wasser in einem Brunnen, war mehr als gerechtfertigt.*

»Will.« Ihre Stimme zitterte fast vor Erleichterung.

Toms Blick wechselte zwischen dem schrägen Diener und dem Mädchen hin und hier. »Ihr kennt euch?«, fragte er.

Nun war es Tom, der argwöhnisch klang.

»Sie ist meine Enkeltochter«, sagte Will schnell, trat an Tom vorbei und zog das Mädchen durch die Tür. »Ist früher als erwartet gekommen, um mich zu besuchen. So eine Freude.« Will zwang ein Lächeln auf sein Gesicht, das noch falscher als seine Haare schien, und bedeutete Joséphine, ihm zu folgen.

Tom blieb in der Tür stehen. Enkeltochter? Von wegen! Wer sprach seine eigene Enkeltochter schon mit vollem Namen an? Und wo war ihr Gepäck? Außerdem hatte Joséphine nach Onkel David gefragt, nicht nach ihrem Großvater.

Tom konnte die vielen Lügen beinahe schmecken. Aber er wusste, wie er die Wahrheit herausfinden würde.

Will führte das Mädchen in die Küche und Tom wartete, bis er gedämpfte Stimmen hörte. Dann machte er sich leise auf den Weg in den Keller. Will hatte dort irgendetwas gemacht. Und Tom war sich sicher, dass es mit dieser ganzen Sache hier zu tun hatte.

Der Keller war verzweigter, als Tom gestern bemerkt hatte. Es gab noch weitere Gänge, nicht nur den, in dem sich der Raum mit den seltsamen Seiten befand. Er sah in jeden hinein und stieß auf eine offen stehende Tür. In dem Raum dahinter herrschte ein heilloses Chaos. Kartons waren aufgerissen und Papierseiten bedeckten den Boden wie Herbstlaub. Sie ähnelten denen, die er von sich selbst und dieser Joséphine gefunden hatte. Worte erschienen auf ihnen und verschwanden wieder.

Toms Blick flog nur kurz über die Seiten. Es sah so aus, als hätte jemand nach etwas gesucht. Jemand, der nicht sehr zimperlich gewesen war. Will? Nein, wohl eher die Männer der vergangenen Nacht.

Tom atmete tief durch. Es war an der Zeit, Will zur Rede zu stellen.

Die Stimmen des Dieners und des Mädchens drangen nur leise durch die geschlossene Küchentür. Tom schlich auf die Tür zu und drückte ein Ohr dagegen. Doch er verstand kein Wort. Wenn er doch nur … Himmel, wo hast du nur deine Gedanken?, tadelte sich Tom und zog das Stück Papier unter seinem Pullover hervor. Beide Seiten füllten sich mit Worten, doch alleine die in violetter Farbe interessierten Tom.

Die wunderschöne Joséphine verstand noch immer nicht,
woher der komische Junge wusste, wie sie hieß.
Und auch die Sache mit ihrem Schal kam ihr sehr verdächtig vor.
Sie durfte nicht vergessen, ihn nachher zu suchen.
Doch vorher musste sie mehr von Will erfahren.

Ihre Verzweiflung wich langsam vorsichtiger Hoffnung.
Sie hatte Hilfe gefunden.
Und die konnte sie gut gebrauchen.
Erst wurde ihr Vater entführt.
Dann hatte auch David Pearce dieses Schicksal erlitten.
Ihr Kopf drehte sich noch immer und ihre Gedanken beschäftigten sich wieder mit diesem komischen Typen.

Tom keuchte empört auf. Komischer Typ? Er hatte ja einiges mitgemacht. Auch wenn nicht sein Vater, sondern nur sein Onkel entführt worden war. Da war es doch kein Wunder, dass er …

Tom stockte. Etwas hatte sich verändert. Er brauchte einen Moment, bis er begriff, was es war. Die Stimmen waren verebbt. Verdammt, hatten sie ihn gehört? Er warf einen schnellen Blick auf die Seite.

Will warf der wundervollen Joséphine einen warnenden Blick zu.
Der komische Junge schien in der Nähe zu sein.
Joséphine hatte befürchtet, dass er etwas mit den Schreibern zu tun hatte.
Aber Will hatte ihr mehrfach versichert, dass er völlig naiv und harmlos war.
Hoffentlich verdrückte er sich schnell wieder.
Will und sie mussten wichtige Dinge besprechen.
Und der Junge sah nun wirklich nicht besonders schlau aus.
Nun hau schon ab, dachte Joséphine genervt.

Tom hatte in diesem Moment das Gefühl, ein anderer würde die Entscheidung für ihn treffen. Er wusste nicht, was ihn wütender machte. Dass sein Onkel entführt worden war und Will ihn angelogen hatte oder dass dieses Mädchen ihn entweder für einen Verbrecher oder einen Idioten hielt. Nun hau schon ab? Nein, sicher nicht!

Tom riss die Tür so abrupt auf, dass Will vor Schreck die Teetasse fallen ließ, in die er gerade kochendes Wasser schüttete.

»Ich haue nicht ab!«, rief Tom und wedelte die Seite, als sei sie ein Zauberstab aus einem Harry-Potter-Buch.

Das Mädchen wurde bei Toms Worten kreidebleich. Will sah ihn völlig entgeistert an und bemerkte nicht, dass ihm das kochende Wasser über die Hand lief und die orangene Farbe abwusch.

»Äh, deine Hand, Will«, meinte Tom und deutete auf den Dampf, der von der Haut aufstieg.

»Oh, ich wische es gleich auf«, erwiderte der Diener automatisch. Dann erst schien er zu begreifen, was gerade geschehen war. »Das … das ist alles nicht so, wie es aussieht«, sagte er hastig und stellte den Wasserkocher zur Seite. Er starrte auf seine Hand, die eigentlich Brandspuren hätte aufweisen müssen. Stattdessen war sie grau geworden. Steingrau.

»Der Mann gestern hat sich einfach aufgelöst«, wisperte Tom. »Und du bist kein Mensch, oder, Will? Ihr seid alle so etwas wie Zombies. Gruselwesen. Lebende Leichen.«

Will starrte Tom an, dann fing er lauthals an zu lachen. »Zombies, so ein Unsinn.« Er schüttelte den Kopf. »Das muss ich Mary erzählen.«

»Wer um alles in der Welt ist Mary?«, fragte Tom verwirrt.

Will richtete seinen Blick auf ihn. »Das Abbild einer großen Schriftstellerin. Genauer: der Autorin von Frankenstein. Sie ist wie ich. Gnädiger Herr, ich lebe nicht und bin auch nicht tot. Ich bin schrecklicher als ein Vampir, grauenhafter als ein Zombie und furchterregender als ein Werwolf. Ich bin ein steinerner Bibliothekar.«

DIE LESENDEN UND DIE SCHREIBER

Tom setzte sich zu Joséphine, und Will stellte zwei Teetassen vor die beiden. Dann kehrte er die Scherben zusammen und wischte alles auf. Schließlich setzte er sich zu ihnen. Er blickte Tom einen Moment lang nachdenklich an, dann deutete er auf die Seite.

»Wo hast du die her, gnädiger Herr?«, fragte der Diener.

»Aus dem Keller«, antwortete Tom und nahm vorsichtig einen Schluck von dem heißen Minztee.

Will bedachte ihn mit einem strengen Blick. »Wann hast du …?«

»In der Nacht. Das Gewitter hat mich geweckt. Ich bin runter und habe ein kaputtes Fenster bemerkt. Und eine Gestalt. Und plötzlich war das Fenster wieder ganz und der Mann fort.« Tom sah trotzig von Will zu dem Mädchen, als erwartete er jeden Moment ein mitleidiges Lächeln auf ihren Gesichtern. Doch niemand sagte etwas, und er fuhr fort: »Dann bin ich in den Keller, um die Taschenlampe zu suchen. Da war ein Licht. Ich bin in den Raum, aus dem es kam. Und dort lag sie.« Tom stockte einen Moment, unsicher, ob sich die nächsten Worte nicht völlig verrückt anhören mussten. Noch verrückter als alles andere. »Ich hatte das Gefühl, sie hätte mich …«

»... gerufen«, beendete Will den Satz und seufzte. »Du ahnst nicht, in welcher Gefahr du gesteckt hast. Du hättest niemals dein Zimmer verlassen dürfen.«

Tom atmete tief durch. Er glaubte ziemlich genau zu wissen, in welcher Gefahr er sich befunden hatte. »Diese Männer, wieso können sie ...«, er suchte nach den richtigen Worten, »... einfach verschwinden? Wieso haben sie Onkel David entführt? Und wieso steht da auf der Seite, was ich mache und denke? Und was um mich herum passiert?«

Will runzelte die Stirn und kratzte sich am Kopf, was dazu führte, dass sich seine Perücke wie ein Lappen über seinen Schädel bewegte. Als er es bemerkte, lächelte er entschuldigend und zog sie sich vom Kopf. Unter ihr kamen gewelltes Haar aus Stein und eine hohe Stirn zum Vorschein. »Verzeih mir meine Tarnung. Dieses Ding hier ist wirklich sehr lästig.« Will legte die Perücke auf den Tisch und runzelte erneut die Stirn. »Diese Seite hättest du eigentlich gar nicht sehen dürfen. Zumindest noch nicht. Du bist nämlich ein wenig jung dafür. Man erhält sie in der Regel etwas später, wenn man reifer ist und sich das Talent zeigt. Aber manchmal werden die Dinge beschleunigt, wenn die Umstände außergewöhnlich sind. Dies hier ist ...« Will machte eine dramatische Pause.

»Meine Lebensseite, vermute ich«, beendete diesmal Tom den Satz des anderen. Dieses Wort hatte er bereits einige Male gehört oder gelesen. Dennoch verstand er nicht, *was* eine Lebensseite war.

Will schien einigermaßen beeindruckt. »Ja, das stimmt. Jeder Mensch besitzt so eine Lebensseite, musst du wissen. Sie erzählt alles, was ein Mensch tut. Was er sagt, denkt, erlebt. Einfach alles, was um ihn herum geschieht und mit ihm zu tun hat. Als wäre jeder Mensch die Hauptfigur in einer Geschichte. Und im Grunde ist es ja auch so. Aber kaum einer weiß, dass diese Geschichte auch wirklich aufgeschrieben wird. Dass sie in Worten erzählt wird.«

Tom fuhr mit der Hand über das Papier. Es schien fast, als streichelte er ein lebendes Wesen. Plötzlich musste Tom den Kopf schütteln. Er kam sich vor, als beobachtete er sich selbst in einem Traum. Das alles war so verrückt. Wie sollte er das alles glauben? Er seufzte. Glaub es besser, Tom, sagte er sich. Du bist mitten in eine Geschichte geraten. Und du kommst nur wieder heraus, wenn du mitspielst.

»Nun, wer macht diese Seiten?«, fragte er und gab sich alle Mühe, normal zu klingen.

»Niemand, gnädiger Herr«, gab Will geheimnisvoll zur Antwort. »Sie sind ganz einfach da. Der Orden, dem dein Onkel und im Übrigen auch Joséphines Vater angehören, hat es sich zur Aufgabe gemacht, sie zu finden. Seiten wie diese erscheinen oft in der Nähe anderer Lebensseiten. Es scheint fast, als suchten sie gegenseitig ihre Nähe. Aber manchmal tauchen sie in ganz normalen Bibliotheken auf. In alten Wälzern zum Beispiel, aus denen sie beim Durchblättern unverhofft herausfallen. Das ist nicht weiter schlimm, solange sie gefunden werden. Gefunden und bewahrt.«

Der Orden? Tom kam die Vorstellung, sein altmodischer und etwas tollpatschiger Onkel könnte Mitglied in etwas aufregenderem als einem Bridge-Club sein, abenteuerlich vor. Andererseits konnte er seine eigene Geschichte von einer Lebensseite ablesen. Da war die Vorstellung, sein Onkel könnte einem Geheimbund angehören, eigentlich fast schon normal. »Das müsste doch aber auffallen. Ich meine, wenn man Seiten findet, auf denen Worte entstehen und wieder verschwinden. Wir leben doch nicht mehr im Jahr 1980. Heute würde sich ein solcher Fund über das Internet rasend schnell verbreiten.«

Tom bemerkte, wie Will und Joséphine einen wissenden Blick tauschten. In das Misstrauen, das sich auf dem Gesicht des Mädchens zeigte, seit Tom die Küche betreten hatte, mischte sich plötzlich ein wenig Bewunderung.

»Du kannst sie lesen«, sagte sie. »Deine Lebensseite, meine ich.« Joséphine deutete auf das Papier. »Du hast auf ihr gelesen, dass wir über dich gesprochen haben. Ich habe gedacht, dass du abhauen sollst. Du konntest es nicht hören. Du hast es gelesen. Aber das können nur Lesende.«

»Natürlich kann ich die Seite lesen«, erwiderte Tom. »Was soll daran so besonders sein?«

Will griff sanft nach der Seite und hob sie vorsichtig hoch. »Für mich ist das hier nur ein weißes Blatt Papier«, meinte er. »Ich spüre, dass mehr in ihr steckt. Dass sie ein Geheimnis birgt. Es ist wie ein kleiner elektrischer Schlag. Aber ich kann keinen einzigen Buchstaben auf ihr ausmachen. Die Lesenden aber besitzen die einzigartige Gabe, die Worte ... nun, zu lesen. Zu erkennen, was über die Person, zu der die Lebensseite gehört, geschrieben wird. Es ist sogar unerheblich, in welcher Sprache dort erzählt wird. Für die Lesenden sind die Worte immer verständlich. Und jeder dieser erleuchteten Menschen kann seine eigene Lebensseite hören. Sie wispert ihm die Worte zu, die nur für ihn auf ihr erscheinen. Es gibt nicht viele von euch. Vielleicht ein paar Hundert.«

»Ein paar Hundert in England?«, fragte Tom.

Will schüttelte mit einem feinen Lächeln den Kopf. »Ein paar Hundert auf der Welt.«

Tom starrte Will an und wusste nicht, was er verrückter fand. Dass jemand, der offensichtlich kein Mensch war, mit ihm sprach. Oder dass er gerade erfahren hatte, dass er zu einer superseltenen Gruppe gehörte, die auf Zauberseiten lesen konnte.

»Du bist überraschend jung, um die Buchstaben zu erkennen«, sagte der Diener. »Normalerweise braucht es viel Übung und selten entdecken Menschen, die das Talent des Lesens in sich tragen, diese Gabe vor ihrem achtzehnten Geburtstag. Aber, wie gesagt, in besonderen Zeiten zeigt sich dieses Talent auch früher. Und es sind sicherlich besondere Zeiten.« Will erwiderte Toms Blick. »Nun, Männer wie dein Onkel suchen die Seiten und bewahren sie.«

»Aber Onkel David hat diese Organisation nicht gegründet, oder?« Tom wollte der Gedanke, der leicht verwirrte Mann mit der Brille könnte in einer Sache mit Zauberseiten und einer Geheimgesellschaft stecken, einfach nicht in den Kopf.

Die Augen in Wills steingrauem Gesicht weiteten sich amüsiert. »Er? Nein, also wirklich nicht. Die Geschichte der Lesenden reicht weit zurück und weit fort von hier. Wenn die ältesten Überlieferungen stimmen, finden sich die Anfänge in Ägypten. Und zwar vor über viertausend Jahren, gnädiger Herr.« Auf Wills Lippen erschien wieder das feine Lächeln, als er Tom die Überraschung vom Gesicht ablas.

In Toms Kopf drehte sich mittlerweile alles. »Lesende«, murmelte er. »Unglaublich.« Nicht das Einzige, das schwer zu begreifen war. »Und es gibt auch Schreiber, nicht? Die Seite hat sie so genannt. Und dich.« Er sah zu Will. »Was bist du eigentlich? Kein Lesender. Und kein Mensch. Und kein …«

»Zombie«, beendete Will amüsiert den Satz. »Komme ich dir nicht bekannt vor, gnädiger Herr? Ein klein wenig zumindest?«

Tom runzelte die Stirn, während sich Will auch noch den falschen Bart und die Augenbrauen vom Gesicht zog. Unter den Haarattrappen zeigten sich unbewegliche Augenbrauen und ein steinerner Bart, der sich um den Mund herum zog. Jetzt, wo Will ihn gefragt hatte, kam der Diener ihm tatsächlich bekannt vor. Lächelnd nahm Will seine Schürze, wischte sich mit ihr die Schminke vom Gesicht und setzte eine ernste Miene auf. Das plötzlich granitgraue Gesicht erstarrte. Nur die Augen schienen dunkel und lebendig.

»Ach du heilige …«

»Bitte«, unterbrach ihn Will. »Es ist eine Dame anwesend.«

Tom schluckte das letzte Wort hinunter. Er hatte das ernste Gesicht im ersten Stock auf einem Bild gesehen. »Du … du bist William Shakespeare.« Nein, das konnte nicht sein. Der war doch mindestens eine Ewigkeit tot.

»Nein, er ist natürlich nicht Shakespeare.« Joséphine sah Tom an, als sei er nicht ganz bei Verstand. »Dann wäre er ja wirklich ein Zombie. Will ist etwas anderes. Er hat es doch gesagt. Ein steinerner Bibliothekar. Oder auch ein Steinerner.«

Tom war zu verdattert, um etwas zu erwidern. Was war ein steinerner Bibliothekar?

»Glaubst du, dass Worte Macht haben?« Will blickte Tom aus Augen an, die in dem grauen Gesicht so dunkel schienen wie Kohlestücke. »Dass sie Leben erschaffen können?«

»Nein«, erwiderte Tom, ohne nachzudenken. »Natürlich nicht.«

»Oh, du bist sehr schnell mit deinem Urteil bei der Hand, gnädiger Herr.« In Wills Stimme mischte sich ein milder Tadel. »Dann nimm dir ein Buch. Eines, das dir eine ganze Welt in den Kopf zaubert. Das dich an Orte bringt, an denen du nie sein wirst. Und das dich Menschen folgen lässt, die du nie kennenlernen wirst. Für die Zeit, die du dem Weg aus Worten folgst, ist alles in dem Buch lebendig. Zumindest, wenn der Autor sein Werk versteht. Nimm dir ein solches Buch und du wirst feststellen, dass Worte sehr wohl Leben erschaffen können.« Er tippte gegen Toms Kopf. Dieser hatte das Gefühl, jemand würde ihm mit einem spitzen Stein gegen die

Stirn klopfen. »Die Lesenden und die Schreiber. Excubitor verborum. Wortwächter. Nun, das ist eine andere Geschichte. Die Schreiber waren Autoren, die nicht nur brillante Romane verfassten. Sie konnten mit der richtigen Feder und den passenden Worten leblosen Objekten ein eigenes Ich auf den steinernen Leib schreiben. Statuen, Büsten, Tonfiguren. Es waren mächtige Federn. Sie sollen, so sagen einige, alle von einem Greif stammen. Jede einzelne die Feder eines Greifs. Nun, heute zumindest gibt es diese Spezies nicht mehr auf der Welt. Die Federn aber sind offenbar noch immer in Benutzung.«

Tom merkte, wie sein Mund aufklappte, und schloss ihn wieder, ehe auf seiner Lebensseite noch ein Hinweis auf seinen dümmlichen Gesichtsausdruck erschien. »Du meinst, du bist nicht William Shakespeare, sondern …« Tom zögerte. Die Worte waren so verrückt, dass sie ihm nicht über die Zunge rutschen wollten.

»Himmel, er ist dessen Statue. Meine Güte, so schwierig kann das doch nicht sein.« Joséphine schüttelte den Kopf. »Der echte William Shakespeare hat eine lebensechte Statue von sich anfertigen lassen und ihr mit der sagenumwobenen goldenen Feder die nötigen Worte auf den Körper geschrieben. Und nun lebt Will. Jeder Oberste der Schreiber, jeder Autorius, hat sich ein steinernes Abbild anfertigen lassen und es dem Orden geschenkt.«

»Wow«, entfuhr es Tom. Er hatte so viele Fragen, dass er gar nicht wusste, wo er anfangen sollte. Lesende, Schreiber und eine goldene Feder. Er nippte nachdenklich an seinem Tee.

»Sehr gut zusammengefasst«, bemerkte Will und Tom fragte sich, ob der Diener Joséphine lobte oder ihn aufziehen wollte. »Aber wir haben nicht den ganzen Tag Zeit für Erklärungen«, fuhr Will fort. »Dass du einiges selbst herausgefunden hast, macht die Sache einfacher. Denn wir müssen gehen. Jetzt.«

»Gehen?« Tom hätte seinen Tee beinahe ausgespuckt. »Wir müssen die Polizei rufen. Onkel David ist entführt worden. Wer weiß, was man ihm antut.«

»Nicht nur er«, sagte Joséphine, offensichtlich bemüht darum, die Fassung zu bewahren. Tom sah zu ihr hinüber. Ihr Gesicht war mit einem Mal beinahe so grau wie das von Will geworden.

»Joséphines Vater ist der oberste Lesende in Frankreich«, erklärte Will. »Frederic Verne. Er kümmert sich seit dem Tod von Joséphines Mutter alleine um sie und hat sie wie üblich mitgenommen, als er sich auf den Weg in die Zentralbibliothek gemacht hat. Er wollte ein paar Lebensseiten herbringen, als …«

»Sie waren wie Schatten in der Nacht«, unterbrach ihn Joséphine so leise, als fürchtete sie sich vor den eigenen Worten. »Mein Vater hat mir zugeflüstert, dass ich mich verstecken und den Orden warnen soll. Und dann hat er sich ihnen gestellt.« Sie biss sich auf die Lippen und konnte doch ein Aufschluchzen nicht verhindern.

»Den Orden warnen. Genau das werden wir nun tun«, sagte Will beruhigend. »Tom, du musst mir vertrauen. Die Männer, die deinen Onkel und Joséphines Vater entführt haben, gehören aller Wahrscheinlichkeit nach zu den Schreibern. Wir hatten lange geglaubt, ihr Orden habe sich aufgelöst, doch offenbar haben wir uns getäuscht. Die Schreiber und die Lesenden sind nicht gerade … miteinander befreundet. Also …«

»Also?«, fragte Tom.

»Also gehen wir nach London, dorthin, wo auch Joséphines Vater hinwollte. In die Zentralbibliothek der Lesenden. Das Hauptquartier, wenn du so willst. Die anderen obersten Lesenden, die Lectorii, wie sie bei uns heißen, müssen erfahren, was geschehen ist. Ich fürchte, der ganze Orden der Lesenden ist in Gefahr.«

»Die Lectorii?«, fragte Tom, dem nun endgültig der Kopf schwirrte. »Was sollen die tun? Diese Schreiber damit bekämpfen, dass sie ihnen Gruselgeschichten vorlesen? Wir rufen besser die Polizei.«

»Die Polizei!« Will klang belustigt. »Was sollen die schon ausrichten gegen die Schreiber? Gnädiger Herr, wir leben in einer Welt aus Worten. Worte, die die Schreiber verändern können. Diese Menschen sind so mächtig wie Zauberer und viel gefährlicher, als du dir auch nur im Entferntesten vorstellen kannst. Alles, was zwischen dem Ende der Welt, wie du sie kennst, und ihnen steht, waren die Lectorii. Ich befürchte, die Entführungen sind nur die ersten von vielen Angriffen. Wenn ich recht habe, geht es um alles, gnädiger Herr. Ganz einfach um alles!« Er gab Tom die Seite zurück.

Die Buchstaben flossen über das blütenweiße Papier, als

stünde ein Unsichtbarer neben ihm, der sie mit nachtblauer Tinte schrieb.

Tom begann langsam zu begreifen, was um ihn herum geschah.
London.
Er spürte, wie er sich freute, dorthin zu fahren,
auch wenn er wusste, dass er sich angesichts zweier
Entführungsfälle eigentlich nicht freuen durfte.
Aber er war nun nicht mehr alleine mit allem.
Will.
Joséphine.
Und die Seite.
Was würde er nur ohne sie machen?
Er wusste es nicht.
Aber bei einer Sache war er absolut sicher.
Sie würden die Entführten zurückholen.
Es war gut, dass er nicht wusste, dass Schreiber lebensgefährliche
Feinde sein konnten.
Nun gut, jetzt wusste er es.
Und es machte ihm Angst.
Ja, du solltest Angst haben, Tom.
Denn dies ist kein Film.
Nein, dies sind Worte.
Und Worte sind die gefährlichsten Dinge der Welt!

LONDON

London war gut zwei Autostunden entfernt von Stratford-upon-Avon, dem Ort, aus dem Toms Familie kam. Doch als Will ihn und Joséphine zu dem alten Wagen führte, wurde schnell klar, dass sie sich eine andere Fahrgelegenheit organisieren mussten. Die Motorhaube schien geschmolzen und wieder erstarrt zu sein. Als hätte der Antrieb des Autos in der Nacht gebrannt.

»Verdammte Schreiber«, entfuhr es Will. Dann fügte er hinzu: »Verzeihung, gnädige Dame.«

Tom strich mit den Fingern über das verbogene Metall. Es war ganz kalt. Seltsam. Der Brand konnte nur wenige Stunden her sein. Eigentlich müsste das Auto noch warm von den Flammen sein. »Sie wollen offenbar nicht, dass wir nach London fahren«, meinte er.

»Gut kombiniert, gnädiger Herr. Aber leider liegst du falsch. Sie wollten verhindern, dass ich hinter ihnen herfahre. Die Schreiber haben in der vergangenen Nacht eine beachtliche Zahl an Lebensseiten entwendet. Das verhindert zu große Sprünge.« Er seufzte, als er Toms gerunzelte Stirn bemerkte. »Ich vergesse, dass dir diese Dinge noch fremd sind. Ein geübter Schreiber kann sich mithilfe der richtigen Worte praktisch an jeden Ort der Welt … nun eben schreiben. Allerdings sind ihm dabei einige Grenzen auferlegt. Die Schreiber können die Welt um sich herum nur ein kleines bisschen verändern. Gerade so weit, wie ihre eigene Lebensseite es zulässt. Der oder diejenigen, die in der vergangenen Nacht hier waren, haben fremde Lebensseiten bei sich. Und die haben es gar nicht gerne, wenn andere Worte sie plötzlich von hier bis nach London schicken in, sagen wir einmal, einer Sekunde.«

»Eine Sekunde?«, entfuhr es Tom überrascht. »Das geht?«

»Theoretisch«, meinte Will. »Aber die gestohlenen Seiten würden so etwas verhindern. Sie würden sich gegen diese Unlogik zur Wehr setzen. Sie wären wie Blei. Also kann der Schreiber, den ich verfolgt habe, nur kleine Sprünge machen. So wie ein Mensch mit Gewichten. Nun, daher haben sie das Auto umformuliert.«

Tom schwirrte der Kopf. Wieder einmal. Das war alles so verwirrend. Wenigstens hatte er das Wort Umformulierung schon einmal gehört. Will und Onkel David hatten es benutzt. Und es war auf seiner Lebensseite erschienen. »Es ist wie ein Prickeln auf der Haut, oder?«, fragte er, als er sich an den Moment im Keller erinnerte, nachdem der Schreiber Onkel David entführt hatte.

Das steinerne Abbild von William Shakespeare sah ihn nachdenklich an. »Ein Prickeln, ja. So wird es beschrieben. Du bist wahrlich ein Lesender, Tom. Nur wer die Worte lesen kann, spürt auch die Macht, die sie besitzen. Eine Umformulierung ist wie das Löschen und Ersetzen von Augenblicken.

Mit handfesten Folgen.« Er deutete auf das zerstörte Auto. »Umformuliert.«

Das Fenster der vergangenen Nacht. Die brennende Lampe, trotz Stromausfall. Der Mann, der sich plötzlich in Luft aufgelöst hatte. Alles ... Umformulierungen. »Und jetzt?«, fragte Tom.

»Nehmen wir den Zug«, sagte Joséphine entschieden und sah Tom auffordernd an. »Oder meinst du, ich lasse mich von einem kaputten Auto aufhalten?«

Sie brauchten alleine bis zum Bahnhof beinahe eine halbe Stunde. Es war Sonntag und der nächste Bus fuhr erst am Mittag. Schweigsam marschierten sie entlang heckengesäumter Straßen durch das verschlafene Örtchen. Wenigstens hatte der Bäcker geöffnet und Will kaufte Joséphine und Tom ein paar belegte Brote. Der Tag war so lächerlich schön, als wollte er das Verbrechen vergessen lassen, das sich unter dem dunklen Mantel der Nacht ereignet hatte.

Der Bahnhof bestand aus einem kleinen Gebäude und einem einzigen Gleis. Er besaß nicht einmal einen Fahrkartenautomaten und der Diener kaufte die Karten bei einem Mann, der ebenso alt wie der Bahnhof schien. Joséphine wartete bereits am Gleis, während Will noch das Wechselgeld einsteckte. Sie hielt ein aufgeschlagenes Buch vor sich. Soweit Tom erkennen konnte, handelte es sich um einen der Harry-Potter-Bände. Es schien, als wäre das Buch wie ein Vertrauter für sie, der ihr ein wenig der Angst und der Sorge um ihren Vater nehmen konnte. Bislang war Tom das Mädchen nicht besonders sympathisch gewesen, doch als er sie so verletzlich auf dem einsamen Bahnsteig sah, hatte er plötzlich den Wunsch, zu ihr zu gehen und …

»Was glotzt du denn so?« Joséphine hatte aus ihrem Buch aufgesehen und funkelte ihn ärgerlich an.

Nun, vielleicht war sie weniger verletzlich, als er glaubte. Tom kam nicht mehr dazu, sich eine Erwiderung zu überlegen, denn Will trat in diesem Moment zu ihnen.

»Ah, ihr unterhaltet euch. Sehr schön, dass ihr euch so gut versteht.« Will trug wieder den falschen Bart und die ebenso falschen Haare. Und er hatte es sogar geschafft, dass sein Gesicht weniger Orange aussah. Nun hatte es einen leichten Blaustich, der Tom an einen Erstickenden denken ließ.

Der Zug fuhr kurze Zeit später ein. Die drei waren die einzigen Fahrgäste, die zustiegen. Kaum hatten sie ein freies Abteil gefunden, ruckelte der Zug auch schon los. Offenbar hatte es sich der Zugführer zum Ziel gesetzt, an jedem Provinzbahnhof von hier bis in die englische Hauptstadt zu halten. Tom hatte das Gefühl, dass sie mehr standen als fuhren. Bei jedem Halt füllte sich der Zug mehr, und während er sein Brot hervorzog und hineinbiss, betrachtete Tom gelangweilt die neuen Fahrgäste. Eine Frau mit zwei Kindern, ein Mann im Anzug, ein paar Schüler. Sie alle schoben sich durch den engen Gang vor dem Abteil. Plötzlich verschluckte sich Tom. Etwas an dem Mann, der soeben an der Abteiltür vorbeigegangen war, erschien ihm seltsam. Er wollte gerade Will antippen, als der Mann plötzlich wieder vor der Tür stand. Er hatte rabenschwarzes Haar, das so gar nicht zu dem scharf geschnittenen, älteren Gesicht passen wollte, und eine Pfeife im Mund. Er verengte die Augen und riss die Abteiltür auf.

Tom keuchte erschrocken auf. Ein Angreifer? Vielleicht ein Schreiber?

Der Mann warf ihm einen raschen Blick zu und schloss die Tür blitzschnell hinter sich.

Will sprang auf und … umarmte den Mann. »Johnny!«, rief er und drückte den anderen.

»Johnny?« Tom hatte erwartet, dass sie angegriffen würden. Dass sie in dem engen Abteil mit dem Mann ringen mussten. Aber nicht, dass Will ihn umarmte und freudig begrüßte.

»Er ist auch ein steinerner Bibliothekar«, meinte Joséphine mit einem Ausdruck in der Stimme, der klarmachte, dass dies völlig selbstverständlich war.

Tom starrte den Mann an. Und tatsächlich. Jetzt bemerkte er die seltsame Hautfarbe. Auch dieser Bibliothekar hatte sich die granitgraue Haut gefärbt und obwohl er geschickter zu sein schien als Will, konnte er nicht ganz verbergen, dass unter der Schminke Stein statt Haut war. Man sah es nur, wenn man genau darauf achtete. Der Mann strich sich das schwarze falsche Haar aus der Stirn und nickte Tom und dem Mädchen verschwörerisch zu. Dann ließ er sich in einen der Sitze fallen.

»Johnny«, stellte er sich vor. »Steinerner Bibliothekar der Universität von Oxford.«

Joséphine sah Johnny mit einem so ehrfürchtigen Gesichtsausdruck an, als sei er eine Berühmtheit. Tom hatte indes keine Ahnung, wer das da sein sollte. »Und von wem sind Sie die Statue?«, fragte er unbedarft.

Einen Augenblick später spürte er sechs fassungslose Augen auf sich ruhen.

»Du erkennst ihn nicht?«, fragte Joséphine. »Liest du denn gar nicht?« Aus ihrem Mund klang das, als litte Tom unter einer Krankheit. »Das ist …«

»John Ronald Reuel Tolkien«, beendete der Mann den Satz und nahm seine Pfeife aus dem Mund. Dann reichte er Tom die steinerne Hand, die in einem dunklen Handschuh steckte. »Oder zumindest sein Abbild, das er dem Orden geschenkt hat. Aber du kannst mich ruhig Johnny nennen.« Er lächelte Tom an und schien auf eine Reaktion zu warten. Nur auf welche?

»Müsste ich Sie kennen?«, fragte Tom schließlich. »Oder Ihre … Vorlage?«

Er bemerkte, wie Joséphine mit den Augen rollte.

»Johnnys *Vorlage*, wie du das nennst, gnädiger Herr, hat ein paar Kleinigkeiten wie den *Herrn der Ringe* oder den *Hobbit* geschrieben. Ich schätze, du kennst eher die Filme als das Buch?« Selbst der so höfliche Diener seines Onkels gab sich kaum Mühe, seine Missbilligung über Toms Wissenslücke zu verbergen.

»Die Computerspiele«, murmelte Tom verlegen und hörte, wie Joséphine empört nach Luft schnappte.

»Na immerhin«, bemerkte Johnny und gab Tom einen so heftigen Klaps auf den Rücken, dass dieser beinahe von der Bank fiel. »Und ihr beide seid …?«

Will stellte Tom und Joséphine vor und berichtete anschließend in knappen Worten, was sich in der Nacht ereignet hatte. Währenddessen fragte sich Tom, ob er schon öfter Geschöpfen wie diesen über den Weg gelaufen war, ohne zu wissen, was sie waren. Hatte seine Mutter von Will gewusst? Von dieser ganzen Sache mit den Lebensseiten? Er schätzte nicht, denn es gab niemanden auf der Welt, bei dem ein Geheimnis schlechter aufgehoben wäre als bei ihr.

Johnnys Gesicht verdüsterte sich während des Berichts, und als Will geendet hatte, blickte er eine Weile schweigend hinaus auf die Äcker und Felder, die gemächlich an ihnen vorbeizogen. »Ich hätte nicht gedacht, dass es so schlimm ist.« Er wandte den Blick ab und sah Tom und die anderen an. »Auch bei uns hat es einen Einbruch gegeben. Ich hatte bis gerade gehofft, irgendein verrückter Büchersammler sei unserer Sache auf die Schliche gekommen und habe versucht, eines der wahren Bücher in die Finger zu bekommen. Aber ich hätte nie mit den Schreibern gerechnet.«

»Dann waren sie auch bei Ihnen?«, fragte Joséphine aufgeregt.

»Ja, aber es war nicht so dramatisch wie bei dir. Und bitte, ich bin Johnny. Wir sind ja bloß eine kleine Außenstelle der historischen Abteilung. Der alte Jack und ich kümmern uns um die wahren Bücher, deren Seiten keine neuen Geschichten mehr erzählen«, bemerkte er in ihre Richtung. »Jack ist das Abbild eines anderen berühmten Autors, den du bestimmt auch kennst. Das Abbild von C.S. Lewis, dem Schöpfer von …«

»*Narnia*«, entfuhr es Joséphine aufgeregt.

»Sehr gut«, lobte Johnny sie. »Er ist in Oxford geblieben. Wir hatten bloß eine Lebensseite bei uns, keine besonders interessante. Nur ein wenig bekannter Politiker aus London. Sie ist uns erst vor ein paar Wochen aufgefallen. Muss seit Jahren unentdeckt in einem unserer Bücher gesteckt haben. Manchmal entdeckt man die Lebensseiten durch reinen Zufall. Nun, ich hatte sie eigentlich längst in die Zentralbibliothek bringen wollen. Aber nun ist sie auf einmal weg. Und ich wollte den Diebstahl melden. Du musst wissen, dass der alte Jack so vergesslich ist, dass er sich nicht daran erinnern kann, ob er ein Buch bereits einsortiert hat oder nicht. Also habe ich mich entschlossen, alleine zu gehen. Doch ehe ich mich aufmachen konnte, kam schon die Meldung aus der Zentralbibliothek, dass ich dorthin kommen sollte. Ich hatte mich ein bisschen über den Anruf gewundert. Doch nun verstehe ich es. Wer weiß, wen wir noch alles dort treffen werden.« Er warf Joséphine und Tom einen mitfühlenden Blick zu.

»Entschuldigen Sie …«, begann Tom, dann verbesserte er sich, »ich meine, entschuldige, aber was sind denn nun wahre Bücher?«

Johnny runzelte fragend die Stirn und sah zu Will.

»Tom ist zwar Mister Pearces Neffe, wusste bislang aber nichts von allem hier, und schon gar nicht, dass sein Onkel einer der Lectorii ist. Joséphine aber weiß seit ihrer Kindheit Bescheid«, erklärte der Diener.

»Hm«, Johnny musterte Tom eindringlich, »dann musst du schnell viel lernen. Also, wahre Bücher sind nichts anderes als die Bücher, die wir aus den Lebensseiten von Verstorbenen binden. Gewissermaßen Totenseiten.« Er gluckste kurz über seinen Scherz. »Das ist eine Kunst, musst du wissen. Denn die Seiten mögen sich nicht unbedingt. Es ist wie bei Menschen. Manche passen zusammen, andere nicht. Bindest du zwei Seiten zueinander, die einfach nicht beieinander sein wollen, bekommst du ein Problem. Und meint es das Schicksal schlecht und bringt zwei Menschen auf einer Seite zusammen, die sich nicht mögen, so kannst du eine Katastrophe erleben.«

Tom hob die Augenbrauen. Zwei Menschen auf einer Seite? So wie bei Joséphine und ihm? Nun, dachte er einen Moment später, eigentlich war das gar nicht so verrückt. Zumindest dann nicht, wenn man bedachte, dass es Leute gab, die mit ein paar Worten die Wirklichkeit verbiegen konnten. Da waren Lebensseiten, die untereinander stritten, doch recht harmlos.

»Das scheint dich zu überraschen«, meinte Joséphine, die seinen Gesichtsausdruck falsch deutete. »Jede Seite hat …

eben zwei Seiten. Und auf beiden wird jeweils eine Geschichte erzählt. Ein Leben. Mein Vater sagt immer, das Schicksal sucht die beiden aus. Menschen, die zusammengehören. Es macht das Binden wahrer Bücher so schwierig. Mein Vater hat einmal eine gehabt, die zwei berühmten Schauspielern gehörte. Ein Mann und eine Frau. Sie liebten sich so innig, wie sie sich stritten. Die Seite musste gekühlt werden, wenn die beiden zu hitzig miteinander zankten. Erst als beide gestorben waren, ließen sie sich gefahrlos in ein Buch binden.«

»Aber es steht nicht viel in diesen … Büchern, oder? Ich meine, wenn die Besitzer der Seiten tot sind.« Tom fand seine Frage ganz berechtigt, doch er bemerkte an Johnnys Blick, dass er falsch lag.

»Im Gegenteil«, erwiderte der Steinerne, »sie sind gerade besonders interessant. Denn in ihnen kann man zurückgehen. Lebensseiten, deren Besitzer noch nicht verstorben sind, lassen es nicht zu, dass man Vergangenes wieder hervorholt. Sie sind zu sehr damit beschäftigt, die Gegenwart zu beschreiben. Aber wenn der Fluss der Worte einmal versiegt, dann kann man die geschriebenen Worte zurückbringen und in den beendeten Leben lesen wie in einem Buch. Der alte Jack und ich sagen immer, nichts ist so wunderbar wie der Tod.« Er lächelte selig und Tom fand ihn in diesem Moment ziemlich irre.

»Nun, diese wahren Bücher gibt es auf der ganzen Welt«, fuhr Will anstelle des Tolkien-Abbilds fort. »Alle sauber sortiert und katalogisiert. Wir besitzen das Archiv aller Menschen und aller Geschichten. Und unsere Bibliotheken gibt es in jedem Land. Wir sind überall.«

Tom musste einmal tief durchatmen. Draußen drängten sich nun immer mehr Häuser zwischen die Felder, und es würde wohl nicht mehr lange dauern, bis der Zug das nächste Mal halten würde.

»*Die Straße gleitet fort und fort, weg von der Tür, wo sie begann*«, hörte Tom Johnny leise murmeln, während er nachdenklich die Landschaft betrachtete. Johnny lächelte ihn an, als er Toms Blick bemerkte. »Mein Vorbild neigte zu Liedern und Gedichten. Das war die erste Zeile eines besonders schönen Reims über das Reisen.« Er seufzte. »Aber das hier ist leider keine nette Spazierfahrt. Ich hätte nie damit gerechnet, dass die Schreiber zurückkehren. Ich ...«

Johnny verstummte, als aus dem Lautsprecher der nächste Halt angekündigt wurde. Der Zug wurde langsamer und fuhr in einen überdachten Bahnhof ein. Der Bahnsteig stand voller Menschen und kaum war der Zug zum Stillstand gekommen, drängten sie so hastig hinein, als gelte es, einen Wettlauf zu gewinnen. Eine ältere Frau, deren Pudel Will und Johnny anknurrte, kaum, dass er schnüffelnd das Abteil betreten hatte, setzte sich den beiden steinernen Bibliothekaren gegenüber und musterte die vier argwöhnisch.

Es gab nun keine Möglichkeit mehr, sich über Lebensseiten und wahre Bücher zu unterhalten, und so verfielen Tom und die anderen in nachdenkliches Schweigen. Der Zug fuhr wieder schneller. Während draußen Felder, Straßen und Dörfer ineinanderliefen, als seien sie mit feuchter Farbe auf die Fensterscheibe gemalt, versuchte Tom seine Gedanken zu ordnen. Warum stahlen diese Schreiber fremde Lebensseiten, wahre Bücher und entführten auch noch die … wie hatte Will sie genannt? Lectorii? Und wie um alles in der Welt konnte Toms langweiliger Onkel David nur mitten in einer Geheimorganisation stecken?

Tom hörte erst auf, darüber nachzudenken, als der Zug schließlich langsam in den letzten Bahnhof einlief. *King's Cross* war von einem gläsernen Dach überspannt, das sich über die Gleise bog. Die Geschäfte an der Seite waren vor lauter Menschen kaum zu erkennen, und auf dem Gang drängelten bereits diejenigen, die den Zug verlassen wollten, so sehr, als fürchteten sie, nicht rechtzeitig herauszukommen. Die ältere Frau bewies erstaunliches Geschick im Einsatz ihrer Ellenbogen und bahnte sich samt ihrem kläffenden Pudel einen Weg zwischen den Wartenden hindurch. Dann öffneten sich die Türen schließlich und der Zug spuckte seine Reisenden wie Kirschkerne aus. Tom und die anderen verließen ihn mit als Letzte. Hinter ihnen drängten bereits die nächsten in den Zug, als seien sie die Wachablösung der Ausgestiegenen.

Tom erinnerte sich vage, dass er von dem Bahnhof *King's Cross* schon einmal gehört hatte. Natürlich. Joséphines Buch. Im Film war Harry Potter, wenn er sich nicht täuschte, von hier aus losgefahren. Im Buch vermutlich auch. Halb erwartete er, eine alte qualmende Dampflock auf einem der Gleise stehen zu sehen, doch die modernen Züge, die wie gestrandete Wale an den Bahnsteigen lagen, stammten alle unverkennbar aus der Gegenwart.

Joséphine schien seinen suchenden Blick zu bemerken, während sie sich im Strom der Menschen über den Bahnsteig schoben. »Es gibt hier nicht wirklich ein Gleis Neundreiviertel«, meinte sie und klopfte auf das Buch in ihren Händen.

Tom erwartete eine Art Tadel, doch sie lächelte.

»Aber die Vorstellung wäre ... nett«, ergänzte sie.

Tom starrte sie verblüfft an. Sie konnte also freundlich sein!

Will steuerte zielstrebig aus dem Bahnhof über einen Platz. Dichter grauer Nebel füllte die Luft, sodass sie alle wie steinerne Bibliothekare aussahen. Der Einstieg zur U-Bahn lag in einem riesigen roten Backsteingebäude. Die Tore aber waren geschlossen und die Traube schimpfender Menschen, die alle gleichzeitig auf einen bedauernswerten Mann einredeten, auf dessen Kopf eine Mütze mit dem Schriftzug *Transport for London* saß, ließen Johnny und ihn besorgte Blicke tauschen. Will bedeutete ihnen zu warten und bahnte sich einen Weg durch die Menge. Die steinernen Ellenbogen schienen zu helfen. Er schaffte es bis vor den Angestellten der Verkehrsbetriebe, wechselte ein paar Worte mit ihm und kehrte dann zurück. Seine Sorge schien sich in Ärger gewandelt zu haben.

»Geschlossen«, murrte er. »Ein Waggon ist aus den Schienen gesprungen. Das kann noch Stunden dauern, bis hier wieder etwas fährt. Ich habe schon bei der Eröffnung gesagt, dass man den U-Bahn-Wagen nicht vertrauen darf. Man könnte meinen, seit 1863 hätten sie diese Dinger ein wenig verbessert. Aber nein. Und jetzt haben wir den Salat.«

»Nun, dann nehmen wir eben den Bus«, meinte Johnny gut gelaunt. »Ich kann diese dunklen Tunnel sowieso nicht leiden. Denke dann immer, ich bin in den Zwergenminen meines Vorbilds. Eine Fahrt über der Erde macht doch viel mehr Spaß.«

»Ja«, brummte Will. »Aber pass auf deine Haare auf. Du erinnerst dich doch an das letzte Mal? Da sind sie dir vom Kopf geweht, weil du den Kopf aus der offenen Tür stecken musstest. Die arme Frau neben dir wäre vor Schreck beinahe an ihrem Sandwich erstickt.«

Der Nebel in den Straßen wurde so dicht, als wollte er die Stadt in die Kulisse eines Krimis verwandeln. Die Bushaltestelle, die Will ansteuerte, lag ein ganzes Stück vom Bahnhof entfernt. Sie folgten einer breiten Straße und waren bald umringt von zahllosen Touristen, die dauernd stehen blieben und fotografierten oder die Nasen in Reiseführer steckten. Als sie die Straße überquerten, musste Will Tom zurückziehen, um zu verhindern, dass ihn ein wütend hupendes Auto überfuhr. Er hatte zur falschen Seite gesehen. Tom hatte sich noch nicht daran gewöhnt, dass hier alle spiegelverkehrt fuhren.

Auf diese Weise brauchten sie fast eine Viertelstunde bis zur Haltestelle. Wenige Minuten später hielt ein roter, zweistöckiger Bus und die vier stiegen ein. Sie fanden ein paar leere Plätze im vorderen Teil des Oberdecks.

Tom sah hinaus in die nebligen Straßen und fühlte sich wie am Beginn eines Abenteuers. Er war in einer der größten Städte der Welt, auf dem Weg in das Hauptquartier einer rätselhaften Geheimorganisation. Kaum zu glauben, dass er gestern noch gedacht hatte, er würde vor Langeweile zugrunde gehen.

Waren die Häuser, an denen sie vorbeifuhren, zu Anfang noch niedrig und unscheinbar, wuchsen sie bald schon in die Höhe wie Bäume in einem Wald. Der Platz, an dem Will sie schließlich aus dem Bus scheuchte, war so weitläufig, dass die riesige Säule in seiner Mitte auf den ersten Blick beinahe unscheinbar wirkte.

»Typisch«, bemerkte Will mit kaum verborgener Missbilligung in der Stimme. »Der Trafalgar Square ist das heimliche Zentrum der Stadt. Und wem errichten sie hier ein Denkmal? Etwa Shakespeare oder einem anderen großen Dichter? Nein, dem kriegslüsternen Admiral Nelson. Seit 1842 schreibe ich Beschwerdebriefe an die Stadt. Meint ihr, es wäre auch nur ein einziger beantwortet worden?«

Johnny zwinkerte Tom und Joséphine bedeutungsvoll zu. »Seit 1842. Ich bin mir sicher, wenn einer aus der Behörde dahinterkommt, dass alle Briefe von derselben Person stammen, verliert derjenige den Verstand.«

»Ist es eigentlich noch weit?«, fragte Tom. Was für einen Ort hatte wohl eine Geheimorganisation von Lesenden für ihr Hauptquartier gewählt? Vermutlich eine unauffällige Buchhandlung, in deren Schaufenster so furchtbar langweilige Bücher lagen, dass niemand auch nur im Traum auf den Gedanken kam, sie zu betreten.

Der Bürgersteig, über den die Steinernen sie trieben, war so schmal, dass sie manchmal auf die Fahrbahn ausweichen mussten, auf der rote Doppeldecker aus dem Nebel auftauchten und wieder verschwanden wie Walfische im Meer.

»Nein.« Die Antwort war von Joséphine gekommen. Sie deutete nach vorne. Und als hätte der Nebel auf ein Stichwort gewartet, lichtete er sich und gab die Spitze eines hohen Turms preis, der sich in einiger Entfernung majestätisch erhob.

Tom klappte der Mund auf und es war ihm in diesem Moment egal, was vermutlich gerade auf seiner Lebensseite stand. »Meine Güte«, murmelte er fassungslos, »das Hauptquartier ist im *Big Ben*?«

Will hob bedeutungsvoll die Augenbrauen. »Na sicher«, erwiderte er, »wir dachten uns, wenn wir schon ein Geheimversteck haben, dann auch bitte eines mit Stil.«

DER RAT DER LESENDEN

Der berühmte Uhrenturm reckte sich so selbstbewusst aus dem Nebel, als sei er das einzige ernst zu nehmende Wahrzeichen der Millionenstadt. Dabei war das Gebäude, zu dem er gehörte, wenigstens ebenso imposant. Der *Palace of Westminster* war groß wie ein ganzer Straßenblock, so filigran verziert wie ein Kunstwerk und vermutlich das am besten bewachte Gebäude, das Tom je in seinem Leben gesehen hatte.

»Kein Wunder«, bemerkte Will, als Tom ihn auf die zahlreichen Polizisten hinwies, die vor dem gigantischen Palast patrouillierten. »Die wichtigsten Politiker des Landes kommen hier zusammen. Es ist fast unmöglich, eine Besucherkarte zu ergattern. Und ohne musst du dich gar nicht erst anstellen.«

»Das ist aber nicht gerade der beste Ort für das Hauptquartier einer Geheimgesellschaft«, murmelte Tom zweifelnd, während Will seine Perücke auf den Kopf drückte, um sie vor einem scharfen Windzug zu schützen.

Die Mittagssonne färbte den Nebel, der über die nahe Themse trieb, golden. Neben Tom und den anderen hielten unaufhörlich Reisebusse, die Ladungen voller Touristen ausspuckten. Vor dem Palast mischten sich diejenigen, die vor dem Besuchereingang ausharrten und versuchten, in das Innere des Gebäudes zu gelangen, mit denen, die auf der Suche nach dem besten Fotomotiv waren.

Will dirigierte die kleine Gruppe entschlossen durch die Menge, drängte im Weg stehende Touristen bestimmt zur Seite, was ihm einige unhöfliche Bemerkungen bescherte, und kam schließlich vor dem Kassenhäuschen zum Stehen. Tom vermied es, die Leute um sie herum anzusehen. Er fühlte ihre missbilligenden Blicke wie Finger auf der Haut. Besonders eine korpulente Dame, deren Gesicht sich vor Ärger über die Vordrängler rot färbte, fixierte ihn, als sei sie eine Richterin und er der Angeklagte.

»Ja?« Die Stimme hinter der Glasscheibe des Kassenhäuschens klang gelangweilt. »Ich habe doch gesagt, dass wir erst wieder in dreißig Minuten Gäste …« Die Stimme brach ab, als das Männchen mit dem runden Kopf, zu dem sie gehörte, den Blick auf Will und die anderen richtete. »Oh, ich verstehe«, meinte es, nachdem Will andeutungsweise die Perücke gehoben hatte. Und leise fügte es hinzu: »Ihr seid nicht die Einzigen heute. Im Gegenteil. Schon seit dem frühen Morgen kommen sie. Was ist passiert? Man bekommt ja überhaupt nichts mit hier unten. Und dabei war ich doch hier einmal zu Hause.« Seine Augen weiteten sich vor Freude, als es Johnny hinter Will erkannte.

Tolkiens Abbild zwinkerte dem Männchen verschwörerisch zu und beugte sich vor. »Winnie, das warst nicht du, sondern Churchill. Und wir haben keine genaue Ahnung, was los ist. Aber nichts Gutes, fürchte ich. Zwei der obersten Lesenden sind verschwunden.« Johnny sah sich um und begegnete dem wütenden Blick der korpulenten Dame hinter sich. Er lächelte sie freundlich an und senkte die Stimme. »Entführt, wie es scheint.«

Erst jetzt bemerkte Tom den seltsamen Glanz auf der Haut des Mannes im Kassenhäuschen. Winnie. Churchill. Er schlug sich die Hand vor den Mund, als er begriff, wer da vor ihnen saß. Oder vielmehr: wessen Abbild.

Winnie schob ihnen vier abgenutzt aussehende Paare Ohrenschützer zu, dann winkte er sie durch, was die Dame endgültig platzen ließ. Der Schwall der Beschimpfungen, die sie über Winnie ausstieß, perlte an dem Steinernen indes ab wie Wassertropfen an einem Regenmantel.

»Meine Güte, Winston Churchill war doch mal Premierminister von England, oder?« Tom sah noch immer zurück zu der kleinen Gestalt in dem Kassenhäuschen.

»Gut«, bemerkte Will und klopfte Tom schmerzhaft fest auf den Rücken. »Du lernst ja also doch etwas in der Schule.«

»Natürlich«, erwiderte Tom. »Ich kenne mich mit Geschichte ziemlich gut aus.« Das stimmte natürlich nicht. Er hatte den Namen nur deshalb noch im Kopf, weil er ihn sich vor Kurzem für eine Geschichtsarbeit mühevoll eingebläut hatte. Erfahrungsgemäß würde er ihn in spätestens einer Woche bereits wieder vergessen haben. »Aber wieso ist er denn einer von euch? Winnie, meine ich. Churchill war doch kein …«

»Doch«, fiel Joséphine ihm ins Wort. Sie trug wieder diesen aufgeregten Ausdruck auf dem Gesicht, den sie auch schon aufgesetzt hatte, als sie Johnny begegnet war. »Er war ein Schriftsteller. Sogar Literaturnobelpreisträger.«

»Und ein Autorius, ein Anführer der Schreiber. Einer der letzten«, fügte Johnny hinzu.

Joséphine bedachte Tom erneut mit einem tadelnden Blick, den er sonst nur von seiner Mutter kannte, und schüttelte den Kopf. »Kennt sich mit Geschichte gut aus.«

Johnny führte die Gruppe zu einem unscheinbaren Seiteneingang und von dort in ein steinernes, weiß getünchtes Treppenhaus. Er öffnete eine Holztür mit gläsernem Einsatz, hinter der eine weiße Treppe hinaufführte. Ein Schild mit der Aufschrift *Lebensgefahr* hing vor den Stufen. *Betreten strengstens verboten.*

»Keine Angst«, meinte Johnny lässig, als er Toms Blick bemerkte. »Das Schild hat natürlich die Organisation dort angebracht. Damit niemand Unbefugtes hinaufsteigt. Seit vielen Jahren schon ist es verboten und bislang hat sich noch jeder daran gehalten.«

»Das mit dem Schild war schlau«, bemerkte Joséphine.

»Ja, nicht?«, erwiderte Johnny. »Und notwendig. Der Aufstieg ist nämlich wirklich lebensgefährlich, so alt, wie der Turm ist.« Er warf Will einen herausfordernden Blick zu. »Und, alter Knabe? Noch immer Angst vor großen Höhen?«, fragte er, bevor Tom zu einer Bemerkung ansetzen konnte.

Lebensgefährlich?

Will setzte eine erhabene Miene auf. *»Es gibt mehr Dinge zwischen Himmel und Erde, als Eure Schulweisheit sich träu-*

men lässt.« Der Steinerne sah hinauf. »Aber ich wünschte, ich könnte diese Dinge von unten betrachten und nicht von Angesicht zu Angesicht.«

Johnny schmunzelte. »Vielleicht zieht der Orden der Wortwächter ja einmal in einen U-Bahn-Tunnel ein«, sagte er, dann machte er sich an den Aufstieg.

Es seien nur 334 Stufen, erklärte Tolkiens Abbild, während sie die Treppe hinaufstiegen. Obwohl Tom in Sport einer der Besten seiner Klasse war, begann er bereits nach kurzer Zeit zu keuchen. Früher als Joséphine, wie er verärgert bemerkte.

Den Steinernen bereitete der Aufstieg natürlich gar keine Mühe. Johnny unterhielt sie sogar mit kleinen Anekdoten. Bis 1880 wären dort oben, wo sich nun die Lesenden trafen, kriminelle Politiker gefangen gewesen. Man habe es ihnen nicht zumuten wollen, mit einfachen Dieben und anderen Verbrechern eingesperrt sein zu müssen.

»Es gibt übrigens fünf Glocken hier drin«, fuhr Johnny gut gelaunt fort, während der offenbar unter Höhenangst leidende Will überhaupt nichts mehr sagte. »Die größte heißt Big Ben. Hat übrigens seit jeher einen dicken Riss, sodass sie gedreht werden musste, weil sie sonst scheußlich klingen würde. Und irgendwann haben die Leute damit angefangen, auch den Turm so zu nennen. Heute jedoch …« Er brach ab und sah bestürzt auf seine Uhr.

»Himmel!«, rief er und schlug sich dumpf gegen die Stirn. »Wir haben die Zeit nicht im Blick gehabt. Es sind nur noch wenige Augenblicke! Ohrenschützer!« Er zog sein eigenes

Paar hastig hervor und bedeutete Tom und Joséphine, es ihm gleichzutun. »Nicht absetzen, bevor es aufgehört hat«, mahnte er, während sich auch Will sein Paar über die Ohren zog.

Nur einen Moment später kam es Tom so vor, als würde sein Körper anfangen zu schwingen. Die weltberühmte Melodie von Londons Wahrzeichen erklang um ihn herum. Und in ihm drin. Joséphine schien sich ebenso unwohl zu fühlen wie er. Die beiden Bibliothekare dagegen machten den Eindruck, als würden sie es genießen. Irgendwann zog Will ihm und dem Mädchen die Ohrenschützer vom Kopf.

»Es ist vorbei«, sagte er und deutete nach oben. »Und wir sind gleich da.«

Tom glaubte, in seinem Inneren würde eine Glocke unverdrossen weiterschlagen. »Das war furchtbar«, meinte er und strich sich über die Brust, die scheinbar noch immer vibrierte. »Aber euch schien das gefallen zu haben.«

Johnny lächelte. »Sicher. Auch steinerne Körper können verspannen. Da lernst du eine kleine Klangmassage zu schätzen.«

Sie stiegen den letzten Absatz empor und fanden sich vor einer metallenen Tür wieder. Sie schien ebenso angelaufen von der Zeit wie die zwei Figuren zu ihren beiden Seiten. Der eine war ein Mann mit streng dreinblickenden Augen, dessen Gesicht Tom ein wenig an eine Birne erinnerte. Dem Mann auf der anderen Seite des Türrahmens wuchs ein walrossartiger Schnurrbart über der Lippe, der so dicht und lang war, dass der Mund darunter kaum zu erkennen war.

Will legte die Hand auf die Klinke.

Im selben Moment bewegten sich die Figuren.

Zwei steinerne Hände griffen nach dem Bibliothekar. Eine der Figuren zog eine Pistole.

»Himmel, Eddi! Art! Was soll das denn?«, entfuhr es Johnny.

»Befehl von *ihr*«, entgegnete das Birnengesicht, ohne die Waffe zu senken.

»Aber du kennst uns!« Johnny warf Tom und dem Mädchen einen genervten Blick zu. »Krimiautorenfiguren.«

»Braucht ihr einen Beweis, dass wir die sind, die wir vorgeben zu sein? Ich könnte etwas aus einem der Werke meines Vorbilds rezitieren«, bot sich Will an.

»Oh, nicht nötig.« Die Worte waren den drei anderen Bibliothekaren zur selben Zeit hastig über die steinernen Zungen gesprungen. »Wenn du einmal anfängst, hörst du nicht mehr auf. Diese endlosen Monologe ...« Das Birnengesicht schüttelte sich.

»Die Monologe sind vollendet und unerreicht«, brummte Will beleidigt. »Und besser als Sätze über Frösche, die Masken tragen«, fügte er leiser hinzu.

Der Mann mit dem Birnengesicht tat, als habe er es nicht gehört. Er richtete sich zu seiner vollen, wenig beeindruckenden Größe auf und fixierte Tom und Joséphine. »Dies sind aber keine Bibliothekare«, bemerkte er streng. »Wir haben einen Notfall. So viel steht fest. Auch wenn wir ansonsten nur Gerüchte gehört haben. Uns sagt natürlich niemand etwas.

Doch es gilt wie immer, dass niemand, der nicht zum Orden der Wortwächter gehört, eintreten darf.«

»Dies sind die Tochter von Frederic Verne und der Neffe von David Pearce«, stellte Johnny sie vor. »Die beiden Lectorii sind entführt worden.«

Die Worte zauberten einen verwunderten Ausdruck auf die steinernen Gesichter der Türwächter. Einen Moment blieben ihnen die Münder offen stehen, dann verbeugten sie sich.

»Das wussten wir nicht«, sagte der mit dem Schnurrbart. »Gestatten, Sir Arthur Conan Doyles Abbild. Ihr dürft mich Art nennen.«

»Arthur Conan Doyle«, entfuhr es Joséphine. Für einen Moment starrte sie den Bibliothekar ehrfürchtig an. »Ich habe alle Ihre, ich meine, seine Bücher gelesen.« Mit einem Blick auf Tom, dem sie die Unwissenheit vom Gesicht ablas, ergänzte sie: »*Sherlock Holmes.*«

»Und ich bin Eddi«, stellte sich der andere vor. »Das Abbild von …«

»Edgar Wallace.« Joséphines Wangen färbten sich rot vor Aufregung.

Meine Güte, dachte Tom. Sie geriet offenbar bei jedem Bibliothekar aus dem Häuschen.

»Natürlich«, sagte sie. »Die beiden berühmten Krimiautoren.«

»Ich würde sagen, die beiden berühmtesten«, bemerkte Eddi stolz. Er wandte sich um und drückte die Klinke der

Tür hinunter. »Im Namen unseres Ordens heiße ich euch in der Zentralbibliothek der Wortwächter willkommen!«

Damit öffnete er sehr dramatisch die Tür.

Und Tom klappte der Mund auf.

Vor ihm erstreckte sich ein gewaltiger Raum, in dessen vier Wänden die vier riesigen Zifferblätter des Uhrenturms eingelassen waren. Durch das milchige Glas erkannte Tom die Zeiger und römischen Zahlen. Dazwischen standen hohe Bücherregale, die sich meterweit emporzogen. Sie verloren sich irgendwo zwischen den fünf Glocken, die bedrohlich an der Decke hingen, als warteten sie nur darauf, wieder zu schlagen.

Unter ihnen hatte sich eine große Menge an … nun, Personen versammelt. Tom vermochte nicht zu sagen, wie viele von ihnen Menschen und wie viele Steinerne waren. Der Raum war auf jeden Fall zum Bersten gefüllt. Ein stetes Murmeln durchzog ihn. Als Tom und Joséphine eintraten, wandten sich ihnen zahlreiche Gesichter zu und die Stimmen ebbten ab. Tom fand sich mit einem Mal im Mittelpunkt vieler argwöhnischer Blicke. Zu vieler für seinen Geschmack. Er fühlte sich, als müsste er vor der ganzen Klasse ein Referat halten. Unbehaglich sah er sich um.

Das Misstrauen schlug in Neugier um, als Will und Johnny hinter ihnen durch die Tür kamen. Eine ernst aussehende Frau mit einer falkenhaften Nase und langen weißen Haaren, die sie streng zu einem Zopf gebunden hatte, trat auf sie zu. Sie war völlig in schwarzes Leder gekleidet. Selbst ihre

Finger steckten in Lederhandschuhen, was das wenige ihrer Haut, das sichtbar war, so blass wie Schnee erscheinen ließ. Tom konnte nicht sagen, wie alt die Frau war. Sie schien seltsam zeitlos. Die zierliche Bibliothekarin an ihrer Seite ähnelte der Weißhaarigen so sehr, als hätte sie für das steinerne Gesicht Modell gestanden. Die künstlichen Haare, die sie auf dem Kopf trug, waren ebenfalls zu einem strengen Zopf gebunden und so schwarz wie die Nacht.

Während die Frau stehen blieb und ein leises Wort mit Art wechselte, trat die Bibliothekarin auf sie zu. Tom hatte noch nie jemanden gesehen, der mehr Dunkelheit ausstrahlte als sie. Es schien, als trüge sie die Erinnerung an eine mondlose Nacht wie einen Duft.

Dennoch lächelte Will und nahm sie in den Arm. »Mary!«, sagte er. »Du wirst ja keinen Tag älter.«

»Kunststück«, erwiderte sie. »Aber dir scheint der Grünspan zuzusetzen.« Sie kratzte Will über die steinerne Haut.

»Das feuchte Klima«, meinte er klagend, dann verstummte er und verbeugte sich vor der weißhaarigen Frau.

»Ich grüße euch«, sagte sie und umarmte die beiden Bibliothekare nacheinander. »Auch wenn der Anlass unserer Versammlung kein fröhlicher ist. Es ist vieles geschehen in der vergangenen Nacht. Und nichts davon ist gut. Wo ist David?« Sie blickte erwartungsvoll zur Tür.

»Er wird nicht kommen«, sagte Will, während um sie herum wieder das Murmeln einsetze. »Ich fürchte, Ihr kennt den

Grund, Gnädigste.«

Das Gesicht der Frau verhärtete sich. »Also auch er«, murmelte sie und fuhr gedankenverloren mit den Fingern über eine Reihe von Ohrenschützern, die fein säuberlich aufgereiht auf einem Tisch neben dem Eingang lagen.

Will deutete auf Tom und stellte ihn sowie Joséphine vor. »Joséphines Vater ist ebenso wie Toms Onkel entführt worden. Wir mussten die beiden unter diesen Umständen mitbringen.«

Die weißhaarige Frau zwang ein Lächeln auf ihre blassen Lippen und sah Joséphine mitleidig an. »Das war richtig von euch. Ich bedaure, was geschehen ist. Unsere dunkelsten Befürchtungen scheinen sich zu bewahrheiten.« Sie seufzte. »Bitte verzeiht meine Unhöflichkeit. Ich habe mich nicht vorgestellt. Mein Name ist Grace Shelley.« Sie deutete zu der steinernen Frau. »Und dies ist Mary, das Abbild meiner berühmten Vorfahrin. Sie war die Autorin von …«

»*Frankenstein*«, beendete Joséphine den Satz. Sie hatte einmal mehr diesen ehrfürchtigen Gesichtsausdruck aufgesetzt.

Grace strahlte sie an wie eine Lehrerin ihre beste Schülerin. »Ja, sehr gut. Eine dunkle Erzählung. Aber manchmal sind gerade die dunklen die aufregendsten.«

Tom starrte Joséphine an, während Grace ihnen bedeutete, ihr zu folgen. »Sag mal, kennst du eigentlich jedes Buch der Welt und seinen Autor?«

»Nur die guten«, erwiderte Joséphine und schenkte Tom ein Lächeln, von dem er nicht sagen konnte, ob es mitleidig oder überheblich war.

Grace winkte einen alten Mann herbei. Er ging so gebeugt, als würde er einen schweren Rucksack tragen. Die weißen Haare waren zerzaust wie nach einem Sturm und auf der Nase balancierte er eine dicke Brille. Wache Augen musterten sie.

»Dies ist Alexander. Er ist der Archivar dieser Bibliothek.«

Der Alte schenkte ihnen ein warmes Lächeln. »Es freut mich, euch kennenzulernen. Aber bitte, nennt mich Lex, wie alle hier.« Seine Stimme klang angenehm freundlich. Tom glaubte für einen Moment, er hätte sie schon einmal gehört, doch er musste sich irren, denn das Gesicht zu der Stimme hatte er noch nie gesehen. Der Alte deutete auf zwei alte Ledersessel, die direkt unter der dicksten Glocke standen. Big Ben.

Tom und Joséphine setzten sich, während Johnny und Will bei Mary blieben, angeregt ins Gespräch vertieft. Tom glaubte so etwas wie »hat mich doch tatsächlich für einen Zombie gehalten« zu hören und wurde rot. Dann kam Will zu ihnen und erzählte dem alten Archivar, was sich gestern in ihrem Haus ereignet hatte. Tom sah sich in der Zwischenzeit verstohlen um.

Eine Bibliothek unter den Glocken des Big Ben. Verrückt. Das Licht fiel durch das weiße Glas der Zifferblätter wie zerlaufene Milch und alles sah darin seltsam zeitlos aus. Als würde dieser Ort jenseits der echten Welt existieren. Tom erkannte die eigene Faszination auf Joséphines Gesicht. Offenbar hatte sie diese Bibliothek ebenfalls noch nie gesehen.

Will beendete seinen Bericht und beugte sich zu Tom und dem Mädchen hinunter. »Wir sind, wie es scheint, gerade noch rechtzeitig gekommen«, sagte er. »Es wird eine Krisensitzung geben. Die Sache ist viel schlimmer, als ich befürchtet hatte. Bleibt hier. Ich muss noch mit ein paar anderen Bibliothekaren sprechen.«

Will verschwand zwischen den Anwesenden.

Auch Lex, der Archivar, verließ sie, kehrte aber wenige Minuten später mit einem Tablett zurück, auf dem zwei Teetassen verheißungsvoll dampften. Er reichte sie ihnen, ging noch einmal und kam dann mit einem Stuhl zurück.

Tom lehnte sich mit seinem Tee zurück und atmete tief durch. Es war das erste Mal heute, dass er sich wirklich geborgen fühlte. Fast ein wenig zu Hause.

Lex lächelte ihm aufmunternd zu. Dann aber verdüsterte sich sein Gesichtsausdruck. »Die verdammten Schreiber«, murmelte er und setzte sich zu ihnen. »Haben sich all die Jahre nicht blicken lassen. Wir haben schon gedacht, dass sie endlich aufgegeben hätten. Doch nun sind sie plötzlich wieder da.« Er warf Tom und Joséphine einen mitleidigen Blick zu. »Dein Vater und dein Onkel sind nicht nur irgendwelche Lesende. Sie gehören zu den zehn großen.« Er seufzte. »Ich kenne David gut. Sehr gut. Er ist einer meiner besten Freunde, wenn man einmal von meinen Büchern absieht.« Er verzierte seinen Scherz mit einem Lächeln, dann wurde er wieder ernst. »Es ist furchtbar, dass ihm etwas zugestoßen ist. Ich wünschte, ich könnte etwas tun.«

»Ja, ich auch«, erwiderte Tom. »Sind Sie denn keiner dieser großen Lesenden? Ich meine, Sie sind doch …«

»Alt genug?«, beendete Lex den Satz und lachte, als er Joséphines entsetzten Gesichtsausdruck bemerkte. »Ist nicht schlimm. Alt bin ich wirklich. Alt genug für meine Bücher. Aber für einen Lectorius reicht es nicht bei mir. Das macht nichts. Ich passe dafür auf die besonderen Exemplare auf. Hier, in meiner Bibliothek, findet ihr die wahren Bücher mit den Seiten der mächtigsten Menschen der Welt, die früher einmal gelebt haben.« Er deutete auf das Regal, das sich neben einem der Zifferblätter hinauf bis zu den Glocken zog. »Ägyptische Pharaonen. Gab mehr von ihnen, als man glauben möchte.« Sein Finger wanderte weiter nach oben. »Römische Cäsaren, spanische Könige, asiatische Khans, indische Maharadschas und sogar«, er stand auf und zog zielsicher ein besonders kleines Buch heraus, »französische Kaiser.«

Er reichte Tom lächelnd das Buch und bedeutete ihm, es aufzuschlagen. »Es ist wie in einem dieser modernen Dinger. Diese … E-Reader. Du musst mit den Fingern über die Seiten streichen, um die Worte hervorzuholen, die früher oder später erschienen sind. Die Seiten vergessen nichts.«

»Napoleon? Ich kann kein französisch«, meinte Tom und wollte es dem Alten zurückgeben, doch Joséphine zog es ihm mit einer schnellen Bewegung aus der Hand. Sie strich mit den Fingern über eine der Seiten und las. Dann strich sie noch einmal über das Papier. Die Buchstaben machten anderen Platz und Joséphines Augen flogen über die Sätze. Sie ließ das Buch sinken.

»Napoleon hat beim Anblick der Sphinx geweint?«, fragte sie überrascht. »Weil er so traurig darüber war, dass ihre Nase fehlte?«

»Ich denke, er hat sie ihr abschießen lassen«, warf Tom ein, der davon mal in einem Comic gelesen hatte.

Lex lächelte hintersinnig. »Oh, das war ein Gerücht der Schreiber. Nichts Besonderes, aber einer von ihnen wollte Napoleon wohl eins auswischen. Damals, ehe die Bünde sich voneinander getrennt hatten.«

Tom brauchte einen Moment, ehe er verstand. »Lesende und Schreiber haben einmal zusammengehört?«

»Bis zum Jahr 1944, um genau zu sein«, warf Joséphine ein und erntete damit einen beeindruckten Blick von Lex. »Mein Vater hat mir alles erzählt. Die Lesenden und die Schreiber waren früher eine Gemeinschaft. Die einen verstanden die Worte auf den Lebensseiten und erkannten die Stellen, an denen die Geschichte gefahrlos korrigiert werden konnte. Die anderen vermochten diese zu verändern. Sie nannten sich die Wortwächter. Denn sie wachten über den Fluss der Worte und den Lauf der Welt. Immer dort, wo sie glaubten, dass die Welt Hilfe braucht, haben sie die Dinge behutsam verändert.«

Tom starrte sie an wie eine Außerirdische. Zu ihrer Familie gehört einer der obersten Lesenden, Tom, sagte er sich. Doch das galt auch für seine. Und für ihn war es, als betrete er eine neue Welt.

»Die Entdeckung Amerikas wäre nie möglich gewesen, wenn nicht der Chronist an Bord von Kolumbus' Flaggschiff ihm, sagen wir einmal, geholfen hätte«, erklärte Lex und rückte sich die Brille zurecht. »Es sind so viele Dinge geschehen, die ohne die Schreiber nie stattgefunden hätten. Oder die vertuscht werden mussten. Zumindest so gut es eben ging.«

»Aber das ist ja furchtbar«, entfuhr es Tom. »Wie können diese Leute so einfach in allem ... herumpfuschen?«

»Nun, eigentlich haben sie nicht herumgepfuscht. Es war ganz einfach notwendig. Auch wenn manches etwas dramatisch war wie die Sache mit dem Roten Meer. Ich meine, ein Schiff hätte doch gereicht. Warum musste man gleich das Wasser teilen?« Lex schüttelte den Kopf und kicherte. Er war vermutlich ebenso verrückt wie Will, Johnny und die ganzen Wortwächter. Aber er war wohltuend nett.

»Tom ist übrigens ein Lesender«, bemerkte Joséphine, und Tom glaubte zu seiner Verwunderung so etwas wie Stolz aus ihrer Stimme herauszuhören. »Er hat seine Lebensseite gefunden.«

Lex' Augen weiteten sich vor Verblüffung. »Ich habe noch nie von so einem jungen Lesenden gehört«, meinte er.

»Und ich habe vor dieser Sache überhaupt noch nie von Lesenden und all diesen Dingen gehört«, erwiderte Tom. »Aber wenn die Seite nicht gewesen wäre, wäre ich vielleicht auch entführt worden. Oder ...« Tom kam nicht mehr weiter. Ein feines Klingeln ließ ihn innehalten. Er blickte sich um und sah Grace eine Glocke hochhalten.

»Oh, Arbeit«, bemerkte Lex und stand auf. Er machte sich an einem Schalter an der Wand zu schaffen und an den vier Zifferblättern fuhren Leinwände herab. Dann knipste er einige Lampen an, die den Raum in ein gespenstisches Licht tauchten. Es wurde still, während auf den Leinwänden Gesichter erschienen.

»Videokonferenz«, erklärte Lex leise, der sich wieder zu ihnen gestellt hatte.

Tom betrachtete fasziniert die projizierten Gesichter. Da waren Dutzende Menschen. Wenigstens fünf Männer und zwei Frauen asiatischer Herkunft waren darunter. Ein Mann mit einem indischen Turban auf dem Kopf. Und eine junge Frau, die aussah, als stammte sie aus einem fernen Wüstenland. Waren das alles Lesende? Falls ja, hüteten sie an den unterschiedlichsten Orten der Welt Lebensseiten. Zu weit entfernt, um mal eben nach London zu kommen.

Grace klingelte noch einmal, dann blickte sie sich einen Moment lang auffordernd um. Als auch die letzten Stimmen verklungen waren, seufzte sie. »Der Orden ist angegriffen worden.« Die Worte kamen ihr erkennbar schwer über die Lippen. »Die Schreiber sind zurück.«

Sofort fielen Stimmen übereinander. Das wütende Klingeln der Glocke und ein paar laute Rufe der steinernen Bibliothekarin Mary brachten die Runde wieder zum Schweigen.

»Die Schreiber sind seit Jahrzehnten fort«, rief der Inder von einer der Leinwände in schwerem Englisch. »Die wenigen, die es noch gibt, dürften verstreut und auf sich alleine gestellt sein. Wir hätten es mitbekommen, wenn sie sich erhoben hätten. Immerhin können wir die Seiten lesen.«

Wieder brandeten die Stimmen auf. Einige gaben ihm recht, andere schienen die Rückkehr der Schreiber sehr wohl für möglich zu halten.

Lex beugte sich zu Tom und Joséphine hinab. »Die alte Arroganz.« Er wirkte verstimmt. »Manche Mitglieder unseres Ordens glauben tatsächlich, dass ihnen nichts entgeht, weil sie die Lebensseiten lesen können. Dabei geschieht so viel auf der Welt, dass die Lesenden unmöglich alles im Blick behalten können.«

Joséphine runzelte die Stirn. »Sie? Warum sprechen Sie von den Lesenden, als gehörten Sie nicht dazu?«

Der alte Archivar lächelte ein wenig traurig. »Nun, ich war nie ein Lesender. Soweit ich weiß, bin ich das einzige menschliche Mitglied des Ordens, das nicht über dieses besondere Talent verfügt. Ich war jedoch schon immer ein Büchernarr. Und die wahren Bücher, so gut ihr Geheimnis auch gehütet wird, sind auch außerhalb des Ordens der Wortwächter nicht ganz unbekannt. Ich habe mein halbes Leben lang nach ihnen gesucht und mich schließlich in den Augen der Lesenden als würdig erwiesen, auf die Bücher, die du hier siehst, aufzupassen. Ihre … Charaktere leben allesamt nicht mehr. Daher können alle ihre Worte lesen. Selbst Menschen, die wie ich keine Lesenden sind.«

»Daher konnte ich auch Napoleons Worte lesen?«, entfuhr es Joséphine. »Natürlich. Ich bin ebenfalls keine Lesende. Noch nicht, zumindest. Mein Vater sagt immer, ich werde eines Tages eine sein. Wie so viele in unserer Familie.«

»Die Vernes haben ein beträchtliches Talent in ihren Reihen«, bemerkte Will, der unbeachtet zu ihnen gestoßen war.

In diesem Moment dämmerte Tom, wer hinter dem Namen steckte. Er hatte gar nicht daran gedacht, dass nicht nur seine Familie einen berühmten Schriftsteller besaß. Himmel, dachte er. Sogar er hatte schon von den Büchern gehört, die dieser Jules Verne geschrieben hatte.

Will nickte ihm zu, als hätte er ihm die Gedanken von der Stirn gelesen. »*Reise um die Erde in 80 Tagen, Von der Erde zum Mond, Die Reise zum Mittelpunkt der Erde.* Jules Verne hat so viele Romane geschrieben, dass man sie nicht alle aufzählen kann. Aber ich glaube, wir sollten wieder zuhören.« Er deutete auf die steinerne Bibliothekarin Mary, die alle mit lauten Rufen zum Schweigen brachte.

»Die Lebensseiten der wichtigsten Männer und Frauen der Welt wurden gestohlen«, fuhr Grace ernst fort. »Politiker, Generäle, Königinnen und Könige. Aber das Schlimmste ist, dass fast alle Lectorii in der vergangenen Nacht entführt wurden.« Grace stockte, als säßen ihr die Worte wie Splitter in der Kehle. »Alle bis auf mich.« Sie sprach leise und niemand wagte nun, noch etwas zu sagen. So unterschiedlich die Gesichter auch waren, in die er blickte, Tom erkannte auf ihnen allen dieselbe Bestürzung. Gleich, ob sie aus Stein oder Fleisch waren, dunkel oder hell. »Ich bin einzig dank der Kraft meiner Bibliothekarin verschont geblieben. Der Mann, dessen Umformulierung ihn in mein Anwesen gebracht hat, hatte sicher mit vielem gerechnet. Aber nicht damit, dass Mary in manchen Dingen dem Geschöpf meiner Vorfahrin ähnlich ist. Sehr ähnlich.«

Frankensteins Monster, schoss es Tom durch den Kopf. Wie viel Monster steckte in der steinernen Bibliothekarin? Genug offenbar, um einen übernatürlichen Angriff abzuwehren.

»Leider können wir den Mann nicht mehr befragen. Und auch seine Seite lässt uns keine Rückschlüsse ziehen. Beide sind …«, sie warf Mary einen leicht vorwurfsvollen Blick zu, »… nicht verschont geblieben.«

»Die Schreiber haben das Gewitter gerufen. Ich fand es angemessen, dass der Eindringling einen der Blitze aus der Nähe betrachtet. Nun, vielleicht war das etwas zu nahe«, gab Mary zu.

Tom bekam Gänsehaut bei Marys Worten.

»Und weshalb haben die … Schreiber das getan?«, fragte eine asiatische Frau von einer der Leinwände. Offenbar kam ihr der Name des Erzfeindes nur schwer über die Lippen.

Grace schien auf diese Frage gewartet zu haben. Sie nickte Mary zu und die Bibliothekarin zog einen ägyptischen Papyrus aus ihrer Jacke hervor. Selbst Tom, der am Rand der Menge saß, konnte die modernen Buchstaben erkennen, die über die altertümlichen Hieroglyphen geschrieben worden waren.

»Dies ist die Totenseite von Sesch, dem Ersten von uns«, sagte Grace. »Sie wurde in Ägypten aufbewahrt und ist ebenfalls gestohlen worden. Die Schreiber haben sie uns heute Morgen durch einen Kurier geschickt.«

Mary zeigte die Seite herum. Einige der Anwesenden keuchten empört auf, wobei Tom nicht sagen konnte, über was sie sich wohl mehr erregten. Über die Entführung oder die Beschädigung der sicher sehr wertvollen Seite. Dann gab Mary den Papyrus an Grace weiter.

»Am Ende des Monats«, las Grace vor. »In eurem Hauptquartier. Die goldene Feder für uns. Die Lectorii für euch. Sonst werden sie nie zurückkehren.«

Es war mehr als nur ein aufgebrachtes Gemurmel, das sich daraufhin erhob. Wie ein Schwarm wütender Bienen tuschelten die Lesenden und die Bibliothekare durcheinander.

»Die Schreiber sind verrückt«, rief jemand. »Sie wollen die goldene Feder hier in die Hand gedrückt bekommen? Sollen sie doch. Wir werden sie spielend überwältigen!«

Mary hatte alle Mühe, die Anwesenden zu bändigen, doch langsam wurde es wieder leiser in der Spitze des Uhrenturms. Tom sah unterdessen zu Will. Nie zurückkehren? Joséphine starrte fassungslos ins Leere. »Was um Himmels willen ist die goldene Feder?« Tom hatte Will fragen wollen, doch seine Worte waren so laut herausgerutscht, dass sich ihm alle Augenpaare zuwandten. Tom fühlte sich, als wäre ein großer Scheinwerfer auf ihn gerichtet worden.

»Verzeih«, sagte Grace und schenkte Tom ein freundliches

Lächeln, »aber ich hatte vergessen, dass all dies hier neu für dich sein muss.« Sie stellte Tom und Joséphine den Anwesenden vor. »Die beiden haben nicht nur das Recht zu erfahren, was geschehen ist, sondern auch, weshalb es geschehen ist«, sagte Grace in einem Ton, der keinen Widerspruch zuließ. »Es sei denn, jemand hier ist dagegen.« Sie sah sich auffordernd um, doch niemand wagte es, Einspruch zu erheben. »Die goldene Feder ist …«, Grace' Finger strichen durch die Luft, als suchte sie dort nach den richtigen Worten, »das mächtigste Werkzeug, das es für einen Schreiber nur geben kann. Mit ihm hat Sesch, der erste Wortwächter, der begriff, dass die Worte auf den Lebensseiten geändert werden können, den Lauf der Welt korrigiert. Er war ein Schreiber aus Ägypten. Worte waren damals schon etwas … Edles. Die Feder, die er benutzte, soll den alten Geschichten nach die erste des Greifs gewesen sein. Eines legendären Geschöpfs, über das in Märchen berichtet wird. Es heißt, sie wurde mit Gold überzogen. Ich weiß nicht, welche der vielen Gerüchte, die sich um diese Feder ranken, wahr und welche nur Legende sind. Doch wir wissen, dass alleine sie einen Schreiber in die Lage versetzt, statt nur auf der eigenen auch auf fremden Lebensseiten zu schreiben. Die Feder kann zwar keinen Toten wieder zum Leben erwecken, niemanden töten und nichts geschehen lassen, was völlig unmöglich ist. Doch sie vermag den Lauf der Welt zu verändern. Jahrhundertelang haben die Wortwächter auf den Lebensseiten, die sie bewahrt haben, nach denen gesucht, mit denen die Welt zum Besseren geschrieben werden konnte, und die richtigen Worte eingefügt.« Grace seufzte. »Aber es ist nicht ungefährlich, die Welt besser erzählen zu wollen. Einige derjenigen, die mit der Feder den Lebensseiten neue Worte gaben, fühlten sich dazu berufen, die Welt auch zu anderen Gelegenheiten zu lenken. Menschen eine Richtung auf den Leib zu schreiben, die sie nie gehen wollten. Der Welt eine Zukunft zu geben, die sie nie haben sollte. Vor über siebzig Jahren hätten die Worte beinahe einen ohnehin schon gewaltigen Krieg noch schlimmer werden lassen. Er hätte die Welt zerreißen können. Die Schreiber, die damals versucht hatten, die Geschichte zu ändern, wurden verstoßen. Und der Orden zerbrach. Die obersten Wortwächter beschlossen, dass die Feder nie wieder gebraucht werden durfte, was bei den meisten Schreibern Entsetzen auslöste. Sie wollten die Feder an sich bringen. Es gelang in letzter Sekunde, die Feder zu verbergen. Der Orden der Wortwächter bestand fortan nur noch aus den Lesenden und den steinernen Bibliothekaren. Wir glaubten, die Schreiber hätten sich im Lauf der Zeit aufgelöst. Wie Nebelschwaden am Morgen. Vergessen von der Zeit und den Worten. Aber wir haben uns offenbar geirrt. Sie sind zurück. Wir wissen nicht, wie viele sie sind. Wo sie sind. Aber wir wissen, dass sie die Feder haben wollen. Die Feder gegen die Lectorii. Die Freiheit der Unseren gegen die Unfreiheit aller. Die Antwort dürfte eindeutig sein, verehrte Lesende. Wir haben einen Schwur geleistet. Jeder von uns hat sich bei Tinte und Papier unserer Sache verschrieben. Also, beugen wir uns den Schreibern und lassen zu, dass alle, deren Lebensseiten sie bereits in die Finger bekommen haben, zu Figuren in ihrer Geschichte werden? Sollen wir uns ihnen beugen?«

In Tom stieg ein ungutes Gefühl auf. Wie Wasser in einem Brunnen. Kalt und beängstigend. Er sah sich um und suchte in den entschlossenen Gesichtern der Lesenden und ihrer Bibliothekare nach einem Hinweis auf ihre Gedanken.

»Nein.« Der Erste, der sprach, war der Inder. »Mein Vater hat noch erlebt, wie die Schreiber anderen ihren Willen aufgezwungen haben. Ich habe ihm geschworen, niemals zuzulassen, dass so etwas wieder geschieht!«

Als wäre ein Damm gebrochen, meldeten sich nun auch die Übrigen zu Wort.

»Nein!«, rief eine kleine alte Frau mit einem grimmigen Gesichtsausdruck.

»Ja.« Ein blasser Mann, der so nervös umhersah, als befänden sich die Schreiber direkt hinter ihm.

»Nein.« Ein Mann mit italienischem Akzent auf einer der Leinwände.

Es waren mehr NEINs als JAs. Nur knapp, aber es waren mehr. Tom blickte zu Joséphine und erkannte die eigene Fassungslosigkeit auf ihrem Gesicht. Hilfe suchend sah er Will an. Doch der steinerne Bibliothekar schüttelte nur ernst den Kopf.

Tom konnte es nicht glauben. Sie würden seinen Onkel nicht retten können.

EINE JAGD WIRD EINGELÄUTET

Alles kam Tom plötzlich so unwirklich vor. Die Menschen und die steinernen Bibliothekare, die lauthals miteinander stritten. Grace und Mary, die erfolglos versuchten, die Menge zu beruhigen. Und Joséphine, die aussah, als wäre ihr Vater ein weiteres Mal entführt worden.

Wie konnte die Mehrheit nur beschließen, neun Menschen ihrem Schicksal zu überlassen, um eine schwachsinnige Feder zu beschützen? Sie war doch nur ein Ding, das irgendwer vor einer Ewigkeit mit Gold überzogen hatte. Selbst wenn sie mächtig genug war, um den Lauf der Welt zu verändern, war sie doch nicht das Leben von Menschen wert. Das war … so ungerecht. Tom fühlte eine nie gekannte Wut in sich aufsteigen. Und das Gefühl, machtlos zu sein.

Und nun?

Er versuchte, die Antwort in Wills Miene zu lesen, doch der steinerne Bibliothekar stand stumm da und betrachtete fassungslos das Geschehen um sich herum. Das Gesicht von Lex, der neben Tom stand, war so weiß geworden wie die Wände im Treppenhaus.

Tom griff, einem Impuls folgend, in seine Jackentasche und bemerkte die Seite in seiner Hand erst, als sich seine Finger wie von selbst um das Papier schlossen. Oder hörte er sie wispern? Ihn zu sich rufen? Egal, er zog seine Lebensseite aufgeregt hervor. Vielleicht schrieb sie ihm ja, wie er die Wortwächter noch umstimmen konnte.

Tom war entsetzt und niedergeschlagen.
Auch wenn er seinen Onkel kaum kennengelernt hatte,
schnitt ihm der Gedanke, David im Stich zu lassen, tiefer ins Herz,
als er es für möglich gehalten hätte.
Und ebenso tat es weh, Joséphine zu betrachten.
Ihr das Entsetzen vom Gesicht lesen zu müssen.
Er fand das alles zu Recht so ungerecht.
Verzeihung für das kleine Wortspiel.
Dabei gab es noch immer eine Chance.
Denn Tom hatte die Seite.
Und mit ihr die Macht der Worte.

Toms Augenbrauen hoben sich, während er nur am Rande wahrnahm, dass um ihn herum die Lage immer chaotischer und der Streit immer erbitterter wurde. Welche Chance meinte die Seite? Er hätte es gerne gewusst, doch er konnte sie ja nicht fragen. Oder doch?

»Welche Chance?«, fragte er leise und kam sich dabei ziemlich seltsam vor.

So leise, dass Tom selbst kaum die Worte verstehen konnte.
Offenbar fürchtete er, für seltsam gehalten zu werden, wenn man ihn
dabei beobachtete, wie er mit einem Stück Papier sprach.

Ein ungerechtfertigter Gedanke unter lauter Lesenden.

Aber keine ungerechtfertigte Frage.

Welche Chance?

Die Antwort war so einfach.

Um die Entführten zu retten, musste Tom doch nur die Feder finden.

»Was?«, entfuhr es ihm. Er hätte sich beinahe die Hand vor den Mund geschlagen.

Rasch sah er sich um. Nur der alte Lex schien etwas bemerkt zu haben. Doch er blickte bereits wieder zu Grace, deren verzweifelte Bemühungen, für Ruhe zu sorgen, im Lärm der streitenden Stimmen untergingen.

Die Feder in Händen, könnte Tom mit den Schreibern direkt verhandeln.

Oder die Lesenden vielleicht dazu bringen, es sich noch einmal zu überlegen.

Immerhin war die Abstimmung ziemlich knapp ausgegangen.

»Ich weiß nicht einmal, wo ich suchen soll.« Himmel, es fühlte sich völlig verrückt an, mit einer Seite zu sprechen.

Völlig verrückt?

Also bitte!

Nun, die Lebensseite war nicht nachtragend.

Nein, sie war schlau.

Einzigartig.

Sie wusste, dass sich ein Teil der Feder direkt vor Toms Nase befand.

Ja, einer ihrer Teile, denn die Feder war auseinandergenommen worden, um zu verhindern, dass sie durch Zufall oder Absicht in die falschen Finger geriet.

Vier Teile.

Jeder verborgen.

Wenn Tom die Entführten retten wollte, musste er schnell handeln.

Übrigens, es war eine Minute vor zwölf.

Tom bemerkte Lex' fragenden Blick aus den Augenwinkeln.

»Was sagt dir deine Seite?«, erkundigte der Archivar sich über den Lärm der Stimmen hinweg.

Er hatte sie sofort erkannt. Kein Wunder, dachte Tom. Er war ein Mitglied des Ordens, auch wenn er nicht lesen konnte. Zumindest nicht auf Lebensseiten.

»Sie weiß, wo die Feder ist. Ihre Teile.« Tom wusste nicht, weshalb er das so freimütig erzählte. Vielleicht, weil Lex ein Freund seines Onkels war. Und weil Tom der einzige normale Mensch hier zu sein schien. Und weil er einfach fühlte, dass er ihm vertrauen konnte.

»Ihre Teile?« Lex schien ehrlich verblüfft.

Ein Geheimnis, schoss es Tom durch den Kopf. Dass die Feder geteilt war, musste ein Geheimnis sein. Offenbar wusste nicht einmal der Archivar der Zentralbibliothek Bescheid. Tom sah wieder auf seine Seite und las.

Nur noch wenige Augenblicke bis zu den Schlägen der Uhr.

Alle sind durch den Streit abgelenkt.

Niemand trägt die Ohrenschützer.
Niemand erwartet den Lärm.
Steht bei dem grauen Stein, wenn die Drossel schlägt, und der letzte Sonnenstrahl am Durinstag auf das Schlüsselloch fällt.
Das war aus Tolkiens *Hobbit.*

»Ich verstehe nicht.« Es war Tom nun gleich, ob Lex ihn für verrückt hielt oder nicht, wie er da mit seiner Lebensseite sprach. Vermutlich hatte der Alte so etwas schon öfter erlebt.

Tom verstand den klugen Hinweis nicht.
Vielleicht war es an der Zeit, einmal ein paar wirklich gute Bücher zu lesen.
Aber vielleicht war dafür gerade nicht genug Zeit da.
Grauer Stein oder graues Metall.
Ein Riss.
Und dahinter ein goldener Schatz.

»Weißt du, wo die Teile sind?« Lex' Stimme klang heiser vor Aufregung.

Tom nickte automatisch.

»Dann hol sie.«

Die Worte waren nichts weniger als ein Verrat am Orden der Wortwächter. Selbst Tom, der nichts über solche Geheimbünde wusste, war sich in diesem Punkt absolut sicher. Wenn er sich darauf einließ, war es wirklich ein Verrat.

Und wen verrätst du, Tom?, fragte er sich. Du gehörst nicht zu ihnen, auch wenn du das Talent zum Lesen besitzt. Und keiner von ihnen hat einen Onkel verloren. Oder einen Vater. Er sah zu Joséphine. Auch wenn er sie nicht besonders leiden konnte, tat sie ihm leid. Sehr leid. Was würde er tun, wenn sein eigener Vater entführt worden wäre? Alles, um ihn zurückzuholen, gab er sich selbst die Antwort.

Ein Teil der Feder war offenbar hier. Ein Riss? Ihm fiel schlagartig ein, was Johnny über die Glocke erzählt hatte. Er starrte hinauf. Sie war groß. Und grau. Und ... und da war er. Ein Riss im grauen Metall. Mit einem goldenen Schatz dahinter.

»Und wo ist der Rest?«

Nicht hier.

Fünf.

Vier.

Drei.

Ohrenschützer!

Eins.

Und die Glocke läutet die Jagd nach der Feder ein.

Tom zog sich hastig die Ohrenschützer über. Doch selbst mit ihnen war der Lärm so nahe bei der Glocke kaum zu ertragen. Immerhin schaffte es Tom, sich auf den Beinen zu halten. Alle anderen, gleich ob ihre Haut hart wie Stein oder menschenweich war, warfen sich erschrocken zu Boden.

Die berühmte Melodie der Glocken kannte Tom auswendig, weil sein Vater sie in seinem Handy als Klingelton eingestellt hatte. Tom steckte die Seite ein und war zur Hälfte der Tonfolge auf den Sessel gestiegen. Nicht hoch genug. Waghalsig balancierte er auf der Lehne und erkannte den goldenen Schimmer im grauen Metall nun viel deutlicher. Der Klöppel, der gegen die Glocke schlug, fuhr erschreckend nahe an Toms Kopf vorbei.

Bald würde die Melodie enden. Tom reichte noch immer nicht ganz bis zum Riss. Er stellte sich auf die Zehenspitzen. Bemerkte jemand, was er hier tat? Nicht nachdenken, wies er sich zurecht.

Gleich würde die Glocke ihr Spiel beenden. Streck dich, Tom!, sagte er sich. Endlich erreichten seine Finger den Riss. Der Klöppel prallte nur wenige Zentimeter neben seiner Hand gegen das Metall.

Die Melodie war vollständig. Nun folgten nur noch die Stundenschläge. Beeil dich!, trieb er sich an. Er ertastete etwas.

Einige Stundenschläge waren bereits erklungen, als er endlich einen Federkiel hervorzog. Oder wenigstens einen Teil davon. Er war so lang wie Toms Hand. Und tatsächlich golden.

Tom sprang von der Lehne und landete auf seinen Füßen.

Und die Glocke verstummte.

Toms Herz dagegen schlug so laut in seiner Brust, als wollte es sich mit der Glocke messen. Der Schweiß rann ihm unter die Kleidung. Er hatte den ersten Teil der Feder gefunden. Und nun?

Die anderen lagen bäuchlings auf dem Boden, die Hände auf die ungeschützten Ohren gepresst. Sie schienen vom Lärm der Glockenschläge wie betäubt. Nur zaghaft wagten die ersten, sich zu rühren. Will war einer von ihnen. Und Mary gehörte ebenfalls dazu. Ihr Blick fand den von Tom, als spürte sie, dass er etwas in Händen hielt, das dort nicht hingehörte. Überraschung wurde von Ärger abgelöst.

Tom wandte sich Hilfe suchend zu Will um. Der Bibliothekar starrte verblüfft auf den Teil des Federkiels. Tom konnte ihm ansehen, wie sich die Erkenntnis in ihm ausbreitete. Einen Moment lang fürchtete er, dass Will sie ihm aus den Fingern reißen würde. Doch das tat er nicht. Stattdessen bewegten sich seine Lippen, ohne dass Tom etwas verstand. Tom zuckte fragend mit den Schultern.

Will riss ihm die Ohrenschützer vom Kopf. »Wenn wir die Lectorii befreien wollen, halte ich es für angebracht zu fliehen, gnädiger Herr.«

Neben ihnen regte sich Lex. Er hielt sich die Ohren und presste mit Mühe ein paar Worte hervor. »Speier. Notfallpasswort. Tintenklecks.«

Tom verstand nicht, aber Will nickte entschlossen. Er deutete auf eine unscheinbare, schmale Tür zwischen zwei Regalen. »Da entlang.«

Tom nahm eine Bewegung aus den Augenwinkeln wahr. Mary. Sie deutete auf Tom. Es war wie eine Herausforderung.

Grace neben ihr regte sich. Mary sah zu ihr hinab, als lauschte sie. Dann blickte sie wieder Tom an.

Und lief los.

»Schnell!«, zischte Will.

Tom setzte sich in Bewegung. Doch gerade als er die Tür erreicht hatte, fiel ihm etwas ein. Er wirbelte herum. Joséphine. Ihr Buch lag auf dem Boden und sie presste sich die Hände auf die Ohren. Sie konnten sie nicht hierlassen. Wer weiß, was die Lesenden mit ihr machen würden? Vielleicht glaubten sie, Tom und sie hätten all das hier geplant.

»Joséphine.« Er deutete auf sie und Will verstand.

Mit zwei langen Schritten war der Steinerne bei ihr und warf sie sich über die Schulter, als sei sie eine Puppe.

In diesem Moment sprang Mary über die am Boden kauernden Leiber auf ihn zu. Sie hielt sich nicht mit Worten auf. Ihrem Schlag konnte Will nur knapp ausweichen. Doch ehe sie erneut ausholen konnte, fiel jemand gegen sie. Lex. Er hatte so getan, als taumelte er, und sie dabei umgerissen. Tom und er sahen sich einen Moment lang an. *Viel Glück*, schien sein Blick zu sagen, ehe Mary ihn von sich schieben konnte.

Will zog Tom zur Tür, riss sie auf und schob ihn hindurch. Hastig schlug er sie wieder zu.

Gerettet. Der Gedanke verflüchtigte sich ebenso schnell, wie er gekommen war. Tom sah sich wie erstarrt um.

Die Tür führte nicht wie erwartet in einen anderen Raum oder wie erhofft zu einer Treppe nach unten, sondern ins Freie auf einen schmalen Sims, kaum einige Schritte breit.

Der Wind pfiff ihnen höhnisch um die Ohren, als machte er sich über die Ausweglosigkeit ihrer Situation lustig. Vor ihnen war … nichts. Nur Nebel, der nicht verbergen konnte, dass sie sich gut einhundert Meter über dem Boden befanden. Selbst Tom, der einigermaßen schwindelfrei war, fand dies hier arg hoch.

Neben ihnen hockten zwei Wasserspeier. Sie besaßen menschliche Körper mit Flügeln. Für ihre Gesichter schienen Teufel Modell gestanden zu haben.

Sie hatten verloren. Nun, immerhin hatten sie es versucht, dachte Tom bei sich. Er sah zu Will, der hörbar seufzte.

»Warum nur muss die Zentralbibliothek so hoch liegen?« Er stellte die nach den Glockenschlägen verwirrt wirkende Joséphine vor sich auf die Füße und trat zu den Wasserspeiern. »Tintenklecks«, sagte er.

Und im nächsten Moment richteten sich die Steinfiguren auf.

Tom wäre vor Schreck beinahe vom Sims gefallen. »Was zum …?«

»Wasserspeier«, sagte Will knapp. »Sie tragen Worte bei sich.«

Die Wasserspeier reckten sich, als hätten sie zu lange geschlafen. Ihre steinernen Gliedmaßen knackten, dann richteten sie ihre blinden Augen auf Will.

»Tintenklecks!«, rief der Bibliothekar noch einmal und deutete auf Tom und Joséphine.

Und sofort packten die beiden Figuren sie.

Das Mädchen keuchte vor Schreck auf, und Tom konnte den Schrei, der ihm über die Lippen drängte, nur mit Mühe zurückhalten.

»Keine Angst«, sagte Will beruhigend. »Sie sind der Notfallplan für den Fall, dass die Bibliothek in Gefahr gerät. Sie sollen helfen, diejenigen zu retten, die in Bedrängnis sind.«

In diesem Moment wurde die Tür aufgerissen und Mary erschien im Rahmen.

»Und dies ist ein Notfall«, rief Will. »Also fliegt los!«

Fliegt? Tom glaubte, sich verhört zu haben. Doch im nächsten Augenblick entfalteten die Wasserspeier ihre Flügel.

Tom sah zu Mary. Die Bibliothekarin hatte indes nur Augen für den goldenen Federkiel in seiner Hand. Wütend zischend wollte sie sich auf Tom stürzen. Doch Will trat vor sie. »Verzeih, Gnädigste. Aber ich kann nicht zulassen, dass du ihn aufhältst. Er ist nicht unser Feind.« Und mit diesen Worten versetzte er ihr einen Stoß, der sie zurück in die Bibliothek katapultierte. Dann wandte er sich zu Tom um. »Viel Glück!«

Wie auf Kommando liefen die Wasserspeier mit ihren menschlichen Lasten auf die Kante zu.

Und stürzten sich in die Tiefe.

Der Schrei verließ nun doch Toms Kehle. Stein kann nicht fliegen, sagte er sich. Selbst wenn er die Form von Flügeln hatte. Der Wind brüllte ihnen entgegen, als wollte er ihnen eine Warnung zurufen. Unter ihnen zerriss die Decke aus Nebel für einen kurzen Moment und das Licht der Mittagssonne brach sich auf den Wellen des Flusses und überzog seinen Rücken mit Gold.

Die Themse kam schnell näher. So schnell, dass Tom fürchtete, sie würden jeden Moment gegen die Wasserfläche prallen. Einmal war Tom vom Fünf-Meter-Brett gesprungen und auf dem Rücken aufgekommen. Dieser Sturz hier dürfte weitaus schmerzhafter sein. Wenn er ihn überhaupt überlebte. Der Schrei versiegte und Tom wollte den Wasserspeiern etwas zurufen, doch der Wind drückte ihm die Luft aus der Lunge. Sie würden sich die Knochen brechen. Sie …

Als Tom schon nicht mehr daran glaubte, schien sie der Wind endlich zu packen. Er glaubte zu spüren, wie sie plötzlich viel langsamer wurden. Sie begannen zu fliegen, kaum dass sie eine Handbreit über dem Wasser waren. Tom hätte es beinahe berühren können, während sie nun parallel zum Fluss durch den Nebel schossen. Dann schlugen die Wasserspeier mit ihren steinernen Flügeln, die indes nicht starr, sondern elastisch wie Leder schienen, und stiegen wieder in die Höhe. In diesem Moment war Tom mehr als dankbar, dass Nebel über der Stadt lag. Nicht auszudenken, wenn Hunderte Menschen zwei fliegende Steinfiguren gesehen hätten.

Vor Toms Augen schälte sich ein gigantisches Riesenrad aus dem Dunst. Das London Eye, das berühmte Riesenrad.

In mörderischem Tempo kamen die Gondeln immer näher. Sie würden gegen sie prallen. Tom wollte das Wesen warnen, doch er kam nicht dazu, den Mund zu öffnen. Die Wasserspeier verlangsamten ihren Flug so abrupt, dass Tom fast von dem steinernen Rücken gefallen wäre, und schwebten geschickt an einen der riesigen Glasbälle heran. Das Riesenrad stand gerade still. Offenbar stieg unten jemand zu. Die Gondeln vor ihnen waren leer und erinnerten Tom an durchsichtige Augen, die aus dem Nebel lugten. Die Wesen packten die Metallstreben, die die Gondeln hielten, und öffneten die Tür. Erst wurde Joséphine hineingesetzt, dann Tom. Zitternd nahmen beide auf den Bänken der Gondel Platz.

Die Wasserspeier schenkten ihnen ein wortloses Lächeln und schwangen sich zurück in die Luft.

Tom sah ihnen mit klopfendem Herzen nach, wie sie, zwei gigantischen Vögeln gleich, zurück zum Turm flogen. Dann blickte er Joséphine an. Er sah alles in ihrem Gesicht, was er im Herzen fühlte. Die Furcht. Die Aufregung. Die Verblüffung. Und die Gewissheit, dass sie von nun an auf der Flucht waren. Es erstaunte ihn, dass diese Vorstellung ihm keine Angst machte. Im Gegenteil. Es fühlte sich wie ein unfassbares Abenteuer an.

Das Lächeln auf seinem Gesicht breitete sich wie von selbst aus. »Wir holen sie zurück, hörst du?« Er hatte den goldenen Federkiel die ganze Zeit fest umklammert gehalten. Nun hielt er ihn Joséphine hin. »Wir schaffen das. Finden die anderen Teile. Und retten sie.«

Die Gondel setzte sich wieder in Bewegung. Langsam fuhren sie nach unten.

Joséphine sah ihn einen Moment lang an, als habe er völlig den Verstand verloren. Dann beugte sie sich abrupt vor.

Tom fürchtete, das Mädchen könnte ihm eine Ohrfeige verpassen, und wollte unwillkürlich die Hände zum Schutz hochreißen, doch er war zu langsam.

Und Joséphine … schlang ihre Arme um ihn. Sie umarmte ihn so fest, dass er fast keine Luft mehr bekam. Ach du meine Güte, dachte er, und wusste nicht, was er machen sollte. Zurückumarmen? Nein, das wäre irgendwie peinlich. Nichts tun? Er konnte ihren Herzschlag fühlen, so eng presste sie sich an ihn. Oder war es sein Herz, das plötzlich furchtbar wild schlug?

Irgendwann ließ Joséphine ihn los, und Tom glaubte, dass sich ihre Wangen ebenso rot färbten wie seine.

»Danke«, sagte sie leise.

»Gerne geschehen«, erwiderte Tom und ärgerte sich, dass seine Stimme so rau klang, als habe er eine Halsentzündung.

Keiner von ihnen sagte ein weiteres Wort, während sich das Rad weiterdrehte. Als sie unten ankamen, öffnete Tom die Tür.

»Wohin gehen wir?«, fragte Joséphine, während sie hinaus in den Nebel stolperten.

Wohin? Tom wusste es nicht. »Erst einmal nur weg«, meinte er. »Diese goldene Feder … die Wortwächter haben sie geteilt. Das hier ist nur der erste Teil. Wenn wir die Entführten retten wollen, müssen wir die anderen Stücke finden. Aber die Lesenden dürfen uns nicht erwischen. Sonst nehmen sie uns das hier wieder weg.« Er wedelte mit dem Bruchstück des Federkiels und steckte es dann weg.

Vor ihnen warteten angesichts des Nebels überraschend viele Menschen darauf einzusteigen. Sie versuchten einen Weg durch die Menge zu finden.

»Und wo fangen wir mit der Suche an?«, fragte Joséphine skeptisch.

Tom zuckte die Schultern. »Keine Ahnung«, sagte er. »Sie haben die Feder in vier Stücke geteilt. Und sie irgendwo verborgen. Fehlen noch drei.« Drei Teile. Und sie konnten überall auf der Welt sein.

Sie ließen die Leute bald hinter sich und fanden sich auf einer Straße wieder. Und nun, Tom?, fragte er sich. Erst einmal so weit weg wie möglich vom Big Ben, gab er sich selbst die Antwort.

Joséphine hatte offenbar denselben Gedanken. Sie hatte ihr Portemonnaie bereits gezückt und zählte ihr Geld. »Nicht viel«, sagte sie ärgerlich, »damit kommen wir nicht mal aus London raus, fürchte ich. Wie viel hast du?«

Tom hatte nur das von seinem Urlaubsgeld dabei, was er in seinen Hosentaschen trug. Kaum mehr als Kleingeld. Er war so in Aufregung gewesen, dass er gar nicht daran gedacht hatte, alles mitzunehmen, als sie nach London aufgebrochen waren. »Reicht gerade für etwas zu essen und zu trinken.«

»Oh«, murmelte Joséphine, »wirklich eine tolle Flucht. Wir haben keinen Plan, kein Geld und ich habe auch noch mein Buch verloren. Wirklich fabelhaft.«

Tom sah sie ärgerlich an. »Hey«, rief er so laut, dass sich ein paar Leute nach ihnen umdrehten, »das war alles ziemlich ungeplant. Wir ...«

»Ist schon gut«, fiel ihm Joséphine ins Wort und strich sich eine Strähne ihrer rotbraunen Haare aus der Stirn. »Wir finden einen Weg. Ich habe ein bisschen was auf dem Konto. Am besten wäre es, wir könnten Will wiederfinden. Aber zum Turm will ich auf keinen Fall zurück.«

»Vielleicht haben sie ihn gefangen genommen«, mutmaßte Tom. Er schüttelte sich bei der Erinnerung an die steinerne Mary, die Will gerade noch hatte aufhalten können.

»Möglich«, murmelte Joséphine. »Aber wenn nicht, wird er uns bestimmt suchen.«

»Da wird er es schwer haben. London ist groß.«

»Es sei denn«, Joséphine sah Tom triumphierend an, »er weiß, wo er mit der Suche beginnen muss.«

Die Idee war genial. Das musste Tom zugeben. Und ihr Ziel war nicht einmal weit entfernt. Das Shakespeare's Globe Theatre. Ein Nachbau des alten Theaters, in dem einige Stücke von Toms Vorfahren zum ersten Mal aufgeführt worden waren. Also war es so etwas wie Wills zweite Heimat.

Tom wusste nicht, was ihn mehr ärgerte: dass Joséphine trotz der Gefahr so klar denken konnte. Oder dass er selbst nicht einmal etwas von dem Theater gewusst hatte. Dafür hätte er Joséphine erklären können, wie viele Fußballstadien es in London gab, auch wenn ihnen das wohl gerade sicher nicht helfen würde.

Das Theater war ein runder Fachwerkbau, dessen Dach mit Reet bedeckt war. Es lag direkt am Fluss und schien völlig aus der Zeit gefallen.

In dem Nebel, der einfach nicht abziehen wollte, hatten sich nur wenige Besucher hierher verirrt. Joséphine erklärte Tom, dass dort nicht nur Vorführungen, sondern auch eine Art Museumsausstellung angeboten wurde.

»Wusstest du das nicht?«, fragte sie überrascht.

»Shakespeare ist ein ziemlich weit entfernter Verwandter«, meinte Tom unbehaglich. »Komm, wir holen uns etwas zu essen und warten.«

Sie kauften sich in der Nähe ein paar Sandwiches, und setzten sich auf eine Bank am Flussufer in der Nähe des Theaters. Nur wenige Meter entfernt führte eine Brücke über den Fluss. An ihrem Anfang standen zwei gut drei Meter hohe Statuen, die dort Wache zu halten schienen. Die beiden Männer in ihren altertümlichen Uniformen waren in nachdenklichen Posen erstarrt. Tom und Joséphine warteten.

Sie warteten lange. Bis in den Abend hinein. Der Nebel lichtete sich auch dann nicht, als die Sonne langsam sank. Tom starrte missmutig auf das Theater. Heute wurde dort offenbar kein Stück gespielt. Die Lichter waren bereits seit über einer Stunde verloschen. Tom fühlte sich, als seien Joséphine und er alleine und ausgestoßen auf der Welt. Er blickte sich noch einmal suchend um, doch die einzigen Geschöpfe in ihrer Nähe waren ein paar Tauben, die umherflogen und sich gelegentlich auf den Brückenstatuen niederließen.

Tom stockte. Hatte sich die eine Steinfigur gerade bewegt und sich einen der Vögel von der Nase gescheucht? Er rieb sich die Augen. Nein, das musste er sich eingebildet haben. Nicht alle Wesen aus Stein waren lebendig. Die Brücke entlang waren Laternen aufgereiht, die automatisch angingen. Ihr mattes Licht focht einen ungleichen Kampf gegen die nebelgetränkte Nacht.

»Hör mal«, sagte er zu Joséphine. »Will kommt nicht. Wahrscheinlich haben sie ihn gefangen genommen. Wir sollten meine Eltern anrufen.« An die Polizei konnte er sich nicht wenden. Wer hätte ihnen denn schon ihre Geschichte geglaubt? Aber vielleicht wussten Toms Eltern Rat. Er kannte den Namen des Hotels, in dem seine Eltern in Paris wohnten. Die Nummer würde er auch rauskriegen. Er brauchte nur ein wenig Strom für sein Smartphone. Und ein Ladekabel.

»Wir …«

Die Worte blieben ihm im Hals stecken.

Aus dem Nebel schälte sich eine Gestalt.

Ein Mann kam das Ufer entlang. Will? Vielleicht. Aber wenn es einer der Lesenden war? Toms Herz schlug heftig in seiner Brust.

Der Mann tauchte in den Lichtkegel einer Laterne ein, erkennen konnte Tom ihn dennoch nicht. Sein Gesicht wurde von einem Hut verborgen. Er trug einen Rucksack auf dem Rücken und bewegte sich mit schnellen Schritten direkt auf sie zu. Entweder wollte er über die Brücke oder sie waren sein Ziel.

»Komm«, drängte er Joséphine. Sie ließ sich von ihm auf die Beine ziehen. In ihrem Gesicht erkannte er die eigene Furcht vor dem Fremden. Sie sollten sich verstecken, bis sie sicher waren, dass dies dort Will war.

Wohin? Tom wählte die Brücke. Er hatte kaum einen Schritt auf sie gesetzt, als sich eine der steinernen Figuren plötzlich bewegte.

»Halt«, sagte die Statue mit dröhnender Stimme. »Nicht so eilig. Ihr werdet gesucht.«

Tom schlug nach der steinernen Hand, die ihm den Weg versperrte.

Und hinter ihm begann der Fremde, schneller auf sie zuzulaufen.

EINE SPUR

Ehe Tom sich's versah, wurden er und Joséphine von den steinernen Händen gepackt. Der Unbekannte kam währenddessen mit schnellen Schritten näher. Er schien nicht außer Atem zu sein. Ein Bibliothekar? Vielleicht jemand, den Grace Shelley geschickt hatte, um sie zu finden?

»Lass uns los«, zischte Tom der steinernen Figur zu, die sie mit eisernem Griff umklammert hielt. Es war ein armseliger Versuch. Warum sollte dieses Wesen Tom auch gehorchen? Er wand sich im Griff der Statue und betrachtete sie sich näher. Der Körper des altertümlichen Soldaten steckte in einer Rüstung und auf seinem Kopf prangte ein Helm. Selbst im fahlen Licht der Laternen erkannte Tom, wie mitgenommen der Stein war, der den Körper formte. Dieses Geschöpf musste sehr alt sein.

»So, ihr Schurken. Zuletzt wurdet ihr gefangen genommen. Also bereut eure Taten!«

Und es klang auch so altmodisch, als sei es seit ein paar Hundert Jahren auf der Welt. Die Stimme war tief und durchdringend.

»Wer sucht uns?« Joséphines Stimme klang fest. Wenn sie sich fürchtete, so zeigte sie es nicht. Tom war beeindruckt.

»Ich.« Der Unbekannte hatte sie erreicht, sah sich um, dann zog er den Hut herunter. Der Kopf, der zum Vorschein kam, war Tom nur allzu bekannt.

»Will!«, rief er aus, aber der Diener seines Onkels legte warnend die Finger auf die Lippen.

»Nicht so laut, gnädiger Herr. Man weiß nie, wer mithört.«

Tom versuchte erneut, sich aus ihn Griff des Brückenwächters zu befreien, doch der hielt ihn unbeirrt fest. »Entschuldige«, bemerkte er bissig, »aber wir werden vor Will nicht davonlaufen.«

Will gab der Statue ein Zeichen und der Griff löste sich endlich.

»Verzeih, gnädiger ...«

»Könntest du bitte darauf verzichten, mich *gnädiger Herr* zu nennen?«, meinte Tom gereizter, als er hatte klingen wollen. Aber die Flucht und das anschließende Warten hatten ihm ziemlich zugesetzt.

Will lächelte. »Nun gut, verzeih, *Tom*. Es ist nicht einfach, bestimmte Angewohnheiten abzulegen. Ich diene dem Orden schon so lange. Ich habe mir angewöhnt, alle Mitglieder deiner Familie mit *gnädiger Herr* oder *gnädige Frau* anzusprechen.« Er betrachtete Tom und Joséphine nachdenklich. »Das war knapp. Mary hätte euch beinahe erwischt. Und mich auch. Ich musste ziemlich waghalsig den verdammten Turm herabklettern.« Er sah sie verlegen an. »Verzeihung, das war nicht Shakespeare. Ich bin nur froh, dass ihr entkommen seid. Und dass ihr so schlau wart, hierherzukommen.« Will warf Tom einen anerkennenden Blick zu. »Ich wusste, dass einiges in dir steckt. Auch wenn du versuchst, das zu verbergen.«

Tom sah zu Joséphine hinüber und wollte etwas sagen. Doch sie schüttelte stumm den Kopf. Sie ist wirklich ganz nett, dachte Tom.

»Hör mal, Horatio«, wandte sich Will an den Brückenwächter, »kannst du mir einen Gefallen tun?«

Tom betrachtete das Wesen, das sie aufgehalten hatte. »Sind das auch Bibliothekare?« Misstrauisch warf er einen Blick auf die andere Statue, die sich indes nicht geregt hatte.

»Nicht wie ich«, meinte Will. »Aber Horatio trägt Worte in sich. Worte, die ihm eine Aufgabe geben. Die ihn sprechen lassen. Es gibt einige ... Helfer in unseren Reihen. Sie bewachen keine Bücher, aber sie sind da, wenn wir sie brauchen. So wie die Wasserspeier, deren Aufgabe es ist, im Notfall den Turm zu räumen. Oder Horatio hier. Er bewachte schon das ursprüngliche Theater von Shakespeare, das vor langer Zeit abbrannte. Er steht auf unserer Seite. Du brauchst ihn nicht so misstrauisch anzusehen. Er ist ein wenig vergessen worden von den Wortwächtern.« Will tätschelte Horatio den Arm und es klang, als würde man Steine gegeneinanderschlagen. »Aber er hat meine Nachricht erhalten.«

»Deine Nachricht?«, fragte Tom.

»Tauben«, erklärte Will, als sei dies die normalste Sache der Welt. Er lächelte nachsichtig, als er Toms erstaunten Blick bemerkte.

»Und wie?«, wollte Tom wissen. »Du hast ihnen doch keinen Brief mitgegeben, oder?«

»Nein.« Will schüttelte den Kopf. »Natürlich nicht. Ich habe ihnen die Nachricht einfach gesagt.«

»Wer ihnen seit vielen Hundert Jahren lauscht, vermag zu erkennen, was sie gurren«, dröhnte Horatio.

»Und was ist mit dir?«, hörte Tom Joséphine fragen. Sie strich mit der Hand über Wills steinerne Haut, als tröstete sie einen Menschen. »Du hast deinen Orden für uns verraten. Um uns zu helfen.«

Will verzog die Lippen zu einem traurigen Lächeln. »Um die Lectorii und ganz besonders natürlich David Pearce zu retten. Ich bin nicht der älteste Steinerne des Ordens. Und sicher nicht der klügste, auch wenn die Worte, die mein Vorbild mir auf den steinernen Leib geschrieben hat, meisterhaft sind. Doch ich weiß, dass es falsch wäre, die Entführten ihrem Schicksal zu überlassen. Gleich, wie gefährlich die Schreiber sind. Grace und die anderen hängen in dieser Sache den falschen Worten nach. Und wir müssen den richtigen folgen.«

»Und wohin?«, fragte Tom. Er fühlte die Abenteuerlust noch immer heiß in sich, gleich, wie müde er langsam wurde. Doch selbst der wagemutigste Held brauchte ein Ziel, um zu kämpfen.

»Um das *Wohin* kümmern wir uns gleich«, entgegnete Will. »Hast du die Feder?«

»Ja und nein«, antwortete Tom. »Sie ist geteilt worden. In vier Stücke. Wenn wir meinen Onkel und Joséphines Vater und die anderen retten wollen, müssen wir die übrigen Teile finden.«

Wills Gesicht verdüsterte sich. »Himmel, das macht alles nur schwieriger. Also heißt es, die fehlenden Stücke zu suchen und zu finden. Zunächst aber müssen wir die anderen von unserer Spur ablenken.« Er sah zu Horatio. »Mein Freund hier wird uns helfen. Er war immer schon ein wenig … revolutionär. Horatio ist ein Soldat aus dem englischen Bürgerkrieg. Fast so alt wie ich. Und sehr mitgenommen.«

»Die schlechte Luft verdirbt selbst das schönste Äußere«, jammerte Horatio dröhnend und kratzte sich dunklen Ruß vom Arm. »Deshalb ist meine Gestalt auch so jämmerlich anzusehen. Jämmerlicher noch als die dieses unansehnlichen Steingesichts.« Er deutete auf Will, und Joséphine lachte kurz auf. Es war das erste Mal, dass Tom sie lachen hörte. Es klang in der Nacht wie ein heller Funke. Es gefiel ihm.

»Horatio«, meinte Will und rieb sich dabei die steinernen Hände. »Lust auf einen kleinen Spaziergang, alter Knabe? Kannst du mir helfen, eine Botschaft an die Zentralbibliothek zu überbringen?«

»Entschuldige, aber es würde wohl auffallen, wenn eine drei Meter große Statue durch die Straßen läuft, oder?«, bemerkte Joséphine.

»Wer sagt denn, dass er durch die Straßen läuft?«, fragte Will und lächelte sie vielsagend an.

Tom sah Horatio verblüfft nach, während sich der Fluss wie eine Decke über dem Kopf des steinernen Brückenwächters schloss. »Er geht unter Wasser«, murmelte er fassungslos.

»Sicher«, entgegnete Will gut gelaunt. »Die Fische, die ihm da begegnen, dürften ihn kaum verraten. Ein wenig flussabwärts gibt es eine Zierfigur an einer der Brücken. Sie ist ein Helfer des Ordens und kann die Nachricht entgegennehmen und weiterleiten. So, kommt! Wir müssen uns beeilen. *Sie sind zum Flughafen*. Ganz ehrlich, Shakespeare war diese Botschaft nicht.« Will lachte leise über seinen Scherz. »Aber sie wird ihren Zweck erfüllen und die Lesenden eine Weile beschäftigen. Kommen wir nun zu deiner Frage: *Wohin?* Wir müssen die Teile der Feder suchen. Wohin müssen wir gehen, um sie zu finden? Und sagt bitte nicht zum Flughafen.«

»Ich habe keine Ahnung«, meinte Tom. »Auf meiner Seite stand nur, wo ich den ersten Teil finde.«

»Vielleicht gibt es auf dem Kiel einen Hinweis?«, mutmaßte Joséphine.

Tom griff in seine Jackentasche und zog den Teil des Federkiels hervor. Er glänzte selbst im matten Lichtschein geheimnisvoll. Tom betrachtete ihn genau, doch er erkannte keine besonderen Zeichen, die ihm hätten zeigen können, wo die übrigen Teile der sagenumwobenen Feder waren. Er reichte den Federkiel den anderen. »Nichts«, sagte er. Seine Stimme klang rau vor Enttäuschung.

Joséphine zog ihm die Feder aus den Fingern, doch auch sie fand keine versteckten Hinweise auf dem Federteil.

Während Will sie zuletzt untersuchte, strich sich das Mädchen nachdenklich über die Lippen. »Wie kamst du überhaupt darauf, dass die Feder geteilt ist und dass der Teil des Kiels in der Glocke versteckt war?«

»Es stand doch auf meiner Seite«, erwiderte Tom. Natürlich! Hastig griff er wieder in seine Jacke und holte die Seite hervor. Sie war ein wenig zerknittert und er strich sie glatt, ehe er sie unter die nächste Laterne hielt. Es waren seine Worte, die da erschienen. Nicht die von Joséphine. Er sah sie verstohlen an. Sie wusste noch nicht, dass er auch ihre Seite in Händen hielt. Nun, er würde es ihr später sagen. Tom kniff die Augen zusammen und las.

In der Stunde der tiefsten Not vertraute sich Tom den Worten seiner famosen Seite an.
Er sollte besser auf sie aufpassen!
Sie war ein Einzelstück.
Der Federkiel war der erste von vier Teilen der Feder.
Die anderen sind ebenso verborgen, wie es der Kiel war.
Auf drei Kontinenten.
In drei Ländern.

Tom ließ entmutigt die Seite sinken. Drei Kontinente. Wie sollten sie dorthin kommen? Und falls ihm das gelang, wie sollte er dort die Teile finden?

So wie den ersten, antwortete er sich. Er hob die Seite wieder ins Licht.

Tom hatte Glück.
Denn das Glück ist mit den ... nun, er hatte Glück.
Es gab Hinweise auf die Verstecke.
Tatsächlich barg jeder Teil der Feder einen Hinweis darauf, wo der nächste zu finden war.
Damit sie gefunden werden konnten, falls die Zeit einmal wieder reif sein würde für die Macht der Feder.
Worte, die auf ihnen niedergeschrieben waren und sich doch nur auf Lebensseiten offenbarten.
Besonderen Lebensseiten.
Seiten, die nur den Großen des Ordens gehörten.
Offenbar reichte Toms Verwandtschaft zu Shakespeare und dessen legendären Nachfahren gerade so aus, um ihn die Worte ebenso lesen zu lassen.
Sie ...

»Ja, ja«, zischte Tom gereizt in die Nacht und ignorierte die verwunderten Blicke, die Will und Joséphine ihm zuwarfen. »Wie lauten denn nun diese Worte?«

Tom behandelte seine Seite, als sei sie nicht mehr als ein Notizzettel.

Tom glaubte, den beleidigten Unterton deutlich zu hören. »'tschuldigung«, murmelte er. Himmel, dachte Tom sofort bei sich. Ich entschuldige mich bei einer Seite!

Seiner Seite, bitte sehr.
Nun, die Worte, die den Weg zum nächsten Teil wiesen,
waren verborgen vor den Augen derer,
die nicht lesen konnten.
Sie lauteten ...

Toms Herz schlug mit einem Mal so fest in seiner Brust, als wollte es aus ihr entkommen, während er ungeduldig auf die nächsten Worte wartete.

Im Fingerzeig von Napoleons Heiterer.

Er ließ die Seite sprachlos sinken. Wer um alles in der Welt war Napoleons Heitere?

Tom erkannte die eigene Verwirrung in Joséphines Gesicht, nachdem er ihr und Will berichtet hatte, was er gerade gelesen hatte. Wer oder was Napoleons Heitere auch immer war, sie stammte scheinbar nicht aus einem Buch. Oder zumindest aus keinem der vielen, die Joséphine kannte.

Tom kam das wahre Buch über Napoleon in den Sinn, das der alte Lex ihnen gezeigt hatte. Vielleicht stand dort etwas über seine Heitere?

»Das könnte gut sein«, stimmte Joséphine zu, nachdem Tom von seiner Idee erzählt hatte. »Aber wir können dorthin nicht zurück. Die Lesenden und die Steinernen sind gegen uns.«

»Nein«, Will runzelte die Stirn, »wir werden auf andere Weise ermitteln, wo wir Napoleons Heitere finden können.« Er strich sich über das steinerne Gesicht. »Kommt mit!«

Im Gehen griff Will in seinen Rucksack und zog ein paar in Papier eingeschlagene Brote und zwei Flaschen Cola hervor. »Mehr habe ich in der Hektik nicht besorgen können. Aber sobald die Geschäfte wieder aufmachen, werde ich euch ein paar neue Sachen kaufen.«

Tom fragte nicht, wohin er sie führte. Die Straßen, durch die sie gingen, verschwammen im Nebel oder tauchten urplötzlich aus ihm auf. Tom war kalt und er sah Joséphine an, dass es ihr ebenso ging. Doch sie beklagte sich mit keinem Wort und auch er würde nichts sagen. Obwohl in London Millionen Menschen lebten, war es eigentümlicherweise so still um sie, als seien sie die einzigen Wesen auf der Welt. Nur dann und wann überkam ihn das ungute Gefühl, dass verborgene Augen sie musterten. Ihnen nachsahen, wenn der Nebel sich gelegentlich lichtete und nicht mehr wie eine schützende Decke über ihnen lag.

Ihr Spaziergang durch das nächtliche London endete schließlich vor einem baufälligen, alten Geschäft. Die Fassade schien einmal blau gewesen zu sein. Hinter einem sehr großen Fenster war eine Leselampe entzündet worden und beleuchtete zwei weißhaarige Gestalten, die über einen Tisch gebeugt saßen. Um sie herum bogen sich Regale unter der

Last viel zu vieler Bücher. Sie stapelten sich auch auf dem Boden und dem Tisch.

Will trat an die Tür und klopfte leise. In der stillen Nacht war das Geräusch für Toms Geschmack dennoch viel zu deutlich zu hören.

Eine der Gestalten in dem Laden erhob sich. Sie entpuppte sich als ziemlich alter Mann, dessen Gesicht von so vielen Falten durchzogen war, als wollte er es seinem vom Alter gezeichneten Laden nachtun. Erst beim zweiten Hinsehen erkannte Tom den Stein. Ein Bibliothekar. Wenn man nicht darauf achtete, fielen die Steinernen kaum auf. Außer sie schminkten sich so schlecht wie Will. Es schien fast, als wäre dem weißhaarigen Bibliothekar jede einzelne Furche mit einem Meißel in das Gesicht getrieben worden. Misstrauisch blickte der Steinerne sie an, doch als Will seinen Hut hob, nickte er und schloss auf.

»Du glaubst ja gar nicht, wie oft schon versucht wurde, hier einzubrechen«, sagte er mit krächzender Stimme, ohne sich mit einer Begrüßung aufzuhalten.

Will warf Tom und Joséphine einen amüsierten Blick zu. »Soweit ich weiß, ist euch noch kein Buch gestohlen worden, Jacob«, erwiderte Will und folgte dem Alten.

»Nein, das verhindern wir. Und wir würden sofort merken, wenn eines fehlt. Wir kennen sie nämlich alle.« Die letzten Worte klangen fast wie eine Warnung und er blickte Tom und Joséphine an, als stünde ihnen das Wort *Bücherdieb* auf der Stirn geschrieben.

Will stellte Joséphine und Tom vor und setzte den Steinernen rasch ins Bild. »Tom kommt übrigens aus Deutschland«, meinte er zu dem Alten. »So wie dein Bruder und du. Übrigens, dies hier ist Jacob. Und dort hinten«, Will deutete auf den anderen Mann, der nur kurz aufsah und dessen ebenfalls steinerne Haut im Licht einen jadegrünen Schimmer hatte, »sitzt sein Bruder Wilhelm.«

»Die Abbilder der fantastischen Gebrüder Grimm!« Joséphines Wangen färbten sich rot vor Aufregung. Selbst auf der Flucht und mitten in der Nacht schien ihre Begeisterung für berühmte Autoren nicht abzunehmen.

»Wir nennen sie *die Grimmigen*«, lachte Will. »Zugegeben, ein furchtbarer Scherz. Ich fürchte, das ist Bibliothekarshumor.«

Tom sah sich um. In diesem kleinen Laden drängten sich so viele Bücher aneinander, dass der Alte es sicher nicht gemerkt hätte, wenn hundert von ihnen fehlen würden. Geschweige denn eines.

Auf Wills Hinweis hin, dass Tom und das Mädchen ziemlich durchgefroren waren, brachte Jacob ihnen zwei Tassen mit dampfendem Tee. Während die beiden daran nippten, machte sich Jacob daran, Bücher vom Tisch auf Stapel auf dem Boden zu sortieren, die überall platziert waren und gerade so einen schmalen Weg durch den Laden freiließen.

»Die Grimmigen führen diesen Laden seit vielen Jahren«, erklärte Will. »Er ist eine Außenstelle der Zentralbibliothek. Hier sind schon einige Lebensseiten aufgetaucht. Ich schätze, ihnen gefällt es hier einfach. So viele alte Bücher ziehen die Lebensseiten an wie Motten das Licht.«

»Wie eine Falle«, ließ sich Jacob vernehmen. »Wilhelm und ich haben die Aufgabe, Lebensseiten anzulocken und zu fangen«, krächzte der Alte hinter einem Stapel Bücher hervor.

»Meinen alten Freunden vertraue ich völlig«, meinte Will. »Und der Orden tut es auch. Er verzichtet darauf, einen Wortwächter an diesem Ort einzusetzen.«

Jacob nickte. »Brauchen keinen aufgeblasenen Lesenden, der meint, alles besser zu wissen. Wir lesen schon länger als die meisten von ihnen zusammen. Und wir kennen all unsere Bücher auswendig.« Er deutete so stolz auf die Bücher um sich, als seien sie seine Kinder.

»Alle?«, fragte Tom. »Hat man das Lesen nicht mal irgendwann satt?«

Jacob starrte Tom entgeistert an. *»Wie sollt ich satt sein?«*, fragte er. *»Ich sprang nur über Gräbelein und fand kein einzig Blättelein. Meh! Meh!«*

Es waren definitiv zu viele Bücher gewesen, dachte Tom bei sich, doch er sagte sicherheitshalber nichts.

»Du siehst nicht aus, als würdest du Märchen lesen«, fuhr der Alte vorwurfsvoll fort und zog ein Buch aus einem Stapel. Die anderen Bücher wankten, doch sie fielen nicht um. »Die Hausmärchen, die mein Bruder und ich gesammelt haben. Wenn man nicht mal die eigenen Sagen kennt, ist man sehr zu bemitleiden.« Er drückte Tom das Buch in die Hand, der den abgegriffenen Umschlag skeptisch musterte und es einmal durchblätterte. Keine Bilder. Na wunderbar.

»Jacob wird schon herausfinden, was sich hinter Napoleons Heiterer verbirgt.« Will zwinkerte dem Alten zu.

»Ich könnte es doch einfach googeln«, bot sich Tom an, dem die Vorstellung, in Büchern nachzuschlagen, um etwas zu erfahren, verrückt erschien. »Es würde nur …«

»Nein«, fiel ihm Will ins Wort. »Am Ende orten sie dein Telefon noch.«

»Der Orden kann mein Smartphone orten?«, fragte Tom zweifelnd. »Sie sind doch keine Geheimagenten, oder?«

Will lächelte nachsichtig. »Beim britischen Geheimdienst treibt sich tatsächlich noch immer ein Bibliothekar herum, der das könnte. Das Abbild des Ordensmitglieds Ian Flemming. Doppelnull. Mehr muss ich nicht sagen, oder?«

James Bond? Tom hob verblüfft die Augenbrauen. Neben ihm zog Jacob mit überraschender Geschicklichkeit ein weiteres Buch aus einem Stapel, der daraufhin bedrohlich schwankte. Er blätterte es durch, bis er an einer Stelle innehielt. Dann warf er das aufgeschlagene Buch so vor Tom und Joséphine, dass es ihnen das Bild einer lächelnden Frau zeigte.

»Napoleons Heitere«, sagte der Alte, als stellte er ihnen gerade eine Bekannte vor, die in seinen Laden gekommen war.

»Die Mona Lisa?« Tom starrte den Alten an, als habe der den Verstand verloren.

»Sie wird auch die Heitere genannt«, entgegnete der Buchhändler. »Und sie hat einmal Napoleon gehört.« Er warf Tom einen missbilligenden Blick zu. »Googeln. Also wirklich. Meh! Meh!«

Für die Nacht bekam Joséphine das Gästezimmer der grimmigen Brüder angeboten. Tom hingegen musste sich mit dem Boden eines Hinterzimmers und ein paar Decken zufriedengeben. Er teilte sich den Raum mit mehreren Dutzend Büchern und stellte am nächsten Morgen missmutig fest, dass er auf mindestens drei von ihnen geschlafen hatte. Sein Rücken schmerzte noch immer, als sie kaum eine Stunde nach dem sehr frühen Aufstehen die Halle des Bahnhofs St. Pancras betraten.

Während sich Will um die Fahrkarten nach Paris kümmerte, beobachtete Tom die Menschen, die sich in der Halle des Bahnhofs aneinander vorbeischoben. Selbst Tom, der es tunlichst vermied, seine Eltern in Museen zu begleiten, wusste, wer die Mona Lisa war. Das berühmteste Bild der Welt. Nicht gerade ein unauffälliges Versteck. Aber vielleicht gerade deshalb so genial. Wer suchte ausgerechnet dort, wo sich tagtäglich Hunderte Menschen entlangschoben, nach etwas, das nicht gefunden werden sollte?

Tom wippte ungeduldig auf den Füßen. Joséphine und er warteten etwas abseits, während Will in der Schlange vor einem Fahrkartenschalter stand. Er drückte die Tasche, die Will zusammen mit ein paar frischen Sachen besorgt hatte, an sich und spürte das Buch der Grimmigen, das er zu ihren alten Kleidungsstücken hineingetan hatte. Sein Gesicht wurde von der Kapuze seiner neuen roten Jacke, die Will ihm gekauft hatte, halb verborgen. Tom hatte so das Gefühl, nicht direkt von Lesenden oder Bibliothekaren erkannt zu werden. Joséphine schien sich weniger Sorgen darum zu machen. Sie stand scheinbar unbekümmert in einem neuen blauen Kleid an eine Wand gelehnt und blätterte in einem Buch. Jacob hatte es ihr geschenkt, nachdem er erfahren hatte, dass Joséphine ihre Harry-Potter-Ausgabe verloren hatte. *Die Chroniken von Narnia.* Das Mädchen hatte gemeint, es passte gut zu einer Reise – immerhin würden die Kinder darin durch einen Schrank in eine fremde Welt gelangen. Nun, ihre Reise würde sie nur in ein fremdes Land führen. Zumindest für Tom war es fremd. Er würde also nicht nur London zu Gesicht bekommen, sondern auch noch …

Er stöhnte so plötzlich auf, dass Joséphine besorgt fragte, ob er etwas habe.

»Eltern«, antwortete er ihr und als sie ihn verständnislos ansah, schob er hinterher: »Sie sind gerade in Paris und machen dort ihre verspäteten Flitterwochen. Was sollte ich ihnen erzählen, wenn ich ihnen über den Weg laufe?«

»In Paris über den Weg laufen?«, lachte Joséphine und klappte ihr Buch zu. Die Niedergeschlagenheit, die sich seit dem Aufbruch aus Onkel Davids Haus immer wieder auf ihr

Gesicht geschlichen hatte, war zumindest für einen Moment verflogen. Das Lächeln, das sich stattdessen nun darauf zeigte, gefiel ihm ungleich besser.

»Eine Tante von mir lebt in der Stadt und ich war schon einige Male bei ihr«, erzählte das Mädchen. »Wir sollten zunächst zu ihr fahren. Wenn wir Glück haben, ist sie zu Hause und nicht wie üblich auf Reisen. Ach, Paris ist so riesig und so voller Fremder, dass es ein Wunder ist, wenn man jemanden trifft, den man kennt. Außerdem machen wir keinen Urlaub, oder?«

Tom schüttelte den Kopf, während er Will dabei beobachtete, wie er die Fahrkarten einsteckte, die er gerade bezahlt hatte. Nein, sie mussten nur herausfinden, wo sich der Teil der goldenen Feder befand, den Napoleons Heitere bewachte – und ihn bekommen. Sobald sie ihn in Händen hielten und wussten, wo der nächste Teil versteckt war, würden sie Paris sofort wieder verlassen. Das stand fest.

Will schob sie auf den gelben Zug zu, der bereits am Bahnsteig wartete. Über ihnen spannte sich ein breites Dach, ein zweiter Himmel aus Glas und Stahlstreben. Darüber trieb die Sonne blass über einen dunstigen Himmel. Will bahnte Joséphine und Tom einen Weg durch die Menge aus Reisenden und denen, die sie verabschiedeten, und fand nach einigem Suchen den richtigen Waggon. Beim Einsteigen sah er sich verstohlen um.

»Früher war das Zugfahren komfortabler«, brummte er. »Es war ... eine elegante Art des Reisens. Jedes Abteil hatte eine eigene Tür zum Bahnsteig, die Speisewagen waren erstklassig und es roch so erfrischend nach dem Dampf der Lokomotiven.«

»Und ich glaube, ohne den Tunnel konnte man damals von London nicht bis Paris fahren«, ergänzte Tom und brachte Joséphine damit zum Schmunzeln. »Wie lange brauchen wir?«

Will klappte den Fahrplan auf, den er mit den Karten erhalten hatte. »Etwa zwei Stunden«, meinte er. »Wenn wir Glück haben, halten wir den nächsten Teil der Feder bereits am Abend in unseren Händen. Und dann …« Er verstummte abrupt. Im nächsten Moment sprang er auf, eilte auf eines der Fenster zu und presste das Gesicht gegen die Scheibe.

Einen Augenblick später war Tom an seiner Seite. Will musste etwas gesehen haben. Tom suchte mit den Augen den Bahnsteig ab.

Und keuchte auf.

Mitten in der Menge, unbeweglich wie eine Statue, stand Mary.

Die steinerne Bibliothekarin deutete auf den Zug.

Zwei grauhäutige Gestalten neben ihr staksten in beachtlichem Tempo auf sie zu. Trotz der Schals, die sie tief ins Gesicht gezogen hatten, erkannte Tom, dass sie nicht aus Fleisch und Blut bestanden. Es waren lebende Statuen.

»Was ist?« Joséphine versuchte, zwischen Will und Tom hindurch etwas zu erkennen.

»Der Orden«, zischte der Bibliothekar. »Sie haben sich

nicht lange in die Irre führen lassen.«

»Aber wie haben sie uns entdeckt?«, fragte Joséphine entgeistert, während sich die Grauhäutigen entschlossen durch die Menge schoben.

»Wasserspeier, Brunnenfiguren oder Statuen. Es gibt mehr als nur eine Handvoll Helfer des Ordens in jeder Stadt der Welt. Einer wird uns gesehen und irgendwie eine Botschaft überbracht haben. Ich hatte gehofft, unser Vorsprung würde reichen, bis wir London verlassen haben.« Will sah sich angespannt um. »Also gut, ich halte die Steinernen auf. Das sind die Abbilder von Stoker und Polidori. Die Vampirjungs. Gefährlich, aber dämlich. Verzeihung, das war nicht Shakespeare. Ich kann sie aufhalten. Seht zu, dass ihr es bis nach Paris schafft. Wir treffen uns unter dem Eifelturm wieder.«

Gerade als Will aus dem Zug springen wollte, entdeckte Tom hinter Mary eine weitere Gestalt. Ein glatzköpfiger Mann in einem dunklen Mantel. Tom starrte ihn verblüfft an. Er hielt Will am Arm fest und deutete hinaus auf den Bahnsteig. Auch Will erkannte den Mann. Tom konnte es ihm vom Gesicht ablesen. Es war kaum einen Tag her, dass der Bibliothekar den Schreiber auf Onkel Davids Anwesen gejagt hatte.

Toms Gedanken überschlugen sich. Zwei Jäger waren ihnen auf der Spur. Der unbekannte Schreiber. Und Mary als Abgesandte der Lesenden, die verhindern wollten, dass Tom die anderen Teile der Feder fand. Keiner durfte sie zur Strecke bringen.

Wills Augen verengten sich vor Wut. »Ich knöpfe mir diesen federschwingenden Verbrecher hier und jetzt vor! Er wird mir verraten, wo dein Onkel ist. Diese Worte wird er nicht vor mir verbergen können.« Er riss sich los und stürmte zur Tür des Wagens. Einige Reisende warfen ihm irritierte Blicke zu.

Tom wollte ihm folgen, doch dann spürte er, wie sich seine Nackenhaare aufrichteten. Und im nächsten Moment geschahen mehrere Dinge zur gleichen Zeit.

Der Schreiber hatte eine Feder und ein Stück Papier unter seinem Mantel hervorgezogen. Tom glaubte fast, durch die geschlossene Fensterscheibe den Kiel über die Seite kratzen zu hören. Die Türen des Zuges schlossen sich so abrupt, dass eines der Steingesichter hart dagegen prallte. Will schlug wütend gegen die Tür. Vielleicht, so mutmaßte Tom, hatte der Schreiber bemerkt, dass Will sich auf ihn stürzen wollte, und beschlossen, ihn aufzuhalten. Während auf dem Bahnsteig die Reisenden, die noch nicht eingestiegen waren, ärgerlich an den Türen rüttelten, wirbelte Mary herum. Die beiden Jäger schienen sich stumm über die Menschenmenge hinweg zu mustern. Dann sprang der zweite Steinerne an Mary vorbei auf den Schreiber zu. Die Menschen wichen in Panik auseinander, während der Bibliothekar mit unmenschlich hohen Sprüngen auf den Mann mit der Feder zueilte. Wieder spürte Tom die Anzeichen der Umformulierung. Der Schreiber fügte seiner Seite neue Worte hinzu. Und die Welt um ihn herum beugte sich ihnen.

Das Glasdach, das sich über die Halle spannte, zerbarst in

Tausende und Abertausende Splitter. Selbst im Zug war der Lärm deutlich zu hören. Durch die Halle fegte eine so heftige Sturmbö, dass die Menschen auf dem Bahnsteig ins Taumeln gerieten. Viele duckten sich. Einem älteren Herrn wurde der Hut vom Kopf gerissen und die Zeitungen, die sich ein Reisender gerade noch unter den Arm geklemmt hatte, wirbelten im nächsten Moment durch die Luft. Nur mit Mühe konnten sich die Reisenden auf den Beinen halten. Der Sturm aber schien mit unsichtbaren Fingern nach dem Steinernen zu tasten, der sich auf den Schreiber hatte stürzen wollen. Er wurde ebenso wie sein Kumpan, der bis dahin versucht hatte, die Tür zum Zug zu öffnen, in die Luft gerissen. Wie zwei Blätter wirbelten die beiden umher, bis sie aus Toms Blickfeld verschwanden.

Ein Ruck ging durch den Zug und er setzte sich in Bewegung. Noch einmal traf Toms Blick den des Schreibers, während sich Mary verzweifelt gegen den Sturm stemmte, um den Mann im dunklen Mantel zu erreichen. Dann hatten sie den Bahnhof verlassen. Und die zerstörte Halle, der Schreiber und Mary blieben zurück wie Erinnerungen an einen dunklen Traum.

NAPOLEONS HEITERE

Der Eingang in den Tunnel, der England und Frankreich miteinander verband, erschien Tom wie ein Maul, das den Zug und alle, die in ihm saßen, verschlang. Und dann war es, als rasten sie durch eine undurchdringliche Nacht. Es brauchte eine ganze Weile, ehe sich die Mitreisenden im Zug beruhigt hatten. Wills Version der Ereignisse, nach der ein plötzlicher Hagelschauer und ein anschließender Orkan das Bahnhofsdach zerstört hatten, fand allgemeine Zustimmung. Doch Tom und seine beiden Begleiter wussten es besser. Sie waren gerade noch so entkommen.

Toms Kopf malte ihm fortwährend Bilder auf die schwarze Scheibe, durch die er starrte. Wasserspeier, die sie durch die Luft getragen hatten. Mary auf dem Bahnsteig. Der Schreiber, der die Decke des Bahnhofs zum Zerbersten gebracht hatte. Und ein Mädchen, dessen Lebensseite Tom in seiner Jacke bei sich trug. Es war alles verrückt. Wundervoll verrückt. Er hatte sich insgeheim immer gewünscht, einmal ein Abenteuer zu erleben. Und nun steckte er mittendrin in einem.

Irgendwann lösten sich die Bilder auf und Tom schlief ein. Er wurde erst wieder wach, als der Zug bereits stand. Verschlafen sah er die anderen Reisenden an, die hinausdrängten.

Sie stiegen aus, und Will musterte die Menschen auf dem Bahnsteig misstrauisch, als vermutete er in jedem von ihnen einen Helfer der Lesenden oder ein Mitglied der Schreiber. Doch keiner besaß eine Haut aus Stein und niemand machte Anstalten, eine Lebensseite hervorzuziehen und etwas auf sie zu schreiben.

Während sie durch die Halle des Gare du Nord liefen, um sich von Joséphine zu ihrer Tante führen zu lassen, sah Tom sich trotzdem argwöhnisch nach steinernen Figuren um. Er fand sie erst draußen. Die Frauen, die mit ernsten Gesichtern vor den gewaltigen Fenstern des Bahnhofs standen, rührten sich nicht, doch Tom glaubte ihren Blick dennoch auf der Haut zu spüren. Du wirst langsam so verrückt wie dieses ganze Abenteuer, Tom, sagte er sich.

Joséphines Tante wohnte in einem prächtigen alten Gebäude in einer winzigen Straße. Joséphine führte sie durch ein schmiedeeisernes Tor in einen kleinen Innenhof. Ein hoher Kastanienbaum wuchs neben den Häuserwänden empor und das Mittagslicht malte gescheckte Muster auf den Kiesboden.

Die Frau, die verwundert aus dem Haus trat, ähnelte Joséphine so sehr, als wäre sie ihr älteres Ebenbild. Die gleiche hochgewachsene Figur. Die gleichen wachen Augen. Sogar die Sommersprossen teilten sie sich. Nur die Haare der Frau waren nicht rotbraun, sondern blond, und einige graue Strähnen durchzogen sie wie Silberfäden.

Ein freundliches Lächeln erschien auf ihren Lippen, als sie Joséphine erkannte. Sie lief auf sie zu und umarmte sie.

Dann wechselten die beiden einige hastige Worte auf Französisch. Die Frau blickte auf und musterte Tom und vor allem Will.

»Dies ist meine Tante Zoé«, stellte ihnen Joséphine die Frau vor und nannte dann ihre Namen. »Sie weiß von dem Orden und allem, was mein Vater macht. Wir haben Glück, dass sie da ist. Sie hatte eigentlich vorgehabt, ans Meer zu fahren.«

»Im Sommer ist es schrecklich in Paris«, sagte Tante Zoé mit schwerem französischem Akzent. »Zu heiß und zu voll. Die ganzen Touristen. Schrecklich. Aber damit meine ich natürlich nicht euch. Joséphines Freunde sind hier immer willkommen.«

Doch nachdem Joséphine erklärt hatte, was geschehen war, verdüsterte sich das fröhliche Gesicht der Frau.

»*Zut alors! Saperlipopette!*« Die Flüche flossen der Tante nur so von den Lippen. »Das war sicher wenig damenhaft«, gab sie verschämt zu, als sie Wills überraschten Blick bemerkte. »Aber, *merde*, wie konnten diese Strolche es wagen, sie alle zu entführen? Und meinen Bruder noch dazu! Was werdet ihr tun?«

Joséphine wandte sich ab, und Tom konnte deutlich erkennen, dass sie in diesem Moment mit den Tränen kämpfte.

»Sie befreien, Gnädigste«, erwiderte Will, dessen Steingesicht völlig ungerührt blieb.

»Sehr klug von euch«, lobte Tante Zoé. »Und mit einem steinernen Bibliothekar sollte es doch ein Kinderspiel sein, oder? Wie macht ihr es? Wird eine Armee von euch Bibliothekaren ins Feld ziehen? Werdet ihr diese Schmierfinken hochnehmen und ihnen die Seiten entreißen?«

»Nein, Gnädigste«, gab Will zurück. »Wir werden in den Louvre einbrechen.«

Tante Zoé starrte ihn an, als habe er sich gerade in einen Schreiber verwandelt. »*Mon Dieu!* Ihr seid wahnsinnig.«

»Nein«, entgegnete Will. »Nur sehr mutig.«

»Oder verzweifelt«, fügte Tom hinzu.

Joséphines Tante musterte ihn einen Moment. »Nun, wo ist da der Unterschied?«

Es überraschte Tom nicht, dass sich in dem Haus von Tante Zoé so viele Bücher zusammendrängten, dass ihre Sammlung problemlos mit der von seinem Onkel David hätte mithalten können. Eine Familie voller Büchernarren. Zwischen den Einbänden erkannte Tom seltsame Masken, Bilder und Figuren, die er noch nie gesehen hatte.

»Ich reise viel«, erklärte Tante Zoé, als sie seinen Blick bemerkte. »Durch die ganze Welt. So wie in den Geschichten meines Vorfahren. Nur, dass ich mir mehr Zeit nehme als achtzig Tage. Die Hast, die mein Vorfahr dem bedauernswerten Mister Fogg auf den Tintenleib geschrieben hat, wäre nichts für mich. Als eine echte Verne hast du im Grunde nur drei Möglichkeiten. Du schreibst selbst. Du tust die Dinge, die Urgroßvater Jules beschrieben hat. Oder …«

Tom sah sie fragend an, als sie eine kurze Pause machte und ihn anlächelte.

»... du willst mit diesem ganzen Unsinn nichts zu tun haben.« Sie lachte. »Du scheinst mir wie jemand, der mit Büchern nicht viel anfangen kann.«

»Ja und?«, gab Tom zurück. Er sah sich nach Joséphine und Will um. Doch das Mädchen war im Badezimmer verschwunden und der steinerne Bibliothekar war in einem Nebenzimmer darin versunken, die Titel der Bücher zu betrachten.

»Du kommst aus einer großen Familie. Ich treffe nicht oft Menschen, die einen Vorfahren haben, der sogar meinen Urgroßvater in seiner Schaffenskraft übertroffen hat. In dir fließt Blut von Shakespeares Blut. Es würde mich nicht wundern, wenn du ebenfalls das Talent besitzt.« Sie sah ihn scharf an und es schien, als blicke sie ihm bis ins Herz.

»Ich bin ein Lesender, wenn Sie das meinen«, erwiderte er.

»Ah, *formidable*. Ich habe mir diese Fertigkeit immer gewünscht, doch leider vermag ich nur die ganz normalen, die toten Bücher zu lesen.« Für einen Moment fiel ein Schatten auf das fröhliche Gesicht. »Verschwende dein Talent nicht, Tom.« Sie strich mit den Fingern über die Rücken der Bücher und zog eines hervor, scheinbar wahllos. »*Reise um die Erde in achtzig Tagen*«, las sie vor. »Eines meiner Lieblingsbücher von Urgroßvater Jules. Eine englische Ausgabe. Es ist wie Magie, seine Worte in einer fremden Sprache zu lesen. Du findest darin jedoch kaum Bilder. Und es macht keine Geräusche. Darin ist nur eine Welt aus Worten, die darauf wartet, entdeckt zu werden. Aber hüte dich. Selbst in toten Büchern steckt eine ungeheure Magie. Und wenn du einmal von ihr berührt wurdest, lässt sie dich nie mehr los.« Sie drückte Tom das Buch in die Hand. Tom betrachtete es mit hochgezogenen Augenbrauen.

Tante Zoé klatschte in die Hände. »So. Und nun mache ich uns etwas zu essen. Flüchten und Einbrechen sind schon für sich schlimm genug. Aber hungrig sind diese Aufgaben nicht zu meistern!«

Während es aus der Küche bald verheißungsvoll nach Fisch duftete, begann Tom gelangweilt in dem Buch herumzublättern. Er folgte der Wette eines gewissen Phileas Fogg, der behauptete, die Welt in achtzig Tagen umrunden zu können. Anfangs erschien ihm die Sprache furchtbar alt. Überhaupt las er selten etwas auf Englisch, auch wenn er die Sprache dank seiner Mutter ziemlich gut beherrschte. Doch mehr und mehr spürte er das, was Joséphines Tante *ungeheure Magie* genannt hatte. Er versank so tief in den Worten, dass er Mister Fogg und seinen Diener Passepartout wirklich auf ihrer Reise begleitete.

Erst als ihre Gastgeberin ihn zum dritten Mal an den Tisch rief, ließ er das Buch sinken. Es war das erste Mal, dass ihn ein Buch gefesselt hatte. Das erste Mal, dass er geglaubt hatte, er sei wirklich zwischen den Seiten und würde sie nicht nur von außen anstarren.

»Also, was genau sucht ihr im Louvre?«, fragte Tante Zoé verschwörerisch, kaum dass sich alle gesetzt hatten. »Etwas, das meinen Bruder befreit?«

Tom und die anderen wechselten einen Blick.

»Es hat mit dieser Sache zu tun«, gab Will zu. »Doch es ist gefährlich, Gnädigste. Und ich will nicht, dass noch jemand aus Eurer hervorragenden Familie in Gefahr gerät. Ich werde alleine gehen und ...«

»Das kommt überhaupt nicht infrage«, entfuhr es Joséphine. Sie hatte vor Entrüstung ihre Gabel fallen lassen. »Natürlich werden Tom und ich mitkommen. Er ist unser Lesender. Seine Seite wird uns helfen. Und ich bin Französin. Da versteht es sich von selbst, dass ich dabei bin, wenn wir in ein französisches Museum einbrechen. Außerdem geht es um meinen Vater. Und um seinen Onkel. Und *merde*, wir werden gemeinsam in den verfluchten Louvre einbrechen.« Sie schlug sich die Hand vor den Mund. »Verzeihung«, fügte sie hinzu, »das war nicht Shakespeare.«

»Nein, aber passend«, meinte Joséphines Tante offenkundig beeindruckt. »Wir Vernes sind mutig. Ihr werdet sehen. Joséphine trägt diesen Mut tief in ihrem Herzen.«

Tante und Nichte lächelten einander an. »Tante Zoé sollte alles wissen«, sagte Joséphine. »Das, was die Entführten und Papa befreien wird, ist die berühmte Feder des Ordens der Wortwächter.«

Joséphine sah Will und Tom an, als wollte sie nachträglich um Zustimmung bitten.

»Die Feder?« Tante Zoés schien ehrlich verblüfft. »Meint ihr damit etwa dieses goldene Ding, das einmal beinahe die Welt vernichtet hätte? Und sie ist hier in Paris? Im Louvre? *Mon Dieu!* Wollt ihr sie tatsächlich stehlen?«

»Es ist nur ein Teil von ihr hier und ohne ihn können wir die Feder nicht zusammenfügen und keinen befreien. Weder Joséphines Vater noch Toms Onkel.« Will strich mit seinen steinernen Fingern die Tischdecke glatt.

Tante Zoés fröhliches Gesicht wurde mit einem Mal sehr ernst. »*Merde! Pardon*, aber das musste jetzt sein. Ich bringe euch hinein. Nein, keine Widerrede. Zufällig kenne ich den Kurator des Louvre gut. Er schätzt Bücher ebenso wie Kunstwerke und ist unserer Familie daher sehr zugetan. Wenn ich ihn bitte, uns noch nach dem Ende der Öffnungszeiten ein wenig in der Ausstellung herumschlendern zu lassen, wird er mir diesen Wunsch nicht abschlagen. Nicht, wenn ich ihm einige der Originalillustrationen aus Urgroßvaters Büchern anbiete.« Sie setzte eine fröhliche Miene auf, doch Tom konnte ihr vom Gesicht ablesen, dass ihr die Bilder, von denen sie sprach, mehr bedeuteten, als sie zeigen wollte. »Seit Jahren versucht er, sie mir abzuschwatzen. Außerdem ist er ziemlich verknallt in mich. Die Bilder sind natürlich unbezahlbar und doch ein geringer Preis für das Leben meines Bruders. Welcher Tag ist heute?«

»Mittwoch«, antwortete Tom verwirrt über den abrupten Themenwechsel.

»Oh Himmel. Heute hat sich aber auch alles gegen uns verschworen. Sie schließen mittwochs immer erst gegen Viertel vor zehn. Nun, es könnte im Grunde aber auch schlimmer sein. Wir werden uns einfach dort ein wenig umsehen, bis es so weit ist. Das macht fast so viel Spaß wie lesen, glaubt mir.«

Tom fand, dass Tante Zoé in diesem Punkt unrecht hatte. Sie standen in der Eingangshalle des Louvre, über ihnen ein gläsernes Dach, das in Form einer Pyramide in die Höhe wuchs. Für einen Moment glaubte sich Tom wieder in London im Zug. Es hätte ihn nicht gewundert, wenn er Mary zwischen den Leuten erkannt hätte und den Schreiber, der das Glas dort zum Zerbersten gebracht hatte. Das Museum war voller Leute, die Bilder an den Wänden interessierten ihn nicht sonderlich und außerdem erschien ihm der Kurator ziemlich schleimig. Tante Zoé hatte ihn am Eingang ausrufen lassen und nun lief das kleine Männchen auf sie zu. Der Kurator hatte seine schwarzen Haare mit viel Gel nach hinten gezwungen. Er verbeugte sich so tief, dass er beinahe nicht mehr hochkam, und drückte Tante Zoé und Joséphine angedeutete Küsse auf die Handrücken.

Tante Zoé stellte sie einander auf Englisch vor. François Petit. Der Name war mehr als passend. Beim Anblick des in Papier eingeschlagenen Päckchens, das ihm Joséphines Tante gab, sah er sie gerührt an. Doch als er es auspackte, wandelte sich der Blick in pures Verzücken. »*Mon Dieu.* Dies ist ein

Schatz, den Ihr mir bringt, Teuerste. Wie lange habe ich darauf gehofft? Was nur kann ich Euch dafür anbieten?«

Tante Zoé zwang sich ein Lächeln auf die Lippen. »Sie brauchen ein neues Zuhause, François. Hier, inmitten all dieser Kunst. Ihr hattet gesagt, dass Ihr sie ausstellen würdet.«

»Oh, sie werden einen Ehrenplatz erhalten«, wisperte der Kurator.

»Wie wäre es, wenn wir ihn nachher gemeinsam aussuchen?«, fragte Tante Zoé. »Meine Gäste und ich würden es sehr zu schätzen wissen, wenn wir uns die Ausstellung dabei in Ruhe ansehen könnten.«

Der Kurator bemerkte vor Verzückung gar nicht, wie ihm eine seiner vor lauter Haargel völlig öligen Haarsträhnen ins Gesicht rutschte. »Natürlich. Ohne diese schrecklichen Touristen.«

Zwei beleibte Frauen, deren Österreichisch im Louvre so exotisch klang, als stammten sie vom anderen Ende der Welt, sahen ihn irritiert an. Doch Petit blickte weiter verklärt zu Tante Zoé, ohne die beiden zu beachten.

Während François Petit sie an alten Gemälden entlangführte und Titel, Malernamen und Jahreszahlen so enthusiastisch aufsagte, als wollte er ihnen die Bilder nicht nur zeigen, sondern verkaufen, hörte Tom irgendwann nicht mehr zu.

Sie waren noch nicht an der Mona Lisa vorbeigekommen und Toms Blick schweifte gelangweilt in dem Raum mit Skulpturen umher, in den Petit sie geführt hatte. Vor ihm stand eine armlose Frau mit ernstem Blick.

»Und dies ist die weltberühmte Venus von …« Tom bekam nicht mehr mit, wie Petits Satz endete. Er glaubte, ihm würden die Augen aus dem Kopf fallen. Mit einer raschen Bewegung verschwand er hinter der Armlosen.

Einen Moment später war Joséphine bei ihm. »Was ist?«, fragte sie. »Bibliothekare?«

Tom starrte sie an. Dann lugte er hinter der Venus hervor. »Schlimmer«, erwiderte er und deutete auf das turtelnde Paar, das nicht allzu weit von ihnen entfernt durch die Ausstellung schlenderte. »Meine Eltern.« Er warf Joséphine einen Blick zu. »Wie war das noch? Es ist ein Wunder, wenn man in Paris jemanden trifft, den man kennt? Da ist so ein Wunder.«

Joséphine lächelte entschuldigend zurück und Tom starrte wieder seine Eltern an. Wenn sie ihn hier entdeckten, wären sie sicher völlig entsetzt. Sollte er zu ihnen gehen und behaupten, er habe bei seinem Onkel Joséphine kennengelernt und spontan beschlossen, mit ihr zu deren Tante nach Paris zu fahren? Vielleicht hätten sie es am Ende sogar geglaubt, doch sicher hätte Toms Mutter bei Onkel David angerufen, um genauer nachzufragen. Toms Mutter war furchtbar neugierig. Nein, am besten war es, wenn sie einander nicht begegneten.

»Wovor versteckt ihr euch?« Joséphines Tante erschien plötzlich hinter ihnen und wisperte Tom so unvermittelt ins Ohr, dass er beinahe herumgewirbelt wäre.

»Das da sind Toms Eltern«, flüsterte Joséphine.

»Wirklich?« Tante Zoé schien nicht besonders besorgt. Eher belustigt. »Was für ein Zufall. Man sagt …«

»… es ist ein Wunder, wenn man in Paris jemanden trifft, den man kennt«, ergänzte Tom missmutig.

»Nun, dies hier ist die *ville de l'amour«*, säuselte Joséphines Tante. »Die Stadt der Liebe. Und wie es mir scheint, sind diese beiden dort besonders verliebt.«

Tom starrte seine Eltern an. Sie turtelten tatsächlich wie verliebte Teenager und küssten sich immer wieder viel zu innig. Einige Leute blieben sogar stehen und sahen den beiden nach. Es war Tom mehr als unangenehm, das mit ansehen zu müssen. Noch dazu in Gegenwart von Joséphine und ihrer Tante. Besonders in Gegenwart von Joséphine. Er fragte sich, was gerade wohl auf seiner Lebensseite stand. »Sie sollten sich nicht so verhalten«, murmelte er mehr zu sich selbst.

»Oh, sie sind einfach ineinander verschossen«, erwiderte Joséphines Tante verträumt. »Sei froh. Wenn sie es nicht gewesen wären, hättest du nie den Weg in die Welt gefunden. Ich meine, ihr lernt doch diese Dinge in der Schule, oder?«

»Tante Zoé!«, flüsterte Joséphine aufgebracht. »Also bitte.«

»Nun gut, ich bin ja still. Aber süß sind die beiden wirklich.«

Tom war dankbar, dass Joséphine ihre Tante gestoppt hatte. Sein Kopfkino war leider dennoch angesprungen. *Ihr lernt doch diese Dinge in der Schule.* Er würde seine Eltern nie wieder ansehen können, ohne an diese Situation zu denken.

In diesem Moment wies eine knisternde Stimme aus einem versteckten Lautsprecher darauf hin, dass das Museum bald schließen würde. Während sich die Besucher, unter ihnen auch Toms Eltern, langsam in Richtung Ausgang schoben, führte Monsieur Petit Tom und die anderen tiefer in die Ausstellung. Tom warf noch einen letzten Blick auf seine Eltern und verließ erleichtert den Raum mit der Armlosen.

»Könnten meine Begleiter einen Blick auf das schönste Stück Eures Kunstschatzes werfen, während wir den richtigen Platz für die Illustrationen suchen?« Tante Zoé lächelte den Kurator verführerisch an. Und als sich der Widerwille, ihr diesen Wunsch zu erfüllen, nur allzu deutlich in seinem Gesicht zeigte, fügte sie hinzu: »Ich bürge natürlich für sie, mein lieber François.« Sie strich ihm die ölige Strähne aus der Stirn.

Monsieur Petit seufzte selig. »Das schönste Stück seid doch Ihr, Teuerste.«

Sie lachte so übertrieben über die Bemerkung, dass Joséphine die Augen verdrehte. Doch Monsieur Petit strahlte, als sei er ein geübter Herzensbrecher und Tante Zoé seinem glitschigen Charme erlegen. Dann wandte er sich an Tom und die anderen und deutete zu einer Treppe. »Bitte, seht euch die Mona Lisa an. Erste Etage, Raum sechs. Die Wachleute nehmen bald ihren Dienst auf. Ich werde sie bitten, heute etwas zu warten. Aber in spätestens einer halben Stunde müsst ihr wieder beim Eingang sein. So lange könnt ihr sie ansehen. Aber fasst nichts an. Und …«

»… genießt die Zeit«, fiel ihm Tante Zoé ins Wort. »So wie François und ich.« Sie hakte sich bei ihm unter und der Kurator des Louvre strahlte wie ein Schuljunge, der gerade erfahren hatte, dass er von nun an jeden Tag Geburtstag habe.

Während sich hinter ihnen die Stimmen und Schritte der Besucher in den Gängen verloren, gingen Tom und die anderen auf direktem Weg zur Mona Lisa. Toms Herz schlug so schnell in seiner Brust, als wollte es flüchten. Der zweite Teil. Wenn es ihnen gelang, ihn zu finden, hatten sie bereits die Hälfte des Weges hinter sich gebracht. Wenn. Ihr müsst ja auch nur etwas aus einem der vermutlich bestgesicherten Museen der Welt stehlen, Tom, sagte er sich. Nun, sie hatten einen Bibliothekar an ihrer Seite. Aber würde das ausreichen?

Eine Decke, die sich so weit über ihnen spannte, dass Tom sich klein vorkam. Sandfarbene Wände ohne jeden Schmuck und ein Kasten, vermutlich aus Panzerglas, hinter dem sich das befand, was sie gesucht hatten: Napoleons Heitere. Der Raum der Mona Lisa beherbergte auch noch viele andere Bilder. Doch keines war so wie sie. Tom hatte nur von ihr gehört und auch davon, dass sie irgendwie besonders sei. Nun, als er sie das erste Mal sah, spürte er, dass dieses Bild tatsächlich anders war. Echt. Ein anderes Wort fiel ihm nicht ein. Es schien, als wäre dort auf der Leinwand ein lebendes Gesicht gebannt. Und Tom hätte sich kaum gewundert, wenn ihn die Frau mit dem leisen Lächeln auf den Lippen im nächsten Moment angesprochen hätte.

Niemand war mehr hier. Tom sah zu Joséphine und Will. Dann zog er die Seite hervor. In der angespannten Stille glaubte er, die Worte der Seite wie ein Wispern zu hören. Doch sie waren violett, wie er erschrocken bemerkte. Er warf Joséphine einen kurzen Blick zu und drehte die Seite rasch um. Ihre Worte zu lesen erschien ihm, als würde er sie heimlich ausspionieren.

Nun hatten die Worte die richtige Farbe. Nachtblau.

Tom war im richtigen Raum.
An der richtigen Stelle.
Er musste sich beeilen.
Er war nicht alleine.

»Natürlich bin ich das nicht«, sagte er leise. Er würde sich wohl nie daran gewöhnen, mit seiner Lebensseite zu reden. »Wo ist denn nun dieser Federteil?«

Tom war ihm bereits nahe.
Doch er war noch zu weit entfernt, als dass die wunderbare Seite ihn ihm hätte zeigen können.
Er musste näher an den verborgenen Teil der goldenen Feder gelangen.
Und er musste sich beeilen.

»Ja, ja. Die Wachen kommen bald.« Er seufzte. »Ich gehe mal ein wenig herum«, sagte er an Will und Joséphine gewandt. »Es scheint, dass meine Seite glaubt, sie sei eine Art Kompass.«

Den Blick auf das Papier gerichtet, strich Tom umher. Die Worte, die auf dem Papier erschienen, waren allerdings wenig ermutigend.

Kalt.

Sehr kalt.

Eiskalt.

Spielten sie hier Topfschlagen? Irgendwann stand er wieder vor dem Kasten, der die Mona Lisa schützte wie eine gläserne Rüstung, ohne dass er auch nur einen Schritt weiter gekommen wäre. Ein neues Wort erschien auf der Seite.

Wärmer.

Tom runzelte die Stirn und sah auf. Wärmer? Er blickte sich um, doch nirgends erkannte er eine Spur von etwas, das einmal zu einer goldenen Feder gehört haben könnte. Er ging einige Schritte nach rechts. Sofort erklärte ihm die Seite, dass er auf dem falschen Weg sei. Und dasselbe las er, als er in die andere Richtung ging. Nur direkt vor dem Bild erschien das einzige Wort, das ihm Hoffnung gab.

Wärmer.

»Ja, ich weiß«, meinte Tom gereizt.

»Was ist?«

Joséphine war so plötzlich neben Tom erschienen, dass er zusammenzuckte. Er musste schlucken. Seit sie seine Eltern küssend beobachtet hatten, empfand er Joséphines Gegenwart als … seltsam.

»Ich bin scheinbar ganz in der Nähe«, murmelte er und verdrängte das Bild seiner Eltern aus dem Kopf. »Aber wenn ich nach links oder rechts gehe, sagt mir die Seite, dass ich auf dem falschen Weg bin.« Einer Eingebung folgend, blickte Tom nach unten. Doch da war nur nackter Steinboden. Und auch die Decke zeigte ihm keinen Hinweis auf ein verborgenes Federstück. Andererseits war sie auch zu weit entfernt, als dass er dort etwas hätte entdecken können. »Vielleicht sollten wir versuchen, irgendwie an die Decke zu gelangen. Vielleicht kann deine Tante ihren Verehrer bitten, eine Leiter …«

Tom brach ab, als er Joséphines Kopfschütteln bemerkte.

»Wie waren noch mal die Worte?«, fragte sie. »Die, die beschrieben haben, wo der nächste Teil der Feder ist?«

»Na, bei Napoleons Heiterer«, antwortete Tom, ohne nachzudenken. »Sonst wären wir ja nicht hier, oder?«

»Nein, das war anders«, entgegnete Joséphine. »Was sagt denn deine Seite?«

»Ach die«, brummte Tom. »Die macht sowieso, was sie will. Und ich glaube nicht, dass sie etwas Sinnvolles …«

Wieder hörte er mitten im Satz auf, denn neue Worte erschienen auf dem Papier.

Die wundervolle Joséphine vertraute zu Recht Toms Lebensseite. Offenbar wusste wenigstens sie, wie viel Weisheit in den nachtblauen Worten steckte.

Die genaue Formulierung lautete übrigens: im Fingerzeig von Napoleons Heiterer.

Tom hatte ein wenig das Gefühl, dass man sich gegen ihn verschworen hatte, doch er schluckte allen Ärger herunter und wiederholte laut den letzten Satz.

»Im Fingerzeig«, murmelte Joséphine nachdenklich. »Wohin zeigen die Finger?«

Tom hob die Augenbrauen. »Ein Zeichen«, wisperte er, als er verstand. »Einige zeigen nach rechts unten. Von uns aus gesehen.«

Tom und Joséphine sahen einander sprachlos in die Augen, dann stürzten beide auf den Glaskasten zu und pressten die Gesichter dagegen.

Atemlos suchte Tom das Bild rund um die Hände mit den Augen ab. Nein, sagte er sich selbst. Er musste nicht auf das Bild achten, sondern auf das, worauf die Mona Lisa zeigte. Doch sie zeigte nur auf den Boden. Und dort war nichts.

Auch Joséphine schien nicht recht weiterzuwissen. Sie knetete nachdenklich die Unterlippe, während sich Tom wieder dem Bild zuwandte.

»Habt ihr etwas entdeckt?«, fragte Will hinter ihnen.

»Im Fingerzeig«, wiederholte Joséphine. »Sie deutet auf das Versteck des Teils.«

»Nun, ich weiß nicht, ob sie schon immer an genau dieser Stelle gehangen hat«, meinte Will nachdenklich. »Sie ist zwar seit über einhundert Jahren hier. Ich erinnere mich noch gut an die Aufregung in der Presse, als sie hergebracht wurde. Aber vielleicht ist sie ja im Louvre umgezogen. Der Kurator sollte uns das …«

»Nein«, unterbrach Tom den Bibliothekar. Sicher war es gleichgültig, wo das Bild hing. Der Hinweis würde bestimmt nicht mit der Zeit seine Gültigkeit verlieren. Nicht bei etwas so Wichtigem. Was war immer da bei diesem Bild?

»Der Rahmen.« Joséphine schien ihm den Gedanken von der Stirn gelesen zu haben.

Tom nickte anerkennend. Sie war schlau.

Drei Augenpaare richteten sich auf die Stelle des Rahmens, auf die Napoleons Heitere zeigte.

Der Rahmen war goldfarben, auch wenn die Jahre ihn hatten matt werden lassen. Ein verschnörkeltes Muster zog sich über ihn. Und an der Stelle, auf die der Finger zeigte …

»Da ist etwas«, keuchte Tom. Es war zu klein, um es zu bemerken, wenn man nicht danach suchte. Doch nun schien es Tom geradezu anzuspringen. Ein kleiner Holm, der so fein säuberlich in den Rahmen eingebracht war, dass er nicht auffiel. Kaum zehn Zentimeter lang. Ein Teil des Kiels der Feder.

»Wir haben ihn.« Joséphines Stimme zitterte vor Freude.

»Das glaube ich nicht.« Eine Stimme, als würde Stein gemahlen.

Die drei fuhren herum.

Und starrten der Armlosen in ihr steinernes Gesicht.

KÖNIGIN DER ALTEN WELT

Für einen Moment war Tom so erschrocken, dass er sich nicht mehr rühren konnte. Es war Will, der sich als Erster fing.

»Holt euch die Feder und flieht.« Mit diesen Worten rammte er die Faust gegen das Panzerglas. Welche Kräfte es auch aushalten mochte, einem entschlossenen Bibliothekar hatte es nichts entgegenzusetzen. Ein Splitterregen ergoss sich vor Toms und Joséphines Füßen.

Das Klirren ging im Schrillen einer Alarmsirene unter. Im selben Moment sausten eiserne Gitter am Eingang hinab. Und dann richteten sich Toms Nackenhaare auf. Der Alarm verstummte so abrupt, als wäre er nie erklungen. Und die Metallgitter fuhren wieder in die Höhe.

»Ein Schreiber«, zischte Tom. Hatte seine Lebensseite vorhin das gemeint, als sie ihm mitgeteilt hatte, er sei nicht alleine? Vielleicht.

Tom stolperte zur Seite, als sich Will an ihm vorbei gegen die Venus warf. Sie machte den Nachteil ihrer fehlenden Arme durch ihre Geschicklichkeit mehr als wett. Ehe Will sie erreichen konnte, wich sie ihm blitzschnell aus, versetzte ihm einen Tritt gegen sein linkes Bein, und als er sich wieder erhob, stieß sie ihre Stirn mit so viel Wucht gegen sein Gesicht, dass er sofort wieder zu Boden ging. Noch im Fallen aber griff er nach ihr und zog sie mit sich. Andernfalls hätte sie sich wohl auf Tom und Joséphine gestürzt.

»Wo ist der Federteil?« Joséphines Stimme riss Tom aus der Starre heraus.

Ja, wo? Und wo war der Schreiber, der den Alarm abgestellt hatte? Und warum hatte er das getan?

Eines nach dem anderen, Tom, sagte er zu sich selbst. Die Scherben knirschten unter ihren Schuhen, als sie auf den Rahmen zustürzten. Tom fuhr mit den Fingern seiner rechten Hand über das Holz. Der goldene Holm saß fest, aber Tom verstärkte den Druck, bis er ihn zwischen den Fingern hielt. Nicht ganz so lang wie seine Hand. Wie verzaubert starrte er den Teil der Feder an. Nur um im nächsten Moment erneut von Joséphine in die Gegenwart zurückgerissen zu werden. Sie schüttelte ihn so fest, dass er beinahe den Federkiel aus den Fingern verlor.

»Los, weg hier!«, drängte sie und zog ihn mit sich.

Hastig steckte Tom seine Seite ein und warf einen Blick zurück. Die Armlose rammte Will gerade ihre Schulter gegen die Brust und riss sich los. Mit einem tiefen Knurren, das gut zu einem Wolf gepasst hätte, rannte sie auf Tom und Joséphine zu.

Das Mädchen rutschte beinahe auf den Glassplittern aus, doch Tom stützte sie im letzten Moment und sie hasteten auf den Ausgang zu.

Der Schatten, der sich dahinter löste, kam Tom erschreckend vertraut vor. Selbst ein flüchtiger Blick genügte ihm, um zu erkennen, wer da auf sie gelauert hatte. Groß, breit und so kahl, dass sich das Licht der Lampen auf seinem Kopf spiegelte.

Es war das dritte Mal, dass Tom dem Schreiber begegnete. Und wie schon in London war es auch diesmal kein Zufall. Hinter ihm fauchte die Armlose wie ein Raubtier.

Zwei Jäger.

Und beide wollten dieselbe Beute.

Tom kam, einer Eingebung folgend, schlitternd zum Stehen.

»Was soll das?«, entfuhr es Joséphine entsetzt, während der Schreiber seine Feder auf die Seite drückte, die er in der Hand hielt.

Hinter ihnen ertönten Schritte. Steinerne Füße. Wills aufgeregte Rufe mischten sich in den Lärm.

Tom aber blieb wie angewurzelt stehen und hielt Joséphine weiter fest, die verzweifelt an ihm zerrte. Er wandte sich um, wartete auf den richtigen Moment. Und dann, als sich das Mädchen beinahe losgerissen hätte, drückte er sich gegen sie und sie stolperten zur Seite.

Tom fühlte noch den Luftzug, als die Armlose an ihm vorbeisprang. Sie verfehlte ihn und Joséphine. Nur um frontal gegen den Schreiber zu prallen. Was immer er auch für Worte im Sinn gehabt hatte, sie vermochten die Welt nicht mehr zu verändern. Die Armlose riss den Schreiber zu Boden und noch während sie fielen, war Tom bereits wieder losgelaufen und zog Joséphine hinter sich her.

Ihre Schritte hallten von den Wänden wider. Es schien fast, als wollten die Echos den Lärm, der am Tag die Gänge erfüllte, nun in den nächtlichen Louvre zurückbringen.

Runter. Wo war eine Treppe? Der Flur führte sie zu einer Empore. Hinter einem Geländer ging es steil hinab. Die weite Eingangshalle wurde zu dieser Stunde nur von wenigen Lampen beschienen und lag im Halbdunkel unter ihnen. Tom und Joséphine wären beinahe an ihr vorbeigerannt, doch das Mädchen zog Tom fest am Ärmel. Die Treppe hätten sie fast übersehen. Sie hasteten die Stufen hinunter. Hinter ihnen mischten sich schwere Schritte in ihre eigenen. Steinerne Schritte. Von wem stammten sie? Von der Armlosen oder von Will?

Über ihnen wuchs die Glaspyramide in die Höhe. Ein paar Dutzend Sterne hingen am Himmel wie Perlen auf dunklem Stoff. Schatten hatten sich in die Ecken gekauert und schienen sie mit dunklen Augen zu mustern, während Tom und Joséphine auf den Ausgang zurannten. Toms Lunge brannte, doch er würde nicht langsamer werden. Joséphine tat das auch nicht.

Die schweren Schritte kamen näher. Will. Bitte sei du das! Tom stieß den Wunsch in Gedanken aus, wandte sich um … und sah einen armlosen Schatten die Treppe hinunterspringen. Die Venus war schrecklich schnell. Verdammt, wo war Will?

Ihre Verfolgerin bremste ab und näherte sich ihnen lauernd wie eine Katze zwei Mäusen. Toms Herz hämmerte vor Angst in seiner Brust. Sie hatten verloren.

»Die Feder!«, sagte sie. Ihre Stimme dröhnte, als hätte sie sie einem Riesen gestohlen.

»Wir brauchen sie«, versuchte es Joséphine.

Tom sah sie stirnrunzelnd an. Es war doch ziemlich dumm, nachts in einem leeren Museum mit einer bösartigen Steinfrau diskutieren zu wollen. Oder ziemlich mutig. Ja, mutig. Tom straffte sich. Es schien, als würde ihr Mut auf ihn überspringen. Sein wild schlagendes Herz zur Ruhe rufen. Entschlossenheit breitete sich in ihm aus. Sie würden nicht verlieren. Nicht, wenn sie es verhindern konnten.

»Die Feder!«, wiederholte die Armlose.

»Nein«, entgegnete Joséphine. »Wir müssen …«

»Die Feder.«

Viele Worte machte die Armlose nicht.

»Sie kann sich nicht mit euch unterhalten.« Die Gestalt mit der tiefen, männlichen Stimme schritt so langsam die Treppe hinab, als gehörte ihr der ganze Louvre. Der Schreiber. Im Dämmerlicht unter der Glaspyramide erkannte Tom das Blut, das ihm Kopf und Hemd färbte. Und als er genau hinsah, bemerkte er, dass ihr Feind ein wenig wankte.

»Sie hat nur wenige Worte in sich«, erklärte der Schreiber. Seine Schritte waren im Gegensatz zum Getrampel der Armlosen kaum zu hören. »Sie kann nicht denken. Nur eines weiß sie: dass sie bewachen muss, was ihr gestohlen habt.«

»Was wollen Sie?«, fragte Tom. Er war selbst überrascht, wie ruhig er klang. Joséphines Mut hatte ihm scheinbar alle Angst aus dem Herzen gewaschen.

Der Schreiber lächelte, als er die letzte Stufe erreicht hatte und langsam auf sie zuging. Die Armlose wandte den Kopf und knurrte leise eine Warnung in die verschlafene Halle.

»Die Feder natürlich«, sagte er.

»Um die Welt zu beherrschen?«, zischte Tom herausfordernd. Vielleicht hatte er sogar ein wenig zu viel von Joséphines Mut abbekommen. Doch er fühlte die Wut und Anspannung der vergangenen Tage plötzlich wie heißes Gift unter der Haut. Sein Herz schlug wieder schnell. Diesmal aber nicht vor Angst.

Der Schreiber zeigte kein Zeichen des Ärgers. Stattdessen lächelte er Tom milde an. Wie ein Lehrer, der seinen Lieblingsschüler korrigierte. Tom hätte ihm das Lächeln nur allzu gerne von den Lippen gewischt.

»Sie verbessern«, entgegnete der Schreiber. »Sie ist so furchtbar unvollkommen. Wie eine Geschichte, deren Erzähler die Lust an ihr verloren hat und die sich nun von selbst neue Worte gibt. Wir haben einmal in Ordnung gebracht, was zur Unordnung wurde. Und wir werden das wieder tun.«

»Sie haben beinahe einen großen Krieg noch schlimmer gemacht, als er sowieso schon war, oder?«, fuhr ihn Joséphine an. Offenbar brannte auch ihr die Wut unter der Haut. Kein Wunder, wenn man bedachte, wen die Schreiber in ihrer Gewalt hatten.

»Das war vor meiner Zeit«, entgegnete der Schreiber. Er blieb kaum eine Handvoll Schritte von der Armlosen entfernt stehen, die ihn warnend musterte. Der Schreiber griff in seine

Jacke und zog etwas hervor. Seine Feder. Er hielt sie wie einen Zauberstab. »Sie sind mächtige Werkzeuge. Die Feder eines Schreibers vermag auf seiner eigenen Seite fast alles wahr werden zu lassen.« Er fuhr sich über das vernarbte Gesicht. »Du musst nur bereit sein, den Preis zu bezahlen. Doch um nicht nur unsere, sondern auch die Seiten der anderen Menschen und damit endlich die große Geschichte zu korrigieren, brauchen wir die goldene Feder. Wir werden die ganze Welt umschreiben.«

»Sie sind wahnsinnig«, entfuhr es Tom.

»So? Und ich dachte, die Welt würde von Tag zu Tag wahnsinniger. Kriege, Katastrophen. Wäre die Welt nicht besser, wenn all das nicht mehr existieren würde? Wäre sie nicht für alle besser?«

»Wenn Sie könnten, was Sie behaupten, schon«, rief Joséphine wütend. »Aber Sie können es nicht. Sie ändern die Welt nur. Aber Sie machen sie nicht besser. Vielleicht muss sie so sein, wie sie ist.« Sie funkelte den Schreiber an. »Sie aber sind wirklich wahnsinnig, wenn Sie glauben, Sie könnten eine ganze Welt umschreiben.«

Der Schreiber lächelte noch ein wenig breiter. »Wahnsinnig. Wie jeder gute Schriftsteller. Und nun …«

Seine Worte gingen in Joséphines Schrei unter, als die Armlose auf Tom und sie zustürzte. Offenbar hatte sie die Geduld verloren. Den Blick auf Tom gerichtet, schnappte sie mit dem Mund nach dem Federteil in seiner Hand. Er trat der Armlosen, so fest er konnte, gegen die Seite. Und wünschte sich im selben Moment, er hätte es nicht getan. Ein stechender Schmerz durchfuhr seinen Fuß und Tom keuchte auf.

»Die Feder!«, rief die Venus.

Tom wollte etwas erwidern, doch schon war der Schreiber da und drückte der Armlosen seine Feder auf den steinernen Leib. Sie tanzte über ihren Rücken.

Und zu Toms Erstaunen machte die Venus unvermittelt auf dem Absatz kehrt und ging sanft wie ein harmloser Schoßhund zurück.

Tom sank für einen Moment auf die Knie. Er spürte Joséphines Hand auf der Schulter. »Gerettet«, wisperte sie.

Tom hob den Blick und sah zum Schreiber auf, der sie triumphierend musterte. »Nein, das glaube ich leider nicht.« Er rappelte sich wieder auf, steckte den goldenen Holm ein und drängte Joséphine fort von dem Schreiber. »Wie haben Sie das gemacht?«, fragte er und warf einen schnellen Blick auf die Armlose, die in aller Seelenruhe die Treppe emporstieg. Beschäftige ihn, Tom, dachte er bei sich. Vielleicht konnten sie ihn lange genug hinhalten, bis Will kam. Falls er kam.

Der Schreiber sah auf die Spitze seiner Feder, als betrachtete er die rauchende Mündung einer Pistole. »Neue Worte«, gab er geheimnisvoll zurück. »Seht ihr, wie mächtig sie sein können? Mächtiger als jedes Schwert. Die Worte befehlen der Helferin, an ihren Platz zurückzukehren und von nun an zu schlafen.«

Tom wich mit Joséphine noch ein paar Schritte von dem Schreiber weg, der sie aufmerksam musterte. »Für uns gibt es keine Worte, mit denen Sie etwas befehlen können«, sagte Tom.

Ein nachsichtiges Lächeln erschien auf dem Gesicht des Schreibers, als hörte er einem törichten Kind zu. »Mit der goldenen Feder und euren Seiten wäre ich in der Lage, euch zu führen wie Figuren in einem Roman. Aber keine Angst, dazu seid ihr nicht wichtig genug. Und nun …«

Ein weiteres Mal wurde dem Schreiber der Satz im Mund abgeschnitten. Ein Schatten fiel vom oberen Absatz der Treppe herab. Erst als er mit lautem Knall auf dem Steinboden aufschlug, erkannte Tom, wer da zu ihnen gesprungen war.

Die verrutschte Perücke hatte der Mann sich mit einer Hand auf den Kopf gepresst. Mit der anderen deutete er auf den Schreiber. »Lass sie in Ruhe!«, zischte Will und baute sich drohend vor dem Schreiber auf.

Was las Tom in dessen Gesicht? Angst? Überraschung? Für einen Moment musterten sich die beiden stumm. Dann schrillten plötzlich Alarmglocken.

Tom fuhr verwirrt herum. Und erkannte Joséphine, die einen Alarmknopf gedrückt haben musste. Sie war wirklich sehr schlau.

Der Schreiber nickte, als wollte er stumm seine Niederlage eingestehen. »Es ist noch nicht vorbei«, wisperte er Will zu. Sein Blick richtete sich auf Tom. »Viel Glück bei der weiteren Suche.« Er hob seine Feder und zog eine Papierseite aus einer Tasche seiner Jacke hervor.

Seine Lebensseite, schoss es Tom durch den Kopf.

Die Feder tanzte ausgelassen über das Papier. Toms Nackenhaare begannen sich aufzurichten. Eine Umformulierung. Er wollte Joséphine und Will warnen. Doch das war gar nicht nötig. Im nächsten Moment endete der Alarm und der Schreiber verschwand so plötzlich, als hätten die Schatten ihn verschluckt.

Kaum einen Lidschlag später stürzte François Petit in die Eingangshalle, gefolgt von Tante Zoé.

»*Merde*«, entfuhr es ihm. Er schlug sich die Hand vor den Mund, als könnte er den Fluch so noch zurückhalten. »Was ist geschehen? Wo ist der Mann, der eben noch hier stand? Hat er sich in Luft aufgelöst?« Monsieur Petit sah so ungläubig umher, als versuchte er, einen Zaubertrick zu lüften.

Einen Zauber. Ja, einen Wortzauber, dachte Tom.

»Es war ein Einbrecher«, erklärte Will, dem es elegant gelang, seine Perücke wieder richtig auf dem Kopf auszurichten. »Wir haben ihn gestellt und Joséphine hier hat geistesgegenwärtig den Alarm ausgelöst. Damit hat sie sicher Schlimmeres verhindert.«

»Bravo«, murmelte Monsieur Petit verwirrt und trat an die Stelle, an der eben noch der Schreiber gestanden hatte. »Aber wohin …?«

»François«, sagte Tante Zoé und nahm Monsieur Petit die Zeichnungen aus der Hand, die er festgehalten hatte. »Sie müssen nachsehen, was gestohlen wurde.«

»Aber die Polizei!«, jammerte der Kurator des Louvre. »Sie wird kommen. Und man wird Fragen stellen.« Er riss die

Augen auf und starrte Tante Zoé erschrocken an. »Sie werden mich für verrückt halten, wenn ich ihnen erzähle, dass sich der Einbrecher in Luft aufgelöst hat.« Er keuchte erschrocken auf. »Oder glauben, ich selbst hätte …«

»François!«, sagte Tante Zoé in einem strengen Tonfall, mit dem man üblicherweise kleine Kinder zur Ordnung rief. »Ihre Alarmanlage hat ein paar seltsame Töne von sich gegeben und ist dann verstummt. Offenbar ist sie defekt. Die Polizei ist vielleicht gar nicht alarmiert worden. Erzählen Sie am besten niemandem hiervon.« Ihr Ton wurde weicher. »Und nun lassen Sie uns bitte heraus. Ich muss die Zeichnungen in Sicherheit bringen. Hier sind sie es offenbar nicht.«

»Er tat mir fast ein wenig leid«, meinte Tante Zoé, als sie den Louvre hinter sich gelassen hatten. Joséphines Tante drückte die Illustrationen so eng an sich, als wollte sie sie nie wieder hergeben. Sie waren an Paris' großem Fluss, der Seine, entlanggegangen und an einer der vielen kunstvoll gearbeiteten Steinbrücken hinüber auf das andere Ufer gewechselt. Die Dunkelheit hatte sich wie ein schützendes Tuch um sie gelegt, während zu ihrer Linken das nachtschwarze Wasser ein stetes Rauschen in die Nacht mischte.

Gut, dass sie ihm nicht von dem zerstörten Glaskasten vor der Mona Lisa berichtet hatten, dachte Tom. Es hätte dem armen Petit vermutlich den Rest gegeben.

»Wichtig ist nur, dass wir den zweiten Teil der Feder haben«, erwiderte Will.

»Wer war der Mann, der verschwunden ist? François sah aus, als hätte er einen Geist gesehen.«

»Kein Geist, fürchte ich«, antwortete Will. »Ein Mann aus Fleisch und Blut. Oder besser aus Fleisch und Tinte. Ein Schreiber.«

»Einer von denen, die Vater entführt haben.«

Etwas in Joséphine hatte sich verändert. Tom konnte es deutlich erkennen. Sie wirkte nicht mehr verängstigt oder verloren. Sie war voller Wut. Und Entschlossenheit.

»Nur noch zwei Teile und wir holen ihn zurück«, sagte Tom.

Joséphine nickte. Und schenkte ihm ein Lächeln, das Toms Herz höher schlagen ließ.

»Das Ganze wird zu gefährlich«, sagte Tante Zoé kopfschüttelnd. »Ihr solltet euch da raushalten.«

»Und ihren Vater aufgeben?« Tom sah Joséphines Tante entschlossen an. »Das Einzige, was ihn und meinen Onkel retten kann, ist die Feder.« Er hielt den Kiel hoch, den sie im Louvre erbeutet hatten.

»*Merde.*« Derselbe Fluch, doch bei Tante Zoé klang er schlimmer als bei Monsieur Petit. Vermutlich, weil sie ihn ernster meinte. »Und wohin nun?«

Tom hatte mit dieser Frage gerechnet. Er zog seine Lebensseite hervor. Und las die schimmernden Worte.

Tom hatte Glück gehabt.
Er wusste das hoffentlich.
Die Helferin hätte ihn um jeden Preis aufgehalten, wenn der Schreiber nicht eingegriffen hätte.
Doch nun besaß er auch den zweiten Teil der Feder.
Und vertraute erneut auf die Weisheit seiner Seite.

Tom seufzte. »Wohin müssen wir?«, fragte er in der Hoffnung, seine Seite ein wenig in ihrer Selbstverliebtheit bändigen zu können.

Zur Königin der alten Welt.
Zur Rätselstellerin.
Zur Todbringerin für alle, die keine Antwort haben.

Tom las die Worte verwirrt vor. *Todbringerin* gefiel ihm überhaupt nicht. »Ich habe keine Ahnung, wo wir nun hinmüssen«, schloss er und ließ seine Seite in der Jacke verschwinden. Auch Will und Joséphine schienen ratlos.

»Nun, dann bringt es auch nichts, wenn wir alle mitten in der Nacht hier herumlaufen und grübeln«, bemerkte Tante Zoé. »*Sacrément*, es war ein mehr als aufregender Tag für euch. Morgen wird die Welt sich ein neues Kleid anziehen. Dann sieht alles wieder anders aus.«

Oh ja, es war ein anstrengender Tag gewesen. Sie waren zweimal dem Schreiber entkommen. Und wo war Mary? Sicher suchte schon der ganze Orden der Wortwächter nach ihnen. Mit einem Mal fühlte Tom sich so müde, als würde die Nacht ihm alle Kraft stehlen.

Zweimal fielen ihm fast die Augen zu, bis sie endlich bei Tante Zoé ankamen. Sie bereitete Tom in aller Eile ein Gästezimmer vor. Joséphine würde bei ihrer Tante schlafen. Tom wankte zwischen Bücherstapeln und exotischen Mitbringseln auf das Bett zu und schaffte es nicht einmal mehr, sich umzuziehen.

Er sah Will und Tante Zoé durch den Spalt der Tür im Flur stehen. Will ließ sich gerade ein Lexikon geben.

»Ihr wollt nach der Königin der alten Welt fahnden?«, hörte er Joséphines Tante fragen. »Warum nehmt ihr nicht den Computer?«

»Weil ich annehmen darf, dass bei der Herstellung eines Lexikons Sorgfalt geherrscht hat«, erwiderte Shakespeares steinernes Abbild streng. »Bei einer Seite im Internet muss ich davon ausgehen, dass sie ebenso hastig heruntergetippt wurde wie so vieles heutzutage.«

Tante Zoé lächelte ihn verschwörerisch an. »Ah, es tut gut, jemanden zu treffen, der die Macht der gedruckten Worte zu schätzen weiß. Ich nehme an, Bibliothekare aus Stein schlafen nicht?«

Will wog das schwere Lexikon in der Hand. »Nein, wozu auch, Gnädigste? Dann könnten wir doch nicht lesen.«

DER FRANZOSE

Der Duft von frischem Brot weckte Tom am nächsten Morgen. Oder besser Mittag, wie ihm ein Blick auf den Wecker neben seinem Bett verriet.

»Ich dachte schon, du schläfst für Will mit«, lachte Tante Zoé, als Tom sich angezogen hatte und ins Wohnzimmer kam. Seine Sachen hatte Joséphines Tante noch in der Nacht gewaschen und bereits getrocknet. Will saß am Tisch, tief in das Lexikon vertieft.

Tante Zoé wies Tom einen Stuhl zu, legte ihm ein Croissant auf den Teller und schenkte ihm heißen Kakao ein. Einen Moment später erschien Joséphine. Sie hatte offenbar ebenso lange geschlafen wie er. Sie strich sich den Schlaf aus den Augen und lächelte Tom müde an. Sie sah anders aus. Verändert. Tom erkannte es nun deutlicher als gestern Nacht. Sie war zuversichtlicher. Er konnte ihr vom Gesicht ablesen, dass sie fest an die Rettung ihres Vaters und seines Onkels glaubte.

Plötzlich wurde ihm bewusst, dass er sie anstarrte. Joséphine schien es nicht bemerkt zu haben, doch ihre Tante warf Tom einen wissenden Blick zu und lächelte geheimnisvoll.

»So, ihr Hübschen«, säuselte sie, »dann langt tüchtig zu. Wer weiß, wo sich diese Rätselstellerin befindet. Der arme Phileas Fogg aus dem Buch, das ich dir gegeben habe, Tom, hat einen langen Weg hinter sich bringen müssen. Ich hoffe, eure Reise wird nicht so weit und beschwerlich.«

»Du meinst, mit dem Schiff nach Ägypten?«, fragte Tom, der in Tante Zoés Roman bis zu dieser Station der Reise um die Welt gekommen war.

»Du hast wirklich angefangen, das Buch zu lesen?« Joséphine sah ihn mit einer Mischung aus Überraschung und Interesse an.

»Natürlich, bin schon halb durch«, erwiderte Tom, als sei das völlig normal. »Ich lese gerne.« Er ignorierte den zweifelnden Blick von Will.

»Und? Gefällt es dir? Es gehört zu meinen Lieblingsromanen.« Joséphine biss in ihr Croissant, ohne ihn aus den Augen zu lassen.

»Ja, zu meinen auch.« Tom sah, wie Will mit den Augen rollte.

»Was magst du besonders daran?« Sie starrte ihn an wie eine Katze eine Maus.

»Ich … äh … mag die Reise. Ich meine, um die ganze Welt. Also, das ist schon anstrengend.«

Verärgert bemerkte er, dass Tante Zoé nur mühsam ein Lachen unterdrücken konnte.

»Und dass Mister Fogg zum Mond fliegt? Hat dir das auch gefallen?« Joséphine lächelte ihn irgendwie undurchsichtig an.

Zum Mond? Wollte ihn Joséphine auf die Probe stellen? »Ja, also das war sicher das Spannendste. Da wurde es erst richtig ... spannend.« Tom sah Will eine Hand vor das Gesicht schlagen. »Aber weiter bin ich noch nicht gekommen«, schob er rasch hinterher. Er hatte das ungute Gefühl, auf Treibsand zu laufen.

»Du meinst bis zum Mars?«, fragte der Diener seines Onkels ungerührt, und Joséphines Tante vermochte das Lachen nun nicht mehr zu unterdrücken.

»*Bon*«, rief sie, »bevor der bedauernswerte Mister Fogg noch zum Todesstern muss, lasst uns lieber über euer nächstes Ziel sprechen. Wo müsst ihr hin? Wer ist diese Königin der alten Welt, die Rätsel stellt und den Tod bringt?« Für die letzten Worte hatte sie ihre Stimme so tief klingen lassen, als würde sie einem Kind eine Gruselgeschichte erzählen.

Zur Antwort legte Will das aufgeschlagene Lexikon auf den Frühstückstisch. Die gewaltige Steinfigur mit der erhabenen Miene hatte Tom schon auf einigen Bildern gesehen. Löwenkörper und Menschenkopf. Die Sphinx.

»Wir müssen nach Ägypten?«, fragte er verblüfft.

Will nickte. »Ich bin ganz sicher. Die Sphinx ist nicht nur eine Figur im Sand, die vor den drei Pyramiden Wache hält. Sie ist auch ein Geschöpf aus Sagen. Es heißt, sie gab Wanderern Rätsel auf. Und wenn diese nicht die Lösung fanden, fraß die Sphinx sie kurzerhand auf. Eine grausame Königin der alten Welt.«

Tom blickte die Sphinx unbehaglich an. Wo war wohl der Teil der Feder, auf den sie achtgab? Und würde die Sphinx herausrücken, was sie bewachte?

»Wie wollt ihr dorthin kommen?«, fragte Tante Zoé aufgeregt und trank einen Schluck Kaffee aus einer großen Schale. »Es sind ein paar Stunden mit dem Flugzeug. Ihr habt doch eure Pässe dabei?«

Nein, zumindest Tom hatte seinen Pass im Haus von Onkel David vergessen. Und Joséphines Gesichtsausdruck nach war ihr Pass ebenfalls nicht mit nach Paris gekommen.

Tante Zoé las ihnen die Antworten scheinbar von der Stirn ab. »Nun, ohne Pass werdet ihr keinen Platz in einer der Maschinen bekommen.«

Das stimmte. Weite Strecken schienen für sie ausgeschlossen.

Will aber zuckte überraschend gelassen mit den Schultern. »Es gibt hier jemanden in Frankreich, dem ich vertraue. Er ist wie ich und doch ganz anders.«

»Ein Bibliothekar?«, fragte Joséphine neugierig. »Aber steht er dann nicht auf der Seite des Ordens?«

Will schüttelte den Kopf und schloss das Lexikon. »Er steht nur auf seiner eigenen Seite. Ein Freigeist. Im Orden heißt er *der Franzose*. Es gibt vor allem zwei Dinge, die er liebt. So wie der Mann, dessen Abbild er ist.« Will lächelte sie vielsagend an. »Bücher. Und das Fliegen.«

Es dauerte fast zwei Stunden, ehe sie in Tante Zoés altem Wagen den Parkplatz eines heruntergekommenen Flughafens erreichten. Die Fahrt hatte sie aus dem lauten Paris heraus und vorbei an kleinen, verschlafenen Dörfern geführt. Die Straße wand sich an weiten Feldern entlang. Zuletzt hatten sie immer seltener Häuser gesehen und waren schließlich an diesem verlassenen Flughafen angekommen. Er bestand aus kaum mehr als dem Parkplatz, der Landebahn sowie ein paar Gebäuden, von deren Wänden sich der Putz löste, und einem Turm, an dem einige rote Lampen blinkten.

»*Sacrément*, hier sind wir richtig?« Tante Zoé stieg als Erste aus und sah sich um. Sie schien alles andere als überzeugt.

»Ich hoffe«, gab Will zurück, während er Tom und Joséphine die Tür aufhielt.

Sie hatten viele Male anhalten und fragen müssen, ehe sie diesen Ort gefunden hatten. Will hatte den Namen des Flughafens nicht richtig im Kopf gehabt. Aber dies hier war der einzige Platz in der Gegend, von dem Transportflugzeuge starteten.

»Ich war noch nie hier«, gab Will zu, »doch ich bin Toni ein oder zwei Mal begegnet. Er ist … ein wenig eigensinnig. Ein Abenteurer, so wie der, der ihm die Worte geschenkt hat, die ihn lebendig machen.«

»Toni?«, fragte Joséphine. Sie legte das Buch der grimmigen Brüder weg, in das sie während der Fahrt ihren Kopf so tief gesteckt hatte, als könnte sie den Helden des Romans auf diese Weise nach Narnia folgen. Tom sah ihr an, dass sie nach einem Namen in ihrem Kopf suchte. Ein berühmter Autor, dessen steinernes Abbild in Frankeich Flugzeuge umherflog.

Auf einmal zeichnete sich Unglaube auf ihrem Gesicht ab. »*Merde*, wir treffen …«

»Antoine de Saint-Exupéry«, beendete eine Gestalt mit einer altmodischen Fliegerbrille ihren Satz. Die dunklen kurzen Haare auf ihrem Kopf erwiesen sich auf den zweiten Blick als Perücke. »Gestatten, der Franzose.«

Neben Tom entfuhr Tante Zoé ein aufgeregtes Keuchen. »*Le petit prince*«, murmelte sie mit vor Ehrfurcht geweiteten Augen. Tom konnte nicht sagen, wer den Mann verzückter ansah: Tante Zoé oder Joséphine.

Der Mund unter der Fliegerbrille verzog sich zu einem breiten Grinsen. »Oh, meine Schöne, nenn mich ruhig Toni«, meinte er, wobei sein französischer Akzent die englischen Worte klingen ließ, als streute er Zucker über sie. Er ging lässig auf sie zu und musterte sie dabei einen nach dem anderen. Zuletzt blieb sein Blick an Will hängen. »Es ist lange her, nicht wahr? So also treffen sich Saint-Exupéry und Shakespeare wieder einmal zu einem kleinen Plausch. Worüber wollen wir plaudern?«

»Über Menschen, die gerettet werden müssen«, antwortete Will. »Und über Menschen, die fliegen müssen.«

Toni nahm die Brille ab. Er verstand sich besser als Will darauf, die Steinhaut zu überschminken. Toni besaß eine hohe Stirn und die großen Augen in dem freundlichen Gesicht leuchteten hell vor Abenteuerlust. »Das sind zwei Themen, die mir gut gefallen. Oh, ich denke, das wird ein interessantes Gespräch.«

Toni führte sie in einen kleinen Aufenthaltsraum, der aus kaum mehr als einem Tisch, ein paar Stühlen und Metallspinden bestand. Es war weit nach Mittag und der Himmel, der sich jenseits der Fenster über die Bäume spannte, war so blau, dass es beinahe schmerzte, ihn anzusehen. Weiße Streifen durchschnitten ihn. Sie stammten von den Flugzeugen, die auf ihm malten, als wären sie Stifte.

Toni deutete auf die Stühle und schloss die Tür. Dann bot er ihnen ein paar krümelige Kekse und Tee an. Während Will ihm in knappen Worten berichtete, was geschehen war, kam Tom auf einmal die furchtbare Vorstellung in den Sinn, der Mann vor ihnen könnte sie an die Lesenden verraten. Immerhin war er ein Bibliothekar. Wer garantierte ihnen, dass er nicht gleich zum Telefon greifen und …

»Keine Angst, mein Junge«, sagte Toni, kaum dass Will geendet hatte. »Ich sehe dir die Furcht an, dass ich euch hintergehen könnte. Aber sie ist unbegründet. Ich brauche die Freiheit. Der Orden mit seinen strengen Regeln, das war nie etwas für mich. Und euer Anliegen ist … edel. Was gibt es Edleres, als denen zu helfen, die in Not sind? Die wunderschöne Dame an deiner Seite hat mich eben *Le petit prince* genannt. So hieß das berühmteste Buch von Saint-Exupéry. Und darin heißt es passenderweise: *Man sieht nur mit dem Herzen gut. Das Wesentliche ist für die Augen unsichtbar.* Wenn du dieses Abenteuer bestehen willst, musst du lernen, mit dem Herzen zu sehen. Ich bin auf jeden Fall dabei. Ich schätze, ihr braucht ein Flugzeug, sonst hättet ihr euch an Jules gewandt, den verrückten Erfinder. Baut sicher noch immer heimlich sein Unterseeboot, wenn er nicht gerade die riesige Bibliothek unter Notre-Dame katalogisiert.«

Bei diesen Worten lächelte Tante Zoé. »Der Bibliothekar, der von meinem Vorfahren erschaffen wurde, ist bereits fertig mit seiner Arbeit. Soweit ich weiß, ist er mittlerweile vor der Küste Argentiniens angelangt, um dort nach Lebensseiten zu suchen, die in einem zu einer Buchhandlung umgebauten Theater aufgetaucht sein sollen. Mit der Nautilus II. Ich hätte ihn sonst in dieser Sache ebenfalls um Rat gefragt.«

Nun waren es Tonis Augen, die sich vor Ehrfurcht weiteten. »Ihr seid eine Tochter des großen Verne. *Mon dieu*, in Euren Adern fließt wahrhaft meisterliches Blut. Welchen Wunsch könnte ich Euch schon ausschlagen?«

»Wir müssen nach Kairo«, sagte Joséphine anstelle ihrer Tante. Wie abenteuerlustig sie klang. Als hätten die überstandenen Gefahren ein Feuer in ihr entfacht. »Die Sphinx bewacht den dritten Teil der Feder.«

»Die Sphinx? Oh, meine Hübsche. Dann führt euch der Weg aber nach Gizeh und nicht nach Kairo. Doch das ist nur eine kleine Besserwisserhaftigkeit. Ihr habt Glück und auch ein wenig Pech. Noch heute geht ein Flug nach Ägypten. Doch nicht ich sitze am Steuer. Es sei denn«, er zwinkerte ihnen zu, »ich kann den Piloten überzeugen, mit mir zu tauschen. Und da ich diesen kleinen Flugplatz hier leite, wird er mir den Wunsch sicher nicht ausschlagen.«

Kaum, dass Toni sie allein gelassen hatte, wandte sich Joséphine an Will. »Was machen wir, wenn er uns doch nicht helfen kann?«

»Ich kann es dir nicht sagen«, erwiderte Will. »Aber wir können nicht zu einem normalen Flughafen gehen und einfach drei Tickets nach Ägypten kaufen. Mal abgesehen von den fehlenden Pässen, wird uns der Orden bereits auf den Fersen sein. Mary hat uns in den Zug nach Paris steigen sehen. Und die Umformulierung im Louvre kann dem Orden nicht verborgen geblieben sein. Sie werden uns wohl schneller auf die Spur kommen, als uns lieb ist. Von den Schreibern ganz zu schweigen.«

Die Tür wurde geöffnet und Will brach ab.

Toni trat mit einem breiten Grinsen ein. »*Bon*, ich habe alles arrangiert. Wir müssen uns aber sputen. In fünfzehn Minuten starten wir schon. Ein paar Ersatzteile müssen zu einem kleinen Militärflughafen in der Wüste gebracht werden. Ihr werdet den Flug genießen. Wir nehmen meine Lieblingsmaschine. Den *Wüstenprinzen*.«

»Damit sollen wir fliegen?« Tom konnte die Worte beim Anblick der betagten Propellermaschine nicht zurückhalten.

Toni lächelte Toms Bedenken fort. »Der Wüstenprinz sieht vielleicht ein wenig … mitgenommen aus. Aber er wird uns so sicher nach Ägypten bringen wie …«, er stockte und fuchtelte mit den Fingern durch die Luft, als könnte er die richtigen Worte pflücken, »nun, er ist völlig sicher. Du weißt doch: *Man sieht nur mit dem Herzen gut.*«

»*Das Wesentliche ist für die Augen unsichtbar*«, beendete Tom den Satz, obwohl sein Herz alles andere als überzeugt war. Der Lack blätterte überall an der betagten Propellermaschine ab, und um den Namen, der sich über die Nase des Flugzeugs zog, wand sich der Rost wie ein Muster.

»*Bon*, langsam kommst du dahinter. Kommt, wir müssen starten.«

Die Verabschiedung von Tante Zoé war kurz und hastig, während Toni die letzten Vorbereitungen für den Start traf. Sie nahm ihre Nichte lange in den Arm, klopfte Will auf die steinerne Schulter und zog schließlich ein Päckchen aus der Handtasche, die sie über der Schulter trug. Mit einem Lächeln reichte sie es Tom.

»Ein Buch?« Es fiel ihm nicht schwer zu erraten, was in dem Papier steckte.

»Du bist ein Reisender«, meinte sie. »*Reise um die Erde in achtzig Tagen*. Das Buch passt zu dir. Und ich hoffe, dass es dir die Tür zur Welt hinter den Worten öffnet. Wie bedauernswert die Menschen sind, die nur schwarze Buchstaben sehen, wenn sie ein Buch aufschlagen. Du aber«, sie tippte Tom gegen die Brust, »hast das Talent des Lesens. Also öffne deinen Blick. Sieh hinter die Worte.«

Ehe Tom etwas erwidern konnte, war Toni neben ihm erschienen. »Komm, kleiner Abenteurer!«, rief er mit einem

Glitzern in den Augen, als sei heute Weihnachten, und stupste Tom mit dem Ellenbogen in die Seite. »Mein Vorbild war noch jünger als du bei seinem ersten Flug mit einer Propellermaschine.«

Tom sah ihn mit gerunzelter Stirn an. Er hätte sich nicht gewundert, wenn es dieselbe Maschine gewesen wäre, so alt, wie sie war.

»Er hat dem Piloten vorgelogen, eine Erlaubnis seiner Mutter zu haben«, fuhr Toni selig lächelnd fort, als wären es seine eigenen Erinnerungen. »Nur um seinen Traum zu leben. Er war ein Schwindler. Wie alle Autoren. Lügen sind doch nur besonders glaubwürdige Geschichten, oder?«

Tom steckte Jules Vernes Buch zu dem anderen in Wills Tasche und folgte Toni in die Maschine. Das Innere des Flugzeugs sah völlig anders aus, als Tom erwartet hatte. Das Flugzeug, in dem er vor wenigen Tagen nach England geflogen war, war nicht nur viel größer gewesen. Es hatte auch sehr viel mehr Sitzplätze besessen. In der Propellermaschine gab es bloß Sitzbänke an der Seite, die unter einer Reihe schmaler Fenster angebracht waren. Der Raum für die Passagiere war ziemlich eng.

»Wir brauchen allen Platz für die Fracht«, erklärte Toni, als Tom ihn nach dem Grund fragte. »Sie ist direkt da hinter der Wand verstaut.« Er deutete auf eine geschlossene Tür in einer Metallwand.

Während er ins Cockpit marschierte, bedeutete er seinen drei Passagieren, sich anzuschnallen. Eine Zeit lang hantierte

Toni an den Hebeln und Schaltern vor sich herum, dann erwachten die Propeller mit einem Mal zum Leben.

Tom spürte das eigene Herz fest in der Brust klopfen, als sich die Maschine langsam in Bewegung setzte. Sie flogen wirklich nach Ägypten. Und dann? Wer weiß, dachte er bei sich. Die Welt war groß.

»Warst du schon einmal in Ägypten?«, fragte er Joséphine, die gerade ihr Buch aufschlagen wollte.

Sie ließ es sinken und sah ihn an. »Nein, außer in einem von denen hier.« Sie klopfte auf den Buchdeckel. »Mein Vater sagt immer: Es gibt keinen Ort auf dieser oder einer anderen Welt, den du nicht in einem guten Buch bereisen kannst. Nun, manchmal wünsche ich mir, an einem von ihnen zu sein. Nur um ihn einmal kurz zu sehen.«

»Ich lese auch ganz gerne«, nahm Tom die Lüge vom Frühstück wieder auf.

Joséphine runzelte die Stirn. »Du siehst beim Lesen aus, als müsstest du etwas Giftiges herunterschlucken.«

Sie hatte ihn beobachtet? Das gefiel Tom irgendwie. »Ich lese sehr konzentriert«, meinte er lässig und grinste Joséphine an.

»*Bon*, ich mag es, wenn Menschen ganz in die Geschichten eintauchen.« Und das Lächeln, mit dem sie seines erwiderte, ließ sein Herz einen Moment lang aus dem Takt springen. Sie mag dich, dachte Tom bei sich. Das klang gut. Sehr gut sogar.

Einen Augenblick später beschleunigte die Maschine. Mit einem übermütigen Schrei drückte Toni den Wüstenprinzen nach oben, und sie flogen.

»Ist das nicht wundervoll?«, rief er. »Das vielleicht größte Wunder von allen.«

Tom nickte stumm. Er war sprachlos. Nicht vor Angst, sondern vor Glück. Er schnallte sich los und drückte seine Nase gegen die Scheibe in seinem Rücken. Die Welt unter ihnen wurde schnell kleiner. Die Menschen verschwammen, dann flossen die Bäume, die Häuser und die Straßen zusammen, bis Tom nichts mehr auseinanderhalten konnte. Joséphine neben ihm hielt den Blick angestrengt auf ihr Buch gerichtet. Und Will sah trotz seiner Schminke aus, als leide er an einer schlimmen Krankheit. »Himmel«, murmelte er, »ich bin doch aus Stein. Und der fliegt nicht!«

Doch, dachte Tom, als er sich an die Wasserspeier erinnerte. Stein konnte in der Tat fliegen. Hilfsbereit griff er in Wills Tasche und reichte ihm das Buch von Jules Verne zur Ablenkung. Dann ging er zu Toni ins Cockpit und setzte sich neben ihn.

»Ah, ein Pilot«, begrüßte ihn der Franzose.

»Ich bin nur ein Junge«, erwiderte Tom, der es nicht mochte, wenn man sich über ihn lustig machte.

»Oh, nein, nein«, sagte Toni. »Ich meine es ernst. Du hast keine Angst. Wie jeder gute Pilot.«

»Wie kann man eigentlich beides sein?«, fragte Tom. »Schriftsteller und Pilot?«

»Nun«, sagte Toni, »es ist beides recht ähnlich. Du bist über allem und siehst, wie es zusammenhängt. Von hier oben gibt es keine Nationen. Die Grenzen verschwimmen, die Länder werden eins. Du erkennst die Welt, wie sie wirklich ist. Nicht wie die Menschen sie sich vorstellen mit ihrem engen Blickwinkel, der meist auf sie selbst gerichtet ist, als wären sie der Mittelpunkt von allem. Je höher du fliegst, desto größer wird die Welt. Bis sie zu groß ist für enge Köpfe. Hier können die Gedanken bis an den Horizont reichen. Und weiter. Es gibt keine Grenzen außer denen, die du dir selbst setzt.«

Tom blickte hinaus. Vor ihnen goss die Sonne goldenes Licht auf das weiße Wolkenmeer, das die Erde ablöste und sich bis an die Nahtstelle zwischen Himmel und Erde erstreckte.

Toni griff in eine Ablage an seiner Seite und kramte eine Weile darin umher. Dann zog er ein zerfleddertes Büchlein hervor. »Hier«, sagte er und warf es Tom zu.

»Was ist das?«, fragte Tom und musterte die abgegriffenen Seiten.

»*Le petit prince. Der kleine Prinz*«, antwortete Toni. »Eine deutsche Ausgabe. Es ist, wie sagt man, eine Marotte von mir. In jedem Land, in dem ich bin, suche ich eine Übersetzung davon. Nimm es, du kannst es besser gebrauchen als ich. Es geht darin um Menschlichkeit. Um die Freundschaft.« Er tippte sich dumpf gegen die steinerne Stirn. »Du brauchst mehr Weite im Kopf. Mach ihn groß genug für große Gedanken. Ich bin sicher, in dir stecken auch einige gute Ideen für eine Geschichte.«

Tom warf dem Steinernen einen skeptischen Blick zu. Die

Vorstellung, er könnte etwas zu Papier bringen, erschien ihm albern. »Ich bin kein Autor«, sagte er. »Ich habe kein Talent. Und überhaupt wäre ich doch viel zu jung dafür.«

Toni sah ihn amüsiert an. »Zu jung? Unsinn. Man kann doch gar nicht jung genug dafür sein. Eines habe ich von meinem Vorbild gelernt. Um ein Autor zu sein, musst du die Welt mit den Augen eines Kindes sehen. Die großen Leute, wie er einmal sagte, machen sich meist ein Bild von allem, das so ist, wie es ihnen gerade passt. Meist sehr ernsthaft und in Grau gemalt. Aber Kinder trauen sich, die Welt zu sehen, wie sie wirklich ist. Sie sehen sie in all ihren Farben. Die Abenteuer, die Geheimnisse. Aber auch die dunklen Töne, die alles Angstmachende färben. Kinder besitzen noch den Mut, Geschichten nicht nur mit ihren Ohren, sondern auch mit dem Herzen zu hören.«

Tom war nicht besonders überzeugt. Er sah auf das Buch. Er würde es in Wills Tasche stecken.

Toni nickte Tom zu. »Und jetzt übernimm.«

Tom merkte, wie sein Mund aufklappte. In diesem Moment war es ihm gleich, was gerade wohl auf seiner Lebensseite stand. »Übernehmen? Bist du verrückt?«

Toni drückte einen Knopf und lachte. »Nur so verrückt wie die Worte, die mich lebendig machen. Ich habe übrigens gerade die Kontrolle abgegeben. Also wäre es besser, wenn du nun endlich den Steuerknüppel in die Hand nimmst.«

Tom starrte den Hebel vor sich an, als wäre er eine giftige Schlange. Dann atmete er tief durch und packte zu. Sofort neigte das Flugzeug die Nase nach vorne.

»Sachte, sachte«, sagte Toni und griff hinüber zu Tom. Vorsichtig korrigierte er den Flug, dann lehnte er sich zurück. »So, nun bist du der Pilot. Spürst du sie?«

Tom merkte, wie ihm der Schweiß auf die Stirn trat. »Nein«, murmelte er leise. »Wen denn?«

»Die Freiheit«, erwiderte Toni und breitete die Arme aus. »Du hast sie als Pilot und du hast sie als Autor.« Er tippte sich wieder gegen die Stirn. »Wenn du dich traust, große Gedanken zu denken. Du kannst überall hin. Grenzen gibt es nur für die Besserwisser am Boden, die im Tower hocken und meckern, wenn man einmal ein wenig vom Weg abkommt.«

Tom blinzelte sich den Schweiß aus den Augen. Er fand es völlig in Ordnung, wenn jemand dafür sorgte, dass nicht alles durcheinandergeriet. »Auch ein Autor muss für Ordnung sorgen«, meinte er.

Tom nickte. »Oh, nicht schlecht. Ja, das muss er. Aber erst, wenn er große Gedanken gehabt hat. Du kannst von hier aus so weit fliegen, wie der Treibstoff reicht. Aber es bleibt bei Ägypten, oder?«

»Natürlich«, sagte Tom. »Wir müssen die restlichen Teile der Feder finden.«

Toni lehnte sich entspannt zurück in seinem Sitz. Er hatte offenbar mehr Vertrauen in Toms Flugkünste als der selbst. »Und was machst du, wenn du am Fuße der Sphinx auf Mary oder einen anderen vom Orden triffst?«

Tom wagte es, den Blick vom Himmel abzuwenden und

Toni anzusehen. »Sie wissen nicht, dass wir kommen.«

Toni musterte ihn mit mildem Tadel. »Mary wird von Grace wissen, wo die Teile verborgen sind. Big Ben und der Louvre sind bereits verloren für sie. Also wird sie an einem der beiden anderen Orte selbst sein. Vielleicht auch ein paar Steinerne. Um dich daran zu hindern, die restlichen Teile in die Finger zu bekommen. Nun, in Ägypten hat der Orden nur noch wenige Leute. Das dürfte ein Vorteil sein.«

Und doch war es eine Falle. Die Erkenntnis presste Tom hart in den Sitz. Er hatte geglaubt, dass sie den Lesenden einen Schritt voraus waren.

»Keine Angst«, meinte Toni. »Du musst dorthin gehen. Also wirst du das auch tun. Aber du bist nicht blind. Du hast einen weiteren Vorteil.«

»Ach ja, und welchen?« Tom hatte nicht das Gefühl, dass er viel in der Hand hatte, um sich gegen die Lesenden zu wehren. Ganz zu schweigen von dem Schreiber, dem sie im Louvre nur mit größter Not entkommen waren.

»Nun, du hast deine Lebensseite. Du kannst lesen, was um dich herum geschieht. Nutze diese Gabe, um deinen Jägern einen Schritt voraus zu sein.«

»Wirst du uns helfen?« Die Frage kam Tom ganz plötzlich in den Sinn, doch kaum hatte er sie gestellt, erschien ihm die Vorstellung, ohne Toni zur Sphinx zu gehen, verrückt.

»Korrigiere die Maschine ein wenig nach links«, sagte Toni, ohne auf Toms Frage einzugehen. »Nein, nicht so viel. Ja, das ist besser. Gut. Mit Gefühl.«

Tom spürte, wie die Lust am Fliegen in ihm erwachte. Er war plötzlich ... frei. Absolut frei. Die Gewissheit, dass er die Maschine flog, überwältigte ihn fast. »Und? Wirst du uns helfen?«, wiederholte er seine Frage.

Das Abbild von Antoine de Saint-Exupéry zögerte, dann schüttelte Toni den Kopf. »Dies ist nicht mein Abenteuer. Ich bin ein ... Rebell, sagt man wohl. Ich will vom Orden und all dem nichts wissen. Mir liegt alleine die Freiheit am Herzen.« Er lächelte Tom zu. »Und gelegentlich helfe ich Menschen, die in Not geraten sind.« Er sah über die Schulter in den kleinen Passagierraum, wo Will in Toms Buch vertieft war. »Nun, weitestgehend Menschen.« Er lächelte Tom entschuldigend an. »Ich brauche meine Freiheit einfach.«

»Freiheit? Bedeutet nicht zu viel Freiheit Einsamkeit?« Tom erschrak über seine direkten Worte, doch wenn Toni verärgert über sie war, so zeigte er es nicht. Der Franzose drückte einen Knopf und übernahm wieder die Steuerung. »Das war nicht schlecht für den Anfang«, lobte er Tom und tat, als wäre nichts geschehen.

Tom nickte, doch er wäre gerne weitergeflogen. Es war ... berauschend gewesen. Er lehnte sich zurück in seinem Pilotensitz und sah stumm auf die Wolken. Irgendwann zerrissen sie, und unter ihnen erstreckte sich die Welt grenzenlos. Und dann dachte er wirklich groß.

Er würde sich nicht aufhalten lassen. Von niemandem.

Er würde alle Teile der Feder finden.

Und die Entführten befreien.

TÖDLICHE RÄTSELSTELLERIN

Joséphine und Will sahen erst dann wieder aus ihren Büchern auf, als der Wüstenprinz auf einer Landebahn mitten im Sand aufsetzte. Der kleine Flughafen schien zwischen den Dünen seltsam fehl am Platz. Die Sonne senkte sich bereits und ließ den Sand um sie herum glühen, als würde ein Feuer unter ihren Füßen brennen. Ein paar halb vertrocknete Bäume schmiegten sich an die Felsen, die wie die Köpfe von Fischen aus dem Sandmeer lugten.

Tom und die anderen halfen, das Flugzeug zu entladen, dann sorgte Toni dafür, dass sie alle in dem Lastwagen, der Tonis Ladung nach Kairo brachte, mitfahren konnten. Sie nahmen nur das Nötigste mit, was bedeutete, dass Joséphine ihr Buch natürlich in den Händen behielt. Toni und sie saßen vorne neben dem Fahrer. Tom und Will aber mussten sich auf die Ladefläche zwischen zahllose Kisten quetschen. Der Wagen ächzte und stöhnte bei jeder Steigung, die er über die Dünen nehmen musste, doch zuletzt erreichten sie durchgeschüttelt kurz nach Einbruch der Nacht Afrikas größte Stadt.

Tom hatte erwartet, dass alle dort bereits schlafen würden. Doch im Gegenteil: Es schien, als wäre jeder Einwohner Kairos auf den Straßen. Es war so voll in der heißen, stickigen Metropole, dass sie zuweilen kaum mit ihrem Lastwagen vorwärtskamen, und Joséphine sah verdutzt einem Kamel nach, das einen Polizisten zwischen den Autos entlangtrug.

Es war zu spät und Tom und Joséphine waren zu erschöpft, um sofort zur Sphinx zu fahren. Das Hotel, in dem Toni sie einquartierte, sei klein, aber das Beste überhaupt, meinte der Franzose. Er selbst sei schon zahllose Male hier abgestiegen.

Ali, der Besitzer, schob einen so riesigen Bauch vor sich her, dass Tom sich unwillkürlich fragte, wie er sich wohl die Schuhe zuschnürte. Er umarmte sie überschwänglich, als seien sie langjährige Freunde. Sein Schnurrbart, der wie eine dicke Raupe über der Oberlippe saß, zuckte wild bei jedem Lachen, das er fontänenhaft ausstieß.

Tom und Joséphine zwangen sich das späte Abendessen mit Mühe hinein und schleppten sich dann in ihre Zimmer. Tom legte sich erschöpft auf sein Bett und schaffte es gerade noch, sich die Schuhe auszuziehen, ehe er in einen tiefen Schlaf fiel.

In dieser Nacht träumte er davon, dass er im Cockpit des Wüstenprinzen saß. Unter ihm erstreckten sich die Dünen und vor ihnen erkannte er die Sphinx. Sie war riesengroß und erhob sich so hoch in den Himmel, als wollte sie das Flugzeug mit ihrem gewaltigen Maul verschlingen. Tom versuchte, die Maschine fortzusteuern, doch gleich welche Richtung er einschlug, die Sphinx war schneller. Und dann wurde ihr Gesicht zu dem von Mary. Sie öffnete die Lippen und Tom blickte auf eine Reihe messerscharfer Zähne. Im nächsten Moment schrie er. Und erwachte.

Die Morgensonne floss wie flüssiges Gold durch die Ritzen der Fensterläden. Für einen Moment wusste er nicht, wo er war. Dann erinnerte er sich langsam. Instinktiv warf er einen Blick auf sein Handy. Doch das Display blieb schwarz. Er hatte es seit Tagen nicht mehr aufgeladen. Fast glaubte er, Will naserümpfend eine Bemerkung darüber machen zu hören, dass Buchseiten keinen Strom brauchten, um Worte zu zeigen. Der Gedanke an den steinernen Bibliothekaren trieb ihn aus dem Bett.

Schlaftrunken verließ er sein Zimmer und machte sich auf die Suche nach den anderen. Er fand sie im Eingangsbereich des kleinen Hotels. Joséphine und Will saßen auf Korbstühlen und beobachteten durch ein geöffnetes Fenster den chaotischen Straßenverkehr. Kaum dass Tom sich zu den anderen gesetzt hatte, kam Ali und brachte ihm eine Schüssel mit Bohnenbrei und Fladenbrot. »Fuhl. Ägyptisches Frühstück«, erklärte er in holprigem Englisch und strich sich lachend über den dicken Bauch. »Eine Mauer gegen den Hunger.«

Während Tom den würzigen Bohnenbrei aß, bemerkte er, dass einer fehlte. »Wo ist Toni?«, fragte er.

Das Schweigen war Antwort genug. Er war frei, und dies war nicht sein Abenteuer.

»Wagen wir uns nachher am helllichten Tag einfach zur Sphinx?«, erkundigte sich Joséphine. »Wir könnten blind in eine Falle laufen.«

Tom schüttelte den Kopf und zog seine Lebensseite aus der Tasche seiner Jacke. »Nein«, erwiderte er. »Nicht blind.

Wir können lesen, was um uns herum geschieht.« Sein Blick fiel zufällig auf die Seite. Violette Buchstaben. Unwillkürlich folgten seine Augen den Worten.

Er war eigentlich gar nicht so ein Idiot, wie sie im ersten Moment angenommen hatte.
Er war ein netter Junge.
Und mutig, dachte Joséphine und hoffte, dass sie nicht wie üblich errötete, wenn ihr Herz schneller schlug.
Sie war irgendwie sogar froh, dass er bei ihr war.

Tom konnte gerade noch verhindern, dass er sich vor Verblüffung an dem Bohnenbrei verschluckte, und steckte die Seite schnell wieder weg.

Nachdem er aufgegessen hatte, rief Ali ihnen ein Taxi. Toni mochte sie zwar nicht begleiten, doch er hatte wenigstens seine Kreditkarte dagelassen. Die abgegriffenen Geldscheine, deren Gegenwert ihnen Ali auf die Rechnung schrieb, zierte genau die Figur, der sie den dritten Teil der Feder entreißen wollten. Die Sphinx.

Draußen brannte die Sonne heiß auf die Schluchten aus Asphalt und Glas. Tom setzte sich zu den anderen ins Taxi und legte sich seine Jacke, in der die Lebensseite und die Federteile steckten, auf den Schoß. Sie überquerten den Nil, der sich wie ein azurblaues Band durch die staubige Stadt wand. Die Häuser schienen beiseitezurücken. Und dann sah Tom zum ersten Mal die Pyramiden. Sie erhoben sich so majestätisch am Rand der riesigen Metropole, als diente die Stadt nur zu ihrer Zierde. Noch nie hatte Tom etwas zu Gesicht bekommen, was sich damit vergleichen ließ. Ihr Anblick vertrieb für eine Weile sogar alle Gedanken an Gefahren aus seinem Kopf.

Ein Strom von Bussen hielt vor dem Taxi auf die Pyramiden zu, und jeder spuckte Heere von Touristen aus, die, ihre Kameras und Smartphones im Anschlag, zwischen den Steinwundern entlangstolperten, als gelte es, jeden Zentimeter der Pyramiden zu fotografieren.

Kaum waren Tom und die anderen aus dem Taxi ausgestiegen, wurden sie von einer Schar Touristenführer und Souvenirverkäufer umringt. Wenigstens zehn Leute redeten gleichzeitig auf sie ein. Tom suchte verzweifelt nach einem Ausweg, als sich eine junge Frau an den Männern vorbeiquetschte und sie mit einigen harschen arabischen Worten vertrieb. Sie lächelte Tom und die anderen freundlich an, kaum dass der letzte aufdringliche Verkäufer weitergezogen war.

»Ich heiße Namika«, stellte sie sich ihnen vor. »Es tut mir leid, dass hier an diesem besonderen Ort so viele Halsabschneider herumlaufen.«

»Sie haben uns gerettet«, erwiderte Will, nahm ihre Hand und deutete einen Kuss darauf an. »Aber ich fürchte, die Halunken kehren zurück, wenn Sie uns wieder verlassen.«

Die Ägypterin lachte. »Nun, dann ist es wohl meine Pflicht, bei Ihnen zu bleiben. Kommen Sie. Ich studiere Ägyptologie hier in Kairo. Wenn Sie wollen, führe ich Sie ein wenig herum und halten Ihnen die Leute vom Leib.«

Tom sah hinüber zur Sphinx. Die Königin der alten Welt.

Beim Anblick der Sphinx überlief Tom ein Schauer. Ein menschlicher Kopf, von der Zeit gezeichnet, auf einem Löwenkörper. Solange sich die Touristen hier herumtrieben, konnten sie ohnehin nichts unternehmen. »Gerne«, erwiderte er, ehe Will und Joséphine etwas sagen konnten.

Namika kam Tom vage bekannt vor, doch er konnte sich nicht recht erinnern, wo er sie schon einmal gesehen haben sollte. Will stellte sie ihr vor und plauderte angeregt mit der Ägypterin, während sie zwischen den Pyramiden entlangspazierten. Namika erwies sich tatsächlich als Kennerin der pharaonischen Geschichte und erzählte ihnen, dass die Menschen früher gefürchtet hatten, die Figur könnte zum Leben erwachen, wenn Gefahr drohte.

Tom und Joséphine warfen immer wieder verstohlene Blicke auf die Sphinx. Doch nichts deutete darauf hin, dass auch nur ein Funke Leben in der Steinfigur steckte.

»Sie wird in der Nacht lebendig«, sagte Namika, als hätte sie Toms Gedanken lesen können. Sie lachte bei Toms verblüfftem Gesichtsausdruck. »Wenn es dunkel wird, führen sie hier ein Stück auf. Die Sphinx und die Pyramiden werden beleuchtet und eine Stimme erzählt ihre Geschichte. Es ist dann fast so, als lebten die alten Pharaonen wieder.«

Die Sonne sank bereits herab, als sich Namika höflich verabschiedete. Der Platz vor den Pyramiden leerte sich schlagartig, als die Busse abfuhren. Langsam wurde es kalt und Tom und Joséphine streiften sich ihre Jacken über.

Will sah Namika nach, bis auch sie verschwunden war. »Ich dachte, sie verlässt uns nie«, meinte er.

Joséphine nickte zu der Sphinx hinüber. »Kommt, jetzt holen wir uns den nächsten Teil.«

Tom sah sich verstohlen um, während sie näher an die Pyramiden und die Sphinx traten. Die Sonne sank so schnell herab, als müsste sie sich eilen, den Tag enden zu lassen. Ein paar Lampen am Rand des Weges kämpften vergeblich gegen die anbrechende Dunkelheit an, die sich wie ein Tuch über die Wüste legte. Kaum hatten die drei jedoch die erste Pyramide erreicht, schnitt plötzlich ein helles Licht durch die anbrechende Nacht.

Tom blieb wie angewurzelt stehen. Eine dröhnend laute Stimme fegte zwischen den Pyramiden entlang. Für einen Augenblick glaubte Tom, dass die Sphinx sie entdeckt und angebrüllt hätte. Doch dann begriff er, dass die Worte, die er hörte, aus Lautsprechern stammten und ebenso wie das Licht zu dem Stück gehören mussten, das hier für Touristen aufgeführt wurde.

»Kommt!«, rief er Joséphine und dem steinernen Bibliothekar über den Lärm hinweg zu und deutete auf die Sphinx. Während um sie herum helle Lampen im Boden abwechselnd aufleuchteten und die Stimme die Geschichte ihrer Erbauung erzählte, gingen sie weiter.

Sie verließen den Weg, kletterten eine kleine Anhöhe hinab … und standen schließlich vor der Sphinx. Es war bereits so dunkel geworden, dass Tom die ersten Sterne am Himmel erkennen konnte. Im matten Laternenlicht wirkte die Sphinx seltsam lebendig. Toms Herz schlug heftig. Er musste seinen Kopf ganz in den Nacken legen, um hinauf in das Steingesicht sehen zu können. Misstrauisch musterte er es.

»Du bist dran«, sagte Joséphine. Wie hoffnungsvoll sie klang. Als könnte er ohne Mühe das herbeischaffen, was ihren Vater befreien würde.

Doch so einfach war es nicht. Wo war der nächste Teil? Tom atmete tief durch. Zeit für die Seite. Er zog sie aus seiner Jacke hervor. Die Buchstaben, denen er mit zusammengekniffenen Augen folgte, glitzerten wie die Sterne am Himmel.

Tom konnte alles gut lesen.

»Oh, danke für den Hinweis«, brummte er. Wenigstens konnte er sicher sein, dass dies seine Worte waren.

Seine Seite wollte nur alles richtig wiedergeben.

Tom rollte mit den Augen. »Ja, ist schon gut. Vielen Dank. Wo ist denn nun der nächste Teil?«

Tom stand am Fuß der Rätselstellerin.
Er war dem nächsten Teil der Feder ganz nahe.
Nur ein paar Schritte entfernt.
Aber zwanzig Meter darunter.

»Zwanzig Meter?«, wiederholte Tom und sah hinauf.

»Die Feder?«, fragte Joséphine. »Ist sie über uns?«

Tom wusste es nicht. Alles, was seine Augen erfassen konnten, war das gewaltige Maul der Sphinx. Das Maul, das einmal diejenigen aufgefressen hatte, die keine Antwort auf die Rätsel gewusst hatten. Das ist nur eine Geschichte, sagte er sich selbst. Und wenn ein Funke Wahrheit in ihr steckt?, fragte er sich sofort.

»Mal sehen«, antwortete er Joséphine. Dann blickte er wieder auf seine Seite. »Die Feder ist in ihrem Maul, nicht wahr?«

Bingo!
Toms Lebensseite spürte die Worte, die der Sphinx ihr Leben gaben.
Nur wer ihr Rätsel löste, erhielt den Teil der Feder, den sie
im Mund trägt.
Und nur die Lectorii kannten die Lösung.

Verdammt, dachte er. Er hätte sich nicht beschwert, wenn der nächste Teil etwas leichter zu erreichen gewesen wäre. Zwanzig Meter. Im Dunkeln. Er erklärte den anderen kurz, was auf seiner Seite stand. »Wie bekommen wir dieses Maul auf?«, fragte er.

Die Frage war an die Seite gerichtet gewesen, doch die Antwort gab Joséphine. »Die Sphinx ist eine Rätselstellerin. Sie wird ihr Maul vermutlich nur für Fragen und Antworten öffnen.«

Tom runzelte die Stirn. Er war nicht sehr gut im Rätselraten. Was, wenn er das Rätsel der Sphinx nicht lösen könnte? Allerdings war er nicht alleine. Will besaß das Wissen von vielen Jahrzehnten, ach was, Jahrhunderten. Und Joséphine war schlau. Tom atmete tief durch. Doch was war er?

Mutig.

Das Wort erschien so plötzlich auf seiner Seite, als habe es nur darauf gewartet, sich zu zeigen. Bloß ein Wort, doch es schaffte es, alle Zweifel und Ängste aus Toms Herzen zu brennen. *Mutig*. Er lächelte und steckte die Seite wieder weg.

Dann sah er empor.

»Stell dein Rätsel«, rief er, so laut er konnte. »Und gib mir, was du bewachst!« Hoffentlich klang das selbstbewusster, als er sich fühlte. Er lauschte mit klopfendem Herzen dem, was kommen würde.

Es geschah … nichts. Die einzigen Worte stammten von der Lautsprecherstimme, die unermüdlich die Geschichte der Pharaonen erzählte.

»Vielleicht ist sie irgendwie kaputt?« Tom trat versuchsweise gegen den Körper.

Und einen Moment später durchlief ein Schauer die Sphinx. Die Augen, die eben noch blind und tot auf den Horizont gestarrt hatten, glommen mit einem Mal auf, als wäre ein Licht in ihnen entzündet worden. Und die gewaltigen Lippen öffneten sich einen Spalt weit.

»Wer wagt es, sich meinem Rätsel zu stellen?«

Die Sphinx beugte ihren Kopf keinen Millimeter, doch Tom war sicher, dass ihre Worte alleine ihm galten.

Er schluckte hart. »Ich. Ich bin ein Lesender«, fügte er hinzu, als könnte dies die Sphinx zu seiner Verbündeten machen.

Tom fühlte Joséphines Blick auf sich ruhen.

»Stell mir dein Rätsel!«, forderte er.

Tom glaubte, die Sphinx leise lachen zu hören. »Sei auf der Hut, Lesender. Ich gebe frei, was ich bewache, wenn deine Antwort die richtige ist. Doch bei einer falschen Antwort fresse ich dich.«

Na wunderbar. Tom fühlte, wie ihm der Mut wieder verloren ging. Doch dann sah er zu Joséphine. Und die Worte in Violett kamen ihm in den Sinn. *Er war eigentlich gar nicht so ein Idiot, wie sie im ersten Moment angenommen hatte. Er war ein netter Junge. Und mutig.*

Tom straffte sich und trat entschlossen einen Schritt vor. *Er war ein netter Junge. Und mutig.*

»Ich höre«, rief er laut.

Ein leises Lächeln schien sich auf die steinernen Lippen zu legen.

Dann sprach die Sphinx:

»Ungleiche Schwestern aus Silber und Gold.
Jagen einander durch Wald und Feld.
Mal führt die eine, die andere schmollt.
Doch keine gewinnt diesen Lauf um die Welt.«

Die Worte waren kaum mehr als ein Flüstern, das sich im Wind verlor, der über den Wüstenboden strich.

»Was für Schwestern?«, fragte Tom. Seine Zuversicht schwand augenblicklich.

»Ungleiche Schwestern aus Silber und Gold«, murmelte Will nachdenklich.

»Vielleicht Pharaoninnen?«, mutmaßte Joséphine.

Der steinerne Bibliothekar schüttelte den Kopf. »Die Rätsel der Sphinx meinen keine bestimmten Menschen. Sie sind mehr ... symbolisch. Zwei Schwestern. Was ist golden und was ist silbern und befindet sich im Wettlauf?«

»Münzen?«, überlegte Tom. »Früher gab es doch welche aus Silber und Gold, oder?«

Joséphine kaute auf ihrer Unterlippe. »Ja«, meinte sie. »Aber die sind nicht um die Wette gelaufen.«

Tom nickte. Verdammt, dachte er, während die Pyramiden hinter ihm in buntes Licht getaucht wurden. Das konnte eine lange Nacht werden. »Wir hören es uns noch einmal an, in Ordnung?« Er hob den Kopf und sah hinauf zu den leuchtenden Augen. »Stell uns dein Rätsel.« Er glaubte, ein Flackern in den Augen zu erkennen.

Der Mund der Sphinx öffnete sich einen Spaltbreit und ihre Stimme strich durch die Nacht:

»Ungleiche Schwestern aus Silber und Gold.
Jagen einander durch Wald und Feld.
Mal führt die eine, die andere schmollt.
Doch keine gewinnt diesen Lauf um die Welt.«

Tom runzelte die Stirn. Die Worte ergaben auch beim zweiten Mal keinen Sinn. Er legte den Kopf schief und sah hinauf. Ob er es einfach wagen sollte hinaufzuklettern? Aber würde er sich trauen, der Sphinx ins Maul zu greifen, wenn er es tatsächlich hinaufschaffte, ohne abzustürzen? »Also ich weiß nicht weiter. Sollen wir es noch mal hören?«

»Das würde ich besser lassen.«

Tom wirbelte herum. Die beiden Gestalten, die aus der Dunkelheit hinter ihnen traten, schienen von der Nacht geboren worden zu sein. Lesende? Schreiber? Nein. Erleichtert stellte Tom fest, dass er zumindest eine von ihnen kannte. »Hallo, Namika«, sagte er und warf Joséphine und Will einen verstohlenen Blick zu. Was sollten sie der Ägypterin erzählen? Und wer war bei ihr? Die andere Person hielt sich außerhalb des Lichtkegels.

»Was sollten wir lassen?« Joséphines Stimme war dunkel vor Misstrauen und unerwarteter Feindseligkeit.

Tom sah sie stirnrunzelnd an. Dann blickte er wieder zu Namika und ... Sein Herz übersprang einen Schlag. Die Person neben Namika war nun in den Lichtschein getreten. Sie kam ihm schrecklich vertraut vor. Die Dunkelheit, die sie umgab, war auch in der Nacht nicht zu übersehen. Mary.

»Ich fürchte, eure kleine Reise endet hier.« Ihre Stimme klang furchterregender als die des rätselstellenden Ungeheuers. »Im Übrigen, fragt besser kein drittes Mal. Denn die Sphinx erwartet sonst sofort die Antwort. Wenn ihr sie nicht wisst, frisst sie euch. Ich aber habe die Lösung von Grace erfahren und kann sie besänftigen, falls ihr euch ergebt.«

Tom ballte vor Wut die Fäuste. »Und du?«, fragte er Namika. »Du bist die Lesende von Kairo, schätze ich.«

»Ich?« Die Ägypterin schüttelte den Kopf. »Mein Vater ist der Hüter der Bücher hier. Doch er ist alt geworden. Ich übernehme langsam die Aufgabe von ihm. Ich bewache die wahren Bücher. Hier, in der Wiege des Ordens.«

Eine Lesende? Verdammt, dachte Tom. Und dann begriff er, weshalb ihm Namika so bekannt vorgekommen war. Ihr Gesicht hatte er im Big Ben gesehen. Es war auf eine der Leinwände projiziert worden.

»Es ist vorbei«, unterbrach Mary seine Gedanken. »Ihr habt dem Orden großen Schaden zugefügt. Zwei Verstecke wurden geplündert. Und ein drittes aufgedeckt. Wir werden neue Orte suchen müssen, um zu verbergen, was nie gefunden werden darf. Ihr werdet uns begleiten. Der Orden wird entscheiden, was mit euch geschehen soll.« Sie warf Will einen eisigen Blick zu. »Ohne Gegenwehr, wenn ich bitten darf, alter Freund.«

Für einen Moment blickten sich Tom, Will und Joséphine an.

»Bedaure«, sagte Will schließlich. »Wir schlagen eure … Einladung aus.«

Mary knurrte wütend.

Und dann warfen sie und Will sich einander entgegen. Die beiden steinernen Bibliothekare prallten mit einer Wucht aufeinander, die für einen Menschen lebensgefährlich gewesen wäre.

Neben Tom griff Joséphine in den Sand und lief plötzlich auf Namika los. »Das Rätsel«, rief sie ihm zu. Mit voller Wucht schleuderte sie der Lesenden den Sand ins Gesicht. Die Ägypterin stolperte zur Seite und spuckte die Körner aus dem Mund.

Tom starrte ihr einen Moment lang nach, dann riss er seine Blicke mit Mühe von den Kämpfenden los und sah hinauf. Er konnte kaum denken, während sich hinter ihm Schreie und dumpfe Schläge auf steinerne Haut in die Stimme mischten, die aus den Lautsprechern tönte und die Geschichte der Pharaonen erzählte. Er musste sich zwingen, nicht zu Joséphine zu sehen. Hoffentlich wurde sie nicht verletzt.

Zwei Schwestern. Gold und Silber. Joséphine. Zwei Schwestern.

Wer um alles in der Welt sollte das sein? Tom griff sich mit beiden Händen an den Kopf, als könnte er ihn so dazu bringen, besser zu denken. Wenn er die Antwort doch nur im Internet suchen könnte. Aber sein Handy war ohne Strom nutzlos. Und er hatte zufällig kein von Will bevorzugtes Lexikon bei sich. Er … Tom schlug sich gegen die Stirn, als wollte er sich für seine Dummheit bestrafen. Verdammt, er hatte doch etwas Besseres. Seine Seite. Mit zittrigen Fingern zog er sie hervor und kniff die Augen zusammen, um etwas zu erkennen.

Joséphine vertraute Tom völlig.
Er würde das Rätsel lösen.
Sie zog Namika die Beine weg und die Ägypterin
landete mit einem Keuchen auf dem Wüstenboden.

Tom hörte jemanden stöhnen, doch er wandte sich nicht um. *Joséphine vertraute Tom völlig.* Er atmete tief durch und sah wieder auf die Seite. Auf Joséphines Worte.

Wer waren die Schwestern?
Silber und Gold.
Joséphines Gedanken kreisten um die Worte,
während sie sich gegen Namika zur Wehr setzte.

»Ihr lasst mir keine Wahl«, rief auf einmal Mary mit lauter Stimme irgendwo hinter ihm. »Wir wollen das Rätsel noch einmal hören.«

Tom riss seinen Blick von der Seite los. Sein Herz verkrampfte sich, als er sah, wie die Sphinx endgültig zum Leben erwachte. Langsam beugte sie ihren gewaltigen Kopf und ihre leuchtenden Augen fuhren suchend über den Sand, während sie das Rätsel noch einmal aufsagte. »Die Lösung«, fügte sie diesmal auffordernd hinzu. Ihre Stimme erfüllte die Nacht. Und als wollte sie Tom und den anderen zeigen, was geschehen würde, wenn sie ihr nicht die richtige Antwort gaben, öffnete sie ihr Maul.

Joséphine stieß Namika von sich.

Für einen Moment hatte sie Zeit zum Luftholen.

Sie sah die Sterne.

Und den Mond, der am Nachthimmel stand.

Silbern und schön.

Das war die Lösung.

Sie wollte es Tom zurufen, doch Namika griff erneut an.

Vorsicht, Joséphine!

Tom starrte die Worte an. *Silbern und schön. Silbern.* Der Mond. Er konnte kaum denken. Joséphine hatte das Rätsel gelöst. Um ihn herum lärmten die Kämpfenden. Ein silberner Mond. Und wenn die Nacht vorbei war, würde die Sonne aufgehen. Schimmernd wie flüssiges Gold. Tom konnte das aus Erleichterung geborene Lachen nicht zurückhalten, während die Sphinx ihren Blick nun alleine auf ihn richtete.

»Die Antwort!«, rief die Sphinx drohend und senkte den Kopf. Es klang, als würden Steine brechen. »Wie heißen die Schwestern?«

Leuchtende Augen und ein Maul, groß genug, um ein Auto zu verschlingen. Im fahlen Licht der Laternen glaubte er, etwas Goldenes darin glänzen zu sehen.

Das Maul senkte sich immer tiefer hinab.

Und Tom wusste, dass er nur diesen einzigen Versuch hatte.

Die Wüste schien den Atem anzuhalten.

»Die Schwestern heißen Sonne und Mond.«

Das Maul der Sphinx verharrte, doch es schloss sich nicht. Wieso schloss es sich nicht? Tom fühlte eine kalte Angst in sich aufsteigen. War die Antwort doch falsch gewesen? Es wäre ihr Ende.

Plötzlich schüttelte sich die Sphinx. Etwas fiel ihr aus dem Maul, ehe sie sich wieder aufrichtete.

Und der obere Teil einer Vogelfeder schwebte langsam zu ihm herab in seine Hand.

»Wir haben gewonnen!«, rief er so übermütig, als könnte er die ganze Welt besiegen.

Hinter ihm war es plötzlich still geworden.

»Nein«, hörte er Mary in seinem Rücken. »Ihr habt verloren.«

TOMS WORT

Tom wirbelte herum und sah zu seinem Schrecken Joséphine im Griff von Mary. Und Will mit gesenktem Kopf daneben. Hastig steckte er seine Seite und die goldene Trophäe ein.

»Wenn ich richtig gezählt habe, besitzt du nun drei Teile der Feder«, bemerkte Mary scharf. »Ich bin beeindruckt. Du wirst sie mir aushändigen. Namika wird sich um euch kümmern, während ich unsere Leute vom letzten Versteck zurückrufe. Dann kehren wir alle zurück nach London.«

»Und dann?« Toms Stimme klang ungewohnt angriffslustig in seinen Ohren. Der Anblick der gefangenen Joséphine machte ihn wütend. Wütender, als er je in seinem Leben gewesen war. »Verurteilt ihr alle Entführten zum …« Er brachte das letzte Wort nicht heraus.

»Du weißt nicht, was geschehen würde, wenn wir nachgeben«, entgegnete Mary kalt.

»Du auch nicht«, rief Joséphine aufgebracht.

Mary schnaubte verächtlich. »Ich war dabei, als die Schreiber fast die Welt haben untergehen lassen. Nie wieder darf so etwas geschehen.«

Will hob den Kopf und sah Mary eindringlich an. »Dann lass uns die Lectorii befreien und die Schreiber festnehmen, alte Freundin. Sie sind Entführer. Und damit …«

»Was willst du tun?«, meinte Mary spöttisch. »Sie der Polizei ausliefern? Was willst du ihnen sagen? Entschuldigen Sie, aber diese Leute dort können mit ein paar Worten die Wirklichkeit verändern und ich bin eine lebende Steinfigur. Sie würden dir nicht glauben. Und wenn doch, enttarnst du uns alle.« Sie machte eine auffordernde Geste. »Gib mir nun die Teile der Feder, Junge.«

Tom schüttelte nur den Kopf. »Du wirst mich zwingen müssen.«

»Ich?« Mary lachte trocken auf. »Das wird jemand anders übernehmen. Eine Helferin des Ordens. Sie wird die Feder beschützen, wenn ich es ihr befehle.« Sie sah zu jemandem hinter Tom. »Los, halt sie auf!«

Das Knurren, das mit einem Mal die Luft erfüllte, ließ Toms Herz einen Schlag überspringen. Er wandte langsam den Kopf, als könnte jede allzu hastige Bewegung das reizen, was da hinter ihm lauerte.

Die Augen der Sphinx leuchteten heller als zuvor. Und wütender. Tom schluckte. Die Sphinx war sicher nicht schnell auf ihren steinernen Pfoten. Wenn sie sich überhaupt bewegen konnte. Doch ihr Maul war groß genug, Joséphine, Will und ihn in nur einem Augenblick vom Wüstenboden zu pflücken.

Tom glaubte, er würde einem Fremden zusehen, als er in seine Jacke griff. Er fühlte die drei Teile der Feder in der Innentasche. Er war so nahe am Ziel. Wie konnte er nun aufgeben? Mit einem Ruck, als müsste er sich beeilen, ehe er es sich anders überlegte, steckte er die Hand in die Tasche, um die Federteile herauszuholen. Dabei fiel etwas auf den Sand. Seine Lebensseite.

Tom ging in die Knie und hob sie auf. Blaue Buchstaben flossen in Windeseile über das Papier.

»Mach schon!«, herrschte Mary ihn an.

Tom sah auf.

Und seine Nackenhaare sträubten sich.

Für einen Moment stockten die Worte auf seiner Seite. Dann flossen sie wieder, schneller noch als zuvor, über das Papier.

Die Umformulierung zwängte die Wirklichkeit mit Mühe in eine neue Bahn.
Eine zu große Umformulierung.
Der Sand erhob sich gegen seinen Willen.
Und der Schreiber fühlte den Schmerz, den er als Preis zu bezahlen hatte.

Tom sah die Bewegung unter Mary und Namika, noch ehe die beiden etwas bemerkten. Es schien, als lauerte unter dem Sand ein verborgenes Ungeheuer, das die Lesende und die Bibliothekarin sicher zwei Meter in die Höhe schleuderte. Mit einem Schrei flogen sie durch die Nacht und landeten ein ganzes Stück entfernt auf dem Wüstenboden. Die Augen der Sphinx leuchteten drohend auf. Dann aber erloschen sie plötzlich wie sterbende Flammen, während eine Gestalt in den Lichtkegel der Laternen wankte. Der glatzköpfige

Schreiber. Tom hatte bereits insgeheim befürchtet, dass nicht nur Mary ihnen auf den Fersen war. Dort, wo Mary und Namika eben noch gestanden hatten, erkannte Tom plötzlich tiefe Löcher im Boden. Der Sand um sie herum war in Bewegung geraten und floss nun zurück in die Hohlräume. Tom hatte Glück, doch Joséphine stand direkt neben einem der Löcher. Sie versank so schrecklich schnell und steckte bereits tief im Sand, ehe Tom endlich bei ihr war. Nur mit Mühe hielt sie ihren Kopf aus dem Loch, das sich unerbittlich mit Sand füllte, und Tom erkannte die Angst in ihren Augen trotz des fahlen Lichts.

Aufmerksam sah der Schreiber zu, die Feder drohend in der zitternden Hand wie eine Klinge.

»Hilf ihr!«, brüllte Tom den Schreiber an, während der Sand floss. Es würde ihn nur ein paar Worte kosten. Und tatsächlich hob der Schreiber seine Feder. Und … krümmte sich plötzlich zusammen, als steckte ihm ein Schwert im Rücken.

»Was …?« Tom begriff nicht, was da gerade geschehen war.

»Die Umformulierung«, rief Will irgendwo hinter Tom. Er erkannte ihn am Rand einer Düne vor Mary stehend. »Sie hat die Wirklichkeit zu sehr verbogen. Er zahlt gerade den Preis für diese Tat. Ich …« Will kam nicht weiter. Mary war wieder auf den Beinen und versetzte ihm einen harten Schlag. Will taumelte aus dem Lichtkegel in die Schatten der Nacht.

Tom versuchte verzweifelt, den Sand mit den Händen aufzuhalten. Doch er erkannte bald, dass es aussichtslos war.

»Du musst sie befreien«, wisperte das Mädchen. »Meinen Vater und deinen Onkel. Und die anderen.«

Toms Blick verschwamm, als sich seine Augen mit Tränen füllten. Er nickte stumm. Ihm fehlten die Worte.

Dann zuckte ein Gedanke durch seinen Kopf. Ohne nachzudenken lief Tom zum Schreiber. Er wollte ihn zwingen, etwas zu schreiben, das sie rettete. Doch als er den Zusammengekrümmten erreichte, musste er feststellen, dass der Mann bereits kurz davor war, das Bewusstsein zu verlieren. Feder und Seite lagen neben ihm. Tom sah Risse auf dem Papier. Das Papier schien ebenso Narben zu tragen wie sein Besitzer.

Einem Impuls folgend, griff Tom nach der fremden Feder. Sie war unerwartet schwer. Als würde ihr die Macht, die sie besaß, ein zusätzliches Gewicht verleihen.

In das schreckliche Rieseln des Sandes mischte sich das Wispern seiner Lebensseite. Tom hielt sie noch immer in der Hand. In der irren Hoffnung, sie könnte ihm einen Hinweis darauf geben, wie Joséphine doch noch gerettet werden konnte, folgte er den Buchstaben.

Sieh dir die Seite genau an, Tom.

Da sind Lücken.

Sie können gefüllt werden.

Wenn dir die richtigen Worte dafür einfallen.

Lücken? Tom sah genau auf die Seite. Tatsächlich. Ganz langsam erschienen die Worte, als scheuten sie sich, sich und ihre furchtbare Bedeutung zu offenbaren.

Der Sand schloss sich   um Joséphine.

Er glaubte, ganz leicht das Wort *endgültig* in der Lücke zu erkennen und gleichzeitig zu hören, als flüsterte jemand es ihm zu. Nein, er würde das nicht zulassen. Tom hielt die Luft an. Und er hatte das Gefühl, dass die ganze Welt es ihm gleichtat. Sein Blick wechselte für einen Moment zwischen der Seite und dem Schreiber hin und her. Er konnte die Wirklichkeit verändern. Mit nur einem Wort. Tom brauchte doch nur eines, das den Sand aufhielt.

Joséphine schloss die Augen, als wollte sie das Unvermeidliche nicht sehen müssen.

Mit zitternden Fingern drückte Tom die Feder des Schreibers auf seine Lebensseite. Was machte er hier?, schoss es ihm durch den Kopf, während er die Feder hastig über das Papier bewegte. Mit Mühe verdrängte er alle Gedanken aus seinem Kopf und schrieb ein Wort in die Lücke, ehe sie sich mit dem falschen füllte. Er fühlte, wie sich seine Nackenhaare sträubten.

Und der Satz auf der Seite lautete:

Der Sand schloss sich **nicht** um Joséphine.

Auch wenn keine Tinte die Spitze der Feder benetzt hatte, las Tom das Wort ganz deutlich: *nicht*.

Er atmete schwer aus, sah zu Joséphine …

… und der Sand um sie hörte auf zu fließen.

Was war da gerade geschehen? Tom ließ die Feder und seine Seite fallen, als hätte er sich an ihnen verbrannt. Dann stolperte er auf Joséphine zu, die ihre Augen wieder geöffnet hatte und ihn ansah, als könnte sie nicht glauben, dass sie noch immer lebte.

Tom war zu verwirrt, um etwas zu sagen. Joséphine zu erklären, dass er … Nein, das musste ein Zufall gewesen sein. Er war ein Lesender, kein … Nicht einmal der Name wollte ihm in den Kopf.

»Ich helfe dir«, brachte er schließlich hervor und tastete im Sand nach ihrer Hand.

Tom fand ihre Finger, ihre Hand, ihren Unterarm. Er schloss seine Hand fest um ihn und nun, da der Sand aufgehört hatte zu fließen, gelang es ihm, Joséphine herauszuziehen.

Sie fiel in seine Arme und er konnte nicht anders, als sie anzusehen. Will, Mary und der Schreiber. Alles war ihm in diesem Moment gleich. Selbst das komische Erlebnis gerade hatte keine Bedeutung.

Fast hätte er sie verloren. Das Mädchen mit den Büchern, das ihn für einen Idioten gehalten hatte. Die so oft so vieles so viel besser wusste.

Das Mondlicht färbte ihr die Haut silbern.

Sie sah ihn ernst an und kam ihm dabei so nahe, dass er ihren Atem auf dem Gesicht spürte.

»Danke«, wisperte sie kaum hörbar.

Und dann küsste sie ihn.

Der Moment schien ewig anzuhalten.

Tom stand da wie angewurzelt und wusste nicht, was er sagen sollte. Irgendetwas!, rief er sich in Gedanken zu. Doch in seinem Kopf waren keine Worte. Erst Wills Stimme riss ihn in die Wirklichkeit zurück.

Der Steinerne lief auf sie zu. »Schnell«, zischte er. »Ich habe Mary einen Schlag verpasst, den sie noch lange spüren wird, und Namika ist nach dem Sturz noch immer benommen.« Er kam stolpernd vor ihnen zum Stehen und sah hastig in die Nacht hinter sich. »Und auch der Schreiber ist gerade keine Gefahr. Aber das wird nicht so bleiben. Wir sollten zusehen, dass wir fortkommen.« Er hob Joséphine hoch und drückte sie schützend an sich. »Ich habe schon befürchtet, dass du …« Will brach ab.

»Moment«, rief Tom und suchte in der Dunkelheit seine Seite. Als er sie gefunden hatte, steckte er sie sich schnell in die Tasche. Für einen Moment war er versucht, auch die Feder des Schreibers zu suchen und ihn so zu entwaffnen. Sie musste hier irgendwo liegen. Doch Will lief bereits los, und Tom hatte Mühe ihm zu folgen, so überraschend schnell war der sonst ungelenke Steinerne auf dem Wüstenboden. »Müssen wir sie nicht fesseln oder so?«

Der Steinerne schüttelte den Kopf, ohne anzuhalten.

»Womit denn? Mit Sand? Wir haben nichts. Und noch einen Kampf gegen Mary will ich nicht wagen. Nein, nein. Wir müssen weg.«

Tom blickte unbehaglich zurück. Doch er sah nur die Gestalt des Schreibers am Rand des Lichtkegels. Von Mary und Namika war keine Spur auszumachen.

Ihre Flucht erschien Tom wie ein Film, den er sich ansah. Will, der sie zu einer Straße führte und mit ausgebreiteten Armen ein Taxi anhielt. Der wüst schimpfende Fahrer, dem Will so viel Geld in die schwielige Hand drückte, dass ihm die Flüche augenblicklich auf den Lippen erstarben. Und ihr Aufbruch aus dem Hotel kurze Zeit später. Sie hatten sich mit Alis Hilfe auf den Weg zu Toni in die Wüste gemacht.

Während sie mit dem Ägypter durch die Nacht fuhren, sah er immer zu Joséphine und konnte nur an zwei Dinge denken: den Kuss und sein Wort auf der Seite. Hatte er Joséphine gerettet?

Tom schaffte es erst, die Frage erfolgreich zu verdrängen, als sich der kleine Flugplatz mit dem ersten Licht des Tages vor ihnen aus dem Frühnebel schälte, der träge zwischen den Dünen hing.

Sie stiegen aus Alis klapprigem Auto aus und machten sich auf die Suche nach Toni. Sie fanden ihn bei seinem Flugzeug, wo er fluchend mit einem Schraubenschlüssel an einem der Propeller hantierte.

Als er sie sah, stand ihm die eine Frage sofort ins Gesicht geschrieben. *Hatten sie es geschafft?*

Zur Antwort griff Tom in seine Jacke und holte den dritten Teil der Feder hervor. Ja, das hatten sie. Aber es war knapp gewesen. Sehr knapp.

Toni schob Tom und den anderen eine Schale mit Fladenbrot vor die Nase. Auf dem abgenutzten Metalltisch, an dem sie in dem kleinen Flughafengebäude zusammen mit Ali saßen, hatte der steinerne Pilot noch ein paar Schüsseln mit grünen Frikadellen drapiert, die Ali auf dem Weg hierher von einem Straßenhändler gekauft hatte. »Ägyptisches Frühstück«, erklärte Ali und schaufelte sich etwas von allem auf seinen Teller. »Ta'miya. Frittierte Kichererbsenbällchen. Das reicht selbst für einen Flug bis ans Ende der Welt.« Lachend legte er sich eine der kleinen Frikadellen auf die Zunge.

Draußen schien die Sonne bereits so hell, als wollte sie alle schlechten Erinnerungen an die vergangene Nacht verblassen lassen. Tom hatte die drei Teile der Feder vor sich auf den Tisch gelegt. Sie wirkten so unscheinbar und doch steckte eine Macht in ihnen, die ihm einen Schauer versetzte. Noch ein Teil, und sie wären in der Lage, die Entführten zu retten. Plötzlich überkamen Tom Zweifel, ob es schlau war, den Schreibern die Feder zu geben. Was konnten sie alles mit ihr bewirken? Und würden sie überhaupt dazu stehen, die Entführten wieder freizulassen? Doch er schob alle Gedanken an die Schreiber beiseite. Er konnte seinen Onkel und Joséphines Vater nicht im Stich lassen. Ausgeschlossen.

Tom fühlte Joséphines Blick auf sich. Als er aber zu ihr aufsah, drehte sie schnell den Kopf. Ihr Kuss brannte ihm noch auf den Lippen.

»Sie berichten bereits von eurem kleinen Abenteuer«, meinte Ali und sah mit gerunzelter Stirn auf sein Handy. »Eine Zeitung schreibt, dass ein paar Touristen gestern Nacht gesehen haben wollen, wie die Sphinx ihren Kopf bewegt hat.« Joséphine wurde blass, doch Ali lachte nur. »Man hält das Ganze für die Folge einer … kleinen Party.« Er machte eine Geste, als würde er etwas trinken.

»Trotzdem ist es besser, wenn ihr so schnell wie möglich geht«, sagte Toni. »Mary und der Schreiber sind euch gefährlich nahe gekommen. Ihr hattet Glück, dass er eine so starke Umformulierung vorgenommen hat. Die Worte haben ihm nicht nur tief in sein Papier, sondern auch in sein Fleisch geschnitten. Ansonsten hätte er euch die Teile der Feder weggenommen.«

»Und wohin sollen wir gehen?«, fragte Tom, auch wenn er die Antwort im Grunde bereits kannte. Der letzte Teil der Feder. Das letzte Versteck.

»Sie werden dort sein«, wisperte Joséphine. »Es ist eine Falle.«

»Natürlich ist das eine Falle«, gab Toni leichthin zurück. »Aber wenn die Beute das weiß, kann sie der Falle entkommen. Nun, mein lieber Lesender, sag uns, wohin es geht.«

Tom atmete tief durch und zog seine Seite aus der Jacke. Misstrauisch betrachtete er sie. Doch er konnte keinen Kratzer auf ihr erkennen. Ganz egal, was das eine Wort, das er auf sie geschrieben hatte, bewirkt hatte. Eine Verletzung war dem Papier dadurch nicht anzusehen. Und auch nicht seinem Gesicht. Ein hastiger Blick in den Rückspiegel von Alis Auto hatte ihm das verraten.

Die Buchstaben, denen er mit den Augen folgte, waren blau.

Oh, Tom war unsicher.
Was war in der vergangenen Nacht geschehen?
Er hatte viele Fragen im Kopf.
Und im Herzen.
Doch die einzige, die ihm seine Seite beantworten konnte,
war die nach dem letzten Versteck.
Dem Ende seiner Reise.
Die Worte, die sein Wegweiser waren, standen unsichtbar
auf dem dritten Teil.
Könige der neuen Welt.
Ungekrönt.
Nie einer Meinung.
Im ewigen Streit vereint.

»Was soll das denn, bitte schön?«, entfuhr es Tom. Auf die fragenden Blicke seiner Freunde wiederholte er die Worte laut.

»Welche Könige? Und welche neue Welt?«, setzte Joséphine hinzu. »Es gibt doch nur eine.«

Tom seufzte. »Könnte da nicht vielleicht einmal etwas stehen, das kein Rätsel ist?« Er warf einen missmutigen Blick auf seine Seite.

Tom war verärgert, weil er wusste, dass er das Rätsel
nicht alleine lösen konnte.
Die neue Welt war natürlich ...

»Amerika.«

Alle Augen richteten sich auf Will.

»Ist doch ein alter Hut«, meinte der Steinerne. »Na ja, zumindest wenn man aus einer Zeit kommt, als Amerika noch ziemlich neu war. Vor ein paar Hundert Jahren.«

»Und wer sollen diese Könige sein?«, fragte Joséphine stirnrunzelnd. »Es gab doch nie Könige dort, oder?«

»In Amerika?«, fragte Will belustigt zurück. »Nein, natürlich nicht. Die ersten Siedler kamen zwar oft aus Monarchien, aber sie haben schnell festgestellt, dass es einiges für sich hat, wenn man selbst bestimmen kann, wer über einen herrscht.«

Sie grübelten eine Weile und warfen Ideen hin und her. Doch keine von ihnen überzeugte sie. Irgendwann legte Will ratlos den Kopf in die steinernen Hände und sagte gar nichts mehr.

»Was sollen das nur für ungekrönte Könige sein?«, fragte Joséphine empört. »Ich meine, wer hat denn ohne Krone so viel Macht wie ein König?«

Bei diesen Worten hob Will den Kopf und blickte auf. »Natürlich der Präsident.« Er schlug sich die Hand vor die Lippen. »Mein Gott«, murmelte er, »wieso bin ich nicht direkt darauf gekommen? Gut, es ist ein wenig verrückt, aber es würde durchaus zum Orden passen.« Er kratzte sich am Kopf, wobei sich seine Perücke hin und her bewegte wie ein Lappen. »Es gibt in Amerika gewaltige Steingesichter. Die Ebenbilder von vier Präsidenten.«

»Könnten das die vier Könige sein?«, fragte Tom aufgeregt. »Wo sind sie?«

»Mitten im Land«, antwortete Will. »Natürlich! Der Berg, in dessen Flanke man die Gesichter geschlagen hat, heißt Mount Rushmore. Früher wurde dort einmal nach Gold gegraben, wenn ich mich nicht irre. Ich war ein- oder zweimal dort. Könige ohne Krone. Verrückt. Aber vielleicht ist es gerade deshalb die richtige Fährte.«

»Verrückt genug für Leute, die die anderen Teile der Feder in einer Glocke, an einem Gemälde und im Maul einer Steinfigur verstecken«, meinte Tom.

Toni strich sich über die steinerne Stirn. »Nun, wenn es stimmt, steht uns einiges bevor. Wir müssen nach Amerika kommen, zum Berg gelangen und die Lesenden und den Schreiber austricksen, um den letzten Teil der Feder zu bekommen.«

»Wir? Wirst du diesmal mitkommen?«, fragte Joséphine.

Saint-Exupérys steinernes Abbild nickte lächelnd. »*Naturellement*, offenbar braucht ihr bei eurer kleinen Rebellion gegen den Orden jede Hilfe, die ihr kriegen könnt. Und was für ein Rebell wäre ich, wenn ich meine rebellischen Freunde in dieser Situation alleine lassen würde?«

»Also nehmen wir den Wüstenprinzen?« Tom deutete durch eines der Fenster nach draußen.

»Die Schrottmühle?«, fragte Toni belustigt. »Nur für einen Teil des Weges. Es ist ein Wunder, dass wir es mit dem alten Vogel nach Ägypten geschafft haben. Für den Rest brauchen wir etwas anderes.« Er lächelte hintersinnig. »Und ich weiß auch schon ziemlich genau, an wen wir uns wenden müssen.«

Ali blieb bei ihnen, während Toni die Propellermaschine für den Abflug fertig machte. Dann verabschiedete sich der Ägypter überschwänglich von ihnen (wobei er es sich nicht nehmen ließ, ihnen allen mehrere Küsse auf die Wange zu geben) und winkte, während sie in das Flugzeug einstiegen.

»Wohin fliegen wir nun eigentlich?«, fragte Tom, als er sich hinten mit Joséphine und dem vor Flugangst unglücklichen Will einen Platz suchte und sich anschnallte.

»Das wollte er nicht verraten«, erwiderte Joséphine gepresst. Tom sah sie an. Sie flog auch nicht gerne. Doch da war noch etwas anderes. Tom las ihr die eigene Unsicherheit vom Gesicht ab. Der Kuss hatte viel verändert. Tom war hin und hergerissen, sie noch einmal zu küssen. Doch er wusste nicht, ob Joséphine ebenso fühlte wie er oder den Kuss in der Wüste insgeheim bedauerte. Meine Güte, wieso war das denn so kompliziert?

Tom wollte sich zu ihr vorbeugen, doch in diesem Moment durchlief ein Ruck die Maschine und das Flugzeug erwachte zum Leben. Joséphine drehte sich weg, zog ihr Buch hervor und steckte die Nase zwischen die Seiten. Sie starteten.

Tom saß noch einen Moment unschlüssig da, dann sah er aus dem Fenster, während Toni ihr Flugzeug über die Wüste steuerte und nach oben drückte. Der Himmel war wolkenleer und selbst als sie irgendwann Tausende Meter über der Erde sein mussten, konnte er noch gut erkennen, was sich unter ihnen befand. Als die Pyramiden und die Sphinx in sein Blickfeld gerieten, übersprang sein Herz einen Schlag. Für einen Moment war er wieder in seinem Traum. Im Wüstenprinzen über der Sphinx. Doch sie bewegte sich diesmal nicht und dann ließen sie den Ort, an dem Joséphine beinahe vom Sand verschlungen worden wäre, hinter sich, und vor ihnen breitete sich die Wüste aus wie ein endloses Meer.

»Rückst du nun endlich mit der Sprache raus?«, fragte Will, während Toni an den Armaturen vor ihm herumfummelte.

»*Bon*, ich denke, nun kann ich es verraten.« Er erhob sich und kam zu ihnen. »Autopilot«, erklärte er, als er Joséphines fragenden Blick bemerkte. »Wir fliegen nach Casablanca. Schon mal gehört? Ein wunderschöner Ort. Berühmt durch einen Film. Es hat mich ein wenig Überredungskunst bei den Leuten von der Flugbehörde gekostet, aber sie haben meiner spontanen Bitte nach einer Flugplanänderung entsprochen.«

»Was suchen wir in Casablanca?«, fragte Tom, der nicht einmal genau wusste, in welchem Land die Stadt lag.

Toni lächelte. »Nicht was, sondern wen. Es gibt da ein arabisches Sprichwort. Ich finde, es passt ganz gut. *Der Feind meines Feindes ist mein Freund.*«

Tom runzelte die Stirn. »Du willst uns zu jemandem bringen, der mit den Lesenden verfeindet ist?« Er sah Toni fragend an.

Toni lächelte und warf Will einen kurzen Blick zu. »Ich bin ein Rebell. Und so wie ich den Orden der Wortwächter verlassen habe, gibt es auch einen Schreiber, der …«

»Du willst uns zu den Schreibern bringen?« Will war aufgesprungen. »Bist du völlig verrückt geworden?«

Toni machte eine beschwichtigende Geste. »Nicht zu den Schreibern. Nur zu einem. Er ist in Ordnung. Es ist ein paar Jahre her, seit ich ihn zuletzt gesehen habe. Aber soweit ich weiß, ist er noch immer in der Gegend.« Er blickte Will auffordernd an. »In Amerika warten bereits die Wortwächter. Mary hat es gesagt. Und sie selbst wird auch dorthin fliegen. Wir müssen schnell sein. Und unerwartet handeln. Ich würde sagen, es ist Zeit, ein wenig die Geschichte zu ändern, hm?«

»Und wer ist dieser rebellische Schreiber?« Joséphine machte sich keine Mühe, ihr Misstrauen zu verbergen.

»Oh, er will eigentlich nicht, dass jemand erfährt, dass er noch lebt.« Toni zuckte mit den Schultern. »Ist ein komischer Kauz.«

»Und du vertraust ihm?«, fragte Tom.

»Ohne jede Einschränkung«, gab Toni ernst zurück. Dann wandte er sich wieder dem Cockpit zu. »Genießt den Flug. Er wird ein wenig dauern.«

Will murrte noch lange über Tonis Plan und vergaß darüber sogar seine Flugangst. Doch Tom achtete nicht auf seine Worte, sondern sah aus dem Fenster. So viel ging ihm seit gestern Abend im Kopf herum. Der Kuss. Die Seite. Joséphines Rettung. Unter ihnen glitt ein Meer aus Sand vorbei. Gelegentlich durchstießen rotbraune Gebirgszüge die Eintönigkeit der Dünen wie Wellen in einem Ozean. Und manchmal glaubte er, tief unter ihnen Punkte auszumachen, die sich bewegten. Vielleicht Karawanen, dachte er. Sie zogen über den Sand wie die Worte über seine Seite. Und über Joséphines. »Wie war es, als du … als der Sand aufgehört hat zu fließen?«

Joséphine blickte aus ihrem Buch auf und warf ihm einen kurzen Blick zu. »Ich weiß nicht, was du meinst«, sagte sie knapp, als gefiele es ihr nicht, sich an die vergangene Nacht zu erinnern. Oh, der Kuss hatte wirklich vieles verändert.

»Ich meine …« Tom suchte nach den richtigen Worten. Was er sagen wollte, klang selbst für ihn wie Unsinn. Aber er musste sicher sein. »Ich habe auf unserer Seite die Lösung des Rätsels gelesen.« Er zog sie hervor. »Du hast es gelöst, verstehst du? Und später habe ich auf ihr mit der Feder des Schreibers eine Lücke zwischen den Worten gefüllt.« Jetzt war es heraus. »Und ich weiß nicht, ob es dich gerettet hat oder ob es nur ein Zufall war, dass …«

»Du hast etwas geschrieben? Aber du bist kein Schreiber.« Joséphine blickte ihn mit mildem Spott an. »Du bist ein Lesender. Es war bestimmt …« Sie stockte und runzelte die Stirn. »*Unsere* Seite?« Sie kniff misstrauisch die Augen zusammen. »Wieso *unsere* Seite?«

Du hättest ihr längst davon erzählen müssen, Tom, tadelte er sich. Er hatte sich doch sogar gefühlt, als hätte er sie ausspioniert. Aber wann hätte er mit ihr reden sollen? Es war so viel geschehen. Zu viel. »Meine Seite und deine, sie …«

Joséphines Blick wurde dunkel vor Misstrauen. Sie zog Tom die Seite aus den Fingern und betrachtete sie, als würde sie sie zum ersten Mal sehen. »Das hier ist auch meine Seite?« Die Worte waren nur geflüstert. »Mein Vater hat mir gesagt, dass er sie, wenn ich alt genug wäre, mit mir holen würde. Wenn ich das Summen hören könnte. Deshalb hatte ich es also so oft im Ohr, seit ich dich getroffen habe! Ich war ihr immer so nahe.« Sie fixierte Tom ärgerlich und auf einmal senkte sich ein Schatten über ihr Gesicht. »Mein Schal.«

Tom runzelte, irritiert von dem plötzlichen Themenwechsel, die Stirn.

»Als ich bei euch geklingelt habe. Du wusstest von meinem Schal. Du hast das auf meiner Seite gelesen.«

Tom nickte stumm. Wieso kam er sich so schuldig vor? Er hatte sie doch gerettet. Aber sie hielt sich nur an ihrer Seite auf.

»Was hast du noch über mich gelesen?« Sie wurde immer leiser. Kein gutes Zeichen. »Was ich denke und fühle? Das ist privat!« Sie sah ihn wütend an. Und enttäuscht. Das war noch schlimmer.

Tom starrte wortlos zurück. *Aber ich hätte das Rätsel nicht lösen können, wenn ich nicht zufällig auf deine Seite gesehen hätte*, wollte er sagen. Aber er sah sie nur an.

»Wieso sind unsere Seiten überhaupt zusammen? Ich meine, wir sind doch nicht wie diese Schauspieler.«

»Ich ...«, setzte Tom hilflos an, doch Joséphine fiel ihm ins Wort.

»Du wirst nie wieder auf meine Seite sehen, klar?«, sagte sie scharf. »Sie gehört mir. Auch wenn ich nicht lesen kann, was auf ihr steht. Es geht aber nur mich etwas an!«

Sie wollte ihm die Seite zurückgeben, doch Tom schüttelte den Kopf. »Behalte sie. Sie gehört dir ebenso wie mir.«

»Sei kein Dummkopf«, meinte Joséphine scharf und bedachte ihn mit einem Blick, in den sich diese furchtbare Enttäuschung mischte. »Du brauchst sie, damit wir den letzten Teil der Feder finden. Aber wenn alles vorbei ist, will ich sie haben.« Und damit drückte sie ihm die Seite in die Hand, drehte sich fort von Tom und sagte nichts mehr.

LUG UND TINTE

Tom wusste nicht, wie lange sie flogen. Eine Stunde oder viele. Irgendwann mischte sich Grün in das Sandgelb der Welt unter ihnen und Toni begann die Maschine sinken zu lassen.

»Voilà, wir erreichen gleich Marokko. Casablanca liegt ganz außen an der Küste. Ich«, er kramte in einer Tasche neben seinem Sessel und zog ein Bündel amerikanischer Dollarnoten hervor, »werde die Polizisten hiermit hoffentlich ein wenig milde stimmen können, was eure fehlenden Pässe betrifft.«

Tom sank der Mut. Selbst wenn Toni sie unbehelligt aus der Propellermaschine schaffen konnte, würden sie ohne Ausweise nie einen Flug in die USA bekommen können. Doch als er Toni darauf ansprach, machte der nur eine wegwerfende Handbewegung. »Wenn uns der, den wir suchen, hilft, brauchst du keine Pässe.«

Die Polizisten in dem kleinen Flughafen würdigten Tom und die anderen kaum eines Blickes, nachdem Toni ihnen ein paar Geldscheine in die Hände gedrückt hatte. Es dauerte ein wenig, bis Toni dafür gesorgt hatte, dass der Wüstenprinz im Hangar unterkam, dann machten sie sich auf den Weg durch das Flughafengebäude zu einem Taxistand vor dem Terminal. Toni hielt Joséphine die Tür auf, und Tom wartete, bis Will neben ihr Platz genommen hatte, ehe er selbst einstieg. Es wäre gerade sicher nicht klug, sich direkt neben sie zu setzen. Wie schnell Gefühle umschlagen konnten! Als lägen Freude und Ärger so dicht beieinander, dass man nur einen Schritt vom einen zum anderen gehen musste.

»Oh, dicke Luft, hm?«, raunte Toni ihm zu, ehe er auf dem Beifahrersitz Platz nahm. »Mach dir nichts draus. Die Stimmung von Frauen ist wie das Wetter. Auf jeden Regen folgt wieder Sonnenschein.«

Es war wohl eher Eiszeit, dachte Tom, doch er nickte nur.

Toni nannte dem Fahrer die Adresse zu Toms Verwunderung auf Französisch.

»Viele verstehen meine Sprache. War alles mal eine Kolonie hier«, erklärte der Steinerne, während sie eine breite Straße entlangfuhren. »Wir fahren an den berühmtesten Ort dieser Stadt.«

Die Fahrt verlief stumm. Gelegentlich sah Tom zu Joséphine hinüber, doch das Mädchen hatte den Kopf zur Seite gewandt und blickte hartnäckig aus dem Fenster. Tom tat es ihr irgendwann gleich.

Nach einer kleinen Ewigkeit erhoben sich am Straßenrand hohe Palmen, deren Wedel sanft im Wind schwangen. Die weiße Villa, vor der sie schließlich hielten, hätte direkt aus einem orientalischen Märchen stammen können. *Rick's Café*, las Tom über der Tür. »Wer ist Rick?«

»Eine Filmfigur«, erklärte Toni. »Ihn gibt es nicht. Ebenso wenig wie es den geben sollte, nach dem wir suchen«, fügte er geheimnisvoll hinzu. Er drückte dem Taxifahrer ein paar Scheine in die Hand und sah sich suchend um.

»Und jetzt?«, fragte Will, während er jedem, der an ihnen vorbeiging, einen so misstrauischen Blick zuwarf, als wären sie allesamt Schreiber.

Toni zuckte mit den Schultern. »Nun wird es sehr schwierig. Er will nicht gefunden werden. Beim letzten Mal hat er gesagt, dass er auf keinen Fall mehr etwas mit dem Orden zu tun haben will. Er hat mir sogar verboten, je wiederzukommen. Aber ich bin sicher, dass er noch hier ist.«

»Wieso glaubst du das?«, fragte Joséphine, ohne Tom auch nur eines Blickes zu würdigen.

»Na, weil ihm der Laden gehört«, erwiderte Toni und ging voran durch die große Eingangstür.

Mosaikbesetzte Säulen in einem hohen Kuppelbau. Dunkle Tische auf einem schwarz-weiß gefliesten Fußboden und Palmen in steinernen Kübeln, deren Schatten auf die hellen Wände fiel. Außer ihnen war nur eine ältere Dame in dem verschlafenen Café, die über einem Kreuzworträtsel versunken alleine an einem kleinen Tisch saß. In der Ecke stand ein altmodisches Klavier.

Es wirkte wirklich wie die Kulisse eines Films.

»Etwas ist faul im Staate Dänemark«, murmelte Will leise, der keinen Hehl daraus machte, wie wenig ihm die Vorstellung behagte, einen Schreiber aufzusuchen.

»Dänemark?« Tom runzelte die Stirn. »Ich dachte, wir sind in Marokko.«

»Ich meine damit, dass hier etwas seltsam ist.« Der steinerne Bibliothekar sah sich missmutig um. »Und was machen wir jetzt?«

Toni zuckte mit den Schultern. »Nun, *mes amis*. Nun werden wir warten müssen, bis unser Schreiber sich von selbst zeigt. Kommt, ihr müsst doch durstig sein.«

Sie setzten sich an einen Tisch, der so weit von dem der älteren Dame entfernt war, dass sie ungestört miteinander sprechen konnten. Sie hatten kaum Platz genommen, als auch schon ein Kellner aus der Küche zu ihnen an den Tisch kam. Nachdem Toni für sie bestellt hatte, erkundigte er sich bei dem Kellner, dessen Anzug so schwarz wie dessen Haar war, nach dem Besitzer.

Während der Mann die Bestellung notierte, setzte er eine bedauernde Miene auf und erklärte höflich, dieser sei vor einigen Jahren gestorben. Das Café gehöre nun einer reichen Investorin aus Russland. Mit einem Nicken verschwand er wieder in der Küche.

»Oh«, meinte Joséphine vorsichtig. »War er schon sehr alt?«

Toni schmunzelte. »Er ist weit über einhundert Jahre alt. Und er lebt noch. Er versteckt sich bloß. Nun«, er sah sich um, als könnte sein Blick den, nach dem er suchte, aus einem Versteck hervorziehen, »vielleicht müssen wir ihn ein wenig neugierig machen. Sag einmal, Tom, du kannst auf deiner Seite doch einiges von dem lesen, was wir anderen nicht erkennen können. Was sagen dir die Worte?«

Tom vermied es, Joséphine anzusehen, als er die Seite hervorzog. Er steckte sie indes sofort wieder weg, weil der Kellner mit einem Tablett voller Limonadengläser zurückkam, die er vor ihnen auf den Tisch stellte.

Kaum war der Kellner erneut verschwunden, hob Will verschwörerisch die Augenbrauen. »Los, Tom, lies.«

Tom nahm die Seite wieder zur Hand. Violette Buchstaben. Er drehte die Seite rasch um. Die Buchstaben, die sich dort über das Papier schlängelten, waren blau. Es war wie immer und doch schienen die Worte diesmal anders. Tom begriff nicht sofort, was los war. Er betrachtete sie einen Moment lang stirnrunzelnd.

»Und was siehst du?«, hakte Toni nach.

Tom spürte, dass nicht alles so war, wie es sein sollte.
Das Licht fiel durch zerbrochene ... fiel durch hohe Fenster und
beschien den schmutzigen ... den glänzenden Boden.

Was stimmte denn nun? Offenbar wusste die Seite nicht, was sie ihm erzählen sollte. War sie kaputt? Hatte vielleicht sein törichter Versuch, den Fluss der Worte zu verändern, das Papier beschädigt? Das wäre schrecklich! »Ich ...« Tom verstummte, als er plötzlich eine Idee hatte. Er nahm die Seite, ging ein paar Schritte auf das nächste Fenster zu und streckte die Hand nach ihm aus.

Tom fuhr über die Bruchstellen ... das makellose Glas.

Es war verrückt. Tom glaubte für einen Moment, etwas Scharfkantiges unter den Fingern zu fühlen, ehe er anschließend glattes Glas ertastete. Dann ging er weiter, während er dem Fluss der Worte folgte, die sich nicht einigen konnten, was sie ihm erzählten.

Schmutzige Wände waren makellos getüncht, vom Holzwurm zerfressene Möbel erschienen mit einem Mal kunstvoll gefertigt und die Eingangstür hing kurzzeitig schief im Rahmen, ehe sie wieder einladend offen stand. Nichts schien hier so auszusehen, wie die Worte auf der Seite es ihm zunächst beschrieben. Als würde jemand eine Geschichte absichtlich falsch erzählen. Ein Schreiber, der sich sein eigenes Versteck erschaffen hatte.

Tom ging weiter und stand zuletzt vor der älteren Dame, die in ihr Kreuzworträtsel vertieft war. Er warf einen kurzen Blick zurück zum Tisch, an dem seine Freunde saßen und ihn fragend ansahen. Dann wandte er sich der älteren Dame zu. Sie schien ihn gar nicht zu bemerken. Aber war sie überhaupt eine Frau mit grauen Haaren? Oder gab es auch hier eine andere Gestalt unter den Worten?

Tom nahm allen Mut zusammen und räusperte sich. War sie der Schreiber? Warum nicht? Das Kreuzworträtsel diente nur als Tarnung. Vermutlich war es eine besondere Art von Lebensseite, auf der sie, auf der *er* die Worte schrieb, die mächtiger waren als die Wirklichkeit. Doch würde der Mann, der sich hinter dem Bild der älteren Dame verbarg, sie angreifen, wenn Tom ihn enttarnte?

Tom streckte den Arm aus, um die vermeintliche Frau vorsichtig an der Schulter anzutippen, als er selbst plötzlich Finger auf sich ruhen fühlte.

»Erschreck sie nicht«, sagte der Kellner zu ihm, der mit einem Mal hinter ihm stand. »Das ist nur Madame Sirr. Sie kommt jeden Tag vorbei, um hier ihr Kreuzworträtsel zu lösen. Ist so schwerhörig, dass man selbst dann schreien muss, wenn man ihr direkt ins Ohr spricht.« Der Kellner seufzte missmutig. »Der, nach dem du suchst, bin ich.«

Tom wirbelte herum. Der Kellner hielt in der einen Hand das Papier, auf dem er ihre Bestellung notiert hatte, und in der anderen etwas, das wie das spitze Ende einer Feder aussah. Der Kellner schrieb damit etwas auf das Papier, und sein schwarzes Haar verlor plötzlich alle Farbe. Es war, als würde sie herausgewaschen, bis es schlohweiß war. Auch das kantige Gesicht veränderte sich. Tiefe Falten durchzogen die Haut und es wurde runder, bis es auf verblüffende Weise dem aus Stein ähnelte, das Tom hinten am Tisch sah und einen überraschten Ausdruck zeigte.

»Sie sind …«

»Antoine«, schnitt der Kellner Tom unwirsch den Satz ab. »Nur Antoine.« Er nickte zu Toms Seite. »So, du gehörst auch in den Verein, hm? Na, wunderbar. Und ich war so stolz, dass Toni mich nicht erkannt hat.«

Madame Sirr löste weiter in aller Seelenruhe ihr Kreuzworträtsel, während Antoine mit Tom zu den anderen ging. Er war nicht besonders gut zu Fuß, doch er lehnte Toms Hilfe schroff ab. Als er sich setzte, warf er Toni einen verärgerten Blick zu. »Hatte ich dir nicht gesagt, dass ich meine Ruhe haben will?«, fuhr er Toni an. »Wozu habe ich dir denn Worte auf den Leib geschrieben? Doch damit du in meinem Sinne handelst und nicht, um mich mit Problemen zu belästigen.«

»Sie sind …«, platzte es aus Joséphine heraus, die den Kellner mit einer Mischung aus Ehrfurcht und Unglaube ansah.

»Antoine«, fuhr ihr der Schreiber kurzatmig dazwischen. »Einfach nur Antoine.«

»Brauchen Sie einen Arzt?«, fragte Tom besorgt und handelte sich einen tadelnden Blick ein, der ihn zusammenfahren ließ.

»Weil mich die Aufregung ein wenig außer Puste geraten lässt? Wenn du einmal auf die einhundertzwanzig Jahre zugehst, wirst du sicher in schlechterer Verfassung sein. Und bitte, hört mit dem *Sie* auf. Das macht mich irgendwie alt.«

»Aber wie haben Sie … wie hast du das nur fertiggebracht?«, fragte Joséphine und starrte Antoine an wie einen Geist.

Antoine zuckte mit den Schultern. »Jahre sind für einen wie mich nicht mehr als Worte, auch wenn ich zugeben muss, dass sie sich nicht ewig dehnen lassen. Ich schreibe mir regelmäßig mehr Zeit auf die Seite, doch es wird immer schwieriger. Irgendwann kann auch der begabteste Schreiber die Wirklichkeit nicht mehr betrügen. Ich bin nicht mehr der Allerjüngste.«

»Aber warum machst du das?«

»Weil mir der Sinn bisher nicht nach dem Ende meiner Geschichte war«, gab Antoine zurück, als sei dies doch völlig offensichtlich.

»Nein«, korrigierte sich Tom. »Ich meine, weshalb versteckst du dich hier? Warum hast du die Schreiber verlassen?«

Obwohl das Licht der Mittagssonne hell über den Tisch perlte, fiel ein Schatten über Antoines Gesicht. Es ähnelte dem von Toni wie das eines Vaters dem des Sohnes. »Ich habe nicht die Schreiber verlassen, sondern die Wortwächter. Excubitor verborum. Wir waren ein Orden. Alle Wortwächter. Ich …« Er brach ab, als steckten ihm die ungesagten Worte wie ein Splitter im Hals.

»Antoine de …«, Will verschluckte den Rest, als der Alte ihm einen mürrischen Blick zuwarf. »Dieser Mann war der letzte obere Schreiber, ehe der Orden zerbrach«, sagte er stattdessen. Der Steinerne konnte die Ehrfurcht, die er offenbar für ihren seltsamen Gastgeber empfand, kaum verbergen. »Er hat die Schreiber damals aufgehalten.«

»Aufgehalten?« Antoines Blick wurde noch mürrischer. »Vielleicht. Aber um welchen Preis? Ich wollte den Orden retten. Doch es gab einige, die der Ansicht waren, wir müssten die Welt nicht nur an ihren kranken Stellen heilen, sondern neu gestalten. Dummköpfe. Berauscht von der Macht der Worte. Sie haben sich mir entgegengestellt und beinahe die ganze Welt vernichtet. Es ist ein paar Jahre her.«

»Ein paar Jahrzehnte, alter Freund«, sagte Toni sanft.

»Wie auch immer«, erwiderte Antoine unwirsch. »Der Orden zerbrach und ich habe meinen Tod bei einem Flugzeugabsturz vorgetäuscht. War nicht schwer, wenn man die Wirklichkeit mit Worten verändern kann. Doch vorher haben drei große Schreiber und ich dafür gesorgt, dass die mächtigste Waffe verborgen wird, die es in unserem Orden gab. Die drei anderen sind längst tot. Nur ich … habe noch keine Zeit gefunden, ihnen zu folgen.«

»Die mächtigste Waffe. Die goldene Feder«, sagte Joséphine aufgeregt. »Sie haben in London, Paris, Kairo und in Amerika den steinernen Helfern die Bestimmung aufgeschrieben, die Teile der Feder zu bewachen.«

Nun war es Antoine, der sie ansah, als sei sie ein Geist.

Zur Erklärung griff Tom in seine Tasche und holte die Teile hervor, die sie bislang gefunden hatten.

»*Mon dieu*«, keuchte Antoine. »Diese Dinge habe ich eine kleine Ewigkeit nicht mehr gesehen.« Er streckte die Hand aus. Tom wollte die Teile schnell zurückziehen, doch Toni und Will schüttelten die Köpfe. Mit zitternden Fingern, als könnte er sich an dem Gold verbrennen, strich Antoine über das, was einmal die goldene Feder der Wortwächter gewesen war. Er konnte auch dann nicht die Augen von den Federteilen lösen, als Will ihm berichtete, was sich in den vergangenen Tagen ereignet hatte. Dann und wann nickte er nur stumm. Schließlich endete Wills Bericht und ein tiefes Schweigen senkte sich über die ungleiche Gruppe. Nur das Kratzen des Stifts von Frau Sirr und der Straßenlärm, der durch die geöffnete Tür zu ihnen hereindrang, waren zu hören.

»Dann wisst ihr alles. Kennt alle Verstecke. Wir haben die Hinweise für den Notfall hinterlassen. Falls man die Feder doch noch einmal braucht und all die alten Narren, die die Teile der Feder verborgen haben, selbst Geschichte sein sollten. Nur ich bin noch übrig. Ende, der Deutsche, hat damals erfolglos versucht, sie in ein Buch zu schreiben. Aber für diesen Zauber hätte er die goldene Feder selbst nutzen müssen. Nein, wir haben zuletzt ganz irdische Verstecke gewählt. Es war Tolkien, der einen Teil im Big Ben verborgen hat. Und Mahfuz, der Ägypter, hat seinen der Sphinx ins Maul gelegt. Hemingway vertraute ihn den vier plappernden Präsidenten zur Aufbewahrung an. Und ich habe meinen Teil zwei der schönsten Frauen der Geschichte vermacht. Der Mona Lisa und der Venus von Milo.« Er lächelte, als erfüllten die Namen der anderen Autoren sein Herz mit Freunde. »Es hat schon immer mehr Lesende als Schreiber gegeben. Wir sind eine noch seltenere Spezies als sie. Die Schreiber waren weiß Gott nicht alle schlecht. Sie waren alle Autoren.« Antoines Stimme klang ganz leise und Tom war nicht sicher, wem die Worte galten. Ihm oder seinen Zuhörern. »Manche ungestüme Talente und manche große Meister«, fuhr der Alte fort.

»Wie du?«, fragte Joséphine, und Antoine und Toni lächelten beide zur gleichen Zeit verlegen.

»Ich bin nur ein … Abenteurer«, antwortete der Alte abwehrend. »In der Luft und in den Worten, meine Liebe. Wenn du schreibst, musst du Respekt für deine Figuren haben. Liebe sogar. Sie atmen Papier und haben Körper aus Tinte. Sie sind nicht einfach nur da, um von dir herumgeschoben zu werden wie Schachfiguren. Du musst den Worten folgen. Nie darfst du sie zwingen, deinem Willen zu gehorchen. Das ist das große Geheimnis in der ganzen Angelegenheit. Nicht mehr und nicht weniger. Es gab jedoch einige Schreiber unter den Wortwächtern, denen das nicht genügte. Unser Orden hat die Welt immer als Geschichte begriffen. Als endlose Erzählung, in der zu unserer Zeit Milliarden von Personen auftreten. Natürlich ist es unmöglich, jedem Einzelnen ein glückliches Ende zu schenken, gleich wie sehr man das auch will.« Er kritzelte etwas auf seinen vermeintlichen Block und ihre Gläser füllten sich wieder mit Limonade. Vor ihm aber erschien eine Tasse, in der es nachtschwarz war. Er nahm einen tiefen Zug und seufzte. »Ah, es geht nichts über einen guten Café noir.« Er lächelte sie verlegen an und sah für einen Moment aus wie ein Kind, das man bei einem Streich ertappt hatte. Dann wurde er wieder ernst und räusperte sich. »Einer von ihnen, von uns, hat etwas Schreckliches erlebt. Ich musste mich in jenen Tagen um so vieles kümmern. Die Welt war ziemlich durcheinander. Es schien mir, als kämen laufend Lesende zu mir und berichteten von Zeilen, die sie entdeckt hatten und in denen eine Gefahr steckte. Wir haben dann darüber diskutiert, ob eine Änderung nötig war oder nicht. Ob wir die Geschichte weiterlaufen lassen sollten oder ob wir die Welt besser machen konnten, wenn wir an passender Stelle eingriffen. Es gab für jede Gelegenheit Spezialisten. Manche von uns Schreibern konnten politische Probleme lösen, andere persönliche. Es gab diejenigen für die großen Schwierigkeiten und solche für die kleinen.«

»Und es gab diesen Mann, der etwas Schreckliches erlebt hatte«, sagte Joséphine leise.

Antoine sah sie einen Moment lang überrascht an. »Ach ja, das hatte ich gesagt, nicht? Ich bin schon ein wenig alt. Weit über einhundert Jahre. Wusstest du das? Da vergisst man so einiges.« Er nahm noch einen Schluck Kaffee. »Seine Frau war gestorben. Das passiert. Leider. Ach was, es ist schrecklich und ungerecht, dass so etwas geschieht. Aber jede Erzählung endet. Jedes Kapitel. Jeder Satz. Und so endete leider die Geschichte seiner Frau. Doch das wollte der junge Schreiber nicht hinnehmen. Er stahl ihre Lebensseite und versuchte, ihre Worte fortzuführen. Oh, er war begabt. Doch das, was er vorhatte, war noch niemandem gelungen. Der Tod, müsst ihr wissen, erlaubt keine Fortsetzung. Für den armen Mann wurde es zu einer, wie sagt man, zu einer Besessenheit. Er wollte seine Frau zurückholen. Doch Tinte und Papier sind nicht Fleisch und Blut. Selbst die Macht der Worte endet dort, wo der Tod das Leben ablöst. Er wollte die goldene Feder von mir, um es zu versuchen. Doch ich gab sie ihm nicht. Selbst sie kann kein Leben schenken. Er aber verbitterte darüber. Und dann fing er an, die Liebe für die Welt zu verlieren. Für die Geschichte und für ihre Figuren. Er wollte sie mehr und mehr seinem Willen unterwerfen. Warum, weiß ich nicht. Vielleicht hoffte er, seine Frau eines Tages doch noch herbeizuschreiben, wenn er mächtig genug geworden wäre. Vielleicht aber wollte er sich auch nur rächen für den Verlust. Er scharte im Geheimen solche von uns hinter sich, die seinem Ideal folgten: Die Geschichte so erzählen, wie sie es wollten, und sie nicht nur korrigieren. Sie mischten sich zu viel in den Lauf der Welt ein und hätten, unbeachtet von den meisten Menschen, beinahe einen ohnehin schon katastrophalen Krieg noch viel schlimmer gemacht. Wir, die Wortwächter, die noch bei Verstand waren, konnten es gerade eben so verhindern. Diese Narren hatten die goldene Feder gestohlen. Mit ihr fügten sie so gravierende Änderungen auf so vielen Seiten ein, dass die Welt endgültig ins Chaos zu stürzen drohte. Wir holten die Feder zurück und machten das meiste wieder rückgängig. Abseits von dem Krieg der Waffen führten wir einen Krieg der Worte. Ihre Ordnung, musst du wissen, ist nur eine sehr dünne Eisdecke. Und darunter wartet das Chaos. Dunkel und trübe und tief. Es war knapp. Beinahe wären wir alle in dieser Tiefe versunken.«

Tom schüttelte sich und rieb sich die Arme. Trotz der Wärme, die von draußen hereindrang, war ihm plötzlich kalt geworden.

»Die Feder wurde zerbrochen«, fuhr Antoine fort. »Wir verbargen sie und die rebellischen Schreiber wurden ausgestoßen. Wir sorgten dafür, dass die meisten als Spione verhaftet wurden. Keiner glaubte ihnen die Geschichte von einer mächtigen goldenen Feder und einem Geheimbund, der die Geschicke der Welt lenkt. Doch den Anführer der ganzen Bande und seine engste Vertraute haben wir nicht in die Finger bekommen. Gregor hieß er. Und an seiner Seite war seine kleine Schwester. Sie war jung. An ihren Namen erinnere ich mich nicht mehr. Nur noch ihre feuerroten Haare sehe ich vor mir. Sie und Gregor sind untergetaucht. Vielleicht sind sie aber auch längst gestorben. Seitdem kümmert sich keiner mehr um diejenigen, die das Talent zum Schreiben besitzen. Ohne Anleitung werden die neuen möglichen Schreiber nie begreifen, was sie zu tun vermögen. Nun, ich fand damals, dass es für mich an der Zeit war zu gehen. So habe ich mich ebenso zurückgezogen wie die letzten Schreiber und anschließend die Welt bereist. Unerkannt. Ein paar Jahre habe ich als Lampenanzünder in einem Dorf in der Wüste gearbeitet. Die einzige sinnvolle Tätigkeit, wenn man mich fragt. Einen Stern auf der Erde leuchten lassen. Vor ein paar Jahren kam ich dann hierhin. Kurz vor meinem inszenierten Tod war der Film in die Kinos gekommen, der in diesem Café spielt. Es ging um Spione und Abenteuer. Ich fand, es würde zu mir passen. Mein … Talent hat mir dabei geholfen, diesen Ort hier entstehen zu lassen.« Er fügte auf dem Papier vor sich ein paar Sätze hinzu und für einen Moment wandelte sich der Raum um sie. Aus dem prunkvoll gestalteten Café wurde eine Ruine. Madame Sirr blickte verwundert auf, doch schon glitt die Feder abermals über das Papier. Das

Café schälte sich aufs Neue aus dem hässlichen Raum heraus und die alte Dame versank wieder in ihrem Kreuzworträtsel. »Alles Lug und Tinte, doch so gefällt es mir besser, muss ich sagen«, meinte der Alte. »Ich konnte nicht ahnen, dass eines Tages mein steinernes Ebenbild hier herein marschieren würde.« Er warf Toni einen tadelnden Blick zu. »Und noch weniger, dass er solche wie euch anschleppt.« Er sah sie einen nach dem anderen an. »Shakespeares Abbild. Ein Junge, der lesen kann. Und ein Mädchen, das die Angst um den Vater nicht zu verbergen mag. Was wollt ihr von mir?«

»Sie …«, begann Toni, der die Missbilligung seines Vorbilds ungerührt hingenommen hatte. Doch dann stockte er, als müsste er sich selbst korrigieren. »*Wir* brauchen deine Hilfe.« Er sah Antoine an, und es schien, als würde der Alte dabei in ein steinernes Spiegelbild vergangener Zeiten blicken. »Du kannst die Wirklichkeit gerade so verändern, dass wir nach Amerika kommen. Ohne dass unsere Verfolger uns zu früh auf die Schliche kommen. Sie wissen, dass wir auf dem Weg sind. Aber nicht wann und wie. Bitte verschaffe uns diesen kleinen Vorteil.«

Antoine senkte den Blick und starrte auf seine Seite, als wäre dort zu lesen, was er sagen sollte.

Tom konnte der Versuchung nicht widerstehen und drehte den Kopf ein wenig. Buchstaben in Weizengelb flossen über das Papier, ohne dass er etwas entziffern konnte.

»Nie wieder.« Antoine sagte die Worte mit so viel Nachdruck, als wollte er sie in den Boden einschlagen. »Nie wieder.« Er sah nicht auf. »Ich habe es geschworen. Und was man schwört, muss man halten. Auch sich selbst gegenüber. Gerade sich selbst. Meine Zeit als Autorius im Orden der Wortwächter ist vorüber. Ich war der Letzte mit diesem Titel. Keiner dieser von sich selbst berauschten Schreiber. Diese Halunken! Aber meine Zeit ist vorbei. Ich will nicht mehr so tief in den Fluss der Worte eintauchen, hörst du?« Nun sah er doch auf und blickte Toni beinahe entschuldigend an. »Es ist besser, wenn die Welt die Wortwächter vergisst. Wenn alles endet und sich die Worte von selbst weiterspinnen. Vielleicht hätte es schon immer so sein sollen. Vielleicht hätten wir Narren nie anfangen sollen, die große Geschichte zu verändern.« Er schüttelte den Kopf, als müsste er alle Einwände im Voraus abwehren. »Ich kann euch nicht helfen. Außer mit Geld. Ich habe genug davon.« Er schrieb etwas, langte in eine Tasche seiner Kellnerjacke und zog ein dickes Bündel Scheine hervor. »Nehmt es. Aber meine Worte kann ich euch nicht geben. Sie sind zu gefährlich. Geht und vergesst mich.«

Tom schmeckte die Enttäuschung bitter auf der Zunge.

»Ich verstehe«, erwiderte Toni seltsam tonlos und nahm das Geld an sich. »Ich selbst habe sie beim ersten Mal auch alleine in den Kampf geschickt. Aber ich habe mich eines Besseren belehren lassen. Wem hilft es, wenn du dich hier verbirgst, während die Geschichte aus den Fugen gerät? Wenn der älteste Wortwächter die Worte verrät? Ich werde mit ihnen gehen. Und sollten wir es schaffen, die Entführten zu befreien und die Schreiber aufzuhalten, werde ich den Lesenden von dir erzählen. Ich werde vom ältesten Wortwächter erzählen. Um ihn nicht zu vergessen. *Denn es ist traurig, einen Freund zu vergessen.*«

»Was war das da gerade?«, fragte Joséphine, als sie wieder auf der Straße standen. Selbst die Sonne vermochte ihr nicht die Sorgen vom Gesicht zu waschen.

»Das war ein Satz aus dem *Kleinen Prinzen*«, antwortete Will, während Toni ein Taxi herbeiwinkte. »Es ist ein Jammer«, ergänzte er und seufzte. »Am Anfang wollte ich auf keinen Fall hierhin. Und nun wünschte ich, er hätte sich uns angeschlossen. Wir hätten seine Hilfe wirklich gut gebrauchen können. Aber wir werden es auch so schaffen.«

»Ja, auf jeden Fall«, meinte Tom entschlossen. Er sah Joséphine an, in der Hoffnung, seine Worte würden sie ein wenig zuversichtlicher stimmen. Doch sie schien sie gar nicht zu hören. Die Niedergeschlagenheit lag ihr wie ein Schleier auf dem Gesicht.

Das Taxi brauchte eine Ewigkeit, um sie an den Flughafen zu bringen. Die Frage, wie sie es schaffen sollten, ohne Papiere an Bord eines Flugzeugs zu kommen, brannte Tom die ganze Zeit über auf der Zunge. Doch erst als sie ausgestiegen waren und Toni sich mehrfach mit vorbeilaufenden Flughafenmitarbeitern besprochen hatte, kam er dazu, sie zu stellen.

»Nun«, antwortete Toni gedehnt und warf Will einen kurzen Blick zu. »Wir werden Recht und Gesetz wohl ein wenig ... dehnen müssen.«

»Du willst wieder Leute bestechen?« Joséphine runzelte die Stirn.

»Geld genug haben wir«, erwiderte Toni. »Oder fällt dir etwas Besseres ein?«

Ihr Schweigen war Zeichen genug.

Toni führte sie zu einem großen metallenen Tor, das in eine hohe Steinmauer eingelassen war. »In diesem Teil des Flughafens stehen die Frachtmaschinen. Wir werden versuchen, irgendwo mitzukommen. Habe ich früher auch so gemacht. Waren allerdings auch andere Zeiten, *putain de merde*. Heute sind alle immer so korrekt und so genau. Aber mal sehen, was ich erreichen kann. Wenn es klappt, gebe ich euch ein Zeichen.«

Ein Lastwagen hielt neben ihnen und das Tor öffnete sich. Toni machte Anstalten hindurchzugehen, doch Will hielt ihn am Arm fest. »Und wenn es nicht klappt?«

»Dann suchen wir einen anderen Weg. Es gibt immer einen. Er muss nur gefunden werden.«

Mit diesen Worten löste er sich aus Wills Griff und ging zu dem Tor. Der Wachmann, der ihm in den Weg trat, trug eine ramponierte Uniform, die seiner Leibesfülle nur mit Mühe Einhalt gebot. Die beiden wechselten einige knappe Sätze miteinander, während der Wachmann an dem Maschinengewehr spielte, das er über der Schulter hängen hatte. Tom spürte, wie seine Handflächen feucht wurden. Was las er im Gesicht des Wachmanns? Interesse oder Entrüstung? Er wusste es nicht. Nach einigen quälend langen Momenten gab der Mann Toni ein Zeichen zu warten. Das Tor schloss sich wieder und der Mann verschwand in einem kleinen Wachhäuschen neben dem Tor. Tom konnte durch die Gitter beobachten, wie er mit jemandem sprach. Toni sah in seine Richtung und streckte einen Daumen in die Höhe. Dennoch stieg Unbehagen in Tom auf wie Wasser in einem tiefen Brunnen.

»Sie werden uns verhaften«, murmelte Joséphine düster.

»Nein, sicher …«, begann Will, doch dann stockte er. »Da, das Tor geht auf. Der Wachmann kommt wieder. Himmel, er ist so dick, dass er kaum die Hose über den Bauch gezogen bekommt.«

»Dafür rutscht sie dem Dürren neben ihm fast herunter«, meinte Tom. »Sie …, verdammt, sie ziehen ihre Waffen.« Er griff unwillkürlich Joséphines Hand, als sich die Mündungen der Maschinengewehre auf Toni richteten.

»Kommt«, wisperte Will ihnen zu und zog sie mit sich. »Wir sollten …« Er kam nicht weiter. Ein weiterer Wachmann lief durch das Tor auf sie zu, die Waffe im Anschlag. Die Worte, die er ihnen entgegenbrüllte, verstand Tom nicht. Doch die Geste war mehr als eindeutig. Sie sollten mitkommen. Er sah seine Freunde an und las die eigene Ratlosigkeit auf ihren Gesichtern. Sie waren in Schwierigkeiten. Und es gab niemanden, der ihnen helfen konnte.

IN DER KLEMME

Rostige Gitterstäbe, bröckelnder Putz und Schimmelblüten, die auf den schmutzigen Wänden sprossen. Die kleine Gefängniszelle, in die man sie geführt hatte, sah mehr als heruntergekommen aus. Aber man hatte Tom und die anderen nicht voneinander getrennt. Wenigstens eine gute Sache. Ansonsten aber war die Lage schlimm. Sehr schlimm. Die Wachleute hatten Toni das Geld abgenommen, und aus dem wenigen, was sie auf Französisch und nicht auf Arabisch gesagt hatten, hatte der Steinerne herausgehört, dass man sie wegen Bestechung und versuchten Einbruchs vor einen Richter bringen wollte.

Tom stöhnte, als er sich vorzustellen versuchte, wie er seinen Eltern das alles erklären sollte. Falls er überhaupt Kontakt zu ihnen aufnehmen konnte. Der übergewichtige Wachmann, den Toni vor dem Tor angesprochen hatte, saß schnarchend an einem abgenutzten Schreibtisch, die Beine auf die Platte gelegt.

»Wir haben uns erst einmal festnehmen lassen, weil sie uns überrascht haben. Aber nun können wir die verdammten Gitter einfach verbiegen und dem Fettwanst dort sein Gewehr wegnehmen, ehe er auch nur ein Auge aufmacht«, sagte Toni grimmig und ließ die steinernen Knöchel knacken.

»Und wenn der Fettwanst aufwacht und um Hilfe ruft?«, gab Will zurück. »Verzeihung, das war nicht Shakespeare.«

»*Allons donc!*«, entfuhr es Toni. »Sollen sie doch kommen mit ihren Gewehren. Ein paar Kugeln tun uns nicht weh.«

»Ein paar nicht, aber viele schon.«

»Und für uns kann schon eine tödlich sein.« Die Worte stammten von Joséphine. »Außerdem müssen wir leiser reden. Sonst wacht der da noch auf.«

Toni warf dem Wachmann einen kurzen Blick zu. Der Mann wischte sich im Schlaf über die Nase, dann schnarchte er weiter.

»Und was sollen wir stattdessen unternehmen?«, fragte Toni.

Während Joséphine und die beiden Steinernen leise miteinander diskutierten, zog Tom seine Lebensseite hervor. Makellos, als hätte er sie gerade erst aus einem Block getrennt. Er sah kurz zu Joséphine, die jedoch in den Disput mit den Steinernen vertieft war. Dann folgte Tom den Worten, die von einem kaum hörbaren Wispern begleitet über das Papier flossen. Worte mit der richtigen Farbe.

Tom fragte sich insgeheim noch immer, ob er den Sand aufgehalten hatte oder nicht.

Ob er mit seinem Wort die Wirklichkeit verändert hatte oder nicht.

Ob er ein Schreiber war oder nicht.

Tom nickte unweigerlich, auch wenn er nicht annahm, dass die Seite dies registrieren würde. Er hatte sich von den anderen abgewandt. Leise hörte er ihre Stimmen, doch er achtete nicht auf die Worte. Er folgte nur denen, die er in Nachtblau vor sich auf weißem Papier sah.

Der Wachmann schlief.
Seine Kollegen machten Pause, während sie auf den Polizeiwagen warteten, der Tom und seine Freunde in die Stadt bringen sollte.

Toms Herz begann mit einem Mal schneller zu schlagen. Verdammt, sie mussten sich also beeilen. Das machte alles noch komplizierter. Er sah sich um, als könnten seine Augen einen Ausweg finden, der den anderen verborgen geblieben war.

Doch er konnte nichts ausmachen, was ihm half.
Da waren nur die Gitter und das Schloss.
Es war   verriegelt.

Die Lücke. Tom sah nur noch sie. Er glaubte das Wort *fest* zu hören. Als würde jemand, den er nicht sehen konnte, es flüstern. Ohne nachzudenken, zog er den Kiel der goldenen Feder aus der Tasche. Die Wachmänner hatten sich nicht einmal die Mühe gemacht, ihn oder die anderen zu durchsuchen. Es hatte ihnen gereicht, Toni das Geld wegzunehmen.

Tom war für einen Moment wieder in der Wüste. Die Worte über Joséphine. Und eine Lücke. Er hörte die anderen noch immer miteinander tuscheln, während er den Federkiel auf das Papier setzte. Er war gerade spitz genug zum Schreiben.

Das Wort *fest* wurde lauter in seinen Ohren und Tom glaubte es nun auch ganz blass in der Lücke zu erkennen. Mit zitternden Fingern schrieb er stattdessen etwas anderes in die Lücke. Seine Nackenhaare richteten sich auf.

Es war **nicht** verriegelt.

Das Klacken von Metall unterbrach die leisen Worte der anderen, während Tom Seite und Federkiel mit klopfendem Herzen einsteckte.

Vier Augenpaare richteten sich auf das Schloss.

Toni drückte vorsichtig gegen die Tür des Gitters. Und sie schwang leise auf. Der Steinerne runzelte die Stirn. Tom konnte ihm die Frage von der Stirn ablesen. *War die Tür nicht abgeschlossen gewesen oder …?*

Es waren nur wenige Schritte zu dem schnarchenden Wachmann, der grunzend aus dem Schlaf fuhr, als Toni ihm die Waffe aus den Händen riss. Ein Schlag ließ ihn ohnmächtig zusammensinken. Einige Augenblicke später hatten Toni und Will ihn in die kleine Zelle bugsiert und mit dem Schlüssel verschlossen, den sie ihm aus der Hosentasche fischten.

»Er muss wohl vergessen haben zuzuschließen«, meinte Will kopfschüttelnd.

»Ja?« Toni gab sich keine Mühe, sein Misstrauen zu verbergen. »Ich habe aber gesehen, wie er den Schlüssel herumgedreht hat. Zweimal. Und ich habe es Klacken gehört. Nein, hier ist ein Schreiber in der Nähe. Ganz sicher.«

Tom spürte Tonis Blick. Und er fühlte, wie ihm der Schweiß auf die Stirn trat. Ahnte der Steinerne etwas? Tom begriff selbst nicht ganz, wie das gerade geschehen war. Oder die Sache mit Joséphine im Sand. Du bist ein Lesender, sagte er sich selbst. Du bist kein Schreiber! Wie sollte er das nur den anderen erklären, wenn er es selbst nicht verstand? »Ich …«, begann er, doch Schritte von draußen ließen ihn verstummen.

Die Tür des Wachhauses wurde aufgestoßen. Im Gegenlicht waren die Umrisse eines Mannes zu erkennen. Er hielt ein Blatt und einen Stift in den Händen.

»Verdammt, der Schreiber!«, fluchte Toni und sprang auf die Gestalt zu. Doch ehe er sie erreichte, war der Stift über das Papier geflogen. Toni stolperte. Er fiel der Länge nach hin. Die Gestalt trat über ihn hinweg auf sie zu. Tom stellte sich schützend vor Joséphine, während Will drohend die Fäuste hob. Die Gestalt blieb stehen.

Und Antoine lachte sie an. »Nicht nur *ein* Schreiber. Der älteste Wortwächter, wenn ich bitten darf.«

Tom starrte ihn an, als wäre Antoine aus einem seiner Träume gestiegen. Dann war er es doch nicht selbst gewesen, der mit einem Wort das Schloss geöffnet hatte?

»Wieso bist du hier?« Joséphine sah Antoine fragend an. »Du hast doch gesagt, dass du mit all dem hier nichts mehr zu tun haben willst.«

»Sogar geschworen, dich aus allem hier heraushalten zu wollen«, schob Tom hinterher.

»Nun, mir ist etwas eingefallen, das ich vergessen hatte«, sagte Antoine schuldbewusst. »Die Helden in einer Geschichte brauchen immer Hilfe. In den dunkelsten Situationen zumindest. Jemanden, der ihnen beisteht. Dessen Weg sie kurz kreuzen, ehe sie sich wieder trennen. Und ich habe mir gesagt: Antoine, verdammt, du hast vergessen, ihnen zu helfen. Ein wenig Geld, das reicht nicht. Du warst, nein, du bist ein Wortwächter. Also bitte. Schreib ihnen etwas. Und hier bin ich. Um euch Worte zu schreiben, die euch helfen. Außerdem«, er warf ihnen einen schelmischen Blick zu, »bin ich schon über einhundert Jahre alt. Da vergisst man eben so einiges! Sogar das eigene Geschwätz.«

Tom sah zu der Gittertür. Nun, offenbar hatte Antoine ihnen bereits geholfen. Oder war es doch Tom selbst gewesen? Er wusste es nicht und traute sich aus Angst vor der Antwort nicht zu fragen.

»Ich wusste die ganze Zeit, dass du doch noch auftauchen würdest«, meinte Toni stolz, nachdem er sich hochgerappelt hatte. »Wie bist du überhaupt darauf gekommen, dass wir hier sind?«

»Das ist keine große Sache für einen Autorius im Ruhestand. Es hat allerdings ein wenig gedauert. Ich bin etwas eingerostet. Wie ein Flugzeug, das zu lange am Boden gestanden hat. Aber nun werde ich wohl wieder starten.«

Joséphine lächelte ihn an. »Bravo.«

Es war eine seltsame Truppe, die da über den Flughafen schlich. Ein auffallend alter Mann, zwei Kinder und zwei ungelenk tapsende Männer, von denen einer die ganze Zeit über seine Perücke auf den Kopf presste. Antoine ging mit Toni voraus, während Tom, Will und Joséphine ihnen folgten. Nicht weit entfernt sah Tom die gewaltigen Frachtflugzeuge. Riesige Vögel aus Stahl, die dort darauf warteten zu fliegen. Jedes der Flugzeuge schien ihm verheißungsvoll zuzuflüstern. *Komm, ich nehme dich mit auf ein Abenteuer.* Wie hatte Antoine sie noch genannt? Die Helden in einer Geschichte. Oh ja, er fühlte sich wie ein Held. Er war dem Kerker entkommen und würde nun den letzten Teil seiner Fahrt antreten. Er fühlte sich für einen Moment unbesiegbar.

Tom und die anderen drückten sich an Containern vorbei, die in die Bäuche der Maschinen geladen werden sollten. Wichen zurück in die Eingänge der Lagerhäuser, wenn sie einen Arbeiter erspähten. Und verharrten, während Antoine seinen Stift über das Papier fliegen ließ, als sie einem Wachmann über den Weg liefen.

Tom wusste nicht, welche Worte Antoine seiner Seite zugefügt hatte, doch der Mann nickte ihnen plötzlich zu und ging unvermittelt weiter.

»Wow«, entfuhr es ihm wie an jenem Tag in der Küche seines Onkels.

»Knapp, aber zutreffend«, meinte Antoine und deutete auf ein gewaltiges Gebäude aus Glas und Metall. Die Abflughalle. »Ihr nehmt besser eine Passagiermaschine. Frachtflugzeuge sind nicht besonders gemütlich, erst recht nicht für die Fracht.«

»Und wie kommen wir in eines hinein?«, fragte Joséphine skeptisch. »Kommst du mit und …?« Sie ließ ihren Satz unbeendet.

Antoine lächelte sie an, doch er schüttelte dabei den Kopf. »Nein, kleine Rose, so weit geht mein Flug nicht. Es reicht, wenn ich euch mit allem ausstatte, was ihr braucht. Für richtige Abenteuer bin ich selbst mit den besten Worten doch zu alt.«

Sie gingen weiter. »Wie machst du es eigentlich?«, fragte Tom den alten Wortwächter leise. »Ich meine, dieses Umformulieren. Du siehst doch die Worte nicht auf der Seite, oder?«

Antoine zuckte mit den Schultern. »Es ist eine Sache der Erfahrung. Und der, nun, sagen wir, Eingebung. Du darfst die Welt um dich herum nicht zwingen, etwas zu tun, was sie nicht will. Höchstens einen kleinen Schubs darfst du ihr geben. Es ist wie mit dem Schreiben einer Geschichte. Hast du das je versucht?«

Tom schüttelte den Kopf. Dass er nicht einmal las, erwähnte er lieber nicht.

»Nun, auch dort musst du umsichtig sein mit deinen Figuren. Nicht nur mit den wichtigen. Auch mit denen, die nur einen flüchtigen Moment auftauchen.«

»Und wenn ein Schreiber zu viel ändert, nimmt er Schaden.«

»Oh ja«, sagte Antoine, und seine Stimme klang mit einem Mal rau. »Jede rücksichtslose Umformulierung bleibt sichtbar auf der Seite, auf der sie geschrieben wurde. Die vorsichtigen Worte, die die Welt an den richtigen Stellen verändern oder nur ein wenig in eine neue Bahn lenken, sind wie eine sanfte Berührung. Aber die gewaltsamen Änderungen, die zu viel von der Geschichte verlangen: Oh, sie sind gefährlich. Die falschen Worte schneiden in die Haut und in das Papier. Die Lebensseite eines Schreibers, der zu stark in den Fluss der Worte eingreift, vernarbt so wie er. Und eines Tages wird er gar nicht mehr schreiben können.«

»Warum?«, fragte Tom mit klopfendem Herzen. Hatte er bereits seiner Seite geschadet, weil er auf ihr geschrieben hatte?

»Weil die Seite schließlich rissig wird. Zu viele Worte, die nicht auf sie gehören und die wie Gift sind. Diese Worte zerstören die Seite. Und damit auch ihren Besitzer. Er würde zerlaufen wie Tinte in Wasser.«

Auf dem Weg zum Abfluggebäude musste Antoine sie noch zweimal mit den richtigen Worten vor neugierigen Blicken bewahren. Es waren auch seine Worte, die ihnen eine verschlossene Tür öffneten, um in das Innere des Gebäudes zu gelangen.

»Ihr braucht Geld, Flugscheine und Pässe«, sagte er, während sie in den Strom der Reisenden eintauchten. »Und auch alles andere, was man für eine Reise benötigt.« Er kritzelte über seine Seite und zog daraufhin ein Bündel Geldscheine aus der Tasche.

Nachdem sie an einem Geschäft für Koffer angehalten hatten, gingen sie weiter und kauften sich etwas zum Anziehen und was sie sonst noch für die Reise brauchten (was im Fall von Joséphine bedeutete, dass sie sich eine so sündhaft teure französische Sammlerausgabe des *Herrn der Ringe* zulegte, dass Antoine ein paar zusätzliche Scheine herbeischreiben musste). Zuletzt standen sie mit ihrem neu erstandenen Gepäck vor der Tafel, auf der die Flüge angeschlagen waren.

»Himmel«, zischte Will. »Der nächste Flug in die USA hebt gleich ab. Für den sind wir wohl zu spät. Und der nächste geht erst wieder morgen.«

»Oh«, raunte Antoine vielsagend und fügte auf seiner Seite ein paar Worte hinzu. »Ich glaube, so sollte es gehen.«

Einen Moment später hatte sich die Abflugzeit für den Flieger nach hinten verschoben.

»Also wirklich«, bemerkte Antoine augenzwinkernd. »Immer diese Verspätungen.«

Während sie zum Abflugbereich gingen, wurde Antoine langsamer. Toni und Will, die angeregt darüber diskutierten, wie viele Lesende sich der Gruppe am Ziel ihrer Reise wohl in den Weg stellen würden, bemerkten es ebenso wenig wie Joséphine, die sich mit ihrem Koffer durch die Menge mühte.

»Was ist?«, fragte Tom besorgt.

Antoine wischte sich den Schweiß von der Stirn. »Es ist nichts. Nur zu viele Änderungen in der Geschichte für einen Autoren, der zu lange nichts geschrieben hat als ein paar Bestellungen.« Er lächelte matt. »Tu mir einen Gefallen. Sieh auf deiner Seite nach, ob hier irgendwo einer der Lesenden ist. Oder ein Schreiber. Wenn ihr mit einem von ihnen im Flugzeug sitzen würdet, wäre das unter Umständen tödlich.«

Tom zog seine Lebensseite hervor. Und drehte sie hastig um, als er die violetten Buchstaben erkannte. Er folgte den blauen Worten auf der anderen Seite, ohne dass er jedoch einen Hinweis auf einen Lesenden oder gar einen Schreiber in ihnen fand.

Er wollte sie gerade wieder einstecken, als Antoine seinen Arm festhielt. »Was ist das?«, fragte der Wortwächter, und ehe Tom ihn daran hindern konnte, hatte er ihm die Seite aus den Fingern gezogen. Er starrte mit gerunzelter Stirn auf das Papier. »Zweimal hat jemand darauf geschrieben. Du?«

»Das kannst du sehen?«

»So deutlich, wie ich dich sehen kann«, gab der Wortwächter zurück. »Ich habe die nötige Erfahrung dazu. Also, warst du das?«

Tom nickte. »Aber ich weiß nicht, ich meine, ich bin ein Lesender, oder?«

»Natürlich bist du das. Wieso hast du versucht, etwas hinzuzufügen?«

Tom erinnerte sich an den Moment in der Wüste. Joséphine im Sand. »Meine Seite hat mir das … nun, es stand dort etwas von einer Lücke, die gefüllt werden kann. Mit dem richtigen Wort. Ich weiß nicht ...«

»Und du hast etwas hineingeschrieben.« Antoine knetete seine Unterlippe.

Tom nickte. »Und vielleicht hat das Joséphine gerettet.«

»Ein Lesender, der schreibt.«

»Ist das möglich?«, fragte Tom mit klopfendem Herzen.

Antoine sah ihn an. »Ungewöhnlich, würde ich meinen. Und so selten, dass nicht einmal ich je einen solchen Lesenden gesehen habe. Oder einen Schreiber, der lesen kann.« Er seufzte, dann lächelte er. »Ich glaube, in der Geschichte des Ordens hat es nur eine Handvoll Männer und Frauen gegeben, die beide Talente in sich vereint hatten. Und es waren allesamt große Wortwächter. Selbst unter den anderen großen waren sie besonders.«

»Ich bin aber nicht besonders«, murmelte Tom.

Antoine warf ihm ein mitleidiges Lächeln zu, als bedauerte er ihn für diese Worte. »Aber natürlich bist du das. Du besitzt eine eigene Lebensseite. Es gibt also über dich ebenso vieles zu erzählen wie über alle anderen Menschen. Gleich, für wie wichtig du dich hältst. Den Worten bist du wichtig genug. Ihr alle seid wichtig. All die Menschen hier«, er sah auf die Masse an Leuten, die an ihnen vorbeiströmte, »sind einander gleich. Und jeder ist es wert, dass man sich genauer mit ihm befasst. Die meisten bekommst du nie zu Gesicht. Eine Reihe streift deinen Weg durch das Leben nur, ein paar begleiten dich ein kleines Stück und nur wenige gehen ihn mit dir bis zum Ende.

Wir haben uns kennengelernt. Ich habe einen Fuß auf deinen Weg gesetzt. Und ich spüre den Wunsch, euch wiederzusehen. Für mich kann die Welt nicht mehr so sein wie zuvor.« Er lächelte verschämt. »Um es mit den Worten eines Fuchses zu sagen: *Ihr habt mich gezähmt.*«

»Gezähmt? Wenn das bedeuten soll, dass du so frei warst, dass du schon einsam gewesen bist, dann freue ich mich, dass du nun weniger frei bist.« Tom wusste nicht, woher die Sätze plötzlich gekommen waren.

Antoine sah ihn überrascht an. »Sieh mal einer an. Das klang nach jemandem, der etwas mit Worten anfangen kann.«

Joséphine und die beiden Steinernen hatten unterdessen den Durchgang in den Abflugbereich erreicht. Antoine zog Stift und Papier, setzte einige Worte auf seine Seite und holte ein Kuvert hervor. »Pässe, Flugscheine und Geld. Genug, um zu den plappernden Präsidenten und wieder zurück zu kommen. Ich …« Er stockte.

»Dir gefällt die Idee nicht, dass wir den Schreibern die Feder geben.«

Antoine schüttelte den Kopf. »Nein, das tut sie nicht. Ich weiß, wozu diese Menschen fähig sind.«

»Und gerade deshalb muss ich sie ihnen geben. Um die Entführten zu befreien.« Er sah Antoine stumm an und suchte in dessen Blick nach einem Einverständnis.

Schließlich nickte der Wortwächter. »Selbst die Weisesten könnten nicht erahnen, was geschehen wird. Du musst tun, was du tun musst. Und deine Motive sind edel. Nur das zählt.« Er seufzte. »Wohin müsst ihr die Feder bringen?«

»Nach London.« Tom nahm das Kuvert so vorsichtig an sich, als könnte er sich daran die Finger verbrennen. Die letzte Etappe. Der wohl gefährlichste Teil des Abenteuers.

Und dann? Er hatte sich noch keine Gedanken darum gemacht, wie sie den Schreibern die Feder übergeben würden. Vielleicht sollten sie sie einfach dem Glatzkopf in die Finger drücken, der ihnen folgte wie ihr Schatten. Konnten die Schreiber denn nicht warten, bis Tom und die anderen die Feder gefunden hatten? Es machte doch keinen Sinn, dass sie einen von ihnen losgeschickt hatten, um die Feder bereits vor dem vereinbarten Zeitpunkt zu bekommen. Nun, es machte keinen Unterschied. Tom und die anderen wurden von gleich zwei Geheimbünden gejagt. Und keiner würde sich die Zeit nehmen und mit einem Jungen, einem Mädchen und zwei rebellischen Bibliothekaren diskutieren.

»Es war schön, den ältesten Wortwächter persönlich kennenzulernen«, meinte Tom. »Auch wenn ich immer noch wünschte, du würdest dir ebenfalls einen Pass in diese Geschichte schreiben.«

Antoine machte eine wegwerfende Handbewegung. »Nein, wirklich nicht. Ich werde langsam zu alt für solche Sachen.« Er ging zu jedem einzelnen und verabschiedete sich von ihm, wobei er Toni einschärfte, dafür zu sorgen, dass alles gut ausgehe. »Wofür habe ich dich denn sonst erschaffen?«, fragte er. Zuletzt blieb er vor Tom stehen. »Es war auch schön, den jüngsten Lesenden kennenzulernen, den ich je getroffen habe«, sagte er zu ihm.

»Und wenn ich … doch auch ein Schreiber bin?«, fragte Tom so leise, als fürchtete er, die Worte wahr werden zu lassen, wenn er sie zu laut aussprach.

Antoine lächelte. »Du musst ganz alleine herausfinden, was in dir schlummert. Welche Talente du besitzt. Ich habe einmal gehört, dass auf der Welt, seit sie besteht, einhundert Milliarden Menschen gelebt haben. Einhundert Milliarden! Und es hat da eine Handvoll solch erleuchteter Personen gegeben, die beide seltenen Gaben in sich vereint haben. Es ist also sehr unwahrscheinlich, dass ausgerechnet du einer von ihnen bist. Aber es ist noch unwahrscheinlicher, dass sich von diesen einhundert Milliarden Menschen über alle Zeiten hinweg ausgerechnet deine Eltern getroffen haben und von allen Millionen möglichen Kindern ausgerechnet du aus dieser Verbindung entstanden bist. Ausgerechnet du! Du bist also etwas sehr Besonderes. Und das wiederum macht doch eigentlich alles möglich, oder?«

Tom wusste nicht, was er sagen sollte. Er hatte sich nie *besonders* gefühlt. Er sah sich um. Die Menschen drängten sich durch die Abflughalle, als würde die Welt untergehen, wenn sie nicht rechtzeitig an ihren Zielen ankämen. Einem Kind fiel das Eis aus der Hand und es weinte, während seine Mutter es weiter hinter sich herzog. Ein Mann im Anzug trat auf das liegen gebliebene Eis und hinterließ bei jedem Schritt einen Schokoladenabdruck auf den grauen Bodenfliesen. Einen Moment später konnte Tom beide nicht mehr sehen und neue Menschen strömten an ihm vorbei. Jeder besaß eine Lebensseite. Und für jeden flossen Worte über das Papier. Keiner von ihnen hatte auch nur eine Ahnung davon oder machte sich je bewusst, wie besonders er oder sie war. Aber nach den Worten von Antoine waren sie es alle. Tom hatte plötzlich das Gefühl, er würde an einer Kreuzung mit eintausend Abzweigungen stehen. Welchen Weg würde er nehmen? Er lächelte, als er eine bis dahin nie gekannte Freude auf das Unbekannte in sich aufsteigen fühlte.

Den richtigen.

Sitze, die so weich waren, dass Tom beinahe in ihnen versank. Eine Stewardess, die ihm mit einem Lächeln die Posten auf der sehr langen Speisekarte aufzählte. Und der Kapitän, der sie persönlich begrüßte. Noch nie war Tom luxuriöser geflogen. Antoines kleine Umformulierung hatte ihnen nicht nur die Tickets in die USA beschert, sondern obendrein Toms ersten Flug in der besten Klasse. Er lehnte sich zurück in seinen Sitz, sah hinaus und schlief ein, ehe sie auch nur gestartet waren. Zu viele Abenteuer forderten ihren Tribut.

Trotz aller Annehmlichkeiten erwies sich die Reise als strapaziös. Zwei Mal mussten sie den Flieger wechseln, ehe sie bei einer Stadt landeten, die Rapid City hieß. Joséphine blockte jeden Versuch von Tom, ein Gespräch zu beginnen, ab und bedachte ihn dabei mit einem enttäuschten Blick, der ihm mehr zusetzte, als er für möglich gehalten hätte. Schließlich saßen sie in einem klapprigen Mietwagen. Die letzte Etappe ihrer verrückten Reise.

Es war bereits dunkel, als sie in einem Motel an einer viel befahrenen Landstraße hielten. Tom hatte solche Unterkünfte gelegentlich in Filmen gesehen. Meistens dienten sie als Unterschlupf für Leute, die auf der Flucht waren. Sehr passend, dachte er.

Toni überließ Will das Reden, dessen Englisch weit besser war als das eigene mit dem französischen Einschlag. Doch Will war mit seinem britischen Akzent und seiner gewählten Sprache sicher kaum weniger exotisch in der amerikanischen Einöde. Die drei Zimmer, die sie mieteten, waren einfach eingerichtet. Der Plan, den sie sich auf der Fahrt zurechtgelegt hatten, bestand darin, am nächsten Morgen, verborgen zwischen den zahllosen Touristen, die jeden Tag Mount Rushmore besuchten, den vier in Stein gehauenen Präsidenten nahe genug zu kommen, um herauszufinden, wo der letzte Teil der goldenen Feder verborgen war. Will hätte gerne mehr Zeit in die Vorbereitung investiert, doch Toni trieb zur Eile.

»Wir sind nun fast drei volle Tage unterwegs«, hatte er während der Fahrt gesagt. »Seit Ägypten ist viel zu viel Zeit vergangen, um überraschend bei den vier Köpfen zu erscheinen. Mary wird sicher direkt von Kairo aus hergeflogen sein. Und wer weiß, was mit dem Schreiber geschehen ist. Wenn er es geschafft hat, Mary zu entkommen, werden wir ihn oder einen anderen aus seiner Sippschaft hier wieder treffen. Wir dürfen ihnen nicht noch mehr Zeit schenken, sich auf unser Auftauchen vorzubereiten.«

Tom hatte Will den Widerspruch vom steinernen Gesicht abgelesen, doch zuletzt hatte sich der Diener von Toms Onkel geschlagen gegeben. »Gut«, hatte er missmutig geantwortet. »Doch Tom wird die ganze Zeit seine Seite im Auge behalten.«

In dieser Nacht schlief Tom unruhig. Er träumte, er sei zurück in der Wüste. Plötzlich stellte sich ihm die Sphinx in seinen Weg. Mit leuchtenden Augen sah sie ihn an und forderte ihn auf, ihr ein Rätsel zu stellen, das sie nicht würde lösen können. Zitternd zog Tom im Traum seine Seite hervor und ließ die unvollständige goldene Feder über das Papier tanzen. Und die Sphinx wurde unbeweglich. Tom freute sich bereits über seinen Sieg, als hinter der steinernen Chimäre der Schreiber hervortrat. Auch er hielt seine Seite in der Hand und mit wenigen Federstrichen erwachte die Sphinx erneut zum Leben.

»Das Rätsel!«, brüllte sie mit einer so lauten Stimme, dass der Sand unter Toms Füßen in Bewegung geriet. Ein Strudel bildete sich und ehe Tom sich's versah, wurde er hinabgesogen. Über sich hörte er das Lachen des Schreibers. Tom schrie.

Er schrie auch dann noch, als er schweißnass aufwachte. Zitternd lag er in seinem Bett und brauchte einige Zeit, ehe er begriff, dass er in Sicherheit war.

Doch er fand keinen Schlaf mehr und als es noch vor Sonnenaufgang an seiner Tür klopfte, stand er endgültig auf. Für einen verrückten Moment glaubte Tom, es sei Joséphine, die sich mit ihm aussprechen wollte. Doch vor seiner Tür stand nur Will. Tom war in diesem Moment sicher, der Steinerne hätte den Verstand verloren. »Was ist das?«, fragte er und starrte den Bibliothekar an. Das bunte Hawaiihemd war nicht das Furchtbarste, das er am Leib trug. Auf seinem Kopf saß ein Cowboyhut und er trug Stiefel, die wie die Requisite aus einem Western aussahen.

»Tarnung«, gab Will ungerührt zurück und drückte Tom eine Tüte in die Hand. »Toni war in einem dieser Läden einkaufen, die die ganze Nacht geöffnet haben. Er hat für uns alle etwas besorgt, damit wir nicht so auffallen.«

Tom hoffte, dass die Dinge, die Toni für ihn eingekauft hatte, weniger geschmacklos wären – aber weit gefehlt. Er bekam ein T-Shirt in den Farben der US-Flagge und so weite Hosen, dass er fürchtete, sie würden ihm beim ersten Schritt wieder herunterrutschten. Dazu sollte er offenbar eine leuchtend gelbe Baseballmütze tragen.

»Was soll das denn für eine Tarnung sein?«, entfuhr es ihm. »Wenn wir mit etwas auffallen werden, dann damit.«

Will legte einen Finger auf die Lippen. »Leise, sonst hört uns noch jemand. Alle Touristen sehen so aus. Wenn wir uns nicht in diese … Kostüme kleiden, werden Mary und die anderen des Ordens uns sofort ausmachen. Nur wenn wir im Strom mitschwimmen, haben wir eine Chance.« Will begegnete Toms schockiertem Blick mit einem Lächeln. »Es ist wie Theaterspielen. Damit kenne ich mich aus. Es sind nicht gerade Shakespeare-Kostüme«, fügte der Steinerne gut gelaunt hinzu. »Aber sie werden uns gut verkleiden.«

Nie hatte sich Tom mehr geschämt, als er schließlich vor das Motel trat. Er hatte seine Jacke übergezogen, aber das ließ ihn bestimmt nicht weniger lächerlich aussehen. Er fühlte sich so schlecht angezogen wie noch nie in seinem Leben. Wenigstens fiel er neben den beiden grellbunten Bibliothekaren nicht allzu sehr auf. Toni hatte offenbar versucht, sich in alle Farben des Regenbogens zu kleiden. Für Joséphine hingegen hatte Toni anscheinend nichts Schreckliches gefunden. Sie trug einfache Jeans und das Sweatshirt einer Football-Mannschaft. Tom fand, dass sie umwerfend aussah. Auf seine Begrüßung hin murmelte sie nur etwas Unverständliches, dann scheuchte Toni sie auch schon zum Mietwagen.

»Ich habe diesen Prospekt hier an der Rezeption gefunden«, bemerkte Joséphine auf der Fahrt in die Stadt. »Es gibt eine Bustour zu den vier Steingesichtern. Wir könnten uns Karten kaufen und mit den anderen Reisenden zu ihnen gehen. Wenn keiner zusieht, klettern wir zu ihnen hinauf.« Sie warf Tom einen kurzen Blick zu. »Was meinst du?«

Wenigstens sprach sie wieder mit ihm. Die Eiszeit war zwar nicht zu Ende, aber immerhin schien es ein Grad wärmer zu werden.

»Tolle Idee«, sagte er. Auf sein Lächeln zuckten ihre Mundwinkel kurz. Immerhin.

»Hervorragender Einfall«, lobte Will und tippte sich wie ein Cowboy an die Krempe seines entsetzlichen Hutes. »Wir verbergen uns dort irgendwo. Und dann …«, er zögerte, als wüsste er nicht recht weiter.

»Warten wir auf die richtige Gelegenheit?«, warf Joséphine hilfsbereit ein.

Will nickte und lächelte. »Richtig. Toms Seite wird uns irgendwie helfen.«

»Natürlich wird sie das«, meinte Toni entschlossen, während er den Wagen die Straße entlanglenkte. »Ganz sicher. Ihr werdet sehen, es ist ein Kinderspiel. Ganz sicher.«

Mount Rushmore lag inmitten eines Nationalparks. Das Bergmassiv, in das die vier gewaltigen Köpfe gehauen worden waren, erschien hinter einer Kurve und Tom glaubte einen Moment, die Präsidenten würden prüfend ihre Blicke auf sie richten. Sie stiegen aus dem Bus und hielten sich am Rand der bunten und lauten Touristengruppe, die auf die Kartenhäuschen zueilte. Tom sah sich immer wieder misstrauisch um, doch er konnte niemanden erkennen, der ihm verdächtig vorkam. Prüfend blickte er hinauf zu den vier Köpfen. Der Fels, von dem sie herabschauten, wurde von einem dichten Wald gesäumt.

»Der Orden wird nicht den ganzen Wald überwachen können«, meinte Joséphine hoffnungsvoll.

»Nein«, gab Tom zurück, auch wenn sie nicht unbedingt zu ihm gesprochen hatte. Es gab tatsächlich genug Möglichkeiten, sich ungesehen an den Felsen anzuschleichen. Doch er hatte selbst erlebt, dass ein Lesender seinen Feind nicht sehen muss, um ihn zu bemerken. »Die Seiten, die sie bei sich tragen, werden sie vor uns warnen.«

»Richtig«, sagte Toni leise und schob sie alle den Weg entlang, der zu den Kassenhäuschen führte. »Ein oder mehrere Lesende drücken irgendwo ihre Nasen in ihre Seiten, um eine

Spur von uns zu entdecken. Wir dürfen ihnen nicht zu nahe kommen. Zumindest nicht zu früh. Deshalb müssen wir auch sehr schnell sein.«

Nachdem Will die Karten gekauft hatte, folgten sie im Schutz der Menge einem mit Fahnen geschmückten Weg und bogen dann auf einen Pfad ab, der sie nahe an die Köpfe bringen würde. Zu ihrer Linken erhob sich der gewaltige Fels. Er führte steil hinauf und bald schon konnte Tom die Gesichter ganz deutlich sehen.

»Beinahe vierzehn Sommer hat ein gewisser John Gutzon de la Mothe Borglum an den Köpfen gearbeitet«, las Will aus einem Informationsblättchen vor, das er mit den Karten zusammen gekauft hatte. »Jeder Kopf ist fast zwanzig Meter hoch. George Washington, Thomas Jefferson, Theodore Roosevelt und Abraham Lincoln. Gut, dass der Berg nicht Platz genug für alle Präsidenten bietet. Da sind und waren ziemliche«, er zögerte, »Knallköpfe dabei, wenn ich das einmal sagen darf.« Er lächelte verschämt. »Das war wohl nicht gerade Shakespeare, ich weiß. Aber zutreffend.«

Tom zog während des Weges mehr als einmal seine Seite aus der Jacke. Jedes Mal sah er vorher zu Joséphine, ehe er hastige Blicke auf das Papier warf. Doch die nachtblauen Buchstaben offenbarten ihm keinen Hinweis auf die Lesenden und ihre Bibliothekare, die Tom und die anderen hier vermuteten.

Hinter ihnen ging eine Traube sehr lauter Touristen. An einer Biegung blieb Will unter dem Vorwand stehen, sein Schuh sei auf, und die Leute überholten sie. Will ließ sich Zeit, bis alle verschwunden waren.

»Himmel, ich dachte, die Nervensägen werden wir gar nicht mehr los«, brummte Will. »Verzeihung, das war auch nicht Shakespeare.« Er warf einen prüfenden Blick das Bergmassiv hinauf.

»*Bon*«, Toni klatschte in die Hände. »Wir können endlich den Weg verlassen. Hier sieht es ganz gut aus. Genug Bäume und Felsen, um uns vor unerwünschten Blicken zu verbergen. Seid vorsichtig. Dass wir bislang auf niemanden aus dem Orden getroffen sind, heißt nur eines.«

»Dass sie nicht da sind?«, fragte Tom ohne wirkliche Hoffnung.

»*Non*«, erwiderte Toni. »Es heißt, dass sie woanders auf uns warten.« Er deutete zu den Präsidenten. »Und zwar dort, schätze ich.«

Will und Toni halfen ihnen, den steilen und steinigen Hang zu erklimmen. Der Boden unter ihnen geriet leicht in Bewegung und sie alle hatten Mühe, hinaufzuklettern, ohne hinzufallen. Zuletzt aber stießen sie auf eine Mulde, die von einigen Bäumen gesäumt wurde und so nahe an den steinernen Köpfen lag, dass sie einen guten Blick auf sie hatten. Der Tag war warm und sie fanden ohne größere Mühe genug Blätter, um die steinige Mulde weich auszukleiden. Die Stimmen der Touristen, die dem Wanderweg folgten, drangen nur leise an ihr Ohr. Zu sehen war von den Besuchern ebenso wenig wie von irgendwelchen Lesenden oder Schreibern.

»Und nun?«, fragte Joséphine. »Wie lange warten wir?«

»Eine gute Frage«, meinte Will und zog ein paar lädierte Schokoriegel und zwei Cola-Dosen aus den vielen Taschen seiner Hose. »Kannst du etwas lesen?«, fragte er an Tom gewandt, während er Joséphine eine der Dosen in die Hand drückte.

Tom zog die Seite aus der Tasche seiner Jacke.

Und wieder suchte Tom die Unterstützung seiner famosen Seite.
Und wie immer war das sehr gerechtfertigt.
Was wäre er nur ohne sie?

»Hey«, zischte Tom. »Jetzt ist es aber mal gut. Ja, du bist wirklich ein tolles Ding. Und wir hätten es ohne dich nicht hierher geschafft. Zufrieden? Aber jetzt wird es gefährlich. Also hör auf mit deinem ständigen Eigenlob.«

Für einen Moment schien es, als sei die Seite eingeschnappt. Kein einziger Buchstabe zeigte sich auf ihr. Dann aber flossen sie wieder. Zögerlich.

Es ist nicht einfach, eine Lebensseite zu sein.
Man muss ständig überlegen, was man von all dem, was passiert, aufschreibt.
Ganz alleine.
Und meine Rückseite mit den violetten Buchstaben mag mich nicht mehr.
Wenn einen dann der eigene Mensch nicht einmal lobt ...

»Ich habe doch gesagt, wie toll du bist«, beeilte sich Tom zu sagen. Meine Güte, dachte er, meine Seite ist beleidigt.

Nun gut.
Tom war auch ...

»Super?«

Nicht so dumm, wie anfangs befürchtet.
Und sein Mund klappte nicht mehr ständig auf.
Übrigens war kein Lesender und kein Schreiber nahe genug,
um ein Echo im ewigen Fluss der Worte zu erzeugen.
Da waren nur die vier Köpfe.
Und ein Mädchen, das ein Gefühl im Herzen trug, das beinahe das
schrecklichste von allen war.

»Wut?« Tom flüsterte das Wort nur aus Angst, Joséphine könnte merken, was er mit seiner Seite beredete.

Schlimmer.
Enttäuschung.
Wenn Tom einen Rat der Seite annehmen wollte, dann würde sie sagen,
dass er von nun an ganz und gar ehrlich zu ihr sein musste.
Viel Glück.

»Danke«, murmelte Tom. Dann sah er auf. »Es scheint, als wären wir alleine hier«, sagte er.

»Wir sind es sicher nicht«, erwiderte Toni. »Aber wenn deine Seite keinen Hinweis auf unsere Gegner gibt, dann sind sie noch zu weit entfernt.« Er kniff die Augen zusammen. »Nun gut, wir warten ein wenig. Wir können eh nichts unternehmen, solange die ganzen Leute hier sind. Wenn es ruhiger wird, wagen wir einen Vorstoß, *n'est-ce pas?*«

Das Warten war mehr als öde und als die Sonne schließlich die Schatten der Bäume, die sie auf den Hang malte, immer länger werden ließ, hielt es Tom nicht mehr aus. Seine schmerzenden Beine und sein aufgeregtes Herz verlangten danach aufzustehen.

»Vorsicht«, mahnte Will, während Tom ein paar Schritte machte.

»Ehrlich gesagt, glaube ich schon fast nicht mehr, dass Mary hier ist«, erwiderte er und rieb seine Waden. »Vielleicht ist sie noch in Kairo. Ich meine, da war der Schreiber, oder? Vielleicht haben sie miteinander gekämpft?«

»Unsinn«, entgegnete Toni bestimmt. »Sie sind hier. Und der Schreiber auch, wenn Mary ihn nicht unschädlich gemacht hat. Setz dich wieder. Nur Geduld. Wir …« Er brach ab, als es in der Ferne donnerte. Es klang, als wäre ein Riese erwacht. Und zwar mit sehr schlechter Laune.

»Ein Unwetter?«, fragte Joséphine. Ihre Stimme war rau vor Misstrauen.

»Möglich«, erwiderte Tom. »Oder …« Das Prickeln spürte er, noch ehe er seine Seite abermals hervorzog.

Das Gewitter war aus Worten gemacht.

Vorsicht, Tom.

»Eine Umformulierung«, wisperte er.

»Oh, offenbar greift unser Schreiber in die Geschichte ein«, sagte Toni düster.

Tom blickte zum Himmel und betrachtete die Wolken, die so schnell näher kamen, als würde etwas sie zur Eile antreiben. Oder jemand. Es wurde so plötzlich dunkel, dass Tom hätte meinen können, jemand hätte einen Lichtschalter betätigt. Und dann setzte der Regen ein. Kein Schauer, der einen nur durchnässt. Es war eine wahre Sintflut. Der plötzliche Regen prasselte so laut, dass Tom und die anderen einander anschreien mussten, um sich zu verstehen.

»Warum macht der Schreiber das?« Mit dem Regen zog auch ein Wind auf, der Tom hart ins Gesicht blies.

»Um ungesehen hierher zu gelangen.« Joséphine hatte für den Moment offenbar beschlossen, ihren Ärger über ihn beiseitezuschieben.

»Nicht gerade unauffällig«, kommentierte Tom, erleichtert darüber, dass sie wieder miteinander sprachen.

»Aber sehr effektiv«, meinte Will, der sich nun ebenso wie Toni erhob. »Denn in der Nacht sind alle Katzen grau. Kommt. Was ihm hilft, bringt auch uns voran.«

»*Bon*, das stimmt«, pflichtete Toni ihm bei. »Etwas Besseres hätte uns kaum passieren können. Während sich der Schreiber und der Orden miteinander beschäftigen, holen wir uns den letzten Teil der Feder. Ich würde sogar sagen, in dieser Nacht sind auch die Mäuse grau.«

Der letzte Aufstieg wäre auch ohne das Unwetter beschwerlich gewesen. Doch bei dem Regen und dem Sturm hätten Tom und Joséphine ihn ohne die Hilfe der Steinernen unmöglich geschafft. Tom hielt gelegentlich inne und sah auf seine Seite. Die Buchstaben schimmerten im Dunkeln, als wären sie von einem fernen Licht erfüllt, und das Papier blieb trocken, als traute sich der Regen nicht, es zu durchnässen. Vielleicht …

Stimmen unterbrachen seine Gedanken.

Sie stammten nicht von Menschen.

Auch nicht von Bibliothekaren.

Tom starrte ungläubig den Hang hinauf.

»Meine Güte«, murmelte Joséphine. »Die Köpfe reden.«

»Schon wieder Regen«, murrte der ganz links. George Washington, wenn Tom sich nicht irrte. Die Stimme klang, als würden Steine poltern. »Immer nur Regen. Kann man nicht mal etwas dagegen erfinden?«

Die Worte wurden durch das Unwetter gedämpft und Tom musste sich anstrengen, um sie zu verstehen.

»Ich finde so einen kleinen Schauer richtig erfrischend«, erwiderte der Kopf neben Washington gut gelaunt. Das musste Jefferson sein.

»Himmel, man kann nicht mal in Ruhe ein Nickerchen machen«, beschwerte sich das Gesicht von Abraham Lincoln, das ganz rechts in Stein gehauen war. »Erst schnarcht Jefferson, als wollte er noch alle Welt auf unser kleines Geheimnis aufmerksam machen, und nun geht diese Welt offenbar unter. Schauer, dass ich nicht lache!«

In diesem Moment erhellte ein Blitz die unnatürliche Dunkelheit. Und Tom sah die Köpfe ganz deutlich. Ihre Augen bewegten sich in den Höhlen, Washington hatte die Mundwinkel tief heruntergezogen und Lincoln rümpfte die Nase.

Tom warf einen Blick auf seine Seite. Die schimmernden Worte ließen sein Herz schneller schlagen.

Dort waren sie.
Zwölf Bibliothekare.
Und ein Lesender, der durch die Umformulierung des Schreibers zu abgelenkt war, um Tom und die anderen auf seiner Seite zu bemerken.
Die Anhänger des Ordens der Wortwächter waren hinter den steinernen Köpfen verborgen.
Die Bibliothekare wussten, dass der Schreiber da draußen war.
Doch nicht wo.
Die ersten gaben ihre Zurückhaltung auf und kletterten auf die Köpfe.

In dem Moment, in dem Tom die Worte las, erkannte er aus den Augenwinkeln die Gestalten. Wie Schatten, die aus der Nacht geboren worden waren, erschienen sie. Toms Herz verkrampfte sich vor plötzlicher Angst. Wie sollten sie sich gegen ein Dutzend steinerner Bibliothekare zur Wehr setzen? Schon Mary alleine war eine mehr als harte Gegnerin. War sie unter den zwölf? Oder wartete sie irgendwo verborgen in der Nacht darauf, dass sich Tom und die anderen zeigten?

»Na, wunderbar«, grummelte Washington und schielte nach oben, als könnte er die Gestalten, die auf seinem Kopf entlangspazierten, sehen. »Jetzt werde ich auch noch als Aussichtsplattform missbraucht.«

Tom wandte den Blick von den vier Präsidenten ab und sah in die Gesichter seiner Freunde. »Wir schaffen das nicht«, rief er, so laut er sich traute. »Wie sollen wir an so vielen Bibliothekaren vorbeikommen?«

Toni machte eine beschwichtigende Handbewegung. »Hast du erkannt, wer das dort oben ist?«, fragte er Will.

Der Steinerne kniff die Augen zusammen. »Hemingway. Ich erkenne ihn an seinem Bart. Und Twain. Sieht immer aus wie ein Walross. Oh, da ist auch Poe. Er guckt, als fürchtete er sich sogar vor sich selbst. Die anderen kann ich nicht genau sehen.«

»Ich glaube, Fleming und Misses Christie sind auch darunter. Ein paar von ihnen sind ziemlich heißblütig. Wenn wir sie reizen, verlassen sie vielleicht die Köpfe und machen den Weg frei.«

»Du willst sie fortlocken?«, fragte Will stirnrunzelnd. »Und was ist dein Köder?«

Toni lächelte ihn abenteuerlustig an. »Nicht was, sondern wer.«

Einen Moment später sah Will unglücklich dabei zu, wie Toni begann, handgroße Felsbrocken vom Boden aufzulesen.

»Wir locken sie fort«, erklärte Toni. »Du wirst sehen, das ist ein Kinderspiel.«

»Verdammt und verflucht, es gibt bestimmt einen eleganteren Plan als diesen«, erwiderte Will griesgrämig. »Verzeihung, das war nicht Shakespeare.«

Toni lächelte ihn auffordernd an. »Sicher. Aber solange du ihn mir nicht mitteilst, werden wir wohl meinen in die Tat umsetzen müssen. Du und ich bringen die Bibliothekare auf die falsche Spur, damit Joséphine und Tom den letzten Teil finden können.« Er nickte zufrieden, als er die Felsbrocken in der Hand wog. »Damit werden wir sie zwar nicht besiegen können. Aber ärgern können wir sie auf diese Weise schon. Hört, ihr zwei werdet auf euch alleine gestellt sein. Findet den letzten Teil. Und dann flieht hinunter zur Straße.« Er griff in seine Tasche und zog ein Bündel Geldscheine hervor. »Nehmt euch ein Taxi zurück ins Motel. Wartet dort auf uns.«

»Und wenn wir bis zum Sonnenaufgang nicht zurück sind«, ergänzte Will ernst, »müsst ihr mit deiner Tante Kontakt aufnehmen, Joséphine. Sie ist der einzige Mensch, dem ihr in dieser Sache wirklich vertrauen könnt. In Ordnung?«

Tom musste den Kloß, den er im Hals fühlte, mit Macht hinunterschlucken. Doch er nickte genau wie Joséphine, die ein ebenso wenig glückliches Gesicht machte, und steckte das Geld ein.

Dann wandten sich die beiden Bibliothekare von ihnen ab und trampelten so geräuschvoll den Hang hinauf zu den vier Präsidenten, dass sie sogar das Unwetter übertönten.

Tom verbarg sich mit Joséphine hinter einer dicht belaubten Kiefer, die sich mitleiderregend im Sturm bog. Die beiden Steinernen hatten einige Mühe, sich auf den Füßen zu halten, während der Sturm den Hang hinauffegte, doch zuletzt traten sie zwischen den Bäumen hervor. Will lief links herum, während sich Toni nach rechts richtete. Es gelang ihnen sogar, bis fast an die unterste Kante der Präsidentenköpfe zu gelangen, ehe ein Blitz den Hang in grellweißes Licht tauchte. Einer der zwölf Bibliothekare entdeckte Toni und deutete mit dem Finger auf ihn. Es war das Walross. Twain. Den Ruf des Steinernen, mit dem er die übrigen elf Bibliothekare warnte, konnte Tom trotz des Sturms hören. Und ebenso den überraschten Schrei, als Toni ihm einen der aufgesammelten Brocken gegen den Schädel warf. Twain taumelte und verlor das Gleichgewicht.

Fünf der anderen Bibliothekare sprangen wie auf ein stummes Kommando zur gleichen Zeit in die Tiefe und stürmten auf Toni zu. Dann war auch Twain wieder auf den Beinen und folgte ihnen mit einem kühnen Satz von Lincolns Haupt, der ihn lautstark anfeuerte: »Wenn einer den Halunken fängt, dann bei Gott ein amerikanischer Bibliothekar!« Twain wurde indes direkt wieder von den Beinen geholt, kaum dass er ein paar Schritte auf Toni zugemacht hatte. Vermutlich der zweite Felsbrocken. Sogleich rannte auch Toni los und verschwand aus Toms Blickfeld, während die vier Präsidentenköpfe angeregt über das plötzliche Auftauchen des Steinernen und den vermutlichen Ausgang der Jagd diskutierten.

Noch sechs Bibliothekare. Tom hatte Will aus den Augen verloren. Er versuchte, in der immer dichter werdenden Dunkelheit und dem Regen Wills Gestalt zu erkennen, und schließlich fand er ihn wieder. Er kletterte gerade an Washington empor, was den Präsidenten zu einigen heftigen Verwünschungen animierte. »Also bitte, schlimm genug, dass ich tagein, tagaus angegafft werde. Bin ich denn nun auch noch ein Klettergerüst? Ein wenig mehr Respekt wäre durchaus angebracht!«

Atemlos verfolgte Tom, wie zwei der Bibliothekare, darunter der schnurrbärtige Hemingway, Will ausmachten und anfingen, an Washington herunterzusteigen.

»Au!«, rief der Kopf, was ihm von Lincoln einen genervten Blick und obendrein die Bemerkung einbrachte, keiner von ihnen hätte je ernsthaft Schmerzen verspürt. Immerhin seien sie aus Stein.

Während die Köpfe miteinander zankten, ließ sich Will fallen und lief wie Toni zuvor los. Er verschwand, verfolgt von schließlich drei Steinernen, zwischen den regennassen Bäumen, die sich noch immer im Wind bogen.

»Verdammt«, entfuhr es Joséphine. »Sie sind nicht ganz so dumm, wie wir geglaubt haben. Da sind noch immer drei übrig.«

Tom presste die Lippen aufeinander. Drei Bibliothekare. Er erkannte eine Frau und zwei Männer. Wie um alles in der Welt sollten sie drei Bibliothekare ausschalten?

Für einen Moment verlor Tom allen Mut. Er glaubte zu

fühlen, wie der Regen ihn ihm aus dem Herzen spülte. Wie die Dunkelheit jede Zuversicht in ihm erstickte. Er ließ sich gegen einen Baum sinken. Der schartige Stamm stach ihm mit hölzernen Fingern in den Rücken. Sein Blick fand den von Joséphine. Oh, sie fühlte es auch. Er konnte es ihr ansehen. Sie waren gescheitert.

Ein Blitz zuckte durch die Nacht und malte die Köpfe und die, die auf ihnen standen, mit weißer Farbe auf schwarze Leinwand. Für einen Moment war Tom in Gedanken wieder im Haus seines Onkels. Der Einbruch. Seine Seite. Die Entführung. Er war nicht mehr der Junge, der er in jener Nacht gewesen war. Er hatte gelernt, dass Worte mächtig sein konnten. Waffen, wenn nötig. Dass er sie zu beherrschen vermochte. Und dass er der Held seiner eigenen Geschichte war. Hatte er je von einem Helden gehört, der fast den Schatz gefunden hatte, den er die ganze Zeit über gesucht hatte, um dann kurz vor dem Ziel aufzugeben? Nein. Tom wusste nicht, ob dieser eine Funke Mut, den er tief in sich fand, die ganze Zeit auf ihn gewartet hatte oder ob er gerade erst entstanden war. Doch er wuchs, kaum dass Tom sich seiner bewusst geworden war.

Tom sah auf die Seite. Dies war eine Welt voller Wörter. Und er brauchte sie in diesem Augenblick mehr denn je.

Drei Bibliothekare.

Tom wusste, dass es gefährlich war.

Er stand an einer Abzweigung.

Es gab manchmal diese Momente, in denen man all seinen Mut zusammennehmen musste.
In denen man wusste, dass man auf ganzer Linie scheitern konnte, wenn man es wagte, den gefährlichen Weg zu gehen.
Mit nichts als seinem Mut.
Und seiner Seite.
Wagst du es, Tom?

Tom blickte unverwandt auf die Seite. Er hörte die Frage mehrfach in sich. Als wäre dort ein Echo. *Wagst du es, Tom?* Sein Herz schlug plötzlich so schnell, als wollte es aus seiner Brust entkommen. Wagte er es? Vertraute er alleine seinem Mut?

Entschlossen blickte Tom zu den drei Bibliothekaren hinüber. Und nickte. »Ja«, sagte er. Er sah Joséphine an. »Komm!« Seine Stimme klang so fest, dass es ihn selbst überraschte. »Wir holen uns nun den letzten Teil.«

Sah er einem anderen dabei zu, wie er Joséphine hinter sich herzog und mit ihr zu den Köpfen schlich? Das Gewitter machte jeden ihrer Schritte unhörbar und die Dunkelheit verbarg sie besser als ein Tarnumhang. Dennoch fühlte sich Tom erst dann halbwegs sicher, als sie sich gegen den untersten Rand der Köpfe drückten. Die Steinernen hatten sie nicht bemerkt. Und der Lesende, wo immer er auch war, anscheinend ebenfalls nicht. Tom zog seine Seite hervor und folgte dem Fluss der Buchstaben.

Tom und Joséphine waren nicht entdeckt worden.
Es gab keinen Hinweis auf einen Lesenden.
Oder die drei letzten Bibliothekare.
Sie waren fort.
Einer Spur gefolgt.

Einer Spur? Hatten sie sich der Jagd auf Will und Toni angeschlossen? Egal, dachte Tom. Wenn sie alle fort waren, mussten Joséphine und er schnell sein.

»Sie sind weg«, meinte er an das Mädchen gewandt. Dann richtete er seinen Blick wieder auf die Seite. »Wo ist der letzte Teil?« Er wisperte die Worte, obwohl der Sturm so laut war, dass er sie selbst nicht einmal hörte.

Vier Präsidenten.
Nie einer Meinung.
Im ewigen Streit vereint.
Geben nur demjenigen frei, was er begehrt,
dessen Gründe rein und untadelig sind.

Rein und untadelig? Tom runzelte die Stirn. Was würden die vier Präsidenten wohl als rein und untadelig bezeichnen?

Die Köpfe stritten immer noch miteinander, während das Unwetter tobte. Ein Unwetter, das der Schreiber entfacht hatte.

Vergiss ihn nicht, Tom, mahnte er sich. Sie mussten sich beeilen, ehe er hier auftauchte.

Tom trat ein paar Schritte von dem Fels weg, in den die zankenden Köpfe gehauen waren, und räusperte sich. »Entschuldigung«, sagte er. Er blickte sich verstohlen um, doch niemand schien ihn bemerkt zu haben. Über ihm stritten die Köpfe weiter, als sei nichts gewesen.

Tom sah zu Joséphine, die nur mit den Schultern zuckte. »Entschuldigung«, sagte er nun ein wenig lauter. Doch wieder reagierte keiner der vier Köpfe. Er wollte gerade Luft für ein drittes Mal holen, als Joséphine gegen den Felsen trat.

»Au«, entfuhr es Washington. »Wer war das? Du, Jefferson?«

»Mit welchem Fuß denn?«, erwiderte der Steinkopf neben ihm. »Außerdem kannst du dir gar nicht wehtun. Du bist aus Stein, alte Mimose! Ich schätze, du solltest mal die beiden Menschen dort unten fragen.«

»Pst«, zischte Tom und legte einen Finger auf die Lippen. Er wollte sich nicht darauf verlassen, dass die Bibliothekare und der Lesende weit genug entfernt waren, um sie nicht zu hören.

»Wer seid ihr und warum tretet ihr mich?«, fragte Washington verstimmt.

»Entschuldigung«, wiederholte Tom. »Mister Washington?«

»Mister President, wenn ich bitten darf«, erwiderte der Kopf frostig.

»Meine Güte«, zischte Lincoln von rechts. »Wir sind alle Mister President.«

»Aber ich war der erste«, erwiderte Washington besserwisserisch. »Und nach mir ist die Hauptstadt benannt.«

»Mister … President.« Tom kam sich beinahe so albern vor wie bei den ersten Malen, als er mit seiner Seite geredet hatte. »Wir brauchen Eure Hilfe.«

»In welcher Angelegenheit?« Washington klang schon nicht mehr ganz so verstimmt. Ein wenig Neugierde hatte sich in seine Stimme gemischt.

»Es geht um das, was Ihr beschützt.«

»Die Feder?«, fragte Jefferson.

»Still«, sagte Lincoln scharf. »Das ist ein Geheimnis.«

»Sie wären wohl kaum hier, wenn sie nichts davon wüssten«, erwiderte Jefferson.

Und einen Moment später zankten sich die Köpfe auch schon wieder.

»Entschuldigung«, sagte Tom nun zum vierten Mal.

»Ja, bitte?«, fragte Washington, als würde er Tom und Joséphine zum ersten Mal sehen.

»Können wir die Feder haben?« Die Frage mochte direkt sein, doch Tom hatte das Gefühl, dass er mit höflichem Herumreden hier wenig weiterkam.

»Seid ihr vom Orden oder gehört ihr den Lumpen an, die die Feder für sich wollen?«, rief Lincoln. »In diesem Fall sollten wir Alarm schlagen.«

»Ich bin ein Lesender«, sagte Tom und das war im Grunde auch die Wahrheit. »Und ich war in der Zentralbibliothek des Ordens im Big Ben.«

»Nun«, sagte Lincoln streng, »wenn du ein Lesender bist, weißt du wohl, wann wir offenbaren, was wir bewahren.« Er sah Tom auffordernd an.

»Ihr gebt nur demjenigen frei, was er begehrt, dessen Gründe rein und untadelig sind«, wiederholte Tom die Worte, die er auf seiner Seite gelesen hatte.

»Gut«, sagte Lincoln, offenbar etwas besänftigt. »Du bist also ein Lesender, ganz ohne Zweifel. Dann erzähle, weshalb du die Feder willst. Aber bedenke, eine Lüge ist nicht willkommen. Nur die Wahrheit bringt dich ans Ziel.«

Nur die Wahrheit. In diesem ganzen Abenteuer um die Lesenden und die Schreiber hatte es für sie bislang wenig Platz gegeben. Ein Diener, der sich als zum Leben erweckte Steinfigur entpuppte. Ein langweiliger Onkel, der einem Geheimbund angehörte. Und ein berühmter Schriftsteller, der sein Leben mit Worten fortführte, nachdem er den eigenen Tod inszeniert hatte. In dieser Geschichte steckten viele Maskeraden und Lügen. Vielleicht war es wirklich an der Zeit, es alleine mit der Wahrheit zu versuchen.

Tom erzählte. Knapp zwar. Doch er berichtete von allem, was geschehen war. Dabei sah er sich immer wieder um. Joséphine und er aber schienen allein mit den vier Köpfen zu sein. »Ich muss meinen Onkel und die anderen befreien«, schloss er und sah erwartungsvoll zu den Präsidenten empor. Was würden sie sagen?

Zunächst schwiegen sie. Nur das Unwetter sorgte dafür, dass die Dunkelheit nicht still war.

»Ehrbar«, meinte Washington schließlich. »Aber es läuft wohl darauf hinaus, die Freiheit weniger gegen die Freiheit vieler abzuwägen. Denn die Schreiber würden Einfluss nehmen auf den Lauf der Welt. Sollten neun Lesende befreit werden, damit sie und alle anderen Menschen der Welt anschließend auf andere Weise gefangen genommen werden?«

Eine gute Frage, fand Tom. Leider hatte er keine Antwort auf sie.

»Nun, alter Freund, mir scheint diese Gleichung nicht ganz richtig«, erwiderte Lincoln mit ernster Stimme. »Denn es geht in dem einen Fall um das Leben der Entführten, während es in dem anderen alleine um die Möglichkeit geht, selbstbestimmte Entscheidungen zu treffen. Und bedenke, nur die wenigsten Menschen sind wirklich frei darin zu entscheiden, was sie tun wollen.«

»Du willst also sagen, es gäbe keine Freiheit?«, warf Jefferson ein. »Gerade in diesem Land wird sie hochgehalten. Wo, wenn nicht hier, sollte für die Freiheit gekämpft werden?«

»Hier wird sie hochgehalten, meinst du?« Washington klang höhnisch. »Vielleicht früher einmal.«

Keinen Augenblick später waren die Köpfe wieder in einem unerbittlichen Disput versunken.

»Meine Güte, nun hört doch bitte mal mit diesem kindischen Streit auf!«, rief Joséphine. Vergeblich, die Steingesichter nahmen überhaupt keine Notiz von ihr.

Tom fühlte plötzlich Verzweiflung in sich aufsteigen. Sie hatten keine Zeit für so etwas. Will und Toni würden die anderen Bibliothekare nicht ewig an der Nase herumführen können. Und den Schreiber durfte er nicht vergessen. Vermutlich lauerte er wie ein Wolf irgendwo zwischen den Bäumen und wartete auf die passende Gelegenheit, die Teile der Feder selbst an sich zu reißen.

In diesem Moment fiel Tom auf, dass nur drei Köpfe stritten. Es waren immer nur drei gewesen. Der vierte hatte die ganze Zeit über geschwiegen. Wie hieß er noch? Ach ja, Theodore Roosevelt. »Helft denn wenigstens Ihr uns?«, fragte Tom den Kopf.

Der gewaltige steinerne Schnurrbart zitterte ein wenig, als sich die Lippen unter ihm bewegten. »Ich bin noch unentschieden«, hörte Tom die Stimme des vierten Kopfes über den Streit der anderen drei hinweg sagen. »Washingtons Frage ist gerechtfertigt. Was ist die Freiheit einiger gegen die Freiheit vieler? Hast du eine Antwort?«

Tom sah hinauf zu dem Kopf, der ihm die Frage gestellt hatte, und suchte in seinem eigenen nach einer Antwort. Als er keine darin fand, blickte er auf seine Seite.

Tom wusste nicht, was er Roosevelt sagen sollte.
Aber die Antwort musste aus ihm selbst heraus kommen.
Nicht abgelesen von seiner Seite, die, das sollte an dieser Stelle
noch einmal geschrieben werden, überragend war.
Doch in diesem Fall wusste nicht einmal sie weiter.

Wunderbar, dachte Tom missmutig, während neben ihm Joséphine verzweifelt versuchte, die anderen drei Köpfe zu beruhigen. Längst waren sie in eine immer hitzigere Debatte verstrickt. Dann horchte er wieder in sich hinein. Er musste eine Antwort finden. Alleine. Was bedeutete die Freiheit weniger gegen die Freiheit vieler? In seinem Kopf drehten sich die Gedanken wie auf einem Karussell. Immer schneller, bis ihm schwindlig wurde. Und dann, wie aus heiterem Himmel, glaubte er eine gute Antwort unter ihnen zu erkennen. Er strengte sich so an, sie im Gedächtnis zu behalten, dass er nur entfernt mitbekam, wie der Streit der Köpfe endete und eine gespannte Stille eintrat.

»Hm«, machte Roosevelts Kopf in diesem Moment verstimmt. »Komm wieder, wenn du eine Antwort hast. Ohne sie …«

»Halt«, fiel ihm Tom ins Wort. Die Freiheit vieler und die Freiheit weniger. »Sie ist nichts, was sich wiegen lässt«, sagte er leise, aber mit fester Stimme.

Roosevelt hob die steinernen Augenbrauen.

»Die Freiheit ist ein Recht. Eines, das für alle Menschen gilt. Auch wenn es so vielen jeden Tag gestohlen wird. Und wenn sie nur einem weggenommen wird, dann wiegt sie immer noch genauso schwer, als würde sie allen weggenommen. Ich kann sie nicht allen Menschen auf der Welt geben. Aber wenn ich die neun retten kann, dann muss ich das tun. Denn sonst würde ich ihnen ihre Freiheit genauso stehlen wie die Schreiber. Oder?« Der Fluss seiner Worte hatte Tom ein wenig außer Atem gebracht. Sein Blick fiel auf seine Seite, während er auf Roosevelts Antwort wartete. Dort stand nur ein Wort.

Bravo.

»Dieser kleine Vortrag«, sagte der vierte Kopf schließlich, »war … akzeptabel.« Roosevelt holte tief Luft. Seine Nase zitterte. Und dann nieste er in hohem Bogen etwas Goldenes aus.

Tom starrte den letzten Teil der Feder an, der zu ihm hinabfiel. Die Spitze. Nur am Rande bemerkte er, dass der Sturm plötzlich abebbte. Und dass es ganz still geworden war. Der letzte Teil der Feder legte sich in seine Hand, als wäre er ein zahmer Vogel.

»Jetzt steckst du wirklich in Schwierigkeiten, Junge.«

Tom fuhr herum und blickte zu seinem Erstaunen dem alten Archivar der Zentralbibliothek ins Gesicht.

WIE GEWONNEN, SO ZERRONNEN

»Wo kommst du denn her?« Tom war so verblüfft, dass er sich noch immer kaum über die plötzliche Stille wunderte. Mit dem Ende des Unwetters brach auf einmal die Abendsonne durch die Wolken und färbte die steinerne Haut der Präsidentenköpfe rot wie Blut.

Lex legte einen Finger auf die Lippen.

Tom verstand. Sie sollten leise sein und niemanden auf sich aufmerksam machen. Selbst die vier Köpfe blieben stumm und lauschten gespannt.

»Im Hauptquartier sind sie alle ganz schön durchgedreht wegen euch«, wisperte Lex. »Wenn der Orden nicht so zerstritten wäre, hättet ihr es wohl nie geschafft, die Teile der Feder zu sammeln. Sie sind gerade sehr mit sich selbst beschäftigt. Aber hier wollten Mary und Grace es endlich beenden. Den Büchern sei Dank verstehe ich mich ausgezeichnet mit Grace, sonst hätte sie nicht dafür gesorgt, dass ich mitkommen durfte. Ich hätte nie gedacht, dass ein Teil der Feder hier versteckt sein könnte. Du hast sie alle bei dir, oder?«

Tom nickte. Er wollte in seine Jacke greifen und die anderen Teile hervorholen, doch Joséphine hielt ihn zurück. »Hier stimmt etwas nicht.« Ihre Stimme klang rau vor Misstrauen, während sie sich das nasse Haar aus der Stirn strich. »Es ist so ruhig. Wenn der Schreiber das Unwetter herbeigeschrieben hat, um unbemerkt zu bleiben, wieso hat er zugelassen, dass es jetzt endet?«

»Du meinst, er ist hier?«, fragte Lex atemlos. »Dann sollten wir schnell fortgehen. Lasst uns die Feder an einen sicheren Ort bringen. Und dann die Entführten befreien. Aber gib mir vorher die Teile. Nur für den Notfall. Wenn Mary euch auf der Flucht doch fangen sollte, wäre die Feder in Sicherheit. Bei mir vermutet sie sie bestimmt nicht.« Lex streckte die Hand aus. Sie zitterte, als fröre der Alte.

So erleichtert Tom auch über Lex' Erscheinen war, er zögerte dennoch, ihm die vier Teile auszuhändigen.

»Schnell«, drängte Lex. »Sicher haben sie Will und den anderen Bibliothekar, der bei euch war, gefangen. Die Steinernen haben einen Lesenden dabei, der sie spielend ausfindig machen wird. Dieser andere ist Toni, nicht? Der Rebell. Habe ihn eine Ewigkeit nicht gesehen.«

»Verräter.«

Tom wirbelte abermals herum. Das war Marys Stimme gewesen. Verdammt! Sie hatten zu lange gewartet. Wo war sie? Nicht hinter ihm. Er erkannte ihre Gestalt erst, als er den Kopf hob. Das steinerne Abbild von Mary Shelley ließ sich wie ein Vogel von Washingtons Kopf herabfallen.

Tom stolperte zur Seite und zog Joséphine mit zu Lex.

»Gib mir die Feder!«, stieß Mary hervor, nachdem sie auf dem Erdboden gelandet war. »Du weißt nicht, in welche Gefahr du die Welt bringst.«

»Hattest du nicht gesagt, die Wortwächter seien alle fort, Lex?«, fragte Joséphine und trat neben Tom, als wollte sie klarstellen, dass sie beide gemeinsam kämpfen würden, wenn sie es mussten.

Mary schenkte ihr nur ein kaltes Lächeln. »Die Narren waren allesamt so töricht, euren Freunden oder den falschen Spuren des Schreibers zu folgen. Ich nicht. Mir ist klar geworden, dass …«

Mary verstummte plötzlich. Es war, als hätte ihr jemand die Worte von der Zunge geschnitten. Sie ging in die Knie wie eine Marionette, der man die Fäden zerschnitten hatte.

Tom spürte das Kribbeln im Nacken nur ganz leicht. Doch es reichte, um ihm alles zu erklären. »Der Schreiber«, flüsterte er und sah Lex und Joséphine an. »Er ist hier.« Nur der Schreiber konnte Mary die Worte gestohlen haben.

»Dann sollten wir endlich fliehen.« Der alte Archivar sah sich aufgeregt um. »Los. Gib mir die Feder. Und dann weg von hier.«

»Und was ist mit Toni und Will?«, fragte Joséphine, während die in sich zusammengesunkene Mary die Finger um den Hals legte, als wollte sie eine unsichtbare Hand abwehren. »Wir können sie nicht alleine lassen.«

»Sie sind vermutlich bereits gefangen genommen worden«, sagte Lex drängend. »Wir können nichts mehr für sie tun. Wir müssen an deinen Vater denken, Joséphine.«

Aber sie schüttelte den Kopf. »Wir müssen sie retten.« Sie sah Tom eindringlich an. »Du hast es selbst gesagt. Die Freiheit. *Wenn sie nur einem weggenommen wird, dann wiegt sie immer noch genauso schwer, als würde sie allen weggenommen.*«

»Da hat sie recht«, ließ sich Roosevelt vernehmen. »Große Worte müssen mit Taten gefüllt werden, sonst sind sie nichts wert.«

Tom nickte. »Komm, Lex, wir suchen Will und Toni. Und dann …«

»Halt den Mund!« Lex' freundliches Gesicht war auf einmal so steinern wie das von Mary. Die kniende Bibliothekarin starrte den Alten anklagend an.

Tom sah von ihr zu Lex. Und dann nahm ein Gedanke in seinem Kopf Gestalt an. Ein undenkbarer Gedanke. »Verräter.« Er wiederholte Marys Wort und schmeckte es auf der Zunge, um es zu begreifen. »Sie hat nicht mich damit gemeint. Sondern dich, nicht wahr?« Er starrte Lex an, der keine Regung zeigte. »Der Schreiber ist hier, aber er hat uns nicht angegriffen. Warum?«

»Weil Lex bei uns ist«, wisperte Joséphine, die Toms Gedanken offenbar folgte. »Der Schreiber hat die letzten Bibliothekare fortgelockt.« Sie stieß sich mit der Hand gegen die Stirn. »Natürlich. Wieso ist mir das nicht aufgefallen? Er hat nie etwas anderes getan. Erst im Bahnhof in London, dann im Louvre. Auch bei der Sphinx. Und zuletzt hier. Er hat immer dafür gesorgt, dass uns die Lesenden nicht gefangen nehmen konnten.«

Tom starrte Lex an, als würde er ihn zum ersten Mal sehen. Der Name, den er von Antoine gehört hatte, kam ihm wie von selbst über die Lippen. Der Name des Schreibers. »Gregor.«

»Schlau«, sagte Lex so kalt, dass es Tom schauderte. »Der Name aber passt mir nicht mehr. Ist wie eine alte Jacke. Ich habe mir vor vielen Jahren einen neuen zugelegt, der unter den Lesenden nicht so bekannt war.« Er fuhr sich über das Kinn. »Und mit den richtigen Worten habe ich mein Gesicht so verändert, dass selbst die, die mich von früher kannten, keine Spur mehr von Gregor darin fanden. Oh, es hat viel Kraft gekostet, diese Umformulierung vor den obersten Lesenden zu verbergen.«

»Ich habe dir vertraut!« Toms Stimme klang rau vor Wut und Enttäuschung.

»Und?«, entgegnete Lex spöttisch. »Ich habe dir geholfen. So wie es Freunde füreinander tun.«

»Du bist nicht mein Freund«, entgegnete Tom finster.

Lex winkte ab, dann sah er zu Joséphine. »Und du hast recht. Natürlich hat der Schreiber euch geholfen. Ich habe es ihm befohlen. Es war ein Geschenk, dass ihr euch auf die Suche nach den Federteilen gemacht habt. Keiner von uns hätte vollbringen können, was euch gelungen ist. Aber ihr wärt ohne unsere Hilfe gescheitert. Nur durch seine Worte ist es euch gelungen, die goldene Feder wieder ans Licht zu führen.« Er schnippte mit den Fingern und hinter ihm löste sich ein Schatten zwischen den Bäumen. Der glatzköpfige Schreiber.

»Darf ich bekannt machen?«, fragte Lex in gespielter Höflichkeit. »Dorian, der talentierteste meiner Schüler.«

Tom runzelte die Stirn, als er ihn sah. Es schien, als hätte der Schreiber mit jemandem gekämpft. Er hinkte und seine Haut war von so vielen Narben und Rissen überzogen, als hätte er die Bekanntschaft scharfer Krallen gemacht.

»Die Bibliothekare sind fort. Ebenso wie der Lesende, Autorius.« Die tiefe Stimme des Schreibers klang mitgenommen. Als trüge er sogar auf den Stimmbändern Narben. Tom hatte sie zum ersten Mal im Haus seines Onkels gehört. Und ... die von Lex ebenfalls. Jetzt begriff er, weshalb er im Big Ben für einen Moment geglaubt hatte, Lex' Stimme zu kennen, auch wenn er das passende Gesicht zuvor nie gesehen hatte!

Lex nickte zufrieden, ohne den Blick von Tom und Joséphine zu nehmen. »Hörst du, Junge? Autorius. Der Erste unter den Schreibern. Dies ist mein Titel. Ich habe die Lebensseiten von Dorian und meinen anderen Schülern gesucht und gefunden und sie mit den richtigen Federn ausgestattet. Ich habe neue Schreiber ausgebildet. Und nun bin ich fast am Ziel. Die goldene Feder ist unser. Wir werden die Wortwächter neu beleben. Unter meiner Führung!«

Der Schreiber keuchte plötzlich auf, als würden die Risse nicht nur seine Haut, sondern auch seine Lunge durchziehen. »Ich brauche Hilfe.«

»Mit der goldenen Feder kann ich deine Verletzungen wieder heilen«, erwiderte Lex knapp. »Gib sie mir.« Er trat auf Tom zu.

»Niemals!«, rief Joséphine und stellte sich ihm entgegen.

Tom wollte sie noch daran hindern, doch es war zu spät.

Lex schnipste wieder mit den Fingern und das Mädchen wurde wie von Geisterhand in die Höhe gerissen. Tom musste nicht raten, wer dahintersteckte. Die Feder des verletzten Schreibers hatte das Papier seiner Lebensseite noch nicht ganz verlassen.

»Lass sie runter!«, fuhr Tom ihn an und sah zu der schreienden Joséphine empor. Sie ruderte mit den Armen wie ein Vogeljunges, das zum ersten Mal das Nest verlassen hatte.

»Erst wenn du mir die Feder gibst«, sagte Lex. »Andernfalls wird mein Lehrling sie wohl in einen der Baumwipfel werfen.«

»Unerhört«, empörte sich Washington. »Wenn wir könnten, mein Herr, würden wir Sie höchstpersönlich aus diesem Park jagen.«

»Seid still, ihr hirnlosen Figuren. Es waren Schreiber, die euch die Fähigkeit verliehen haben, zu reden. Und wenn ich will, kann ich sie euch wieder nehmen.«

Die vier Präsidenten murrten leiser, aber sie dachten überhaupt nicht daran zu schweigen.

»Glaub ihm nicht«, hörte Tom Lincoln hinter sich. »Er wird dich betrügen.«

Ja, vermutlich. Dennoch griff Tom in seine Jacke und holte die übrigen Teile der Feder heraus. Er betrachtete sie für einen Moment. Alle vier Teile. Ihr goldener Schimmer zauberte ein Funkeln in Lex' Augen.

Tom wog sie nachdenklich in der Hand. Sie hatten so viel für sie riskiert. Würde Lex die Lectorii freilassen? Er fürchtete, dass sie von den Schreibern betrogen werden würden. Nun, Joséphine war in diesem Moment wichtiger.

Er blickte auf.

Und warf drei der Teile zwischen die Bäume.

Nur die Spitze behielt er.

Lex knurrte wie ein Wolf und mit überraschender Behändigkeit sprang er den Teilen hinterher, die auf dem Hang landeten.

Tom aber riss seine eigene Seite hervor. Er wählte die Seite mit den violetten Buchstaben. Er brauchte in diesem Moment nur die Worte, die von ihr erzählten. Und suchte nach den Lücken, in die er neue einfügen konnte. Die Angst, dass ihn das Schreiben zu jemandem machen könnte, der er nicht sein wollte, verdrängte er. Es war nicht wichtig. Nicht jetzt. Tom hatte die Spitze der goldenen Feder. Reichte die Macht des Stücks aus, auf einer fremden Seite zu schreiben? Er musste es versuchen.

Tom fand die erste Lücke und schrieb mit der Spitze neue Worte hinein. Worte, die Joséphine retten sollten. Und tatsächlich senkte sie sich daraufhin hinab. Doch einen Moment später zitterten die Worte auf ihrer Seite, und Joséphine wurde höher als zuvor gerissen.

Der Schreiber hatte seine Feder ebenfalls auf seine Seite gedrückt. Tom konnte unter den Qualen, die der Schreiber empfinden musste, auch Verblüffung lesen. Und die Lust am Kampf. Offenbar freute er sich darüber, sich mit jemandem zu messen, der ebenfalls schreiben konnte.

Tom nahm nur entfernt wahr, dass Lex zwischen die Bäume lief und fluchend auf allen vieren nach den drei Teilen suchte. Oder dass die vier Köpfe Tom anfeuerten, als gelte es, einen Wettlauf zu gewinnen. Neue Lücken. Tom zählte nicht die Male, die er Worte auf Joséphines Seite schrieb. Er glaubte zu fühlen, wie seine Federspitze und die des Schreibers miteinander rangen. Wie sie versuchten, sich gegenseitig auszulöschen. Und er fühlte, wie ihn das Schreiben anstrengte. Kraft von ihm forderte. Tom begann schwer zu atmen.

Die Sätze auf Joséphines Seite wirbelten ebenso unruhig über das Papier wie das Mädchen durch die Luft.

Und dann erfüllte ein Schrei den Abend.

Tom sah erschrocken zu Joséphine. Doch es war nicht sie, die ihn ausgestoßen hatte. Das Mädchen schwebte langsam wieder zu Boden. Der Schreiber aber war auf die Knie gesunken. Er hatte die Arme um den Leib geschlungen.

Er zitterte.

Und dann riss etwas ihn und die Seite in seiner Hand auseinander. Es sah aus, als würde er wie feuchte Tinte zerlaufen. Von ihm blieben nichts als dunkle Fäden, die in der Luft verschwanden.

Tom musste sich anstrengen, den Blick von der leeren Stelle zu lösen, an der eben noch der Schreiber gekniet hatte, und rannte auf Joséphine zu. Doch seine Beine versagten ihm plötzlich den Dienst. Alle Kraft in ihm war fort. Im Fallen schlug er hart mit dem Kopf auf den Boden auf. Verschwommen nahm er noch wahr, dass Lex zu ihm trat und ihm den letzten Federteil aus der Hand riss.

»Was für eine Überraschung.« Lex' Stimme klang wie aus weiter Entfernung. »Ein Schreiber *und* ein Lesender. Wer hätte das gedacht.«

Und dann wurde alles dunkel.

Tom hörte Stimmen, noch ehe er die Augen öffnete. Die meisten waren ihm fremd. Doch unter ihnen machte er auch die seiner Freunde aus. Die Erinnerung kam zögerlich. Die Feder. Lex. Der Schreiber. Nur unscharfe Bilder. Tom zwang seine Augen auf.

Er lag auf einer weichen Matte. Mühsam erhob er sich und blinzelte die Finsternis fort, die in seinem Kopf genistet hatte. Die Stimmen verebbten. Toms Blick war einen Moment lang vernebelt, dann klarte sich das Bild vor ihm langsam auf. Er fand sich in einem großen Raum zwischen Dutzenden Regalen wieder, die vor Büchern überquollen. Zahllose Kisten standen herum. Einige waren geöffnet und ebenfalls voller Bücher.

Tom erkannte Joséphine neben sich. Und Will und Toni. Die beiden Bibliothekare saßen zwischen zwei Kistenstapeln auf dem Boden. Wieso waren sie alle hier? Hatten sie irgendwie zueinander gefunden, nachdem sie sich unter den Augen der vier Köpfe getrennt hatten, oder …

Das Gesicht, das sich im nächsten Moment so nahe vor seines schob, dass er jede steinerne Pore erkennen konnte, beantwortete die Frage. Mary. Ihr Blick war voll wildem Zorn, und Tom rutschte unwillkürlich nach hinten, bis er mit dem Rücken gegen eine Wand stieß.

»Bist du nun zufrieden?«, herrschte sie ihn an.

Tom versuchte, sich seine Angst nicht anmerken zu lassen, und sah sie stumm an.

»Lass ihn.« Die Stimme ähnelte der von Mary, doch sie war um einiges weicher. Grace. Sie trat zwischen den Kisten hervor und ging lautlos wie eine Katze auf ihn zu. In dem kalten Licht der Neonröhren sah sie noch blasser aus als an jenem Tag in der Zentralbibliothek. »Wie geht es dir?« Ihre Stimme klang reserviert, aber zumindest nicht so feindlich wie die der Bibliothekarin, die Tom mit düsteren Blicken bedachte.

»Müde.« Oh, Tom fühlte sich so kraftlos. Er wusste nicht, wie lange er nicht bei Bewusstsein gewesen war. Es schien, als hätte er all seine Kraft verloren. Schwerer als die Müdigkeit aber wog das Gefühl der Niederlage. Tom glaubte, die Federteile noch in der Hand zu spüren. Er hatte doch gewonnen! Und nun war alles verloren. Verloren. Das Wort schmeckte bitter auf seiner Zunge.

»Mary und die anderen Bibliothekare haben euch hergebracht, nachdem Lex' Wortmagie aufgehört hat zu wirken.« Sie seufzte. »Wir hatten den Verräter direkt vor unserer Nase. Im Herzen unserer Zentralbibliothek. Und ich habe ihn auch noch nach Amerika mitgenommen! Nie, wirklich nie hätte ich das für möglich gehalten. Die ganze Zeit über müssen die Schreiber euch im Blick behalten haben, damit ihr die einzelnen Teile der Feder auf jeden Fall findet, ohne von uns aufgehalten zu werden.« Die weißhaarige Frau lachte bitter. »Du siehst nie zu deinen Freunden, wenn du nach deinen Feinden Ausschau hältst.« Sie wischte sich über das Gesicht, als könnte sie so die Schatten vertreiben, die darauf lagen. »Wenn es stimmt, was ich gehört habe«, sagte Grace, während sie sich einen wackligen Stuhl herbeizog und sich vor Tom und Joséphine setzte, »hast du geschrieben. Das ist … eigentlich unmöglich.«

Die Erinnerung an die Ereignisse bei den vier Köpfen erschien Tom wie ein dunkler Traum. Ja, er hatte geschrieben. Gekämpft mit Worten. »Ich musste das tun«, rechtfertigte er sich. »Sonst …«

»Du bist ein Monster«, zischte Mary wie eine Schlange vor dem Zubeißen.

Grace warf ihr einen strengen Blick zu. »Geh, Mary. Sicher braucht Poe Hilfe dort oben. Du weißt, wie schreckhaft er ist. Alleine Wache zu halten, ist nichts für ihn.«

Marys Blick machte ihren Widerwillen mehr als deutlich, doch sie fügte sich. »Pass auf, Herrin. Lass ihn nicht an die Feder.«

Grace wartete, bis Mary unter einem Durchgang verschwunden war, dann sah sie wieder zu Tom.

Was las er in ihrem Blick? Traurigkeit? Ratlosigkeit? Zumindest keine offene Feindschaft.

»Es hat in der Geschichte des Ordens nur sehr selten Lesende gegeben, die auch schreiben konnten«, sagte sie mit leiser Stimme. »Sesch, der erste Wortwächter. Leonardo da Vinci oder Goethe. Und sie alle haben den Orden geführt. Mehr noch. Ihn geformt. Die allermeisten, so wie ich, besitzen nur eines der besonderen Talente. In anderen Zeiten würden wir uns eingehend mit dir beschäftigen. Aber nun ist selbst dieses Wunder bedeutungslos geworden.«

»Was ist mit mir passiert?« Tom fühlte, wie das Leben nur langsam in ihm zurückkehrte.

Ein wenig Mitleid mischte sich in den Blick der Lesenden. »Du hast dir mit dem Schreiber einen Kampf der Worte geliefert. Und das hat dich von den Beinen geholt. Von solchen Auseinandersetzungen habe ich nur gehört. Es gab einmal einen regelrechten Wortkrieg zu der Zeit, in der der Orden der Wortwächter auseinanderbrach. Die rebellischen Schreiber haben ihn sich mit denen geliefert, die ihnen nicht folgen wollten und stattdessen loyal zum Orden der Wortwächter standen. Selbst erfahrene Schreiber haben ihn als das Anstrengendste und Kräftezehrendste beschrieben, was sie je haben erdulden müssen. Deinen Kontrahenten hat es mehr Kraft gekostet, als er nach den zahlreichen Eingriffen auf seiner Lebensseite noch besaß.«

Die Erinnerung an den Moment, in dem der Schreiber auseinandergerissen wurde, ließ Tom schaudern.

»Kein Wunder also, dass du die Besinnung verloren hast«, schloss Grace.

»Wie lange?«, fragte Tom und er sah zwischen Grace und Joséphine hin und her.

»Fünf Tage«, antwortete das Mädchen. Sie konnte die Sorge in ihrer Stimme nur schwer verbergen.

»Art hat dich untersucht«, sagte Grace. »Den Worten sei Dank besitzt er die medizinischen Kenntnisse seines Vorbilds.«

»Art? Der Türsteher im Big Ben? Was hat der denn für medizinische Kenntnisse?« Tom fuhr sich über das Gesicht, als könnte er so die Müdigkeit abstreifen.

»Arthur Conan Doyle«, erklärte Joséphine und war in diesem Moment wieder ganz die Büchernärrin, »war ebenso Arzt wie seine Figur Dr. Watson. Und wahrscheinlich hat er sich mit ihr selbst in seine Romane geschrieben.«

»Eddi meinte, du würdest gar nicht mehr aufwachen. Doch Art hat offenbar recht behalten«, ergänzte Grace. »Er sagte, du würdest irgendwann wieder die Augen öffnen. Nur wussten wir nicht, wann das sein würde.«

»Und wo bin ich hier?«, fragte Tom, während er sich gegen die Wand hinter sich lehnte. »Wir sind nicht gefangen, oder? Ich meine, wir sind nicht gefesselt.«

»Gefesselt? Wozu?« Grace' Stimme klang rau vor Verbitterung. »Ihr seid hier nicht in einem Gefängnis. Dies hier ist einer unserer geheimen Lagerräume in London, in denen wir wahre Bücher unterbringen, die in andere Bibliotheken gebracht werden sollen. Wir sind im Fuß eines der Türme der Tower Bridge. Hinter diesen Wänden befindet sich die

Themse und über uns verläuft die eigentliche Brücke.« Sie zögerte. »Lex, der Verräter, hat die goldene Feder. Er hat die vier Teile zusammengefügt. Wir haben die Zentralbibliothek verloren. Lex und seine Schreiber haben sie im Handumdrehen eingenommen. Ich habe ein halbes Dutzend Opfer gezählt. Sie«, Grace' Stimme brach, als säßen ihr die Worte wie Splitter in der Kehle, »haben den Bibliothekaren, die den Big Ben verteidigten, die Worte getilgt. Sie sind nur noch Stein.«

Tom sah zu Will und Toni. Es fiel ihm nicht schwer, Grace' nur mühsam zurückgehaltene Trauer für die Bibliothekare zu verstehen. Er würde für die beiden dort ebenso fühlen.

»Die Schreiber waren unbezwingbar«, fuhr Grace so leise fort, als graute ihr vor dem, was sie sagte. »Ihre Worte so mächtig, dass wir nichts tun konnten. Ihrer Macht haben wir nichts entgegenzusetzen.« Sie sah Tom an.

Und du hast sie ihnen gegeben. Er las die Worte in ihrem Blick, ohne dass sie ihr über die Lippen kommen mussten. »Haben die Schreiber denn wenigstens meinen Onkel und die anderen freigelassen?« Törichte Hoffnung lag in seiner Frage.

Grace' Kopfschütteln war Antwort genug. Tom und seine Freunde waren tatsächlich betrogen worden.

»Wann werdet ihr zurückschlagen?« Die Frage war von Joséphine gekommen.

Grace blickte sie spöttisch an. »Zurückschlagen? Es gibt keine Möglichkeit mehr, sie aufzuhalten. Die Schreiber sind unbesiegbar geworden. Und die Lesenden auf der Flucht. Die Schreiber haben die Lebensseiten aller mächtigen Politiker und anderer wichtigen Menschen in ihren Händen. Und die goldene Feder. Jetzt ergibt alles einen Sinn. Sie können und sie werden die Anführer der Welt mit ihren Worten lenken. Wie Figuren in einer Geschichte. Deshalb lassen sie auch die Entführten nicht frei. Sie brauchen Lesende, um ihnen zu sagen, was auf den Seiten steht, die sie erbeutet haben. So können sie ihnen noch besser ihren Willen diktieren. Es wird sicher nicht mehr lange dauern, ehe Polizisten oder Soldaten unsere Bibliotheken angreifen. Unsere Anhänger einsperren, damit die Schreiber ungestört die Welt lenken können. Es ist vorbei. Alles.«

Tom sprang auf. Für einen Moment taumelte er, doch er zwang seine Beine, ihm zu gehorchen. »Nein!«, rief er. »Die Schreiber haben noch immer meinen Onkel. Und Joséphines Vater. Und all die anderen. Wir dürfen sie nicht im Stich lassen.«

»Und wer soll sie jetzt noch retten?«, fragte Grace und strich sich mit ihren behandschuhten Fingern über die Arme, als fröstelte sie.

»Es gibt da diesen Wortwächter«, rief Tom. »Antoine. Er hat sich verborgen. Er ist mächtig. Sehr mächtig. Er könnte es.«

»*Der* Antoine? Er lebt? Unglaublich!« Für einen Moment flackerte Hoffnung in Grace' Blick auf. Doch dann verlosch der Funke wieder. »Wenn er noch lebt, dann ist er alt. Einen Kampf gegen Lex und seine Schreiber würde er kaum gewinnen können. Nein, es ist vorbei.«

Tom schüttelte entschieden den Kopf. »Ich finde sie. Und ich rette sie.« Selbst in den eigenen Ohren klangen seine Worte eher trotzig als mutig.

»Dazu müsstest du in die Zentralbibliothek einbrechen. Dorthin haben sie die Lectorii gebracht, genauso wie die erbeuteten Seiten, die sie in jener verfluchten Nacht gestohlen haben. Als Archivar im Big Ben hatte Lex die beste Übersicht über unseren Bestand. Seine Macht ist dank der goldenen Feder nun fast grenzenlos.«

»Mir ist egal, wie mächtig er ist«, entgegnete Tom. Er fühlte, wie die Wut ihm die Erschöpfung aus dem Körper trieb. »Ich kann lesen. Und schreiben. Ich gehe und befreie meinen Onkel und die anderen.«

Grace hob die Augenbrauen. »Wie weit würdest du wohl kommen? So ganz alleine.«

»Er ist nicht alleine.« Joséphine stand auf und stellte sich neben Tom.

»Ganz und gar nicht alleine, Teuerste.« Auch Will, der aufmerksam jedem Wort gelauscht hatte, erhob sich.

Und mit ihm Toni. Der Steinerne schenkte Grace ein charmantes Lächeln. »Es ist Zeit für eine kleine Rebellion, oder?«

Die Gruppe, die sie einen Stock höher fanden, sah mehr als mitgenommen aus. Es waren fünf Bibliothekare, darunter die grimmigen Brüder. Poe, einer der steinernen Bibliothekare, die in Amerika den letzten Teil der Feder bewacht hatten, hinkte. Er schaute Tom und die anderen erschrocken an. Die anderen blickten niedergeschlagen drein. Einzig Art und Eddi, die Tom unter ihnen erkannte, schenkten ihnen ein Lächeln. Dazu gesellten sich ebenso viele Lesende. Drei Frauen und zwei Männer, die an einem langen Tisch standen.

Von Mary war nichts zu sehen. Vermutlich hielt sie nun für Poe Wache.

Die Bibliothekare und die Menschen beugten sich über Karten, soweit Tom erkennen konnte. Der Sinn erschloss sich ihm nicht direkt. Joséphine hingegen schon.

»Ihr sucht einen Fluchtweg aus der Stadt, nicht wahr?«, rief sie aufgebracht. »Ihr Feiglinge.«

Das Schweigen, das ihr als Antwort entgegenschlug, wurde von empörten Blicken und einem offensichtlich schlechtem Gewissen begleitet.

»Wir müssen bewahren, was die Schreiber nicht in die Finger bekommen haben«, gab Grace ungerührt zurück. »Auf der ganzen Welt sind Lesende und Bibliothekare damit beschäftigt, alles in Sicherheit zu bringen, was wir noch beschützen können. Euer Freund Johnny zum Beispiel. Und all die anderen unseres Ordens.«

»In Sicherheit? Beschützen?« Tom starrte Grace anklagend an. »Unsinn. Ihr gebt auf.«

»Wir haben den Schreibern nichts entgegenzusetzen«, sagte ein blonder Mann, dessen vernarbtes Gesicht Tom an das seines Gegners erinnerte. »Dank dir.«

Der Vorwurf schnitt Tom einen Moment lang die Worte von den Lippen.

»Lass ihn.« Grace hob die Hand, um ihm Einhalt zu gebieten. »Er hatte seine Gründe. Selbstlose Gründe. Und ganz gleich, was wir darüber denken. Es ändert nichts, wenn wir uns über sie streiten.«

»Wir können die Entführten befreien. Immer noch.« Joséphines Augen funkelten vor Zorn. Der Blonde blickte sie düster an, doch er sagte nichts. »Während ihr euch verstecken wollt wie Kaninchen vor einer Schlange. Man kann die Welt auch ohne Feder und Lebensseite verändern. Hört ihr? Man muss sich dazu aber trauen. Mut haben. Und Zuversicht. Und ein klein wenig ...«

»... naive Dummheit«, fiel Toni ihr ins Wort.

»Danke, aber das war nicht ganz das, was ich gemeint habe«, erwiderte Joséphine und warf Toni einen Blick zu, der ihn verstummen ließ. »Wir sind nicht wehrlos. Tom kann nicht nur lesen. Er kann auch schreiben, wie ihr sicher von Grace erfahren habt.« Sie klang stolz. Tom fühlte, wie sein Herz einen Schlag aussetzte.

»Wenn ihr wirklich zu feige seid, um die Geschichte zu verändern, dann geht.« Sie redete sich ziemlich in Rage. »Aber wenn ihr auch nur ein bisschen Mut in euch habt, dann kommt mit uns.«

Für einen Moment sahen sich alle schweigend an. Dann trat Poe vor. Der Bibliothekar mit dem ängstlichen Blick sah aus, als fürchtete er selbst die Aufmerksamkeit, die ihm in diesem Moment zuteilwurde. »Timothy Poe, der, wie ihr alle wisst, ein Nachfahre meines Vorbilds und einer der großen Lesenden ist, gehört zu den Entführten. Ich«, er schluckte mühsam, »komme mit.« Plötzlich sah er sie erleichtert an, als freute er sich, dass er den Satz herausgebracht hatte.

Das Gemurmel erhob sich aufs Neue, und Toni warf Joséphine einen anerkennen Blick zu.

Aus den Reihen der Bibliothekare und der Lesenden schlossen sich ihnen weitere an. Art und Eddi zwinkerten Tom aufmunternd zu, während sie sich neben ihn stellten.

»Ich bin auch dabei.« Mary trat durch eine Tür in den Raum. Ihre Stimme klang ebenso dunkel wie entschlossen. »Wer mir immer wieder entkommen kann, vermag vielleicht sogar, das zu schaffen, was ihr euch vorgenommen habt.«

Als hätte sie damit einen Bann gebrochen, schlossen sich ihnen auch die Letzten der Gruppe an. Schließlich warf Tom Grace einen fragenden Blick zu.

Sie erwiderte ihn stumm. Zögernd. Sie rang mit sich. Dann aber nickte sie und ein entschlossener Ausdruck erschien auf ihrem Gesicht. »Ich habe gehört, in unserer Bibliothek treiben sich Leute herum, die dort nichts zu suchen haben.« Sie blickte kurz zu Toni. Dann strich sie sich energisch eine ihrer weißen Haarsträhnen aus der Stirn, griff in ihre Jacke und holte eine Papierseite und eine Feder hervor. Tom erkannte sie wieder. Die Feder des Schreibers, gegen den er gekämpft hatte. Und eine Seite, über die nachtblaue Buchstaben flossen.

Grace reichte ihm beides mit einem grimmigen Lächeln. »Es ist wohl tatsächlich Zeit für eine kleine Rebellion.«

Während die anderen die nötigen Vorbereitungen trafen, kam Joséphine auf Tom zu. Was las er in ihrem Blick? Nicht die Enttäuschung, die er in den vergangenen Tagen nur allzu oft darin erkannt hatte. Er wusste nicht, was genau dieser neue Ausdruck bedeutete.

»Ich muss dir etwas sagen«, begann sie, und ihre Stimme zitterte vor Aufregung. War sie wieder wütend? Weil er im Angesicht der vier Präsidentenköpfe erneut auf ihre Seite gesehen hatte? Aber das hatte er nur getan, um sie zu retten.

»Nein«, fiel er ihr ins Wort. Und seine Stimme zitterte ebenso wie ihre. »Ich rede.«

Joséphine verengte die Augen, doch sie sagte nichts. Tom atmete tief durch. Sein Herz schlug mit einem Mal fester in seiner Brust. Da waren so viele Worte für Joséphine. Und einige von ihnen hatte er noch nie jemandem sagen wollen. Doch die einzigen Worte, die ihm auf die Zunge sprangen, wurden von seinem Ärger genährt.

»Ich habe nie auf deine Seite gesehen, weil ich etwas von dir wissen wollte, das … mich nichts angeht. Hörst du?« Seine Stimme klang laut. Doch er war viel zu sehr in Rage, um sich zu zügeln. »Beim ersten Mal habe ich nicht gewusst, dass auf der Rückseite etwas von dir dort steht«, fuhr er fort und funkelte sie wütend an. »Und später ... bei den Pyramiden zum Beispiel ... es waren Zufälle.« Er holte tief Luft, als wäre er gerade fünfhundert Meter gesprintet. »Also, ich musste das Rätsel der Sphinx lösen. Nur konnte ich es nicht. Nicht alleine. Aber du hattest die Lösung. Nur deshalb habe ich deine Worte weitergelesen. Die violetten, meine ich. Und in Amerika musste ich es tun, um dich zu retten. Wenn du deshalb sauer sein willst, von mir aus. Aber ich werde mich nicht dafür entschuldigen. Auch wenn du das willst. Das wolltest du mir doch sagen, oder?«

Joséphine erwiderte nichts. Sie stand einfach nur da und sah ihn an. Wieder dieser seltsame Blick. Tom war sich nicht sicher, ob sie gleich anfangen würde zu weinen oder ihm eine Ohrfeige geben wollte.

»Hast du verstanden, was ich gesagt habe?«, fragte er, nun etwas weniger ärgerlich. »Ich meine, ich bin vielleicht kein guter Redner«, fügte er mit schlechtem Gewissen hinzu. Er war wohl zu wütend gewesen.

Joséphines Lippen zitterten. »Ziemlich sicher nicht.« Endlich sagte sie etwas. Und sie weinte nicht, wie Tom erleichtert feststellte. »Will würde vermutlich sagen: Das war nicht Shakespeare.« Sie kaute einen Moment auf ihrer Unterlippe. »Violett?«

»Wie bitte?« Tom wusste einen Moment nicht, wovon sie sprach. Dann deutete Joséphine auf die Seite und er verstand. »Ja, die Farbe ist ... schön.« Meine Güte, dachte er. Du machst einem Mädchen ein Kompliment und klingst, als würdest du das gerade zum ersten Mal machen. Nun, im Grunde stimmte das auch. Verwirrt stellte er fest, dass Joséphine ihn erwartungsvoll ansah. »Und deine Schrift ist«, fuhr Tom fort, während sein Herz so laut klopfte, dass er sicher war, sie müsste es hören können, »also die Schrift deiner Seite, meine ich, sie ist einfach sehr schön.« Geschafft. Und dieses Mal hatte er schon ein klein wenig besser geklungen. »Also ehrlich, du brauchst mir nicht zu sagen, dass du sauer bist, weil ich wieder auf deine Seite gesehen habe. Denn das ist mir egal.«

Joséphine hob erstaunt die Augenbrauen.

»Ja, sogar ziemlich egal«, schob Tom hastig hinterher. »Und ich würde es wieder tun. Wenn du in Gefahr wärst. Meine Güte, du bist schlau, in Ordnung? Und nett. Dafür muss ich mich nicht entschuldigen.« Tom sah sie herausfordernd an. Die ganze Zeit über, seit sie von ihrer Seite erfahren hatte, hatte er sich gewünscht, dass sie ihm vergab. Nun aber war es ihm gleichgültig, was sie von ihm und dem Zufall hielt, dass ihre Seiten aneinandergebunden waren. Und außerdem mochte er Joséphine. Sehr sogar. Für einen Augenblick fürchtete er, dass sie ihm die Worte von der Stirn ablesen könnte. Doch Joséphine sah ihn nur ernst an und dann … lächelte sie.

»Ich will nicht, dass du dich entschuldigst«, sagte sie.

»Gut«, rief Tom, »will ich …« Er stockte. »Nicht?«

Joséphine lächelte weiter und schüttelte den Kopf. »Nein, ich muss mich entschuldigen. Du bist wirklich ein Schreiber. Und ein Lesender. Ich habe nicht geglaubt, dass du beide Fähigkeiten besitzt.«

»Nicht?« Toms Stimme klang fremd in den eigenen Ohren.

»Und ich bin nicht mehr sauer auf dich. Du hast es nur getan, um mir zu helfen. Und du hast gesagt, dass du es ohne mich nicht geschafft hättest, die Sphinx zu besiegen. Das war … nett. Sehr nett sogar.« Wie nah sie ihm auf einmal war. So nah, dass er glaubte, ihre Haare riechen und ihre Sommersprossen zählen zu können. »Ich bin froh, dass unsere Seiten aneinanderhängen. Aber du brauchst sie nicht, wenn du wissen willst, was ich denke.«

»Nicht?« Meine Güte, dachte Tom. War er auf einmal ein Papagei, der immer nur dasselbe Wort wiederholen konnte? Zumindest krächzte er vor Aufregung wie einer.

»Nein.« Joséphines Lächeln wuchs in die Breite. »Du kannst mich danach fragen. Oder es darauf ankommen lassen.«

Tom wusste einen Moment lang nicht, was sie meinte. Er sah sie fragend an und stellte bestürzt fest, dass ihr Lächeln langsam erstarb. Offenbar wollte sie etwas von ihm. Aber was? Sollte er etwas sagen? Jetzt wäre die Seite sehr hilfreich, dachte er bei sich.

Tom öffnete den Mund und schloss ihn wieder, ohne dass ihm auch nur ein Wort über die Lippen geschlüpft wäre. Und dann begriff er. Zumindest hoffte er es. Ja, er würde es darauf ankommen lassen. Er trat noch einen Schritt auf sie zu. Das hier erforderte mehr Mut, als sich dem Schreiber zu stellen. Viel mehr Mut. Es darauf ankommen lassen. Tom schluckte hart. Ihm kamen die Worte in den Sinn, die er auf seiner Seite gelesen hatte. *Es gab manchmal diese Momente, in denen man all seinen Mut zusammennehmen musste. In denen man wusste, dass man auf ganzer Linie scheitern konnte, wenn man es wagte, den gefährlichen Weg zu gehen.* Tom hatte in diesem Moment das Gefühl, dass vor ihm ein besonders gefährlicher Weg lag.

Er atmete tief durch und betrat ihn.

Mit nichts als seinem Mut.

Und dann küsste er sie.

Richtig.

Alle Worte, die er für sie in sich trug, legte er in diesen einen Kuss. Joséphine stieß ihn nicht weg und Tom küsste sie weiter. Er küsste sie, bis er keine Luft mehr vor Glück bekam.

»Und?«, fragte er atemlos, als sie sich schließlich voneinander lösten. »War das Shakespeare?«

Joséphine hob erstaunt die Augenbrauen. »Nein«, antwortete sie. »Es war besser.«

Den Plan, mit zwei klapprigen Transportern der grimmigen Brüder unbemerkt zurück in den Uhrenturm zu gelangen, scheiterte, kaum dass sie die Hälfte des Weges hinter sich gebracht hatten. Der Stau, in dem sie sich verfingen wie Insekten in einem klebrigen Netz, war so dicht, dass Tom fürchtete, sie würden niemals daraus entkommen. Noch mehr Sorgen aber bereiteten ihm die Polizisten, die sich zwischen den Autos entlangschoben und in jeden Wagen einen prüfenden Blick warfen.

Grace kurbelte das Fenster auf der Beifahrerseite hinunter und fragte einen Mann, der sich auf seinem Fahrrad durch den stehenden Verkehr mühte, ob er wisse, was los sei.

»Das geht schon seit dem Morgen so«, brummte der Mann missmutig und wischte sich über die schweißnasse Stirn. »Ich habe gehört, irgendwelche Verbrecher seien ausgebrochen. Ich hoffe, sie finden sie schnell. Der Verkehr ist auch ohne Kontrollen schon schlimm genug in dieser Stadt.«

Grace verengte düster die Augen und zog ihre Seite hervor. »Da stimmt etwas nicht«, murmelte sie angespannt. »Ich würde sagen, jemand greift in die Geschichte ein.«

»Und wie?«, fragte Tom. »Sie ändern doch sicher nicht die Seiten jedes Polizisten von London.«

»Nein«, erwiderte Will. »Aber sie haben die Seiten der wichtigsten Politiker gestohlen. Und vermutlich auch die hoher Beamter. Wenn ich der Autorius wäre, würde ich Worte auf die Seiten des Bürgermeisters oder des Polizeichefs schreiben, die dafür sorgen, dass niemand zu mir gelangen kann.«

»Meinst du, Lex erwartet uns?« Tom warf den Polizisten, die immer näher kamen, einen Blick zu.

»Er rechnet sicher damit, dass wir uns früher oder später blicken lassen«, meinte Grace ernst. »Solange er sich nicht absolut sicher ist, wo wir sind, wird er sich abschotten.« Sie verengte die Augen. »Man kann die Sätze, die der Autorius geschrieben hat, beinahe riechen. Der Fluss der Worte ist verändert. Da ist eine Strömung, die alles in eine neue Richtung zieht. Lex und seine Anhänger wollen wohl sicherstellen, dass ihnen niemand zu nahe kommt.« Grace lächelte dennoch. »Aber es gibt noch einen anderen Weg.«

Tom fragte sich, ob die beiden verlassenen Transporter die Polizisten nicht sofort misstrauisch werden lassen würden, während sie eine Treppe eines nahen U-Bahnhofs hinabstiegen. Doch inmitten des dichten Verkehrs war es unmöglich gewesen, einen Parkplatz für sie zu finden. Sie hatten keine andere Wahl gehabt, als sie einfach auf der Fahrbahn stehen zu lassen.

Grace steuerte in dem Gang, der sich an die Treppe anschloss, zielstrebig eine unscheinbare Tür an. Sie warteten, bis niemand in der Nähe war, dann zog sie einen kleinen Schlüssel hervor, öffnete den Durchgang und betätigte einen Lichtschalter. Eine weitere Treppe, beschienen von grellem Neonlicht, führte von dort aus noch tiefer hinab.

Grace scheuchte sie durch die Tür und schloss ab. »Das Ende eines geheimen Fluchtwegs aus der Zentralbibliothek«, erklärte sie, während sie die Gruppe die Stufen hinabführte. »Für den Fall, dass die Wasserspeier überwunden werden.«

»Was, wenn Lex ihn auch kennt?«, fragte Tom. Seine Stimme wurde dutzendfach von steinernen Wänden links und rechts zurückgeworfen.

Grace lächelte ihn grimmig an, doch sie sagte nichts. Die Treppe führte sie zu einem U-Bahn-Tunnel. Das Licht der Neonlampen verlor sich schnell über den Gleisen und Tom sah sich unbehaglich um, als sie zwischen die Metallschienen traten.

»Der Tunnel ist tot«, beruhigte ihn Grace. »Der letzte Zug ist hier vor einer Ewigkeit gefahren. Es ist uns gelungen, ihn in … Vergessenheit geraten zu lassen. An seinem anderen Ende gibt es eine Tür zur Bibliothek. Sie ist so geheim, dass nur die Lectorii von ihr wissen.« Sie blickte Tom an. »Deshalb kennt Lex diesen Weg nicht. Wir werden ihn überraschen.« Sie betätigte einen Schalter neben der Treppe und eine schwache Notfallbeleuchtung erhellte zusätzlich zu den Neonlampen den Tunnel. Die Schatten um sie wichen widerwillig zurück. Im fahlen Licht sahen auch die Menschen wie steinerne Wesen aus. Sie gingen los. Nur ihre Schritte waren zu hören. Die Echos klangen seltsam fehl am Platz und die Luft roch nach vielen vergessenen Jahren. Toms Herz schlug ihm bis zum Hals, während sie dem scheinbar endlosen Pfad folgten. Schließlich verließ Grace den Weg zwischen den Schienen und hielt auf eine Treppe zu, die sich zu ihrer Rechten hinter einem schmalen Durchgang in die Höhe wand.

»Das ist unser Weg«, sagte sie so leise, als hätten die Wände Ohren. Sie führte die Gruppe nach oben, bis sie an eine verschlossene Tür gelangten. Der Schlüssel, den Grace zog, passte auch hier. Vorsichtig drückte sie die Tür auf und winkte die anderen hinter sich her.

»Wo sind wir hier genau, Gnädigste?«, wisperte Will, während sie in ein helles Treppenhaus traten. Seine Augen weiteten sich augenblicklich. »Oh, mir ist nie aufgefallen, dass es hier noch eine Tür gibt.«

Auch Tom erkannte sofort, wo sie sich befanden. Es waren gerade einmal wenige Tage vergangen, dass er zum ersten Mal einen Fuß in dieses Treppenhaus gesetzt und das Schild gesehen hatte: *Lebensgefahr. Betreten strengstens verboten.* Das Treppenhaus des Big Ben.

Grace schloss die Tür, durch sie gekommen waren. Tom runzelte die Stirn. Sie war so perfekt in die Wand eingelassen, dass sie nicht zu erkennen war, wenn man nicht nach ihr suchte.

»Worauf warten wir?«, wisperte Joséphine Grace zu.

Die Lesende sah auf ihre Lebensseite. Der Fluch drang ihr nur leise über die Lippen. Aber er war eindeutig. Gefahr.

Tom holte seine eigene Seite hervor. Er glaubte, das Papier aufgeregt wispern zu hören. Die nachtblauen Buchstaben, die über das Papier flossen, zitterten, als teilten sie seine Anspannung.

Tom und seine Begleiter waren nicht alleine.
Es mochte keine Augen geben, die sie sahen.
Doch Ohren, die ein Flüstern gehört hatten.
Über ihnen zog jemand Feder und Papier.
Er machte sich auf den Weg, um nachzusehen.
Und er war bereit, mit Worten zu töten.

»Was ist?«, fragte Joséphine drängend.

Tom sah sie an, aber er wagte nicht zu antworten. Da war ein Schreiber. Und anders als derjenige, der ihnen um die halbe Welt gefolgt war, würde dieser sie, ohne mit der Wimper zu zucken, angreifen.

Grace deutete auf die Glastür, die aus dem Treppenhaus führte. Die anderen verstanden. Lautlos wie Schatten schlichen sie hinaus. Sobald sie auf dem Hof des Westminster Palastes standen, warf Tom einen weiteren Blick auf seine Lebensseite. Und erstarrte.

Der Schreiber hatte die Schritte gehört.

Er war sich nicht sicher, zu wem sie gehörten.

Doch er würde kein Risiko eingehen.

In jedem Krieg gab es unschuldige Opfer.

Und das galt auch für einen Krieg, in dem Worte die Waffen waren.

Der Schreiber stand vor der Tür zum Hof.

Wenn dort jemand war, würde er ihn unschädlich machen.

Tom fühlte das leichte Prickeln, das bislang jede Umformulierung begleitet hatte. Der Schreiber versuchte, die Wirklichkeit zu verändern. Es war keine Zeit, die anderen zu warnen. Er wusste ja nicht einmal, in welcher Gefahr sie genau steckten. Er wusste nur, dass er der Einzige war, der sie in diesem Moment retten konnte. Die Gewissheit durchflutete ihn mit jedem Herzschlag, während er die Feder des toten Schreibers aus der Jacke zog. *Wir sind nicht wehrlos. Tom kann le-*

sen. Und schreiben. Er glaubte, Joséphines Worte zu hören, während er seiner Seite neue hinzufügte. Worte, die er denen des Schreibers entgegenstellen würde. Waffen? Vielleicht. Aber man musste mit Waffen nicht unbedingt angreifen. Man konnte sich auch verteidigen.

Der Schreiber drückte die Tür auf, bereit, seine Umformulierung abzuschließen und die Worte wahr werden zu lassen.

Die Feder kratzte über das Papier, während er die Lücken zwischen den Worten fand. Tom wusste nicht, ob sie sich nur dann zeigten, wenn er den Lauf der Dinge verändern musste. Er würde vielleicht einmal darauf achten. Doch in diesem Moment ging es ihm nur darum, schneller als der andere zu sein. Und besser.

Seine Nackenhaare stellten sich auf, während seine Worte ihre Macht entfalteten.

Und die Tür schlug unerwartet so hart zu, dass sie den Schreiber von den Beinen holte und ihm eine tiefe Ohnmacht bescherte.

Ein scharfer Knall, dann hörte Tom erst einmal nichts mehr. Keine Schritte. Nichts. Er sah auf seine Seite.

Dunkelheit hatte sich um den Schreiber gesenkt.

»Was hat du gemacht?«, fragte Joséphine verwirrt.

»Uns beschützt«, gab er knapp zurück und lächelte sie grimmig an.

»Ich vermute, da war ein Schreiber«, meinte Will, während er sich misstrauisch umsah.

»Er ist kein Problem mehr«, entgegnete Tom.

Auf Joséphines Gesicht breitete sich ein anerkennendes Lächeln aus.

»Hübsch«, kommentierte Mary, während Grace an ihr vorbeiging. »Aber sicher wird deine Umformulierung bald jemandem auffallen.«

Hinter ihr stieß Grace einen weiteren leisen Fluch aus. Der Grund dafür lag in Scherben am Fuß des Big Ben. Tom erkannte die Wasserspeier, die ihn und Joséphine bei ihrer Flucht vor den Lesenden durch die Luft getragen hatten, sofort wieder. Die Wut in Tom hätte auch dann nicht heißer sein können, wenn die leblosen Körper aus Fleisch statt aus Stein gewesen wären. »Erst die Bibliothekare. Und nun auch die Wasserspeier. Sie haben sie ermordet«, zischte er. »Warum?«

»Vermutlich haben die Wasserspeier in den Schreibern eine Gefahr erkannt und versucht, die Bibliothek zu verteidigen.« Grace kniete sich neben die zerbrochenen Figuren und strich über ein Gesicht, dessen Augen starr in den Himmel sahen. Sie folgte dem Blick. »Wie kommen wir hinauf in die Zentralbibliothek, ehe Lex uns einen Schwall Worte entgegenschickt?«

»Kann der Junge uns fliegen lassen?«, fragte Mary.

»Ich heiße Tom und ich denke nicht, dass so etwas möglich ist.« Er hatte das Gesicht des Schreibers, der sie gejagt hatte, nicht vergessen. Die Narben, die er sich selbst zugefügt hatte, weil er der Wirklichkeit die falschen Worte aufgezwungen hatte. Und sein Ende, weil es zuletzt zu viele Veränderungen gewesen waren.

»Sie werden damit rechnen, dass wir durch das Treppenhaus kommen«, meinte Will nachdenklich. »Vermutlich wartet auf jeder Etage einer dieser Halunken.«

»Es gibt aber keinen anderen Weg hinauf als über das Treppenhaus«, warf Joséphine ein.

Neben ihr räusperte sich Eddi, der steinerne Bibliothekar. Das Lächeln, das er ihr schenkte, gefiel Tom ganz und gar nicht. »Es gibt noch einen anderen. Wusstet ihr, dass mein berühmtes Vorbild während der Arbeit an einem Drehbuch gestorben ist? Auch in ihm wollte jemand ein hohes Gebäude hinauf. Und er hatte gewiss keine Flügel.«

»Edgar Wallace hat King Kong geschrieben?«, jammerte Will, während sie alle an der Fassade des Big Ben in die Höhe kletterten. »So ein Schund!« Mit zitternden Armen zog er sich ein Stück weiter den Turm hinauf. Er gab sich wenig Mühe, seine Höhenangst zu verbergen. Tom hing vor ihm, die Arme um den Hals des Bibliothekars geschlungen, und vermied es hinabzublicken. Joséphine etwas weiter über ihm auf Marys Rücken tat es ihm gleich.

Eddi würdigte Wills Bemerkung nur mit einem abschätzigen Schnaufen. Jeder der Bibliothekare trug einen Lesenden. Von oben sahen sie aus wie ein Gruppe Spinnen. Mary führte sie an; den Abschluss bildete Toni, der Grace hinaufbrachte.

King Kong. Tom erinnerte sich vage, dass er den Film, in dem der berühmte Riesenaffe einen Wolkenkratzer emporklettert, irgendwann einmal gesehen hatte. Der Wind pfiff ihm so scharf um die Ohren wie bei seiner Flucht mit den Wasserspeiern, doch der Tag war schön und klar, und bei Will fühlte sich Tom trotz der Höhe sicher. Die Sonne schien auf den Uhrenturm und ließ seine Fassade leuchten. Für diesen einen Moment genoss Tom den Aufstieg sogar, obwohl Will pausenlos Beschwerden ausstieß, während er mit seinen steinernen Fingern nach Vorsprüngen im Mauerwerk tastete.

Schließlich aber endete der Schwall von Wills Klagen und er zog scharf die Luft ein. »Wir sind gleich da.«

Die Worte ließen Toms Herz vor Aufregung schneller schlagen. Er sah hinauf und erblickte die Kante des gigantischen Zifferblatts. Knapp darunter waren geschwungene Fenster in den Stein eingelassen. Mary erreichte den dazugehörigen Sims zuerst. Sie kratzte bereits mit den Fingernägeln über das Glas, als auch Will und die anderen den schmalen Vorsprung erreichten.

»Härter als Diamant«, sagte sie, während sie mit ihren Fingernägeln so mühelos durch das schmutzige Glas schnitt wie durch weiches Wachs. Die Scheibe, die Mary sauber heraustrennte, lehnte sie gegen die Wand.

Grace zog in der Zwischenzeit ihre Seite hervor und flog mit den Augen über die Worte, die sich von selbst auf sie schrieben. Hinter dem Fenster lag das Treppenhaus in gespannter Stille. Die Wachen waren hoffentlich in den unteren Stockwerken platziert. Einige Sekunden verstrichen, in denen Tom der gähnende Abgrund in seinem Rücken schmerzlich bewusst wurde. Es wäre kein guter Platz, um sich zu verteidigen. Dann aber nickte Grace. »Kein Hinweis auf jemanden in unserer Nähe.« Sie holte tief Luft. »Kommt. Wir erobern uns unsere Bibliothek zurück.«

Grace schlüpfte als Erste durch das offene Fenster und blieb einige Schritte von der Tür entfernt stehen, hinter der sich die Zentralbibliothek verbarg. Dann sah sie auf ihre Seite. »Sie sind alle da. Die neun gefangenen Lectorii. Und drei Schreiber.«

Tom starrte die Tür an, als könnte er durch sie hindurchsehen, wenn er sich nur genug anstrengte. Er fühlte sich in ihrer Gegenwart … seltsam. Kein Wunder, sagte er sich. Gleich werdet ihr alle kämpfen, Tom.

Grace sah ihn und Joséphine eindringlich an. »Es wird gefährlich«, wisperte sie. »Ihr flieht, wenn wir sie nicht aufhalten können. Will, Toni, ihr werdet die beiden bei den Worten schützen, die euch lebendig machen.«

Die beiden Bibliothekare nickten stumm. Der Ernst auf Tonis Gesicht machte die Gefahr, in der sie sich befanden, für Tom noch greifbarer. Bisher hatten sie allen Hindernissen getrotzt. Doch hinter dieser Tür hockte der Anführer der Schreiber und hielt die gefährlichste Waffe in Händen, die je erschaffen worden war. Mit einem Mal wurde ihm kalt.

Als hätte Joséphine ihm die Gefühle vom Gesicht abgelesen, griff sie nach seiner Hand und drückte sie.

»Macht Platz«, befahl Mary und trat an Tom vorbei.

Einen Moment darauf spürte Tom, wie sich seine Nackenhaare aufstellten.

Und dann überstürzten sich die Ereignisse.

WORTMAGIE

Von unten drangen plötzlich laute Stimmen sowie das Geräusch von schweren Schritten zu ihnen hinauf.

Und die Tür, die eben noch verschlossen gewesen war, löste sich mit einem Mal in Luft auf.

»Was zum …«, begann Mary, doch ihr erstarb der Fluch auf den Lippen, als sie in die Zentralbibliothek sah. Die neun Entführten saßen im Kreis unter den Glocken auf Sesseln, Lex thronte in ihrer Mitte. Zwei dunkel gekleidete Gestalten standen hinter ihm. Ein Mann, vielleicht zwanzig, und eine Frau, deren rotes Haar von so viel Grau durchzogen war, dass es schien, als sprossen ihr Silberfäden zwischen den Strähnen. Lex' Schwester? Dem Alter nach würde es passen, dachte Tom. Narben trugen sie beide im Gesicht. Sie durchzogen ihnen die Haut wie ein Muster. Hinter ihnen, neben einem der Bücherregale, erkannte Tom sechs steinerne Bibliothekare. Sie waren so starr wie Brunnenfiguren. Leblos. Wortlos. Toms Wut stieg erneut in ihm auf.

Grace fasste sich als Erste. »Es war eine Falle.« Sie deutete die Treppe hinab. »Los, sicher haben sie ihren ohnmächtigen Freund entdeckt. Haltet die Schreiber auf«, wies sie Eddi, Art und die Lesenden an. Ohne zu zögern, liefen sie die Treppe hinab.

Poe, die Grimmigen, Grace selbst, Mary, Toni und Will aber blieben.

Tom starrte fassungslos in den Raum, der sich vor ihnen geöffnet hatte. »Eine Täuschung«, entfuhr es ihm. So wie bei Antoine. Darum hatte er sich so seltsam gefühlt. Verdammt, er hätte es bemerken müssen. »Die Tür war die ganze Zeit offen.«

»Eine schwierige Umformulierung.« Lex' Stimme. Alle Freundlichkeit, die Tom bei ihrem ersten Treffen noch als so angenehm empfunden hatte, war nun aus ihr gewichen. Sie klang so kalt wie an jenem Abend unter den Augen der vier Präsidenten. »Aber mit der goldenen Feder gelingt sie beinahe mühelos. Es ist schön, dass ihr den Weg in unsere kleine Runde gefunden habt.«

Lex deutete auf die gefangenen Lectorii. Ihnen allen waren die Hände auf den Rücken gefesselt. Seinen Onkel David entdeckte Tom direkt neben dem Anführer der Schreiber. Die Augen hinter der Brille waren vor Erstaunen geweitet. Kein Wunder, Onkel David hatte kaum damit rechnen können, dass sein Bücher verachtender Neffe zu seiner Rettung eilen würde. Tom nickte ihm aufmunternd zu, doch mehr als ein dumpfes Murmeln erhielt er nicht zur Antwort. Erst auf den zweiten Blick erkannte Tom den Knebel im Mund seines Onkels. Er trug ihn ebenso wie die anderen Lesenden. Auch Joséphine starrte zu den Gefangenen. Ihr Blick aber blieb an einem großen Mann mit einem buschigen Vollbart hängen, der energisch den Kopf schüttelte, als wollte er sie fortschicken. Das war sicherlich ihr Vater.

Lex betrachtete sie und schenkte ihnen ein Lächeln, das einem Wolf gut zu Gesicht gestanden hätte. »Es kommt nicht oft vor, dass die Beute freiwillig in die Falle tappt. Ich würde vorschlagen, dass die Bibliothekare hierbleiben. Eure Worte … Ihr braucht sie nicht mehr. Und Grace, meine Liebe, du und deine Lesenden, ihr dürft in ein Londoner Gefängnis eurer Wahl gehen.« Er sah auf einen Stapel Blätter, die auf einem Tisch neben seinem Sessel ruhten, und legte eine Hand auf das Papier. »Ich habe beste Beziehungen zum Justizminister. Da lässt sich sicher etwas machen. Die Kinder aber werden bleiben. Besonders der Junge mit seinem außergewöhnlichen Talent. Ein Schreiber, der lesen kann. Oder ein Lesender, der schreiben kann. Er wird unseren Orden stärker machen als je zuvor. Und das Mädchen … nun, wir werden sehen, ob auch sie ein Talent in sich trägt. Wir werden sie ausbilden und den Orden der Wortwächter zu neuer Größe führen. Noch sind wir wenige«, er tauschte mit dem jungen Mann und der Rothaarigen kurze Blicke, »doch unsere Zahl wird größer. Und jeder der Lesenden, der sich unserem neuen Orden anschließen will, ist willkommen.«

»Nein, danke!« Grace' Gesicht war so wutverzerrt, dass Tom es kaum wiedererkannte. Sie hob ihre Seite, und wie zur Erwiderung taten es ihr die beiden Schreiber neben Lex gleich. Sie aber hielten zusätzlich noch Federn in der Hand.

Grace und Mary wechselten einen Blick.

Und dann stürmte die Steinerne, gefolgt von den Grimmigen und Poe, los.

Die Schreiber begannen zur gleichen Zeit damit, ihre Federn über die Seiten tanzen zu lassen.

Tom glaubte, die Wortmagie am eigenen Leib fühlen zu können. Worte, die die Wirklichkeit zu verändern suchten.

Den ersten Angriff überstand nur Mary. Die drei anderen Steinernen wurden von unsichtbaren Händen gepackt und ins Treppenhaus geschleudert. Mary aber duckte sich und lief weiter.

»Schlag von links«, rief Grace. Nur einen Moment später schlug Mary einen Haken, und aus dem Bücherregal neben ihr stoben Buchseiten in die Luft, als eine unsichtbare Faust zwischen die Seiten hämmerte.

»Vorsicht, Klöppel von oben«, zischte sie. Mary knurrte wütend, während sich der Eisenzylinder aus einer der Glocken löste und auf sie zuschoss. Sie warf sich zur Seite und der Klöppel durchstieß eines der riesigen Zifferblätter, das durch den Schlag in tausendundeinen Splitter brach.

»Verdammt!«, schrie Lex über den Lärm hinweg. »Erledigt sie endlich.«

Der junge Mann fuhr sich über das Gesicht und tastete nach einer frischen Narbe, die sich rot auf seiner Wange abzeichnete. Wütend blickte er zu Mary, die stolpernd auf die Füße kam und wieder auf den Schreiber zuhielt. Offenbar hatte sie ihn als erstes Ziel auserkoren. Der Mann wich zurück und plötzliche Furcht ließ sein vernarbtes Gesicht erbleichen. Die Rothaarige jedoch schrieb weiter, auch wenn ihre Hand zitterte, als säße ihr die Gicht in den Knochen.

»Vorsicht …«, begann Grace, doch dann erstarben ihr die Worte auf der Zunge. Sie sah zu dem Regal rechts von ihnen.

Im nächsten Moment flogen die Bücher in ihm auf sie zu wie Vögel, die aus dem Käfig befreit worden waren. Grace riss schützend die Hände vor das Gesicht, während Tom Joséphine zur Seite stieß, bevor eines der Bücher sie traf.

Will war einen Lidschlag später bei ihnen. Toni hingegen stürzte zu Grace. Er warf sich in den Bücherhagel, doch so viele er auch zu packen bekam, er konnte nicht alle von der obersten Lesenden fernhalten. Zwei prallten gegen ihren Kopf und rissen Grace von den Füßen. Toni fing sie auf, ehe sie zu Boden stürzte. Während der Bücherhagel abrupt endete, legte er die stöhnende Grace vorsichtig zu Boden.

Dann drehte er sich zum Schreiber um.

Er knurrte wütend.

Und lief los.

Mary war zögernd stehen geblieben und sah zu der bewusstlosen Lesenden. Auch wenn ihre Augen aus Stein waren, die Sorge in ihrem Blick war von der eines Menschen nicht zu unterscheiden. Im nächsten Moment fixierte sie den Schreiber, setzte sich wieder in Bewegung und lief los. Der junge Mann führte die Feder auf die Seite. Der Schmerzensschrei lag ihm noch auf den Lippen, als sich hinter ihm eine Art Durchgang in der Luft öffnete. Die Umformulierung war so stark, dass Tom glaubte, ihm würden die Haare von der Haut gebrannt. Der Schreiber musste sich einen Notausgang aus der Zentralbibliothek geschaffen haben, um vor Mary und Toni flüchten zu können. Er krümmte sich vor Schmerzen und die Narben auf seinem Gesicht färbten sich rot, als wären sie mit einer scharfen Klinge nachgezeichnet worden.

Mary war bereits in der Luft, ehe er hindurchstolpern konnte. Sie sprang ihn an wie ein Raubtier. Einen Moment später war auch Toni da und riss sie beide durch die Öffnung. Dann schloss sich der Durchgang und keiner der drei schien je hier gewesen zu sein.

»Los!« Joséphine kam auf die Beine und zerrte Tom mit sich zu dem Zifferblatt zu ihrer Linken. Noch im Laufen fragte sich Tom, was sie schon gegen Lex und die Schreiberin an seiner Seite ausrichten sollten. Sie besiegen, gab er sich selbst die Antwort, während er hinter Joséphine hereilte. Mit Wortmagie. Womit auch sonst? Er hatte keine andere Waffe als seine Seite und die Feder. Und die Worte, die er auf das Papier setzen konnte.

»Himmel«, jammerte Will, als er zu ihnen aufschloss. »Wir sind verrückt.«

»Pass auf den Jungen auf!«, zischte Lex der Rothaarigen zu.

Die Schreiberin warf Joséphine und Will nur mitleidige Blicke zu. Tom musterte sie jedoch aufmerksam. Sie hob ihre Feder. Tom aber war stehen geblieben und hatte seine Feder bereits auf das Papier gesetzt. In der Schule tat er sich normalerweise immer schwer mit Worten, wenn er etwas schreiben musste. Doch hier schienen sie sich ihm selbst zuzuflüstern. Und mit ihnen füllte er diesmal nicht nur die Lücken, die er erkannte, sondern fügte einen eigenen Satz hinzu. Für einen Moment stieg die Angst in Tom hoch, er könnte durch die Worte zu einem der Schreiber werden. Berauscht von der eigenen Macht und gezeichnet durch die Änderungen, die er der Wirklichkeit aufzwang. Doch während er schrieb, hatte er nur ein Gefühl: Es war richtig. Vielleicht lag es daran, dass er nichts für sich selbst hinzufügte, sondern für seine Freunde und die Entführten. Die Worte zeichneten sich ihm nicht schmerzhaft in die Haut.

Die Feder der Schreiberin brannte der Frau plötzlich so heftig in den Fingern, dass sie sie loslassen musste.

Die Rothaarige blickte verblüfft auf, als Tom seinen Satz zu Ende geschrieben hatte. Tom hatte sie mit der Wortmagie entwaffnen wollen. Er fühlte, dass der Satz etwas bewirkte. Seine Nackenhaare stellten sich auf. Doch die Kraft seiner Worte richtete nicht mehr aus als ein warmer Frühlingshauch. Die grauen Strähnen der Frau gerieten ein wenig in Unordnung. Mehr geschah nicht.

»Du kleiner Narr«, höhnte Lex. »Du kennst unsere Geheimnisse nicht. Wir können einander nicht direkt durch Worte angreifen. Unser Talent schützt uns.«

Tom starrte auf die nutzlosen Worte auf seiner Seite, die bereits verblassten und den nächsten Platz machten. Aus den Augenwinkeln sah er, dass Will und Joséphine stehen geblieben waren. *Unser Talent schützt uns.* Tom erinnerte sich plötzlich an den Augenblick in der Bibliothek seines Onkels, als der Schreiber ihn verblüfft angesehen hatte, nachdem dessen Angriff wirkungslos geblieben war. Und Tom verstand. Er war ein Lesender. Und ein Schreiber. Dieses zweite Talent hatte ihn in jenem Augenblick geschützt. Tom sah von der Rothaarigen zu seinen Freunden und dann zu den Entführten. Sein Onkel versuchte, ihm etwas zu sagen. Doch unter dem Knebel drangen nur dumpfe Laute zu ihm. Toms Blick fiel auf seine Seite.

Wenn er doch nur von seinem Knebel befreit werden könnte.

Ja, dachte Tom. Vielleicht würde er ihm etwas Wichtiges … Die Idee, die Tom plötzlich kam, war verrückt. Aber nicht verrückter als das, was er in diesem Abenteuer bislang erlebt hatte.

Wieder setzte er die Feder auf das Papier.

»Gib auf, Junge«, hörte er die Rothaarige gereizt sagen. »Du …«

Sie stockte, während Toms Worte die Knebel der Entführten öffneten. Und schrie, als neun Geschosse in hohem Tempo auf sie zuflogen und sie von den Beinen rissen.

»Autsch«, kommentierte Will mit einem zufriedenen Lächeln auf den steinernen Lippen.

»Bringt sie raus!«, rief Tom und deutete auf die Entführten. »Und kümmert euch um Grace.« Er aber hielt den Blick dabei starr auf Lex gerichtet, der sich erhoben hatte und Tom mit einem seltsamen Ausdruck auf dem Gesicht musterte.

»Ja, Will«, hörte Tom Joséphine sagen. »Du …«

»Nein«, fiel Tom ihr ins Wort. »Ihr beide. Das hier erledige ich.«

Tom konnte ihr den Widerspruch vom Gesicht ablesen, doch sie schluckte ihn hinunter. In diesem Kampf zählten alleine geschriebene Worte. Sie zwang sich ein aufmunterndes Lächeln aufs Gesicht.

Tom nickte ihr zu, dann liefen Joséphine und der Bibliothekar zu den Entführten. Tom seufzte. Und trat auf den alten Schreiber zu.

»Duellieren wir uns nun?«, fragte Lex kalt. »So etwas ist gelegentlich vorgekommen unter uns Schreibern. Der alte Orden der Wortwächter hat es natürlich verboten. Es gab immer nur Verbote. Aus Feigheit geborene Schwäche. Angst, die wahre Macht der Worte zu entfesseln.« Lex sah zu den neun Entführten, denen Will die Fesseln zerriss. »Diese dort sind nur Sklaven der Worte. Fürchten sich vor der Idee, mit ihnen die Welt formen zu können. Ich aber bin der Meister der Sprache.« Er schenkte den Lectorii ein mitleidiges Lächeln. Joséphine schloss ihren Vater in die Arme und Will scheuchte die Entführten zum Treppenhaus, ehe er Grace vom Boden hob. Nur einer blieb unschlüssig stehen. Onkel David.

»Geh!«, rief Tom ihm zu. »Dies ist eine Sache unter Schreibern.«

Der Blick, den sein Onkel ihm zuwarf, war voller Fragen. Doch er ließ sich von Will ebenso fortbringen wie Joséphine, die hin und her gerissen schien zwischen ihrem Vater und Tom.

»Mach ihn fertig. Erzähl die bessere Geschichte«, rief sie ihm zu, ehe sie mit den anderen im Treppenhaus des Uhrenturms verschwand.

»Rührend«, kommentierte Lex und schrieb mit seiner Feder beiläufig etwas auf seine Seite. Einen Moment später schlug die Tür zu und verriegelte sich wie von Geisterhand. »Nun, ich habe das vorhin ernst gemeint, Tom.« Lex' Stimme war plötzlich wieder freundlich. »Du kannst unseren Orden wirklich stärker machen. Dein Talent ist sehr selten. Mit dir kann ich alles schaffen.« Er blickte die Rothaarige an, die bewusstlos neben ihm auf dem Boden lag, ohne allzu viel Mitgefühl zu zeigen. »Du bist sogar talentierter als meine Schwester.«

»Du willst, dass deine Frau wieder lebt.«

Lex zuckte zusammen, als hätten ihn die Worte ebenso getroffen wie die Knebel seine Schwester. »Meine Frau.« Er schien plötzlich weit weg zu sehen. An einen Ort und in eine Zeit, die nur er erkennen konnte. »Ja, mit ihr hat alles angefangen. Aber ich habe lernen müssen, dass es keine Worte gibt, die den Tod besiegen können.« Sein Blick kehrte nur einen Moment später zurück in den Uhrenturm und fixierte Tom. »Wäre eine Welt nicht schön, in der es kein Leid mehr geben würde? Keine Krankheit, keinen Tod? Nur Glück? Du kannst das mit mir schaffen. Wenn du dich traust.« Er klang fast wieder so nett wie bei ihrem ersten Treffen.

Eine Welt voller Glück. Ja, sie wäre schön. »Aber um welchen Preis?«, fragte Tom. »Muss jeder Mensch fürchten, dass du ihn wie eine Puppe herumführst?«

»Nur wenn es sein muss«, erwiderte Lex, nun nicht mehr ganz so freundlich.

»Das kann ich nicht zulassen.«

Lex lachte. Dann hob er seine Feder. »Du weißt nicht, worauf du dich einlässt.« Die Feder tanzte über die Seite.

Tom wich aus Angst vor einem Angriff zurück, doch das Einzige, was die Worte bewirkten, war eine Veränderung bei Lex. Sein Gesicht wurde kantiger und zeigte auf einmal zahllose Narben. Wie ein Netz zogen sie sich über seine Haut.

»Es war nicht leicht, die Illusion des falschen Äußeren die vielen Jahre aufrechtzuerhalten. Unter all den Lesenden. Aber das brauche ich ja nun nicht mehr.« Die Feder tanzte erneut über das Papier und hinter Tom vibrierte plötzlich die Luft. Es war, als würde sich mitten im Raum ein neuer Raum bilden. Wände aus Glas wuchsen um ihn und Lex empor.

»Du wirst lernen müssen, mich als deinen Lehrer zu akzeptieren, Tom. Seit unserer letzten Begegnung denke ich darüber nach, was es bedeutet, dass gerade jetzt ein Junge in dieser verrückten Geschichte erscheint, der beide Talente vereint. Das kann kein Zufall sein! Du hast eine Aufgabe erhalten. Und sie kann nur darin bestehen, dass du mit mir den Orden neu erschaffst. Du liest, was geschieht. Findest die Stellen auf den Seiten, die danach schreien, verändert zu werden. Und lernst von mir, den Lauf der Dinge zu verbessern. Du bist wichtig für das Erreichen meines Ziels. Die Gründung des neuen Ordens der Wortwächter.«

Tom wich zurück, als sich die gläsernen Wände um ihn schließen wollten. Dann aber erinnerte er sich daran, mit welchen Waffen hier gekämpft wurde, und drückte seine Feder auf die Seite. Diesmal war das Schreiben nicht ganz so einfach. Er spürte den fremden Willen. Worte, die einer anderen Stimme gehorchten und wie seine versuchten, die Wirklichkeit zu ändern. Sie waren furchtbar stark. Er schloss die Augen und lauschte, als könnte er bessere Worte hören, die alles wieder in Ordnung bringen würden. Seine Feder setzte Buchstaben um Buchstaben auf das Papier, ohne dass er hinsah. Und Lex' wütendes Knurren war ihm Bestätigung genug, dass er die Pläne des Autorius offenbar durchkreuzt hatte. Er öffnete wieder die Augen und sah die Wände verlaufen wie schmelzendes Eis.

»Du machst mich langsam wütend«, zischte Lex.

Tom lächelte und schrieb weiter. Er konnte den Schreiber nicht direkt mit seinen Worten angreifen. Also musste er ihm die Feder auf andere Weise aus den Händen nehmen. Die Idee, einen Wirbelsturm zu rufen, erschien so plötzlich in seinem Kopf, als hätte sie nur darauf gewartet, sich zu zeigen. Der Himmel, der hinter dem zerbrochenen Zifferblatt zu sehen war, verdunkelte sich, kaum dass Tom die Feder vom Papier genommen hatte. Blitze zuckten grell um den Uhrenturm und dann wurde es so finster, als wollte die Nacht heute einige Stunden vor ihrer Zeit beginnen. Der Wind heulte auf. Einen Moment später zerbarsten auch die drei anderen Zifferblätter und der Sturm brach über sie herein.

Unsichtbare Hände rissen die Regale um, zerrten die Bücher aus ihnen heraus und ließen sie durch die Luft wirbeln. Die Glocken, die über Tom und dem alten Schreiber hingen, fingen wie von selbst an zu schwingen. Doch der Sturm war nicht stark genug, um die metallenen Ungetüme läuteten zu lassen. Tom selbst ließ er unangetastet wie ein Hund, der um seinen Herrn tollt.

Lex hingegen wurde von unsichtbaren Händen emporgerissen. Der Autorius klammerte sich an die goldene Feder, als wäre sie das eigene Herz, das aufhören würde zu schlagen, wenn er es losließe. Für einen Moment glaubte Tom, dass er gewonnen hatte. Der Sturm würde dem Autorius die Feder entreißen.

Lex' Mund bewegte sich, doch die Worte gingen im Heulen des Sturms unter. Tom sah, wie der Alte mit letzter Kraft die goldene Feder aufs Papier drückte. Und der Sturm gehorchte plötzlich zwei Herren.

Die unsichtbaren Finger griffen nun auch nach Tom. Zuerst strichen sie über seinen Leib, um ihn dann fest zu packen und in die Höhe zu reißen. Blitze durchzuckten erneut die Dunkelheit und rissen Lex' wutverzerrtes Gesicht aus der unnatürlichen Nacht. Es schien, als würden Tom und der Alte schweben, während sie zwischen den schwingenden

Glocken hingen. Dann zogen sich die Blitze plötzlich zurück und es wurde so finster, dass Tom nicht einmal die eigene Hand vor Augen sehen konnte. Nur die Worte auf seiner Seite und die goldene Feder leuchteten, als wären sie von innen her mit Licht erfüllt.

Der Sturm hörte auf zu heulen. Die Glocken beruhigten sich, aber die unsichtbaren Finger hielten Tom und Lex weiter in der Luft.

»Du wirst mir gehorchen«, rief Lex.

Tom vernahm das Kratzen der Feder. Und plötzlich erklangen Worte in seinem Kopf. Fremde Worte. Sie beschrieben ihm ein Bild, das ihn erschreckte. Er, dunkel gekleidet wie die Schreiber. An der Seite von Lex. Und um sie Tausende und Abertausende Seiten, auf denen sie nach den richtigen Stellen suchten, um die Welt zu verändern. Gemeinsam. Als Lehrer und Schüler.

»Nein!« Selbst das eine Wort kostete Tom lächerlich viel Kraft.

»Du weißt nicht, wie stark die Macht der goldenen Feder ist.« Lex zischte wie eine Schlange. »Sie kann selbst andere Schreiber bezwingen.«

Tom spürte, wie die fremden Worte von ihm Besitz zu ergreifen suchten. Wirklichkeit werden lassen wollten, was der Autorius sich ausdachte. Nein, das durfte nicht sein. Tom musste es verhindern. Irgendwie. Er brauchte etwas, das er den Worten entgegenstellen konnte. Etwas, an dem er sich festhalten konnte. Aber was? Toms Gedanken überschlugen sich, während sich die fremden Worte immer tiefer in seine Gedanken woben. Sie erfüllten ihn bald so sehr, dass er kaum noch wusste, was er hier tat. Und was er war. Lex' Gegner? Oder sein Schüler?

Das Lachen des Autorius erfüllte die Dunkelheit, während Tom vergaß, wer er war.

Die unnatürliche Nacht füllte sich mit Worten. Sie schienen mit weißer Farbe auf eine schwarze Leinwand geschrieben zu werden. Sie kamen aus dem Nichts und verschwanden wieder. Dutzende, Hunderte, Tausende. Tom sah nichts anderes mehr. Sie formten die Regale, die Bücher in ihnen, die Wände des Turms. Die ganze Welt schien aus Worten zu bestehen. Wie ein Netz schlossen sie Tom in sich ein. So viele Worte, so viele Möglichkeiten. Die ganze Welt war eine große Erzählung. Ja, Tom konnte es in diesem Moment glauben. Aber wer erzählte sie? Der Autorius? Oder Tom? Oder keiner von beiden?

Du bist mein Schüler. Lex' Worte.

Erzähl die bessere Geschichte. Wem gehörte dieser Satz? Tom hatte alles andere vergessen. Sogar sich selbst. Nur diese beiden Sätze blieben in seinem Kopf zurück und rangen miteinander. Er fand nicht mal mehr den eigenen Namen. *Du bist mein Schüler.* Bittere Worte. Sie rochen nach dunkler Traurigkeit. *Erzähl die bessere Geschichte.* Die Worte schmeckten nach Sommersprossen.

Du bist mein Schüler. Der Satz war wie ein Raubtier. Gefährlich und tödlich. *Erzähl die bessere Geschichte.*

Diese Worte waren so viel sanfter. Schlauer. Wem gehörte dieser Satz? Joséphine. Ja, das war der Name, der zu dem Satz gehörte. Er überstrahlte mit einem Mal alles in dem Chaos aus Worten. Er war wie ein Licht, das die Finsternis um ihn vertrieb. Und auch sein Name fiel ihm wieder ein. Tom, er hieß Tom. Und er war ein lesender Schreiber. Oder was auch immer. Jedenfalls kein Schüler des Autorius.

Die Erinnerung an Joséphines Namen aber nahm nicht nur Lex' Worten die Kraft, sondern erfüllte Tom mit neuem Mut. Er sah auf seine Seite. Er glaubte, sie wispern zu hören.

Zeit für eigene Worte.
Erzähl die bessere Geschichte, Tom.

Die goldene Feder in Lex' Hand. Sie war der Schlüssel. Und unerreichbar. Oder? Vielleicht konnte er sie für sich gewinnen.

Tom drückte seine eigene Feder auf das Papier und schrieb. Die Idee, wie er Lex besiegen könnte, kam ihm während des Schreibens. Antoine hatte erzählt, dass der Wortwächter namens Ende versucht hatte, die goldene Feder in ein Buch zu schreiben. Doch ohne die Feder selbst war ihm das nicht gelungen. Tom aber würde ihre Macht vielleicht anders nutzen können. Wie ein Echo hörte er das Kratzen einer zweiten Feder. Es klappt, dachte Tom verblüfft bei sich. Die Worte flossen nur so dahin. Und er sprach sie laut mit.

Und dann vernahm die goldene Feder eine andere Stimme.
Eine, der sie schon einmal kurz gelauscht hatte.
Eine, die der des Menschen ähnelte, der sie zuerst benutzt hatte.
Kein Lesender, kein Schreiber.
Sondern beides.
Es waren keine dunklen Worte, die Finsternis brachten.
Sondern leuchtende wie jene, die die Feder vor Tausenden Jahren als Erstes geschrieben hatte.
Worte, die ihr gefielen.
Worte eines lesenden Schreibers.
Die Hand des Autorius mochte versuchen, die goldene Feder zu beherrschen, doch die Worte des Jungen waren stärker.
Seine Feder schrieben sie und die goldene Feder schrieb sie ebenso.
Und sie waren ungeheuerlich.
Sie schrieben den Autorius in seine Seite.
Machten ihn zu Worten.
Zu einer Figur in der großen Geschichte.
Der Autorius blinzelte zwischen den Worten.
Er war an einem anderen Ort erwacht.
Zu einer anderen Zeit.
Und alles, was geschehen war, erschien ihm wie ein dunkler Traum, in dem er ein alter, verbitterter Mann gewesen war.
Aber er war jung.
Und seine Frau war bei ihm.
Er war ein Wortwächter.
Excubitor verborum.
Und seine Geschichte war noch nicht geschrieben.

EIN NEUER ANFANG

Mit dem letzten Federstrich wurde die Welt um Tom endgültig schwarz. Alle Worte verblassten. Nichts blieb, und er fiel kraftlos in einen Schlaf, der zu tief für Träume war. Ein Schlaf, in dem die Zeit keine Bedeutung hatte.

Als er wieder zu sich kam, wusste er nicht, wo er sich befand. Das Zimmer kam ihm vage bekannt vor, doch das Bild, das seine Augen ihm zeigten, war zu verschwommen. Erst als er mehrmals blinzelte, erkannte er seine Umgebung. Diese Tapete konnte es nur einmal auf der Welt geben. Bewaffnete Männer, die Hirsche durch einen Wald jagten.

»Guten Morgen, kleiner Tom«, hörte er Onkel David gut gelaunt rufen. »Hast ein paar Tage geschlafen. Bekommst wieder Farbe. Prächtig.« Onkel David klatschte in die Hände. »Art war ein wenig besorgt. Er meinte, zwei Kämpfe in kurzer Zeit seien zu viel. Aber ich habe ihm gesagt, dass die Mitglieder der Familie Pearce Tinte in ihren Adern fließen haben.« Er schüttelte den Kopf. »Ein lesender Schreiber, meine Güte. Wer hätte das gedacht. Ich war der Ansicht, du seist ein wenig … einfältig. Dann hast du zwar das Wispern gehört, aber ich hätte nie gedacht, dass du so schnell mit dem Lesen beginnst. Von dem anderen ganz zu schweigen.«

Einfältig? Tom beschloss, diese Bemerkung zu überhören. Er setzte sich behutsam auf. Die Erinnerung an die zurückliegenden Ereignisse sickerte langsam in seinen Kopf.

»Hier.« Onkel David reichte Tom ein Stück Papier. Seine Lebensseite. »Sie lag neben dir. Und eine Schreiberfeder. Ich würde sie dir lieber nicht geben. Das Schreiben ist nicht ungefährlich. Ich finde, jemand sollte es dir richtig beibringen.« Er runzelte die Stirn, als passte der Gedanke, dass sein Neffe die Wirklichkeit verändern konnte, nicht in seinen Kopf. »Wo ist Lex eigentlich?«, fragte er. »Wir haben keine Spur von meinem falschen Freund ausfindig gemacht. Außer seiner Lebensseite, die wir neben der goldenen Feder gefunden haben.«

»Er steckt in seiner eigenen Geschichte«, meinte Tom und fühlte sich unerwartet schlecht dabei. Die Idee, Lex zwischen die Sätze zu sperren, war ihm ganz spontan gekommen.

»Unglaublich«, murmelte Onkel David. »Ein absolut sicheres Gefängnis. Tintensicher.« Er lachte über seinen Scherz.

Ein Gefängnis, ja. Und Tom fragte sich, wie sie den alten Archivar nun wieder aus der Seite herausbekommen sollten.

Onkel David schien ihm die Frage von der Stirn ablesen zu können. »Ich denke, er ist dort gut aufgehoben. Wenn du liest, was er fühlt, siehst du, dass er glücklich ist. Mir erscheint es nicht so, als ob er die Welt der Buchstaben gerne wieder verlassen würde.« Er fuhr sich nachdenklich über den Mund. »Wer weiß, wer er gewesen wäre, wenn er nicht diesen Schicksalsschlag erlitten hätte, der ihn dazu gebracht hat, den Orden zu verraten.« Er sah zu Tom. »Vielleicht genau die

Person, die er in den Worten seiner Lebensseite ist. Er sollte dort bleiben, finde ich.«

»Gut gesprochen, Sir.« Will erschien hinter David und lächelte Tom zu. »Und wenn ich es bemerken darf, gnädiger Herr, Tom ist keineswegs klein, sondern ein Held. Er …« Will brach ab, als Joséphine den Raum betrat. Ihre Wangen waren vor Aufregung gerötet. Onkel David wollte etwas sagen, doch Will zupfte ihn am Ärmel und zog ihn aus dem Zimmer. Der Steinerne schloss höflich die Tür.

Für einen Moment blickte Tom Joséphine wortlos an. Erst jetzt, da er sie sah, wusste er, dass wirklich alles gut war.

»Du hast die bessere Geschichte erzählt«, brach sie schließlich das Schweigen.

»Ja«, meinte er heiser. »Ich … ich wollte dich wiedersehen. Also habe ich mich ein wenig angestrengt.«

Joséphine lachte. Tom war sicher, dass er nie ein schöneres Lachen gehört hatte.

Und dann fielen sich Joséphine und er in die Arme.

Am nächsten Tag fuhren sie fort. Onkel David, Will, Tom, Joséphine und ihr Vater. Frederic Verne hatte sie alle zu sich und Joséphine nach Hause eingeladen. Tom fühlte sich nach seinem Wortduell noch erschöpft und verschlief den größten Teil der Reise nach Frankreich. Tante Zoé erwartete sie bereits, als sie in einem alten Bauernhaus irgendwo auf dem

Land eintrafen, und begrüßte sie überschwänglich. Sie hatten sich auf der Fahrt bereits ihre Geschichten erzählt, doch auch Joséphines Tante wollte alles noch einmal hören. Sie saßen an einem Abend voller Sterne in einem Garten, in dem so viel Lavendel wuchs, dass der Duft Tom ein wenig benommen machte. Er musste noch einmal in aller Ausführlichkeit berichten, wie er Lex zwischen die Worte seiner Seite gebannt hatte.

»Und der Big Ben ist schwer beschädigt?«, fragte Tante Zoé schließlich. »Wie nur erklärt man so etwas, ohne dass die ganze Sache mit dem Orden auffliegt?«

»Ein plötzlicher Wirbelsturm, gnädige Frau.« Will war wieder ganz der Diener.

»Ein Wirbelsturm?« Toni, der kaum eine Stunde nach Tom und den anderen das Haus der Vernes erreicht hatte, lachte. »*Mon dieu*, wer soll denn so etwas glauben?« Toni und Mary hatten sich, wie Tom unterwegs erfahren hatte, zwei Tage nach dem Kampf auf dem Uhrenturm gemeldet. Der junge Schreiber, dem sie durch das plötzlich entstandene Portal gefolgt waren, hatte versucht, sich nach Rumänien zu retten. Dem Land, aus dem er offenbar stammte. Toni hatte es geschafft, ihm die Feder wegzunehmen, kaum dass sie sich zwischen Bergen im Nirgendwo wiedergefunden hatten. »Die Leute dort sind eigentlich ganz freundlich. Außer einer Alten, die Mary und mich für Vampire gehalten hat. Hat man je so einen Unsinn gehört?«

Tom verkniff sich zu erwähnen, dass er in Will am Anfang einen Zombie gesehen hatte.

»Wir haben ihn genau wie die anderen Schreiber nach Casablanca gebracht«, fuhr Toni fort. »Unsere Leute haben sie im Treppenhaus des Big Ben überwältigt und sie gefangen genommen. Sie alle brauchen ... Unterricht. Mary und Grace sind ebenfalls dort. Und die meisten der Entführten. Sie haben Antoine die goldene Feder und Lex' Seite gebracht. Vielleicht kann der neue alte Autorius den Schreibern die falschen Ideen austreiben und sie zu echten Wortwächtern machen. Es soll wieder nach denen gesucht werden, die das Talent des Schreibens in sich tragen. In den großen Autorenfamilien könnte es den ein oder anderen geben, der es in sich trägt. Und natürlich müssen wir auch die alten Federn suchen. Es soll eine neue Generation von Wortwächtern geben. Solche wie dich, Tom.«

Tom sagte nichts darauf. Ein Wortwächter. Der Name schien noch viel zu groß für ihn. Er saß eng bei Joséphine. Der Abend war kühl und sie hatte sich ihren roten Schal umgelegt. Tom hatte ihn für sie im Garten seines Onkels gesucht, als er zum ersten Mal wieder aufgestanden war. Nun hörte er nur halb hin, während die anderen Tante Zoé erklärten, was noch alles geschehen war. Der Orden der Wortwächter würde wieder neu entstehen. Wenn die Schreiber schworen, die Worte nie zum Selbstzweck auf den Lebensseiten zu verändern. Die obersten Lesenden hatten lange darüber gestritten. Sollten sie tatsächlich den Weg gehen, den Lex' im Sinn gehabt hatte? »Sie können die Schreiber nicht einfach ins Gefängnis stecken«, erklärte Toni. »Ich meine, wenn sie auf den rechten Weg gebracht werden können, haben sie die Macht, die Welt besser zu machen. Es ist ein Risiko. Aber vielleicht ist die Welt wieder reif für die Wortwächter. Nicht um zu herrschen, sondern um zu helfen. Es ist ein neuer Anfang für uns alle.«

Während Toni und die anderen weitererzählten, schloss Tom die Augen und genoss die Nacht. Ohne Lex' Einfluss war London schnell wieder normal geworden. Die Polizeikontrollen waren aufgegeben worden. Lex' Schwester hatte man noch am Tag, der das Ende der Schreiber gesehen hatte, in ein Londoner Krankenhaus gebracht. Auch sie würde zu Antoine geflogen werden. Als heikel hatte sich die Bergung der Bücher aus dem Big Ben erwiesen. Es wäre vielleicht nie gelungen, sie alle in den vergessenen U-Bahn-Tunnel zu bringen, wenn nicht einige Wachleute das Areal um den Turm sofort nach Toms Kampf großräumig abgesperrt hätten. »Steingesichter«, bemerkte Will. »Sie ... sahen wie Art und Eddi und die Grimmigen aus. Ich vermute, dass Winnie ihnen irgendwie die Uniformen besorgt hat. Aber eine Sache ist mir noch unklar.« Er warf Onkel David und Joséphines Vater einen fragenden Blick zu. »Wo wird sich die neue Zentralbibliothek befinden?«

»Es wird mit ziemlicher Sicherheit der Eiffelturm werden«, antwortete Frederic Verne. »Wunderbar, nicht wahr?«

»Ja, wunderbar. So schön hoch«, meinte Will und brachte irgendwie ein gequältes Lächeln zustande.

Kurz vor Ende der Sommerferien stand Tom sehr früh auf.

Die Sonne war noch nicht ganz über dem Weinberg aufgegangen, an dessen Hang das Haus von Joséphine und ihrem Vater lag, und der Morgentau überzog die Welt mit einem silbernen Netz. Er klopfte leise an ihrer Tür. Sie öffnete und lächelte ihn verschlafen an.

»Ein Ausflug?«, fragte sie, nachdem Tom ihr gesagt hatte, warum er sie so früh geweckt hatte. »Warte. Ich brauche nur fünf Minuten.«

Es war wohl eher eine Stunde, als Tom und Joséphine in einen kleinen Wagen einstiegen, der mit ihnen über den Kiesweg vor dem Haus rollte und auf eine krumme Straße einbog.

»*Die Straße gleitet fort und fort, weg von der Tür, wo sie begann*«, murmelte Tom leise, als sie im Schatten entlangfuhren, den eine Reihe mächtiger Kastanien auf die Fahrbahn warf.

»Was?«, fragte Joséphine, die ihren Kopf schläfrig auf Toms Schulter gelegt hatte. Ausnahmsweise trug sie kein Buch bei sich.

»Nur ein paar Zeilen eines Liedes, das ich vor nicht allzu langer Zeit gehört habe«, erwiderte Tom. »Brauchen wir noch lange?«, fragte er den Fahrer des Wagens.

»*Non*, nur ein wenig«, erwiderte Toni, der hinter dem

Lenkrad saß. »Du kannst es kaum erwarten, hm? So wie ich.«

Sie fuhren durch eine Landschaft, die sich nur selbst zu gehören schien. Bäume, die sich schief gegen den Wind legten, den das nahe Meer über das Land trieb. Hügel und Berge, die sich gelegentlich aus den flachen Feldern drückten. Und vereinzelte alte Häuser, die verloren und verlassen dastanden, als wären sie vergessen worden. Irgendwann reichte Tom Joséphine seine Seite und sie sah ihn fragend an.

»Sie gehört uns beiden«, sagte er. »Und ich denke, bis ich sie wieder benutzen und etwas auf sie schreiben werde, warte ich. Es wird dauern, bis Antoine Zeit hat, mir das alles richtig beizubringen.«

»Ich kann sie aber nicht lesen«, sagte Joséphine und strich so vorsichtig über das Papier, als könnte sie die Worte darauf sonst in Unordnung bringen. »Und was machst du, wenn du sie ansehen willst?«

Er lächelte. »Dann komme ich zu dir.«

Dann sagten sie nichts mehr, bis Toni von der Straße abbog und auf einen kleinen Sportflughafen zuhielt. Joséphines Augen weiteten sich vor Überraschung.

»Das ist der Wüstenprinz! Wie kommt denn dein Flugzeug hierher, Toni?«

»Was meinst du denn, wie ich nach Frankreich gekommen bin?«, fragte der Steinerne. »Oh, es war ein kleines Stück Arbeit. Die Maschine ist nicht mehr die jüngste und der Weg von Casablanca über das Mittelmeer lang. Und erst die Genehmigungen. Nun, ich hatte Glück, dass sie mir ausgestellt wurden.«

Tom ahnte, wer Toni dabei unterstützt hatte.

Sie stiegen aus und Joséphine strich mit den Fingern über den metallenen Leib des Flugzeugs. »Wir fliegen?«

Tom konnte ihr den Widerwillen vom Gesicht ablesen. »Vertrau mir«, sagte er und nahm ihre Hand.

»Ja, vertrau ihm«, sagte Toni zu ihr. »Er hat Pilotenblut in den Adern. Wie ich.«

»Du bist aus Stein und hast überhaupt kein Blut«, gab Joséphine zurück. Doch sie folgte Tom und dem Steinernen ins Flugzeug. Toni ging alleine ins Cockpit, und als die kleine Maschine abhob, gelang es ihr sogar, sich ein Lächeln auf die Lippen zu zwingen.

Kaum lag die Maschine sicher in der Luft, nahm der Steinerne die Hände vom Steuer und wandte sich zu Tom und Joséphine um. »Kommt«, sagte er. Er hielt Tom eine Tasche hin, die auf dem Platz des Copiloten gelegen hatte. »Hier, du hast deine Bücher vergessen. Man muss mit ihnen besser umgehen«, sagte er mit gespieltem Tadel. »Gerade du solltest das wissen.«

Tom lächelte, als er die Tasche annahm. Die Bücher, die er auf der Reise gesammelt hatte. Wie seltsam. Noch vor wenigen Wochen hätte er keines freiwillig zur Hand genommen. Und nun begrüßte er sie wie Freunde, die er zu lange hatte entbehren müssen.

»Übernimm du«, sagte Toni und bedeutete Joséphine, sich neben ihn zu setzen.

»Ich?« Joséphines Gesicht wurde so weiß die Wolken vor

ihnen. Sie setzte sich dennoch auf den Sessel des Copiloten. Vorsichtig, als könnte sie sich daran verbrennen, legte sie eine Hand um den Steuerknüppel.

»Spürst du sie?«, fragte Tom und bemerkte Tonis Lächeln aus den Augenwinkeln. Es war dieselbe Frage, die der Franzose ihm bei seinem ersten Flug gestellt hatte.

»Was denn?« Joséphine sah nervös zu Tom. Angst und Aufregung mischten sich auf ihrem Gesicht.

»Die Freiheit«, gab er dieselbe Antwort. »Du kannst überall hin.«

Sachte bewegte Joséphine das Steuer. »Was ist dort?«, fragte sie, nun schon ein wenig wagemutiger, und deutete auf den Horizont.

»Das Meer«, antwortete Toni. »Und dahinter jedes Ziel, das du zu sehen wünschst.«

»Dann dorthin«, sagte Joséphine. Sie sah Tom an und er lächelte.

»Der Zeit und allen Worten davon.«

EPILOG

Wie von selbst erschienen die Worte auf der Buchseite. Violette Tinte floss aus dem Nichts auf das Papier und verschwand nach wenigen Sekunden wieder. Keiner las die Sätze. Noch nicht.

Die wundervolle Joséphine war aufgeregt.
Sie hörte plötzlich ein Summen im Haus.
Deutlicher als je zuvor.
Einen Ruf.
Buchstaben, die sich nur für sie zu Worten zusammenfügten,
um dann wieder zu verschwinden.
Sie ahnte, was das bedeutete.
Sie öffnete die Schublade des Schreibtisches, in dem sie ihre Seite
aufbewahrte.
Ihre und Toms Seite.
Vorsichtig nahm sie das Papier zur Hand.
Und ihre Augen weiteten sich vor Überraschung, als sie die Worte las.

ANHANG

Auswahl von berühmten Mitgliedern der Wortwächter in alphabetischer Reihenfolge mit ihrem bekanntesten Werk:

Sir Arthur Ignatius Conan Doyle (1859–1930),
Die Abenteuer des Sherlock Holmes
Michael Andreas Helmuth Ende (1929–1995),
Die unendliche Geschichte
Jacob Grimm (1785–1863) und Wilhelm Grimm
(1786–1859), *Kinder- und Hausmärchen*
Ernest Miller Hemingway (1899–1961),
Der alte Mann und das Meer
Clive Staples »Jack« Lewis (1898–1963),
Die Chroniken von Narnia
Nagib Mahfuz (1911–2006), *Die Midaq-Gasse*
Edgar Allan Poe (1809–1849), *Der Rabe*
Antoine Marie Jean-Baptiste Roger Vicomte de
Saint-Exupéry (1900–1944), *Der kleine Prinz*
William Shakespeare (1564–1616), *König Lear*
Mary Shelley (1797–1851), *Frankenstein oder*
Der moderne Prometheus
Winston Leonard Spencer-Churchill, (1874–1965),
Der Zweite Weltkrieg

Abraham »Bram« Stoker (1847–1912), *Dracula*
John Ronald Reuel Tolkien (1892–1973), *Der Herr der Ringe*
Jules Verne (1828–1905), *Reise um die Erde in 80 Tagen*
Richard Horatio Edgar Wallace (1875–1932), *Der Frosch mit der Maske*

Diese weltberühmten Zitate folgender bekannter Autoren führen Wortwächter und steinerne Bibliothekare im Munde:

Von William Shakespeare:

»Führt ein die Herren von Frankreich und Burgund, Gloster!« – »Sehr wohl, mein König!« (S. 13) aus *König Lear*

Es gibt mehr Dinge zwischen Himmel und Erde, als Eure Schulweisheit sich träumen lässt. (S. 88) aus *Hamlet*

Etwas ist faul im Staate Dänemark. (S. 240) aus *Hamlet*

Von J.R.R. Tolkien:

Die Straße gleitet fort und fort, weg von der Tür, wo sie begann. (S. 79 und S. 361) aus *Der Herr der Ringe*

Steht bei dem grauen Stein, wenn die Drossel schlägt, und der letzte Sonnenstrahl am Durinstag auf das Schlüsselloch fällt. (S. 113) aus *Der Hobbit*

Von Jacob und Wilhelm Grimm:

Wie sollt ich satt sein? Ich sprang nur über Gräbelein und fand kein einzig Blättelein. Meh! Meh! (S. 140) aus *Tischlein deck dich, Goldesel und Knüppel aus dem Sack*

Von Antoine de Saint-Exupéry:

Man sieht nur mit dem Herzen gut. Das Wesentliche ist für die Augen unsichtbar. (S. 188 und 191) aus *Der kleine Prinz*

Denn es ist traurig, einen Freund zu vergessen. (S. 255) aus *Der kleine Prinz*

Ihr habt mich gezähmt. (S. 270) aus *Der kleine Prinz*

Akram El-Bahay hat als Schüler vier Wochen lang in einer Buchhandlung gejobbt und dann festgestellt, dass ihm das Schreiben viel mehr Spaß macht als das Verkaufen. Er hat anschließend viele Jahre als Journalist gearbeitet und schreibt nun mit Vorliebe Bücher, die ebenso märchenhaft wie fantastisch sind. Nicht selten finden sich in ihnen orientalische Motive – ganz so, wie es sich für Geschichten eines Halbägypters gehört. Er lebt mit Frau und drei Kindern in einem kleinen Haus mit großem Garten am Niederrhein.

Leseprobe aus:
»Henriette und der Traumdieb« von Akram El-Bahay

EIN GESTOHLENER TRAUM

Die Aufregung war groß in dem kleinen Haus am Ende der Straße. Herr Punktatum, einer der beiden Besitzer der Buchhandlung *Anobium & Punktatum*, war tot. Sein Tod war ganz plötzlich gekommen. Und ebenso plötzlich war es laut geworden. Fremde Menschen liefen polternd durchs Treppenhaus. Tiefe Stimmen hallten darin umher. Echos gesprochener Worte jagten einander die steinernen Wände entlang und die hölzernen Treppenstufen ächzten mitleiderregend unter schweren Schritten.

Im ersten Stock drückten sich zwei Kinder die Nasen am Wohnzimmerfenster platt, um zu beobachten, was sich unten auf der Straße abspielte. Henriette Ende hatte einen besseren Platz ergattert als ihr Bruder Nick und einen guten Blick auf die nasse Straße. Zwei Männer schlossen gerade die Flügeltüren eines dunklen Wagens, der unter einer Kastanie parkte. Der Baum hatte längst alle Blätter verloren. Der Winter stand vor der Tür und es war nur eine Frage von Tagen, ehe aus dem Regen, der unermüdlich vom Himmel fiel, Schnee werden würde. Dicke Tropfen schlängelten sich an der Fensterscheibe entlang wie kleine Flüsse. Der Himmel war grau. Es war einer dieser typischen, verregneten Novembertage, die nasse Socken und die Aussicht auf eine Erkältung mit sich brachten.

Henriette konnte es noch immer kaum glauben, dass der

alte Buchhändler vergangene Nacht im Schlaf gestorben war. Erst gestern Abend hatte sie ihn noch gesehen. Gerade als sie und ihr Zwillingsbruder in das Haus der Großmutter gestürmt waren, die sie wie jedes Jahr kurz vor Weihnachten besuchten. Herr Punktatum hatte ihnen die Tür aufgehalten und hinterhergerufen, sie sollten vorsichtig sein und sich auf den alten Treppenstufen nicht den Hals brechen. Und nun war er selbst tot. Woran mochte er wohl gestorben sein?

Henriette fragte ihren Bruder Nick, der jedoch nicht antwortete. Die beiden Männer stiegen soeben in das Auto und Nick bemühte sich vergebens, den Kopf so zu drehen, dass er in das Innere des dunklen Wagens spähen konnte. Als Henriette die Frage wiederholte, gab er es auf und sah sie nachdenklich an.

»Tja, wer weiß?«, überlegte er. »Vielleicht ein Herzinfarkt. Ich meine, er war uralt. Oder vielleicht war ein Einbrecher schuld, der es auf seinen Schmuck abgesehen hatte? Womöglich ist er erschossen worden.«

»Was für ein Unsinn!«, meinte Henriette entschieden und sah ihren Bruder missbilligend an. Sie hatte eigentlich damit rechnen müssen, dass Nick hinter dem Tod von Herrn Punktatum ein Verbrechen vermutete. Für ihn konnte das Leben gar nicht abenteuerlich genug sein. Ein Einbrecher! Typisch Nick! »Überhaupt hat Herr Punktatum wohl kaum Schmuck besessen«, ergänzte sie und strich sich energisch eine ihrer dunkelblonden Locken aus dem Gesicht. »Er hat doch alleine gelebt.«

»Na ja, stimmt«, gab Nick widerwillig zu. »Ich habe ihn auch nie mit Kette und Ohrringen gesehen.«

Er kicherte und Henriette schüttelte den Kopf. Wie konnten sie und Nick eigentlich Zwillinge sein? Es gab Momente, und dies war so einer, in denen sie sich fragte, ob er nicht im Krankenhaus vertauscht worden war. Bis auf die blonden Haare, die bei Nick allerdings völlig glatt waren, sahen sie sich nicht einmal besonders ähnlich, vom Verhalten einmal ganz zu schweigen. Nun, Henriette war immerhin auch einen Tag älter. Sie war in der Nacht des 14. August geboren, ihr Bruder kurz nach Mitternacht am folgenden Tag.

Ehe Nick weiterüberlegen konnte, kam ihre Großmutter in das Zimmer und scheuchte sie von der Fensterbank. »Runter da! Ein Toter ist nun wirklich nichts für Kinder«, rief sie und schickte die beiden kurzerhand in ihre Zimmer zum Auspacken der Koffer. Noch immer lagen diese dort geöffnet auf dem Boden, gefüllt mit dicken Pullovern, warmen Socken und tausend anderen Dingen. Gestern Abend hatten sie keine Lust gehabt, ihre Sachen einzuräumen. Und heute waren sie den ganzen Tag über mit ihrer Oma, Mathilda Ende, unterwegs gewesen, bis der Regen eingesetzt hatte. Erst bei ihrer Rückkehr hatten sie erfahren, was dem alten Buchhändler widerfahren war.

»Es ist entsetzlich«, meinte Oma Mathilda, während sie Henriette beim Auspacken half. »Ich habe ihm gestern Vormittag noch das Paket gebracht, das ich angenommen hatte«, erzählte sie, während sie Henriettes Hosen in eine große

Kommode legte. »Und da war er wie immer. Freundlich und höflich. Sicher war in dem Paket eines dieser alten Kochbücher, die er so liebte. Es ist ihm immer so schwergefallen, sie wieder zu verkaufen. Ich höre noch seine sanfte Stimme, wie er sagt: ›Kein Büchernarr sollte Buchhändler werden.‹«

»Und dann?«, fragte Nick, der seinen Kopf zur Tür hereinsteckte.

Oma Mathilda sah ihn mit hochgezogenen Augenbrauen an. »Und dann hat er es noch im Hausflur geöffnet und hineingesehen. Bestimmt war es ein wertvolles Buch. Vor lauter Aufregung konnte er kein Wort mehr sagen. Das war das letzte Mal, dass ich Herrn Punktatum gesehen habe. Tja«, seufzte sie, »irgendwann muss man eben damit beginnen, sich für jeden Tag zu bedanken.«

Immer wieder kehrten Henriettes Gedanken zu Herrn Punktatum zurück. Und kaum hatte sie all ihre Sachen in der großen Kommode verstaut, gab es für sie kein Halten mehr. Sie beschloss, dem kleinen Buchladen im Erdgeschoss einen Besuch abzustatten.

Der Laden war ganz sicher kein Geschäft für Kinder. Zumindest keines, in dem es Wände voller bunter Bilderbücher gab. Solche mit Einbänden, von denen Piraten zähnefletschend herabfunkelten. In diesem Buchgeschäft fand man auch keine Detektivgeschichten, in denen Kinder Kriminalfälle lösten, an denen selbst erfahrene Polizisten verzweifelten. Und es gab erst recht keine Bücher über Prinzessinnen in rosa Kleidern. Allenfalls eine alte Ausgabe von Grimms

»Kinder- und Hausmärchen«. Ohne Bilder, versteht sich. Henriette aber störte das wenig.

Der kleine Buchladen war etwas Besonderes. Schon alleine sein Duft war zauberhaft. Dort roch es nach altem Papier, verstaubt und von der Sonne verblichen, und nach dicken Ledereinbänden, die die Geschichten in ihrem Inneren vor der Zeit schützten wie eine Rüstung einen Ritter. Der Fußboden bestand aus alten Holzdielen, die bei jedem Schritt knarrten, als wollten sie den Besuchern zuflüstern, in welchem Teil des Ladens sie das richtige Buch finden würden. Am Eingang stand ein Tresen mit einer altmodischen, messingfarbenen Registrierkasse, die laut klingelte, wenn die Schublade geöffnet wurde. Die Bücher waren ausnahmslos alt und ihr seit heute einziger Verkäufer war es auch. Er war auch der Grund, warum Henriette unbedingt in den Buchladen wollte. Sein Name war Konradin Anobium.

Mit Herrn Anobium konnte Henriette sprechen. Richtig sprechen. Er hatte gewissermaßen die richtige Stimme dazu. Keine, die nur vernünftige Dinge sagte. Herr Anobium steckte so voller Unvernunft, dass er begriff, was Henriette fühlte und beschäftigte. Manchmal sogar, bevor sie es selbst richtig wusste. Und im Gegensatz zu Nick machte er sich nie über etwas lustig.

Henriette fühlte sich noch immer ganz durcheinander. Wie es Herrn Anobium da wohl erst gehen musste? Sie konnte sich nicht ausmalen, was der Tod seines besten Freundes für ihn bedeutete. Aber auch sie war eine Freundin von Herrn

Anobium und es war die Pflicht von Freunden, füreinander da zu sein. Henriette schlich leise die Stufen herunter.

Durch die hohen Fenster, die auf jeder Zwischenetage hinaus zum Hof blickten, drang graues und müdes Abendlicht hinein. Der Regen trommelte mit nassen Fingern gegen die Scheiben.

Unten angekommen lief Henriette hinüber zu der Tür, die vom Treppenhaus in den Buchladen führte. Abgeschlossen. Das machte nichts. Herr Anobium blieb immer lange im Geschäft und sichtete neue alte Bücher oder las in denen, die bereits seit Jahren in den Regalen geduldig auf neue Besitzer warteten. Sie klopfte. Das Geräusch hing für einen Moment flüchtig in der Luft. Doch die Tür blieb verschlossen.

Sie klopfte noch einmal.

»Hallo, Herr Anobium? Ich bin es, Henriette.«

Nichts geschah.

Henriette runzelte die Stirn. Es gab noch eine Tür, an der sie es versuchen konnte. Henriette ging hinaus und starrte missmutig in den Regen. Es schien, als wollte er die Welt fortspülen. Am Himmel zuckte ein Blitz und wenige Sekunden später donnerte es. Unwillkürlich musste sie an Jules Vernes Buch »20000 Meilen unter dem Meer« denken. Als einmal keine Kunden im Laden gewesen waren, hatte Herr Anobium den Roman aus einem Regal gezogen.

»Warst du schon einmal in einem Unterseeboot und hast die Wunder gesehen, die unter dem Meeresspiegel auf neugierige Augen warten?«, hatte er sie damals gefragt und angefangen, ihr vorzulesen. Es war ein ganz ähnlicher Tag wie heute gewesen. Grau und regnerisch. Und die Stimme von Herrn Anobium hatte Henriette in die Tiefen des Meeres hinabgezogen, sie aus dem Buchgeschäft fortgeführt und in eine andere Welt gelockt. Henriettes Augen waren zwar offen gewesen, doch sie sahen nur noch, was Anobiums Worte ihr zeigten. Immer tiefer ging es hinab unter die Meeresoberfläche. Dorthin tauchte das Unterseeboot Nautilus einfach vor einem Gewitter ab.

Nun, sie konnte dem Unwetter ähnlich leicht entkommen. Henriette drückte die Klinke der Eingangstür des Buchladens hinunter. Aber enttäuscht stellte sie fest, dass auch sie sich nicht öffnen ließ. Henriette spähte durch das große Fenster. Alles dunkel. Kein Lichtschein. Henriette seufzte wieder. Vom Regen völlig durchnässt machte sie auf dem Absatz kehrt und ging wieder nach oben. Sie musste also den Rest des Abends mit ihrem Bruder verbringen. Konnte es noch schlimmer werden?

Ja, viel schlimmer sogar. Doch davon ahnte Henriette nichts, denn zunächst gab es einen kleinen Lichtblick. Nach dem Essen kochte ihre Oma Kakao. Keinen aus Pulver, der so fad war, dass er sich nur mit Mühe an den Geschmack von Schokolade erinnern konnte, sondern echten Kakao. Das Rezept hatte Herr Punktatum ihr aus einem seiner Kochbücher gegeben. Schokolade, Honig und Zimt. Er schmeckte wunderbar und er ließ Henriette sogar die abenteuerlichen Gedankenspiele ihres Bruders ertragen, der unermüdlich mutmaßte, was hinter dem Tod von Herrn Punktatum stecken mochte. Mittlerweile gab es für Nick nur noch eine Antwort: Mord.

»Natürlich ging es um dieses seltsame Paket«, sagte er. »Doch wer war der Mörder? Vielleicht steckte in dem Paket ein besonders wertvolles Buch? Was, wenn die Bücher-Mafia hinter ihm her war?« Eine ganze Weile rätselte er so vor sich hin, bis Oma Mathilda die beiden Kinder ins Bett scheuchte. Es gab für jeden einen Kuss, (den Nick mit dem empörten Hinweis kommentierte, er sei doch schon dreizehn!), und dann wurde das Licht gelöscht.

Von einem Augenblick zum anderen füllte Dunkelheit Henriettes Zimmer.

Die Dunkelheit brachte Müdigkeit und Träume mit sich. In ihr war alles anders als in der Tageswelt. Nachts hörte man neue Geräusche, roch andere Düfte und selbst Vertrautes sah mit einem Mal fremd und wundersam aus. Es gab Menschen, die Angst vor der Dunkelheit in ihren Herzen trugen. Die ihre Bettdecken über die Gesichter zogen, weil sie sich davor fürchteten, dass ihre Augen nur noch zu sehen vermochten, was ihnen die eigene Fantasie in den Kopf malte. Nicht so Henriette. Sie fürchtete sich nicht vor der Nacht. Im Gegenteil. Sie freute sich auf sie. Und das aus einem guten Grund.

Henriette verfügte über ein besonderes Talent. Etwas, das sie überragend gut konnte. Besser als jeder andere Mensch, den sie kannte. Henriette konnte träumen.

Das hört sich zunächst einmal nicht sehr außergewöhnlich

an. Aber Henriettes Träume waren anders als die Träume anderer Menschen. Oder besser: Sie war anders als andere Träumer. Die meisten Menschen können sich nur an wenige Bruchstücke ihrer Träume erinnern. Kaum mehr als verschwommene und unscharfe Bilder bleiben bei ihnen hängen. Als seien ihre Köpfe Netze und die Erinnerungen an ihre Träume kleine Fische, die ohne Mühe durch die Maschen schlüpfen konnten. Henriette aber vermochte sich immer und zu jeder Zeit an ihre Träume zu erinnern. Die Bilder in ihrem Kopf waren stets klar und lebendig. Ein- oder zweimal hatte Henriette sogar das Gefühl gehabt, sich an Träume anderer Menschen zu erinnern. Doch das war etwas, das sie für sich behielt.

Von ihren eigenen Träumen aber erzählte Henriette jeden Morgen ihren Eltern und Nick. Obwohl sie an ihren Gesichtern genau erkennen konnte, dass diese ihr nicht glaubten. Als würde sie sich die Abenteuer der Nacht nur ausdenken. Aber das stimmte nicht. Es gab einige Traumfiguren, die es sich in Henriettes Kopf gemütlich gemacht hatten und regelmäßig in ihren Träumen erschienen. Wie zum Beispiel Hauptmann Prolapsus, der nie auf einem Pferd ritt, sondern sein Reittier selbst auf dem Rücken trug. Oder der doppelte Ritter, den es gleich zweimal gab. Besonders stolz war Henriette aber auf ihren ältesten Traum. In diesem war sie noch kein Jahr alt. Wer bitte außer ihr besaß so einen alten Traum?

Nur einer hielt die Geschichten von Henriettes Träumen nicht für ausgedacht: Herr Anobium. Aus seinen Augen stachen nie Zweifel hervor, wenn ihm Henriette von ihren nächtlichen Abenteuern erzählte. Nein, er fragte nach und rätselte mit Henriette, was genau ihre Träume wohl bedeuten könnten. Henriettes wilde Träume, so nannte er sie.

Und das waren sie auch: wild.

Nun lag Henriette erwartungsvoll da und kuschelte sich unter ihr Federbett, während sich die schlaftrunkene Schwärze wie eine zweite Decke über ihr ausbreitete. Henriette wartete auf den Moment, an dem sie auf die andere Seite glitt.

Die Nacht ist wie ein Netz von Straßen, auf denen man im Traum entlanggehen kann. Einige, aufregend und schön, muss man unbedingt erkunden. Andere aber stecken voller Gefahren. Und in der Nacht, die nun anbrach, verirrte sich Henriette auf eine dieser gefährlichen Straßen.

Als sie am nächsten Morgen aufwachte und sich erschrocken im Bett aufsetzte, wusste sie, dass etwas Schreckliches geschehen war. Etwas unvorstellbar Gemeines und Hinterhältiges.

Ein Verbrechen.

Jemand hatte ihren Traum gestohlen.

Rapid City
Toronto
Chicago
NORD-
AMERIKA
New York
Atlantischer
Ozean
Golf von
Mexico
Mexico
City
Karibisches Meer
SÜD-
AMERIKA
WORTWÄCHTER
Rio de Janeir
Buenos Aires